Michail Osorgin

Der Freimaurer

Michail Osorgin
Der Freimaurer
ISBN: 978-3-902712-16-5

Originaltitel: Вольный каменщик (Paris, 1937)
Die Übersetzung folgt der Ausgabe von 1992 (Московский рабочий).
Übersetzung: Erich Liaunigg
Lektorat: Sigrid Strauß
Edition Liaunigg e.U.
Krottenbachstraße 3/2/3
1190 Wien
Österreich
E-Mail: info@edition-liaunigg.at
Internet: http://www.edition-liaunigg.at
Druck: Prospektus Nyomda
Printed in Hungary

The publication was effected under the auspices of the Mikhail Prokhorov Foundation TRANSCRIPT Programme to Support Translations of Russian Literature.

Supporting the translation of Russian literature transcript

Michail Osorgin

Der Freimaurer

Jegor Jegorowitsch und die Göttin Ischtar

Jegor Jegorowitsch Tetjochin, ein Mensch mit einem komischen Namen und einem wunderbaren Herzen, der Held dieser Erzählung, war in der ersten Hälfte seines Lebens fast ein Nichts. Ein Postbeamter im vorrevolutionären Kasan ist fast ein Nichts; ein Mann seiner Frau und Vater eines kleinen Georgi (nicht mehr Jegor) ist fast ein Nichts. Dann kommen die Tschechoslowaken, die durch einen vernünftigen Rückzug ein fremdes Land retten, nehmen die Stadt Kasan ein, geben die Stadt Kasan frei, und mit den Tschechoslowaken zieht auch ein Teil von Kasans Bevölkerung aus.

Das ist schon keine Geschichte mehr und noch nicht Geschichte; das ist ein Durcheinander und ein Unsinn. Das fast Nichts, der unbedeutende Postbeamte, umkreist mit seiner jungen Frau und seinem kleinen Sohn den Erdball und lässt sich in Paris nieder. Völlig unerwartet wird die große Erde – die streng genommen nur auf der Landkarte existiert und im dicken Post- und Telegrafiebuch, dem Nachschlagewerk für Telegramme und Einschreiben – Realität, nämlich zu einem kleinen Medizinkügelchen, auf dem, ohne zu wissen warum, Fliegen mit abgenutzten Flügelchen hin und her kriechen: die russischen Emigranten. Man weiß nicht, ob irgendjemand irgendwann einmal aus Kasan einen Brief oder ein Päckchen oder ein Stück Kasaner Seife[1] auf die Insel Borneo geschickt hat. Übrigens hat Jegor Jegorowitsch mit seiner Frau und seinem Sohn in der echten Stadt Singapur einen echten Affen gesehen, hat sich durch die Straße von Malakka gemüht und höchstpersönlich mit Augen, die nur gewohnt sind, das Zusammenfließen des Flusses Kasanka mit dem schlammigen Bulak zu betrachten, den unüberblickbaren Indischen Ozean überblickt.

Wenn dieser an Abenteuern reiche Weg von einem einzigen Menschen beschritten worden wäre, wäre er als bemerkenswerter Mensch geehrt worden und könnte sein ganzes restliches Leben lang seine Erinnerungen schreiben; aber solche Leute hat es viele gegeben und

1 In Kasan gab es eine berühmte Seifenfabrik.

Jegor Jegorowitsch blieb ein Durchschnittsmensch, der sich durch nichts hervortat. Aus einem einzigen Jahr seiner Biografie hätte man, richtig aufgeteilt, zehn, zwanzig gewichtige Lebensläufe von Engländern, Franzosen und Italienern schaffen können; bei Russen reicht das gerade mal für einen.

Während seines friedlichen Kasaner Lebens konnte sich Jegor Jegorowitsch, wenn er seine Fantasie, die er nicht besaß, stark bemühte, alles Mögliche vorstellen, nur nicht Paris. Er konnte zum Beispiel zum Chef der Post- und Telegrafenämter im ganzen Kasaner Gouvernement werden, sagen wir, sogar zum Hauptverwalter der Post des gesamten Reiches, obwohl – das ist schon etwas zu viel. Er konnte ein riesiges Haus an der Prolomnaja Straße bauen (mit drei Stockwerken!), konnte durch die Vervollkommnung des Morseapparates berühmt werden, konnte drei Schiffe an der Wolga kaufen, sich von seiner Frau scheiden lassen – mit einem Wort: Jede fantastische Zügellosigkeit war denkbar. Doch in seinen Gedanken konnte niemals so eine Wende der Tatsachen eintreten, bei der er sich als Pariser in der Rue de la Convention niederließ, ausgezeichnet Französisch sprach und im Büro von Cachette arbeitete. Doch die Welt überschlug sich – und es geschah genau so. Am Anfang der Erzählung hieß sein Sohn Georgi bereits George und sprach kaum Russisch.

Jegor Jegorowitschs Körpergröße ist eher gering, seine Augen sind grau, die Haare grau meliert, er hat einen Schnauzbart und ein Bärtchen, wenig Selbstsicherheit, ein gutes und leichtgläubiges Verhältnis zu Menschen, hat alle Unzulänglichkeiten, die zu seinem Alter (fünfzig Jahre) passen, und ist schicksalsergeben. Seine Frau kann man – allgemein gesprochen und ohne sie beleidigen zu wollen – als unsympathisch und geistig um einiges tiefer stehend bezeichnen. Aber sie haben zwanzig Jahre zusammengelebt.

Von einigen Details über Jegor Jegorowitsch Tetjochins Pariser Leben werden wir Stück für Stück erzählen. Sie im Vorhinein darzustellen, ist kaum notwendig. Sein Alltag – halb russisch, halb französisch – ist grau und gewöhnlich, sein Bekanntenkreis beschränkt. In seinen Essgewohnheiten haben sich Reste der heimatlichen Tradition erhalten, das heißt, es gibt ziemlich häufig Brei und alles ist mit Butter zubereitet; aber natürlich gibt es auch *poireau, petits pois* und *haricots*[2]. Die Wohnungseinrichtung ist leider eher französisch: ein kolossales Ehebett mitten im Zimmer, ein kleines Wohnzimmer mit zerbrechlichen Sesseln, auf dem Kamin einige *objets d'art*[3]. Jegor Jegorowitschs Frau hatte sich schnell in Paris eingelebt; sagen wir, sie wurde kleinbürgerlich, was keine Kunst war, denn sie war schon eine Beamtenkleinbürgerin gewesen. Da sie in Paris ziemlich gut und ohne Not lebten, richteten sie sich entsprechend ein. Jegor Jegorowitsch hatte kein eigenes Arbeitszimmer; er hatte nur seinen guten Winkel im Wohnzimmer, das heißt einen Bücherschrank, einen Sessel und eine Art kleinen Schreibtisch. Im Bücherschrank waren Klassiker in der Ladyschnikow-Ausgabe, Romane von Emigrantenschriftstellern, von Mark Aldanow und Sergei Minzlow und Bunins „Mitjas Liebe" – sogar gebunden. Natürlich gab es auch französische Bücher: Zola, Maupassant, Maurois, das kleine Wörterbuch von Larousse, auf dessen Buchrücken sich der Löwenzahn versäte. In letzter Zeit tauchten in der Schublade des Tisches Broschüren und kleine Bücher in dunkelblauen Einbänden auf, die er niemandem zeigte. Aber darüber später mehr.

Sein Sohn George hat ein eigenes Zimmer; in ihm befinden sich Lehrbücher, ein Tennisschläger, Bälle. George ist ein hübscher junger Mann ohne Pickel, aber leider kein Russe. Es zeichnete sich schon sein eigenes Leben ab, das sich in dieser Geschichte wohl nicht widerspiegeln wird.

Die Geschichte beginnt mit jenem Tag, an dem Jegor Jegorowitsch einmal seiner Frau sagte, dass er am Abend ausgehen und nicht zu Abend essen werde. In Anbetracht einer gewissen Ungewöhnlichkeit der Ankündigung rang ihm Anna Pachomowna eine Erklärung ab und er erklärte offen und mit einer gewissen Verlegenheit:

„Ich bin eingeladen, einer französischen Gesellschaft beizutreten, die nicht gerade geheim ist, aber trotzdem sage ich es nur dir, und du erzähl es niemandem weiter."

„Wer hat dich eingeladen?"

---

2 **Poireau, petits pois, haricots** (frz.): Porree, Erbsen, grüne Bohnen.

3 **Objets d'art** (frz.): Kunstgegenstände.

„Ein Kollege. Es ist nichts Besonderes, eine große Gesellschaft. Zu ihr gehören sowohl Minister als auch kleine Angestellte, alle sind einfach wie Brüder, mit einem Wort: Freimaurer. Es ist trotzdem interessant. Das ist in Frankreich erlaubt."

„Wann kommst du zurück?"

„Gegen zwölf. Dort gibt es Abendessen."

Anna Pachomowna dachte, dass das Essen wohl lumpig sein würde. Als kalte Vorspeise würde es Heringsfilet in Öl und nicht durchgekochtes, verschrumpeltes Rindfleisch mit Speck geben. Dann in dünner gelblicher Flüssigkeit schwimmendes Kalbfleisch. Salat, Käse und dünnen Kaffee. Im Übrigen zeigte Anna Pachomowna kein Interesse. Und als George beim Abendessen fragte, wo Papa wäre, antwortete sie:

„Er hat irgendeine dumme Sitzung."

In diesem Moment trennte Jegor Jegorowitsch sein vergangenes Leben von seinem zukünftigen.

***

Bei sehr blassem und zitterndem Licht wurden auf ein gedrucktes Formular feierliche und banale Worte geschrieben. Dann begannen an einem erwachsenen Menschen das Jäckchen, darauf die Schuhe und das Hemd zu vermodern. Der Mensch fiel zusammen, schrumpelte, schloss die Augen, verwandelte sich in ein Klümpchen und verwickelte sich in der mütterlichen Nabelschnur.

Die Zeitrechnung stockte. In den Tiefen der Erde schlief ein Same mit vermoderter Hülle. Die Erde vollführte ihre übliche Umrundung der Sonne. Die Göttin Ischtar[4], die Tochter Sins[5], ging einen Weg, von dem es kein Zurück gab, erreichte ein Land, von dem es keine Rückkehr gibt – das Reich der Schatten, in dem Irkalla[6] lebte –, und klopfte an die Tore:

„Pförtner, öffne, lass mich ein! Wenn du mir die Tore nicht öffnest,

4 **Ischtar:** mesopotamische Göttin.
5 **Sin:** assyrischer und babylonischer Mondgott.
6 **Irkalla:** akkadischer Beiname der Unterweltgöttin Ereschkigal (= Allatum).

werde ich sie aufbrechen, die Riegel sprengen und die Schwelle zerstören! Ich werde die Toten hinausführen, damit sie die Lebenden fressen – und unter den Lebenden werden sich die Toten vermehren!"

Der Pförtner sagte:

„Warte, Gebieterin, ich melde deine Ankunft der Königin Allatum[7]!"

Er meldete ihr:

„Da ist Ischtar, deine Schwester."

„Lass sie herein und beachte die alten Bräuche!"

Durch die weit geöffneten Tore ließ der Pförtner die Göttin Ischtar ein, nachdem er ihr das Diadem vom Kopf genommen hatte.

„Weshalb hast du mein Diadem genommen?"

„Tritt ein, Gebieterin: So ist das Gesetz Allatums."

Am zweiten Tor nahm er ihr die Ohrringe, am dritten die Halskette ab. So nahm er alle ihre Juwelen und an der letzten Schwelle nahm er ihr den Gürtel der Schamhaftigkeit.

„Weshalb hast du meinen Gürtel genommen, Pförtner?"

„Tritt ein, Gebieterin, so ist das Gesetz Allatums."

Als Ischtar Allatum erblickte, wollte sie sich auf sie stürzen, doch die Königin der Schatten befahl ihrem Diener Namtar[8]:

„Nimm sie, sperr sie in mein Schloss und lass sechzig Krankheiten auf sie los:

eine Augenkrankheit auf ihre Augen,
eine Fußkrankheit auf ihre Füße,
eine Herzkrankheit auf ihr Herz ..."

Zu der Zeit, als Ischtar in jenes Land hinabgestiegen war, von dem es keine Rückkehr gab, erstarb das Leben auf der Erde: Der Stier deckte die Kuh nicht, der Esel nicht die Eselin und der Mann senkte sich nicht über die Magd.

Der Mann schlief allein.

Allein schlief die Sklavin.

***

7 **Allatum:** mesopotamische Unterweltgöttin.

8 **Namtar:** akkadischer Unterweltgott, dessen Name „Schicksal" bedeutet.

Er musste lange warten. Jegor Jegorowitschs Augen gewöhnten sich an das Halbdunkel. Es war natürlich sehr interessant, aber nicht schlimm: Der Schein war offensichtlich. Das Skelett war künstlich. Von den Aufschriften war eine furchterregend: „Du wirst selbst einmal so sein." Jegor Jegorowitsch entschloss sich nachzusehen, was in den Vasen war: In einer zeigte sich allernormalstes Kochsalz, grob, schmutzig und feucht; auf dem Boden einer anderen Vase war ein gelbes Pulver. An der verschlossenen Tür schlurfte jemand vorbei: Nebenan war die Toilette. Sich laut unterhaltend gingen zwei vorbei:

„Wenn es früh endet, spielen wir dann noch Belote[9]?"

„Bleibst du denn nicht zur Agape?"

„Ach, pfeif drauf!"

Jegor Jegorowitsch wollte gerne rauchen, doch wusste er nicht, ob es erlaubt war. Es schien nicht gut zu sein. Er hob den Blick und sah ein kleines Klappfenster. Während der Gymnasialjahre rauchte man auf der Toilette zum Klappfenster hinaus. Als sich der Schlüssel im Schloss drehte, schreckte Jegor Jegorowitsch auf. Es kam derselbe Mann herein, der ihn im Zimmer eingesperrt hatte:

„Fertig geschrieben?"

„Ja, aber ich weiß nicht, ob es richtig ist."

„Das ist egal. Das nehme ich, und Sie ziehen inzwischen das Jackett und die Schuhe aus. Und knöpfen Sie den Hemdkragen auf. Hier ist ein Schuh. Ich komme zurück und erkläre Ihnen alles. Ziehen Sie auch die Socken aus."

***

Mit verfinstertem Gesicht und in zerrissener und schmutziger Kleidung kam der Götterbote zu Ischtars Vater:

„König, seit Ischtar in das Land ohne Rückkehr hinabgestiegen ist, ist das Leben auf der Erde zum Stillstand gekommen: Der Stier deckt die Kuh nicht, der Esel nicht die Eselin und der Mann geht nicht zur Magd: Er schläft allein und allein schläft die Frau."

Da erschuf der König Asu-schu-namir in Gestalt einer Frau und

---

9 **Belote:** französisches Kartenspiel.

befahl ihm, in das Reich ohne Rückkehr hinabzusteigen:

„Vor dir werden sich sieben Tore öffnen und du wirst vor Allatums Antlitz stehen."

Als Allatum den frauenhaften Boten erblickte, biss sie sich auf den Finger:

„Weiche, Asu-schu-namir, oder ich verzaubere dich! Du wirst das Abwasser der Städte trinken, du wirst dich von ihrem Staub und Abfall ernähren und deine Wohnung wird der Schatten sein, der von ihren Mauern geworfen wird."

Aber im Namen der Götter forderte Asu-schu-namir, die Quelle des Wassers des Lebens zu öffnen, und Allatum befahl dem Diener Namtar, Ischtar aus dem Schloss zu führen und sie mit dem Lebenswasser zu besprengen.

Beim Hinausgehen machte der Pförtner Folgendes:

Beim ersten Tor gab er ihr den Gürtel der Schamhaftigkeit zurück,

beim zweiten Tor den Ring und die Armbänder,

beim dritten den Gürtel, der mit Geburtssteinen verziert war,

beim vierten die Gewandnadel, beim fünften die Halskette und beim sechsten ihr Ohrgehänge,

und beim siebenten Tor setzte er das Diadem auf das Haupt der Göttin Ischtar.

***

Er hatte eine Binde vor den Augen. Man führte ihn an der Hand. Niemals zuvor hatte er sich so tollpatschig und lächerlich gefühlt. Vielleicht hatte er, ein ehrwürdiger und älterer Herr, umsonst zugestimmt, ein Teilnehmer dieses Vergnügens zu sein. Er wusste nicht, ob es zur Wahrung seiner Würde notwendig war zu lächeln oder ob es unangebracht war; zugleich waren seine Nerven angespannt.

Als sie anhielten, klopfte sein Führer barsch mit der Faust an eine Tür und Jegor Jegorowitsch wollte wieder seine dumme Binde abnehmen, sich entschuldigen und gehen.

Etwas klapperte, eine gekünstelte Stimme war zu vernehmen, der Begleiter rief ihn, dann packte man ihn, drückte ihm den Kopf hinunter, sodass ein Strick ihn unangenehm am Hals kitzelte, dann stieß man ihm in den Rücken und mit den Pantoffeln an den nackten Füßen dahinschlurfend fügte er sich demütig einem fremden Willen.

Weiter war es beinahe angsterregend, da er fürchtete, zu stolpern und zu fallen. Der Weg stieg an, fiel ab, die Füße stolperten über eine Unebenheit. Er verstand die Worte schlecht, die man in schwülstigem Ton für ihn sprach. Warum auch immer versengte man ihm beinahe das Gesicht, dann gebot man ihm, Bitteres zu trinken, das sich als Rotwein vom Typ *„ordinaire"* herausstellte, säuerlich und herb. Dann war zu hören, wie man Messer wetzte, und für einen Moment kam es Jegor Jegorowitsch in den Sinn, dass er womöglich in eine widerwärtige Lage geraten war und dies alles für ihn tragisch enden würde. Als man ihm schließlich die schwarze Binde abnahm, stand er vollkommen verwirrt und schweißbedeckt da und wandte stark blinzelnd immer wieder seinen Blick vom Dolch am Herzen zu einer Erhöhung im Raum, die ihm blendend hell vorkam.

Dieser Zustand der Verwirrtheit und gehörigen Ermattung setzte sich weiter fort, als alles ziemlich gewöhnlich wurde und ein unbekannter Franzose mit einem Band über der Schulter etwa eine halbe Stunde alles in allem sehr schöne Worte sprach und, wo es angebracht war, seine Stimme erzittern ließ. Aus der Rede des Franzosen erfuhr Jegor Jegorowitsch, dass er ein Lehrling geworden war und ein rauer Stein und dass er sich selbst schleifen müsse, obwohl ihm auch andere dabei helfen würden.

***

Die tägliche Arbeit Jegor Jegorowitschs verlangt große Aufmerksamkeit, aber sie ist nicht schwer. Im achten Dienstjahr ist er Vorgesetzter. Seinerzeit, noch in Kasan, als er sich noch auf eine ehrwürdige Karriere beim Post- und Telegrafenamt vorbereitete, studierte er fleißig Fremdsprachen, zuerst nach Toussaint-Langenscheidt und dann mit Lehrer. Französisch lernte er ausgezeichnet, Deutsch nicht schlecht und Englisch ausreichend, um sich zurechtzufinden. Das half ihm in Paris, in einem Handelsbüro gut zurechtzukommen.

Ein Mitarbeiter und Untergebener Jegor Jegorowitschs, ein junger Franzose, schüttelte ihm heute auf besondere Weise die Hand. Jegor Jegorowitsch lächelte als Antwort, doch sah er sich um: Vielleicht waren hier vereinbarte Zeichen nicht angebracht. Beim Durchsehen von Listen und Unterschreiben von Dokumenten durchlebte er in Gedanken den gestrigen Abend. Trotz allem war es ein starker Eindruck.

Unser Leben ist klein, tagein tagaus bleibt es immer gleich. Alles ist sehr gut einstudiert, nützlich und notwendig. Die Grenzen dieser gesetzmäßigen Einstudiertheit zu überschreiten, ist immer angenehm. Anstelle formeller Worte treten plötzlich neue, die fast wie ein Gedicht sind! Und anstelle von *monsieur* tritt das freundliche *mon frère*[10]. Und anstelle gewohnter und notwendiger Bewegungen ganz besondere, theatralische, unerwartete, unnütze und wohl auch schöne.

Jegor Jegorowitsch vergewisserte sich, dass die Tür des Arbeitszimmers geschlossen war, stand auf, hob entsprechend die Hand und versuchte, die Schritte so zu machen, wie man es ihn gelehrt hatte; aber in der Arbeitsumgebung erschien es ihm zu lächerlich und außerdem konnte jemand schnell eintreten und sehen, dass der Vorgesetzte quasi tanzte. Jegor Jegorowitsch schämte sich vor sich selbst, setzte sich an den Tisch, blickte finster und machte sich an die Arbeit.

Von Mittag bis zwei Uhr, wenn sich das Büro leerte, ging Jegor Jegorowitsch manchmal in ein kleines Restaurant. Sonst nahm er im Büro einen Imbiss zu sich, den er von zu Hause mitgenommen hatte – das war billiger und besser. Es sind schöne Stunden, niemand ist da, man kann nachdenken und ein wenig lesen. Heute las er aufmerksam eine dunkelblaue Broschüre, die man ihm gegeben hatte.

Vor seinem Tisch hing eine Landkarte mit Markierungen an der Wand und er stellte sich deutlich vor, wie die Zeitungsbündel und Buchpakete aus dem Büro auf dieser Karte in alle Richtungen auseinanderliefen. Genau so können sich auch die guten Gefühle auf der Karte verbreiten – in verschiedene Länder und Städte. Oder wie gestern der Franzose gesagt hatte: „Wo auch immer du sein magst, in

10 **Mon frère** (frz.): mein Bruder.

einem beliebigen fremden Land, in einer beliebigen Stadt wirst du einen Menschen finden, der dich anhand eines Zeichens und eines Wortes erkennen und dir in Schwierigkeiten helfen wird." Wenn das wahr ist, dann ist das wunderbar! Angenommen, es verschlägt mich irgendwohin nach Australien (und dass dies eintreten kann, daran zweifelte Jegor Jegorowitsch nach Singapur nicht) und dort ist alles fremd und dort kenne ich einfach niemanden und dann ist da irgendeine Kalamität oder es ist ein Unglück geschehen. Und plötzlich ... „Wie? Also, Sie ..." – und sogleich erfolgt ein völliger Wandel in der Behandlung und im Schicksal, eine schnelle brüderliche Hilfe, ein Lächeln und Händeschütteln. Wunderbar! Weniger verständlich ist der Rest, obwohl es zweifellos gerade durch das Geheimnisvolle unterhaltsam ist. Warum zum Beispiel ein Dreieck? Weil es Drei in einer Einheit zusammensetzt. Nun, was folgt daraus und welche Drei in welcher Einheit sind das? Und doch drei – das ist seit Menschengedenken eine heilige Zahl. „Ohne die Dreieinigkeit wird kein Haus gebaut"[11] oder so ähnlich.

Das blaue Büchlein war durchgeblättert und man konnte nicht sagen, dass es ausreichend verständlich war. Ein gesprochenes Wort hätte mehr gebracht.

Gestern saß Jegor Jegorowitsch beim Abendessen neben einem alten Franzosen, der schweigsam war und wie leblos schien. Alle waren fröhlich, er blieb nachdenklich. Jegor Jegorowitsch, der normalerweise keinen Wein trank (ein halbes Gläschen mit Wasser), wurde nach zwei Gläsern kühner und fühlte das Bedürfnis nach einem herzlichen Gespräch. Er fragte seinen schweigsamen Nachbarn:

„Sie sind wohl schon lange in dieser Gesellschaft?"

Der Nachbar zerschnitt langsam ein Stück vom zähen Kalbfleisch und antwortete:

„Dreiundzwanzig Jahre, werter Bruder."

„Oh! Da sind Ihnen natürlich viele Geheimnisse bekannt."

Im vollen Ernst sagte der Nachbar:

„Es gibt nur ein Geheimnis, und es zu ergründen, ist unmöglich."

Jegor Jegorowitsch wollte sehr gerne fragen, was das für ein Ge-

11 Russisches Sprichwort.

heimnis sei, doch hielt er sich zurück. Als er das Stück Kalbfleisch zerkaut hatte, fügte der Nachbar im vorherigen Ton hinzu:

„Das Geheimnis ist: Woher sind wir gekommen, wer sind wir und wohin gehen wir? Darin liegt das ganze Geheimnis."

Nicht, dass das Interesse Jegor Jegorowitschs erloschen war, aber es war abgeschwächt. Er wusste gut, dass er, ein Angestellter der Firma Cachette, von zu Hause, von der Rue de la Convention, gekommen war und dorthin zurückgehen würde. Und wenn er zurückkommt, wird seine Frau, wenn sie noch nicht schläft, fragen: „Nun, man hat dir wahrscheinlich einen Dreck vorgesetzt." Kaum wird sie ein großes Interesse an Jegor Jegorowitschs Geheimnis bekunden.

Nach dem Kastanienpüree, von dem im Mund eine süßliche Schmiere übrig blieb, servierte man einen dünnen, warmen Kaffee; sodann brachte der Vorsitzende sofort einige Toasts aus. Der Sprecher der Loge aber wiederholte in etwa dasselbe, nur kürzer, was er schon gesagt hatte, als man den betäubten und blinden Jegor Jegorowitsch auf einen besonderen Sessel gesetzt hatte. Wieder lernte Jegor Jegorowitsch nicht ohne Schwierigkeiten, dass er im Weiteren seinen Stein bearbeiten müsse, wobei er besonders sorgfältig Aberglauben und Vorurteile abzuschlagen habe. Danach bot man Jegor Jegorowitsch an, selbst auf diese Rede zu antworten. Sehr verlegen, aber mit weniger Schwierigkeiten mit der Sprache als damit, die Gedanken in die nötige Reihenfolge zu bringen, bedankte sich Jegor Jegorowitsch bei seinen neuen Brüdern dafür, dass sie ihn in ihre Mitte aufgenommen hatten, und versprach, sich nach Kräften und Wissen zu bearbeiten, um dessen würdig zu sein. Da alle Anwesenden gerade dies von ihm erwartet hatten, hatte Jegor Jegorowitsch Erfolg: Man applaudierte ihm und drückte ihm die Hand.

An der Straßenbahnstation traf er wieder auf jenen Alten, den er später besuchen würde. Und da ging Jegor Jegorowitsch ein Gedanke durch den Kopf, der in seinem Leben außerordentliche Folgen haben würde: Er schlug dem Franzosen vor, in ein Café *auf einen Aperitif* zu gehen. Dieser war sofort einverstanden – und sie verbrachten eine ganze Stunde an einem einsamen Tischchen. Der in großer

Gesellschaft schweigsame Franzose erwies sich unter vier Augen als ausgezeichneter und lebhafter Gesprächspartner.

Als Jegor Jegorowitsch schließlich nach Hause kam und sich, um seine Frau nicht zu wecken, leise auszog, hinlegte und das Licht löschte, konnte er wegen des Andrangs der vielfältigen und sonderbaren Gedanken, die die Ereignisse des Abends und besonders das zufällige Gespräch im Café erweckt hatten, lange nicht einschlafen. Die Gedanken passten nicht in die gewohnten und einfachen Schlussfolgerungen und besonders einer, der ihm vorher nie in den Sinn gekommen war, beunruhigte und erregte ihn aufs Äußerste: der Gedanke, dass sich in seinem Leben ein Abschnitt vollendete und etwas ganz Neues bevorstünde. Der alte Jegor Jegorowitsch war eines echten Todes gestorben und verweste in der Erde; der neue Jegor Jegorowitsch liegt in den Windeln, blinzelt geblendet ins Licht und bringt, ohne buchstabieren und schreiben zu können, irgendein Wort hervor, das keinen Sinn ergibt, aber sehr wichtig und geheimnisvoll ist.

Im letzten Schlummer, als sich Jegor Jegorowitsch im Bett streckte, fühlte er sich als männliche Säule des Tempels und neben ihm war die weibliche Säule. Die Decke des Schlafzimmers vollendete und verband sie als Architrav[12] und diese wahre Triade versank in der Dunkelheit der Nacht und des Nichts.

12 **Architrav:** Horizontalbalken (Archit.).

Zwei Welten

Was hatte Jegor Tetjochin, ein Angestellter im Büro Cachettes, mit Hermes, dem dreimal Größten, dem Sohn von Isis und Osiris, dem Begründer der Wissenschaft, gemeinsam?

Hier sitzt er, der große Trismegistos[13], den Kopf gekrönt mit einem kronenartigen Turban mit konischer Spitze, in der rechten Hand einen Zirkel, in der linken einen Globus; in der Ferne auf einem Felsen sitzt ein majestätischer Adler mit weit ausgebreiteten Flügeln; und daneben, hinter einem kleinen Schreibtisch, Jegor Jegorowitsch mit einer Pfeife zwischen den Zähnen, in der Pfeife eine Mischung aus Kaporal[14] und süßlichem Levan[15] – und vor ihm ein rätselhaftes, schwer verständliches Buch.

„Das, was unten ist, ist wie das, was oben ist, und das, was oben ist, ist wie das, was unten ist, damit sich das Wunder des Ein- und Desselben erfüllt. Ähnlich wie alle Gegenstände aus dem Einen und nach der Idee des Einen entstanden, so entstanden sie alle aus diesem Stoff je nach Art und Weise seiner Anwendung."

Der Vertriebsleiter bemühte sich vergeblich, die „Smaragdtabelle" des Hermes zu verstehen. In der Küche klappern die Töpfe, im Esszimmer klingen die Teller. Die immer unzufriedene Anna Pachomowna stellt das Fehlen einer Soßenschüssel fest, ohne zu ahnen, dass Theophrastus Bombastus von Hohenheim, genannt Paracelsus, ein kahlköpfiger, nicht ohne Gutmütigkeit ausgestatteter Mensch in langer Kleidung mit Sonne und Mond über seinen Schultern, die Soßenschüssel in Besitz genommen hat. Dort in der Küche spielt der große Alchemist *femme de ménage*[16] und zerkrümelt in der Soßenschüssel Schwefelteilchen und gibt Mercurium dazu und stellt dann die Soßenschüssel direkt auf die Platte des Gasherds. „Bei dieser Sa-

13 **Hermes Trismegistos:** Verschmelzung des griechischen Gottes Hermes mit dem ägyptischen Gott Thot.

14 **Kaporal:** eine Tabakart.

15 **Levan:** eine Tabakart.

16 **Femme de ménage** (frz.): Putzfrau.

che muss man die vier Stufen des Feuers beachten: Auf der ersten Stufe löst das Mercurium seinen Körper auf, auf der zweiten Stufe trocknet das Mercurium den Schwefel aus, auf der dritten und vierten Stufe wird das Mercurium starr." Theophrastus Paracelsus rührt seine Brühe und klopft mit dem Löffel an den Rand des Gefäßes. Weiter ist zu hören, wie in der Küche Wasser aus dem Hahn fließt. „Der philosophische Himmel oder der Weinstein, der alle Metalle in Mercurium verwandelt, ist das metallische Wasser des Lebens der Weisen. So bezeichnen diese die aufgelöste Hefe." Anna Pachomowna jedoch versucht in einem schrecklichen Französisch – sie wird es nie erlernen –, Madame Jeannette zu beweisen, dass, „wer zur Vollendung der philosophischen Sache Mercurium dem reinen Wasser vorzieht, immer irren wird", und außerdem „muss man die Zwiebel feiner schneiden und stärker anrösten und unbedingt anbräunen". Und sie bezeichnet dies als *„mettre du rouge*[17]*"*, doch die Französin ist voll Zweifel. Schließlich sagt Paracelsus in beleidigtem Ton: „Nun, fertig! Jegor Jegorowitsch, George!", und vom Essen dringt ein warmer, duftender Schwall in die Nase des über dem Buche Schlummernden.

George, der sich schon die Oberlippe rasiert, hat einen großen Mund. Die Haare sind akkurat glatt gekämmt, obwohl – auf der Straße trägt er keinen Hut. George hat etwas, das Jegor Jegorowitsch bisher nicht hatte: ein eigenes Leben. Doch in letzter Zeit tauchte etwas Ähnliches auch beim Leiter des Expedits auf. Nur Anna Pachomowna hat kein eigenes Leben. Sie sagt:

„George, du isst viel und kaust schlecht. Das ist schädlich."

George stopft sich den Mund voll und antwortet ausweichend:

„Je fais de mon mieux, Maman."[18]

Und Anna Pachomowna ist unzufrieden damit, dass George auf Französisch antwortet.

Mit dem großen Mund trinkt George in großen Schlucken Wein mit Wasser, dann nippt er daran wie Jegor Jegorowitsch. Und plötzlich, als er das Glucksen in der Gurgel seines Sohnes hört, errät Je-

---

17 **Mettre du rouge** (frz.): Rouge auftragen.

18 **Je fais de mon mieux, Maman** (frz.): Ich tue mein Bestes, Mama.

gor Jegorowitsch, dass etwas Unverständliches geschehen ist und vielleicht etwas Nichtwiedergutzumachendes: Die Frau, der Sohn, der Esstisch und die Gabel mit der Bratkartoffel fahren schnell und lautlos auf Gummischienen in eine schreckliche Ferne davon und er bleibt einsam zurück. In der Ferne ist als dunkler Felsen die hochgekämmte Frisur Anna Pachomownas zu sehen und die dunkle Höhle von Georges Mund. Links ist eine mit dem Zirkel aufgetragene Sonne mit fröhlichen Augenbrauen, rechts eine Mondsichel mit langer Nase und in der Esszimmertür taucht plötzlich Theophrastus Bombastus von Hohenheim, genannt Paracelsus, auf, der die Züge von Madame Jeanette angenommen hat und mit kehliger und geheimnisvoller Stimme spricht:

„Die Weisheit, der du dienst, wird dir kein Glück versagen. Lebe glücklich und sei selig!"

Darauf antwortet Anna Pachomowna:

„Bon. Portez."[19]

Und George runzelt wegen des Akzents der Mutter wie gewöhnlich die Stirn.

Nach der Nachspeise geht Jegor Jegorowitsch ins Schlafzimmer, um sich umzuziehen, und da heute Dienstag ist, fragt Anna Pachomowna nicht, wohin er geht: Dienstags treibt sich Jegor Jegorowitsch mit seinen Freimaurern herum. Was sie dort machen, interessiert niemanden; wahrscheinlich reden sie über Belangloses, trinken maßvoll und selbstzufrieden.

Über den Augen Monsieur Jacquemaines, des Freundes und Bruders Tetjochins, hingen graue Brauen. Dem Alten wuchsen an den Brauen vereinzelte lange, widerspenstige und gerade Haare nicht mit dem Strich, sondern dagegen. Jegor Jegorowitsch beobachtet die Bewegung eines wie ein Bälkchen besonders dicken Haares der linken Braue des hochehrwürdigen Bruders und hört seine folgerichtige und überzeugende Rede. Der Alte legt seine Lippen an ein Glas mit Curaçao mandarine, Jegor Jegorowitsch nimmt einen Zug von der Bier genannten schwachen Kolophoniumlösung und ihr Tischchen in der Schenke am Eck ist von der ganzen Welt durch ei-

---

19 **Bon. Portez** (frz.): Gut. Tragen.

nen dunkelblauen Sternenvorhang der Erkenntnis und Eingeweihtheit getrennt.

Wenn der Motor erfunden ist, wenn in der profanen Welt ein Laufbursche in die Pedale tritt und ein Geschäftemacher dem Chauffeur eine Adresse gibt, heißt das, dass die menschlichen Füße überholt und abgeschafft sind? Mein lieber Bruder, die Wissenschaft gibt Antwort auf alles, außer auf das, worauf sie nicht antworten kann. Dort, wo das Einmaleins keine Hilfe ist, dort wandelt der forschende Geist des Menschen auf alten und bewährten Wegen der großen Weisen, auf den Wegen der symbolischen Erkenntnis und des mystischen Verstehens.

Ein wohlgenährter und apathischer Kater von kleinem Wuchs und ohne üble Begierden schließt sich als Dritter dem Gespräch der alten Leute an. Jegor Jegorowitschs Hand gleitet über das Fell des Katers, das Ohr hört, der Kopf denkt anderes, nicht ganz zum Gespräch Passendes. Im Büchlein, das er gestern nicht ganz ohne Schwierigkeiten entziffert hat, war der vedische Gott Indra abgebildet, ein stark behaarter Alter, der die Hände weit ausgestreckt hat, und seine Hände waren bis zum letzten Finger wie ein Bartgestrüpp. Bruder Jacquemaine ähnelt dem Gott Indra, obwohl im Knopfloch des Bruders Jacquemaine das Ordensband der Ehrenlegion steckt und sich im Mund ein goldener Zahn befindet, der einzige ganze Zahn seines Oberkiefers. Der Zahn verschwindet hinter den Lippen und springt wieder hinter dem Wald grauer Haare hervor. Mit ihm fahren Worte wie ein Faden aus gelbem, ausgesuchtem Bernstein heraus:

„Was suchen wir und erreichen wir? Wir suchen das in den Jahrhunderten verlorene Wort. Die Wissenschaft sagt uns, dass der Mensch niemals glückselig und allwissend war, sondern dass er vor allem ein Affe war; und die Wissenschaft hat natürlich recht – und was ist der Sinn ihres Rechthabens? Es ist uns trotzdem unmöglich und unerträglich, ohne Glauben zu leben, es muss einen Schlüssel zum Rätsel des Seins geben – und das Wort muss gefunden werden. Und so suchen wir, wissend, dass wir es nicht finden können, doch wir genießen die Suche.“

Jegor Jegorowitsch stellt sich vor, dass Anna Pachomowna den Schlüssel zur Kommode verloren hat – und sie sucht und knurrt, schleudert alles herum, denkt mit schlechten Worten an die *femme de ménage,* die damit nichts zu tun hat, weil sie ihr den Schlüssel nie anvertraut hat. Doch Anna Pachomowna weiß, dass der Schlüssel schlussendlich in den Jahrhunderten verloren ist ...

Und er sagt zaghaft:

„Warum denn suchen, wenn man weiß, dass man ihn nicht finden kann?"

Der goldene Zahn verschwindet und springt wieder mit einer Speichelblase hervor:

„Mein Bruder, das Ideal ist nicht erreichbar, sonst wäre es kein Ideal. Nun denn, soll man denn ohne Ideal leben? Sind Sie kein Jäger?"

„In welchem Sinn?"

„Nun, haben Sie nie mit dem Gewehr gejagt?"

„In meiner Jugend kam das vor. In der Gegend von Kasan gibt es jetzt noch einen Wald, viele Hasen und natürlich Wölfe. Und Bären gibt es."

„Und Hirsche?"

„Hirsche gibt es keine in der Nähe von Kasan. Füchse gibt es viele. Und Vögel, so viel man will: Enten, Gänse und dann diese – ich weiß nicht, wie sie auf Französisch heißen – des Auerannes, des Aselunnes und allerlei andere."

Der goldene Zahn, umspült mit einem Schluck Curaçao mandarine, trägt genau und sorgfältig auf einem unsichtbaren Pergament eine wunderbare Zeichnung auf:

„Hirsche gibt es bei Ihnen nicht. Aber das ist egal. Sie sind ein Jäger auf einem weißen Pferd und jagen nach dem Hirsch mit dem goldenen Geweih. Und wenn es bloß im Märchen ist. Sie sehen ihn, aber er ist außer Schussweite. Sie jagen ihn immer schneller – er zieht immer schneller von Ihnen fort. Und so huschen die Minuten vorüber, laufen die Stunden und Tage davon, vergehen die Jahre, Jahrhunderte – Sie haben sich ihm um keinen Spann angenähert, aber Sie verbinden Ihr Schicksal immer stärker mit dem seinen. Und Stück für Stück besteht Ihr Ziel nicht mehr darin, den Hirsch einzuholen und ihn zu erlegen, um damit die geheimnisvolle Verbindung zu ihm zu lösen, sondern es wandelt sich zum ewigen Jagen, um ihn niemals zu erjagen und sich nie von ihm zu trennen. Anstelle des anfänglichen, zeitweiligen, kleinen profanen Ziels tritt ein neues, großes, ewiges, mystisches."

Der vedische Gott Indra zeigt mit der Hand in die Ferne – und Jegor Jegorowitsch eilt, dem Pferd die Sporen gebend, Hals über Kopf dem sagenhaften Hirsch nach. Und Jegor Jegorowitschs Herz, das schon nicht mehr junge Herz, das fleißig von Kasan über Singapur bis nach Paris gearbeitet hat, vereinfacht gesagt – das abgenutzte, müde Herz, schlägt im Takt des Pferdegalopps. Das schaumbedeckte Pferd vermeidet alle Kringel und Markierungen auf der Exportkarte der Firma Cachette, trägt ihn über ihren Rand hinweg, überfliegt Schluchten, erklimmt Anhöhen und Berge, aber in der Ferne klopft der Hirsch mit seinen Hufen auf Gras und Steinchen und im goldenen Geweih pfeift der Wind. Der kastrierte Kater, die Zierde der Schenke an der Ecke, springt vom Sofa auf den Schoß Jegor Jegorowitschs, der entschlossen sagt:

„Ja, ja, das ist ... ist wahrhaftig."

Und mit kaltem Bier übergießt er die Hitze und das Zittern der Kehle. Etwas Schöneres kannst du dir nicht vorstellen. Merkwürdig! Und wie wahr!

So ließen sie zu später, abendlicher Stunde in die Bitterkeit der Gläser Worte fallen – spitzfindige Worte voll mystischer Anmut und Geheimnis, ihnen beiden um einiges notwendiger als alle profanen Reden, Schreie, Ausrufe, Trommeln und Schläge. Der Zigarrenrauch bildet eine Wolke, über der Wolke ist der Sternenhimmel – die zwölf Sternzeichen, die sich in vereinbarte Zeichen verwandeln; es zieht von der Eingangstür her, Gläser und Geschirr klappern unter einem Wasserstrahl, die vollbusige Kassiererin bewegt mit einem unerwarteten Maul gähnend die Lade heraus und hinein, der Kellner beginnt die Stühle auf die Tischchen zu stellen und feuchte Späne auf den Boden zu leeren: All das ist in jener Welt, in der vernünftigen und logischen, in der Welt der Münzen, der Waren und Abendzeitungen, in der Welt der Menschen, die sich nie in ein Pferd verwandelt und keinen Hirsch mit goldenem Geweih gesehen haben.

Die Serviette auf der Schulter macht sich der Kellner mit der Bürste ganz nahe heran, zieht den Sternenvorhang auseinander, schimpft unfreundlich mit dem Kater und deutet freundlich und entschuldigend an, dass die Schenke schließt. Mit den Fingern der linken Hand kehrt er das Trinkgeld in die Tasche, mit denselben Fingern fasst er die Gläser am Rand und die Kassiererin nickt zärtlich den gehenden Kunden zu.

Auf der Verkehrsinsel wartet jeder auf seine Straßenbahn und Jegor Jegorowitsch tut es leid, als Erster fortzufahren. Von der Plattform aus sieht er noch den alten und zerdrückten Hut über den grauen Brauen, der Schaffner zieht schroff an der Schnur und die Pariser Häuser beginnen ihren üblichen abendlichen Lauf, kokettieren mit den leuchtenden Aushängeschildern und verengen sich düster zu dunklen Gassen.

Der raue Stein

Jegor Jegorowitsch entließ den Besucher und saß einige Zeit bewegungslos mit auf die Hände gestütztem Kopf da. Welche Unannehmlichkeit! Und welche Gemeinheit!

Ein Kunde der Agentur hatte absichtlich ausgeplaudert, dass er sein Recht auf dem Schmiergeld gründet, das er dem jungen Angestellten der Firma, Monsieur Henri Richard, gegeben hatte – und das war derselbe, der Jegor Jegorowitsch in die geheime Gesellschaft eingeführt hatte. Jegor Jegorowitsch sagte, dass er dies erstens nicht glaube und dies zweitens ein weiterer Grund für eine Absage sei:

„Aufgrund Ihrer Erklärung werde ich natürlich strenge Nachforschungen anstellen. Aber zum Schaden der Firmeninteressen und entgegen unseren Gepflogenheiten kann ich nicht auftreten. Da sind Sie selbst schuld."

Nun war es nötig, den Angestellten zu rufen, ihn zu überführen und ihn unverzüglich zu entlassen. Wo sind die Beweise? Der Beweis – wenn das stimmt – wird leicht am Gesicht des jungen Mannes abzulesen sein.

Er klingelte gebieterisch und Monsieur Henri Richard, ein junger Büroangestellter, trat mit den Beweisen im Gesicht ein: Er sah den Kunden, dessen sich entfernende Schritte nichts Gutes verhießen. Außerdem hielt er den Kunden an der Tür auf und sagte ihm flüsternd, dass ein Missverständnis passiert sei, das sich selbstverständlich aufklären werde, und dass er notfalls bereit sei, ihm seine kleine Schuld zurückzuzahlen. Der Kunde antwortete, ohne den Kopf zu wenden:

„Das ist Ihre Sache."

Im Vorgefühl eines unangenehmen Gesprächs trat Monsieur Richard geschäftig und ernst ein. Die weitere Szene war kurz und kaum zu glauben. Der junge Mann vergriff sich im Ton, indem er versuchte, eine beleidigte Unschuld vorzutäuschen. Um die Wahrheit zu sagen, er fühlte sich nicht allzu schuldig: Machen das nicht alle? Er wollte dem neuen, großzügigeren Kunden einen Vorteil vor dem alten, weniger großzügigen verschaffen; das war alles. Eine kleine private Abmachung ist für den Kunden sehr vorteilhaft und der Aufwand wird durch den Überschuss gedeckt. Die Firma verliert dadurch nichts. Doch als Jegor Jegorowitsch ihn aufmerksam angesehen und ihm gerade heraus gesagt hatte, dass er von der Bestechung wisse und ihn vom Dienst entlasse, verlor er den Kopf, erschrak und machte das Schlechteste, was er tun konnte: Er nannte den Vorgesetzten nicht Monsieur, sondern *mon frère.* Da hörte er einen Schrei, der noch nie im Büro der Abteilungsleitung gehört worden war: den Schrei eines Besessenen, eines Verletzten und Gefolterten. Der ruhigste und friedlichste der Chefs kreischte hysterisch auf, stampfte mit den Füßen und rief etwas Unverständliches in seiner barbarischen Sprache. Der junge Mann wich das Schlimmste befürchtend zur Tür zurück und verließ den Raum.

Kopfüber, sich mit den Händen an die Luft klammernd, flog der Arbeiter vom Gerüst nach unten auf einen Haufen Baumaterial. Hinter ihm her flogen Steine, Zementsäcke, eine Schaufel, eine Wasserwaage, ein Senkblei und losgerissene Bretter. Er stieß sich schmerzhaft, verlor das Bewusstsein, und als er zur Besinnung kam, konnte er nicht begreifen, ob nur er gestürzt war oder ob die ganze Baustelle zusammengebrochen war.

Er war der bescheidenste der Maurer und hatte gerade gelernt, die einfachsten Geräte zu bedienen, und half den älteren Kameraden beim Mauern. Doch er war stolz auf die Zugehörigkeit zum berühmten Stand der Baumeister. Und da stolperte er oder man stieß ihn oder das ganze Gebäude stürzte ein. Die Augen sind kalkverschmiert, die Glieder sind aufgeschlagen, die Welt steht Kopf.

Obwohl Jegor Jegorowitsch ein Ausländer war, liebten ihn die Angestellten wegen seiner Freundlichkeit, Feinfühligkeit und strengen Sachlichkeit; er war der Älteste nach Rang und Dienstjahren – fast alle waren während seiner Dienstzeit eingestellt worden. Wenn so ein Mensch in Raserei ausbrach, dann hatte dies einen besonderen Grund. Die einfache Erklärung, dass „der Alte seine Schrullen habe“, wie sie der anständig verwirrte Henri Richard abgab, konnte nicht überzeugen. Die Stenotypistin schüttelte den Kopf und schrieb weiter, die anderen Büroangestellten verstummten. Mit gesenktem Kopf und der Aktentasche in den Händen begab sich Jegor Jegorowitsch zum Ausgang, nickte niemandem zu und sagte nichts. Es war vor Dienstschluss.

Selten, aber doch kam es vor, dass Jegor Jegorowitsch sich zum Abendessen verspätete. Gewöhnlich kündigte er dies telefonisch an, damit Anna Pachomowna ihre häuslichen Bemühungen mit seiner Verspätung in Einklang bringen konnte. Diesmal gab es keinen Telefonanruf und es war eine ganze Stunde vergangen. Deshalb rief Anna Pachomowna ihren Sohn:

„Komm essen! Wir können nicht endlos warten."

Beide aßen schweigend und verurteilten mit ihrem Schweigen Jegor Jegorowitsch, der zur gleichen Zeit die Treppe in den fünften Stock eines Hauses am anderen Ende von Paris hinaufstieg.

Im zweiten Stock legte er eine kurze Rast ein, holte die Aktentasche unter der rechten Achsel hervor und steckte sie unter die linke und setzte den Anstieg fort. Im fünften Stock gab es drei Türen und weder ein Türschild noch ein Kärtchen. Die Portierin hatte gesagt: „Die Tür geradeaus" – aber alle Türen befanden sich auf der linken Seite. Jegor Jegorowitsch vermutete, dass es die mittlere Tür war, und läutete.

Lange kam keine Antwort. Dann schlurften Pantoffel und es waren schwere, schwerfällige Schritte zu hören, die Jegor Jegorowitsch bekannt vorkamen, der eine Genugtuung verspürte, als er mit dem Knöchel des Zeigefingers dreimal in regelmäßigen Abständen an die Tür geklopft hatte. Als Monsieur Jacquemaine die Tür öffnete, sagte Jegor Jegorowitsch:

„Das war zu Ihrer Beruhigung, um zu zeigen, dass kein Feind anklopft."

Das erstaunte und unzufriedene Gesicht Jacquemaines drückte mit Anstrengung Freundlichkeit aus.

Im Vorzimmer roch es nach Staub und Tabak, dann gingen sie in ein Zimmer, wo es nach Staub, Tabak und altem Mann roch. Die Fensterläden waren halb geschlossen, doch war auf dem großen, weichen Sessel der Abdruck von Monsieur Jacquemaines Körper zu erkennen. Jegor Jegorowitsch setzte sich auf den gegenüberstehenden Sessel und legte die Aktentasche auf seinen Schoß. Sie begannen mit Schweigen, das Jacquemaine reichte, um die Pfeife auszuklopfen. Als er sich ein Streichholz anstrich, sagte Jegor Jegorowitsch:

„Ich bin zu Ihnen als jüngerer Bruder zum älteren gekommen wie ein unwissender Schüler zum Meister."

Dann folgte die Darstellung der Ereignisse, die den Schüler Jegor Jegorowitsch so aufregten, dass er das Abendessen zu Hause vergessen hatte und vergessen hatte, dass man nach französischem Brauch einen Bekannten nur nach einer Einladung besucht:

„Wie soll ich mich verhalten? Seien Sie in dieser Sache ein Bruder und Führer."

Der goldene Zahn des Führers tauchte auf und machte sich an die Arbeit:

„Denken Sie denn, lieber Bruder, dass die Freimaurerei berufen ist, profane Probleme und Problemchen zu lösen? Das Bürschchen hat sich als Schurke erwiesen – was soll da die Bruderschaft der Freimaurer? Jagen Sie ihn aus dem Dienst – und Sie werden im Recht sein."

Jegor Jegorowitsch geriet in Verwirrung:

„Ich weiß natürlich, dass man sich für gewöhnlich so verhält. Aber legt mir nicht der Titel eines Freimaurers besondere Verpflichtungen auf, umso mehr, als der schuldig gewordene Angestellte unser Logenbruder ist und folglich ein Eingeweihter?"

„Eingeweihte stehlen nicht und nehmen kein Schmiergeld. Das Zeremoniell macht noch keinen Eingeweihten und es gibt viel Abfall und Unwürdige in unseren Reihen."

„Auch das weiß ich, obwohl ich das sehr bedaure. Aber kann ich denn – ein Freimaurer seit dem gestrigen Tag – einen Bruder richten, der älter im Dienst, doch jünger an profanen Jahren ist, obwohl er in der Arbeit mein Untergebener ist, wobei er mich selbst zum Licht geführt hat?"

„Dieser Richard ist ein Rabauke; man sollte ihn nicht nur aus der Arbeit, sondern auch aus der Loge jagen."

Jegor Jegorowitsch brachte die mit Arbeit vollgestopfte Aktentasche in Verlegenheit; er lehnte sie ans Stuhlbein und drückte eine

Ecke des Leders nieder. Jetzt war es leichter, sich zu unterhalten.

Seit eh und je kamen von Zweifeln Überwältigte zu den Weisen um Rat. Die Weisen stellten sich in Pose, schlossen ihre Toga und gaben einen Denkspruch von sich. Im gegebenen Fall verströmte der Weise einen Geruch von Tabak, der sich durch Billigkeit und Giftigkeit auszeichnete, und drückte sich klar und ohne jede Feierlichkeit aus. Und gerade das verwirrte Jegor Jegorowitsch. Für sich selbst unerwartet versuchte er nun, den Beschuldigten zu verteidigen:

„Er ist noch jung. Wenn ich ihn entlasse, kann ihn das auf die schiefe Bahn bringen. Und wenn ich ihn behalte, wird er das nicht unserer besonderen Beziehung zuschreiben? Und läuft es nicht darauf hinaus: Eine Hand wäscht die andere?"

Der Weise hörte auf, durch die Pfeife zu schnaufen, und sah durchdringend auf seinen Gesprächspartner, der fortfuhr:

„Andererseits, wenn unsere brüderliche Verbindung etwas bedeutet, dann muss ich mich bei diesem Fall besonders aufmerksam verhalten. Früher hätte ich darüber nicht nachgedacht, aber jetzt fühle ich deutlich eine Verantwortung. Die Sache ist die, Bruder Jacquemaine, dass ich mich bis jetzt nicht darum sorgte zu erfahren, wie dieser Richard lebt, was er liest, was er denkt, welche Familie er hat und so weiter. Das ist ein großer Fehler! Vielleicht hat er sich deshalb zu so einem Schritt entschlossen, weil er in eine aussichtslose Lage geraten und verzweifelt ist, oder gar – auch das ist möglich – tat er dies unter dem Einfluss dunkler Mächte, die zeitweise seinen Verstand trübten."

Monsieur Jacquemaine setzte sich schwerfällig und nicht sehr gern etwas auf, nahm den Kneifer vom Tisch, wischte ihn mit einem großen und schmutzigen Taschentuch ab und sattelte die Nase. Durch die starken Gläser sah sein Auge hervor, voll Zweifel und mit tränengefülltem Winkel an der Nase. Der Blick aus diesem Auge betrachtete zuerst Jegor Jegorowitschs Gesicht, glitt dann nach einem Aufenthalt am Bart über die Krawatte, senkte sich bis zum Knie und kehrte zum Bärtchen zurück. Nichts Besonderes, die Aufmerksamkeit auf sich Ziehendes und Erklärendes war in der äußeren Erscheinung des russischen Bruders zu erkennen und Monsieur Jacquemaine sagte:

„*Oui … Mais …*[20] Mir scheint, lieber Freund, dass Sie geneigt sind, sich mit Henri Richards Umerziehung zu beschäftigen?“

„Ich bin älter als er an Jahren und habe nicht wenig Lebenserfahrung. Und mir scheint, dass ich einen Teil der Schuld an dem trage, was vorgefallen ist, weil ich ihm nicht rechtzeitig einen guten Rat erteilt habe und ihm keine helfende Hand gereicht habe. Das heißt, das nehme ich an.“

„Tiens …“[21]

Erst hier bemerkte Monsieur Jacquemaine, dass Jegor Jegorowitschs Krawatte besser zum Anzug hätte gewählt werden können und dass es Zeit war, dass er sich die Haare schneiden ließ. Zu dieser Zeit erlosch Monsieur Jacquemaines Pfeife.

Sie schwiegen eine Zeit lang. Darauf musste Jegor Jegorowitsch umständlich auf die Frage des wissbegierigen Bruders antworten, ob sich die Stadt Kasan nicht in Sibirien befinde und ob sie weit von Kiew und Odessa entfernt sei. Als er über Kasan gesprochen hatte, erinnerte sich Jegor Jegorowitsch, dass Anna Pachomowna schon sehr lange wartete, obwohl zu hoffen war, dass sie schon mit George gegessen hatte. Als er die Aktentasche an einer Ecke hochhob, schüttelte er deshalb mit dem Gefühl von lebhaftester und aufrichtiger Dankbarkeit Monsieur Jacquemaines Hand und entschuldigte sich für die verursachte Störung. Im Vorzimmer wich er entschlossen aus, als der gute Freund die Hand leicht bewegte, als ob er bereit wäre, ihm in den Mantel zu helfen. Und während er die Treppe hinabstieg, staunte er, dass sie so hoch schien. Als er hinaustrat, hatte er vergessen, ob er links oder rechts zur Autobushaltestelle gehen musste, und erst im Autobus verstand er, dass er erst selbst die vorgefallene Geschichte durchdenken und einen Entschluss fassen musste und nicht einen alten und vielleicht beschäftigten Menschen mit seinen alltäglichen Kleinigkeiten belasten sollte.

„Und doch, welch einen wunderbaren Kopf dieser Alte hat! Wie schnell und wie richtig zog er zwischen der hohen Lehre und diesen lästigen Stückchen des alltäglichen Schmutzes die Grenze!“

---

20 **Oui … Mais …** (frz.): Ja … aber …

21 **Tiens …** (frz.): Sieh an …

Und Jegor Jegorowitsch kramte eilig aus einem besonderen Täschchen das kleine Buch mit den Autobusfahrkarten hervor, um den vorbeikommenden Schaffner nicht aufzuhalten.

***

In das Büro, aus dem gestern ein Löwe im Zorn gelaufen war, kam heute ein sanftes Schäfchen zurück; mit einem zärtlichen „Bäh" begrüßte es die Mitarbeiter, mit schuldbewusster Stimme sagte es zu Henri Richard: „Kommen Sie zu mir", und zog sich in sein Arbeitszimmer zurück.

„Hören Sie, mein Freund, das hier ist eine Postbestätigung; ich habe diesem Herrn das geschickt, was Sie ihm schulden; sobald Sie Geld haben, geben Sie es mir zurück. Anders konnte ich nicht handeln."

„Monsieur ..."

„Halt, Richard, hören Sie mich zu Ende an. Sie sind jung, haben die Zukunft vor sich. Ich möchte sie nicht zerstören, aber ich möchte davon überzeugt sein, dass Sie ihren schrecklichen Fehler einsehen. Ich nehme Ihre Schuld auf mich, trete gegen meine Dienstpflichten auf, ertrage Unzulässiges und lasse Sie im Dienst. Aber Sie irren sich, wenn Sie denken, dass Sie unsere besondere Beziehung rettet! Im Gegenteil, umso stärker verurteile ich Ihr Verhalten. Das, was andere tun, darf ein Freimaurer nicht machen."

„Das sehe ich ein, Monsieur."

„Wunderbar, Richard. Gerade das wollte ich von Ihnen hören. Ich bin nicht dazu berufen, Sie zu belehren, aber ich bitte Sie, künftig offener zu mir zu sein. Ich weiß doch fast nichts über Ihr privates Leben. Leiden Sie starke Not, mein Lieber?"

Henri Richard machte ein vieldeutiges Gesicht. Natürlich litt er Not, das heißt, er hätte gerne mehr Mittel für seine persönlichen Bedürfnisse gehabt. Er lebte bei seinen Eltern und der Schwester. Der Vater hatte einen Wirtschaftsbetrieb, die Familie war materiell völlig abgesichert, aber der Vater war trotzdem etwas geizig. Restaurants, Kinos, die Vergnügungen der Jugend (vereinfacht gesagt – die hygienischen Bedürfnisse) – all das wurde durch die Bezahlung im Büro schlecht gedeckt. Zwar war er durch die elterliche Hilfe mit einem Anzug, mit Unterwäsche, mit Krawatten versorgt. Aber jung war man nur einmal und Henri Richard war weder der Métro zweiter noch Mädchen dritter Klasse zugeneigt. Doch dies dem Chef zu erklären, war zwecklos, so sagte Henri Richard nur:

„Ich lebe nicht in äußerster Not, bin aber selbstverständlich bedürftig."

„Sie müssen wissen und sich daran erinnern, Richard, dass es in schwierigen Fällen leichter und besser ist, sich an einen Bruder zu wenden, als eine unrechte und, verzeihen Sie, anstößige Quelle der Bereicherung zu suchen. Ich bin nicht reich, lebe nur vom Dienst, doch kann ich ohne besondere Schwierigkeiten einem bedürftigen Freund aushelfen. Es gibt nichts zu danken, Richard, das ist unsere Pflicht. Nun denn, wir haben uns ausgesprochen. Verzeihen Sie, dass ich gestern grob zu Ihnen war. Und noch etwas – Sie würden mir und meiner Frau ein großes Vergnügen bereiten, wenn Sie bei uns zum Abendessen vorbeischauen würden; wenn Sie zum Beispiel am Mittwoch Zeit hätten – kommen Sie direkt von der Arbeit zu uns. Nein, Sie fallen uns durch nichts zur Last – und bitte ungezwungen. Das heißt abgemacht, mein Freund! Nun, an die Arbeit."

Freundschaftliches, warmes Händeschütteln.

Zu sagen, dass Henri Richard durch den Großmut Monsieur Tekhines nicht verwirrt war, wäre nicht richtig. Auf jeden Fall war dieser Russe ein großer Sonderling. Es war schwer, hier irgendeine Hinterhältigkeit anzunehmen! Wenn er gar dumm ist, dann ist er jedenfalls kein schlechter Mensch. Aber diesem Gauner das Geld zu schicken, ist die reine Idiotie; auf jeden Fall hätte er meine Zustimmung einholen können. Jetzt muss ich ihm wohl die zweihundert Francs zurückzahlen. Natürlich hätte es auch schlimmer kommen können! Überhaupt ist das eine überaus komische Geschichte.

Der Buchhalter war neugierig:

„He? Ein friedliches Gespräch nach dem Gewitter?"

„Ja, der Alte hat seinen Ton gemäßigt."

„Ein kleines Missverständnis?"

„Nicht der Rede wert! Eigentlich ist der Alte kein schlechter Mensch, aber was soll man machen – Größenwahn! Übrigens hat er sich wegen gestern entschuldigt und mich zum Abendessen eingeladen."

In Abwesenheit von Richard hatte der Buchhalter der *dactylo*[22] seine Überlegungen anvertraut.

„Um die Wahrheit zu sagen, Henri Richard ist ein echter Lump, aber klug ist er und listig, er wird es weit bringen. Was unseren Chef betrifft, ist es keine Übertreibung zu sagen, dass er eine Art heiliger Dummkopf ist. Wäre das nicht ein Mann für Sie, Mademoiselle Yvette?"

Mademoiselle Yvette schob den Wagen zurück, drückte den Tabulator und fragte:

„Was hat Henri eigentlich angestellt?"

„Ich denke, eine kleine Gaunerei, und der Chef hat ihn erwischt. Ihn zuerst überführt, ihm dann offensichtlich verziehen und ihn dann zum Abendessen eingeladen. Verstehen Sie?"

„Das verstehe ich nicht."

„Es ist nichts Besonderes, Yvette, dass Sie kein Chinesisch verstehen. Das nennt man *âme slave*[23], Mademoiselle. Das ist etwas in der Art von Porree mit Schokoladensoße und *anchois*[24]."

„Monsieur Tetékhine ist ein wunderbarer Mensch!"

„Das bezweifle ich nicht. Gerade deshalb kann ein beliebiger Schurke einen Narren aus ihm machen."

Die Finger der Stenotypistin liefen über die Tastatur. Darüber, dass Henri Richard nicht zu den Engeln zählte, wusste sie etwas.

***

Man könnte denken, dass im Büro des Chefs eine dringende Reparatur durchgeführt wird – es klopft ein Hammer und überallhin fliegen Steinsplitter; Jegor Jegorowitsch arbeitet am rauen Stein, schlägt die Unzulänglichkeiten und Laster der uneingeweihten Welt von

22 **Dactylo** (frz.): Tippfräulein, Tippmamsell.
23 **Âme slave** (frz.): slawische Seele.
24 **Anchois** (frz.): Sardellen.

sich ab. Seit dem heutigen Tag könnte es scheinen, dass die Arbeit so weit vorangeschritten ist, dass der Stein eine kubische Form angenommen haben musste; doch während er mit ganzer Kraft mit dem Hammer auf den Meißel klopft, bemerkt Jegor Jegorowitsch erstaunt, dass sich die Vertiefungen und Unebenheiten vergrößern würden und bei weiterer Arbeit in dieser Richtung der Stein bersten und zerfallen könnte.

Er hatte den hohen Edelmut der Seele gespielt! Die Tugend, zufällig gekauft um zweihundert Francs! Eine Salve Großzügigkeit gegen die verbrecherische Seele eines jungen Menschen! Übrigens ist das ein Fehlschuss, ein Theaterschuss: Henri Richard ist weder erschossen worden noch verletzt, und der Schütze hat sich ohne Anstrengung zu den Heiligen gesellt.

Und das Wichtigste – welch eine armselige, berechnende Heuchelei! Zuerst demütigte er sich vor einem Weisen und zeigte sich von der besten Seite. Dann nahm er zwei Hundertfrancsscheine von den bescheidenen Ersparnissen und schickte sie im Namen Henri Richards (nicht in seinem! – heilige Schamhaftigkeit!) ab. Schließlich fragte er den sich fürchtenden Jungen mit süßer Stimme, wie es seiner Mama ginge, und lud ihn zu sich ein. Wie schön! Und er betonte noch: „Denken Sie nicht, dass dies die Tat eines Bruders ist; ich bin von Haus aus edel, von Geburt an!"

Durch die Landkarte an der Wand zwängt sich der Vorstand der Aktiengesellschaft Cachette, verdreht die Augen, klappert mit dem Kiefer und verlangt von Jegor Jegorowitsch eine unverzügliche Antwort: „Auf welcher Basis hat er Laster in der ihm anvertrauten Abteilung gezüchtet und gefördert? Auf wessen Kosten? Wer hat ihm geboten, sich mit der moralischen Umerziehung der Menschheit im Allgemeinen und Henri Richards im Besonderen zu beschäftigen, anstatt für das Gedeihen der Versandabteilung zu sorgen? Und ist es nicht verboten, bei einer rein kommerziellen Sache, noch dazu einer fremden, ohne die Emanation der slawischen Seele und ohne Theodor Dostojewski zu verfahren?"

Um die Wahrheit zu sagen: Jegor Jegorowitsch fühlt sich sehr schlecht. Er hat einen Fehler begangen, aber welchen? Die Bewertung der eigenen Taten soll auf dem Weg ihrer Abwägung auf der Waage des Gewissens erfolgen. Jegor Jegorowitsch bringt zuerst die Waagschalen ins Gleichgewicht, dann legt er vorsichtig auf die eine Schale Henri Richard, den Kunden, die Postanweisung, den Kneifer, die Pfeife und den goldenen Zahn Jacquemaines und auf der anderen Schale nimmt er selbst Platz und hält sich an den als Konus nach oben fortlaufenden Kettchen fest. Jegor Jegorowitschs Schale hebt sich nach oben, der Scheitel seines Kopfes durchschlägt beinahe die Decke. Durch den Schlag betäubt kann er trotzdem nicht erkennen, was das bedeuten soll. Vielleicht ist er im Recht oder im Gegenteil maßlos verbrecherisch.

Die Zeit bis zur Mittagspause verbringt er in außergewöhnlichen moralischen Qualen, wobei er weiterhin Papiere unterschreibt, Anordnungen verteilt und Ziffern im Kopf summiert. Als sich das Büro schließlich leert, zieht er aus der Aktentasche das in Papier gehüllte Frühstück heraus, das er von zu Hause mitgebracht hat, und kaut ohne jeden Appetit, obwohl Anna Pachomowna sowohl Sparsamkeit als auch Großzügigkeit an den Tag gelegt hat sowie feinen Geschmack: Brotquadrate, abwechselnd belegt mit Scheiben kalter Leber und italienischer Wurst. Darüber, in einem besonderen Wachspapier, befindet sich ein dreieckiger Bissen Schokoladentorte, der von ihrem Geburtstag und den zwei darauffolgenden Tagen übrig geblieben ist. Eine Flasche Wein und ein Glas werden immer in Jegor Jegorowitschs Büro aufbewahrt und er schenkt sich mit gewöhnlicher Gemäßigtheit ein. Doch im Glas und in der süßen Torte befindet sich eine Vielzahl der Splitter des schlecht behauenen Steins und zwischen den Zähnen des unerfahrenen Maurers knirscht es unangenehm.

Als Erste kommt nach der Mittagspause die Stenotypistin Mademoiselle Yvette zurück; sie pudert sich erneut die Nase und bessert die schöne Zeichnung ihres unschönen Mundes nach. Nach ihr wälzt sich der dicke ältere Buchhalter herein, ein Vielfraß im Fünfeinhalb-Francs-Restaurant, Kombattant, Junggeselle, Skeptiker und Rheumatiker. Und erst als beide Packer und der Laufbursche die restlichen Plätze einnehmen, erscheint mit geringer Verspätung

Henri Richard, dessen junge und selbstsichere Stimme heute in Jegor Jegorowitschs Gesicht eine schmerzhafte Angespanntheit hervorruft. Dann folgt das übliche Türenschlagen, das Kommen und Gehen der Besucher des Büros.

Mit einem Seufzer macht sich der unbehauene Stein an die zurückgebliebenen Papiere und versenkt sich in die Tätigkeit, die durch die Pause, die keine Erleichterung gebracht hat, unterbrochen worden ist. Was ist das heute für ein langer Tag!

Tao Te King

Eine Tür knallt und das Kupferschildchen mit der Aufschrift „George Tetékhine“ blinkt ironisch hinter dem Rücken des Trägers dieses Namens. Bei diesem Wetter kann nur ein zerstreuter Mensch ohne Schirm aus dem Haus gehen.

Der ehemalige Kasaner Beamte wird vom Pariser Herbstregen ganz nass, doch ist er zu sehr in seine Gedanken versunken, als dass er die Aufmerksamkeit auf eine solche Kleinigkeit lenkt. Der bevorstehende Abend ist voll Bedeutung und Geheimnis. Einmal zum Glauben gekommen, muss man sich an dieses Geschenk des Schicksals klammern und dann zeigt sich die Welt in einem anderen Licht. Und sie hat sich schon so gezeigt! Mit ganz anderen Augen als früher blickt Jegor Jegorowitsch auf die Häuser, die Leute, die beleuchteten Vitrinen der Geschäfte. Eine Eile, sei es auch eine unausweichliche, sogar angenehme, ist aber doch Eile, Gequältheit, Inhaltslosigkeit! Leute mit und ohne Regenschirm zeichnen mit ihren Füßen Muster über die Erde; Jegor Jegorowitsch schwebt bewusst, aber geheim über ihren Köpfen, bedauert sie, ist durchdrungen von großer Liebe zu ihnen, ohne sich mit der Menge zu vermischen. Von dieser Höhe sinkt er schwebend unter die roten Kugeln der Métro und fährt dann die Schienen entlang an den Stationen vorbei, deren Reihenfolge er schon lange auswendig kennt: Convention, Vaugirard, Volontaires bis Concorde, wo er umsteigen muss.

Seit einiger Zeit wurde Jegor Jegorowitsch ausnehmend aufmerksam gegenüber Schildern und dem Klang und der Bedeutung der Worte. Zehn Jahre hat er in der Rue de la Convention gelebt, ohne darüber nachzudenken, was ihr Name bedeutet. Jetzt erscheint es ihm bedeutungsvoll, dass sein Weg vom Vertrag zur Eintracht führt. Eine Zufälligkeit, die voll Bedeutung für einen Verstand ist, der an der Arbeit über die Geheimschrift der Symbole geschult ist. Sogar die Wermutwerbung auf den feuchten Tunnelwänden klingt für ihn wie eine Anspielung auf einen Teil einer moralischen Folge: *„Dubo –*

Dubon – Dubonnet“[25]. Vom einfachen alltäglichen Vertrag über die Schönheit und das Gute zur hohen brüderlichen Eintracht. Diese Erleuchtung verblüfft Jegor Jegorowitsch und er blickt sich schüchtern um – denkt er allein darüber nach oder beschäftigt derselbe Gedanke den Verstand aller anderen, die an den Ellenbogen und den feuchten Rücken aneinandergepresst sind? Es kann nicht sein, dass nicht noch jemand genau darüber nachdenkt!

Dann kommt der Moment – Jegor Jegorowitsch steht vor einer Tür, auf der steht: „Hinter dieser Grenze verlieren Fahrkarten ihre Gültigkeit“. Oder anders gesagt: „Du kannst mit einer und derselben Fahrkarte weiterfahren, kannst durch die unterirdischen Tunnels hin- und herfahren, die Richtung ändern – aber wenn du dich einmal dazu entschlossen hast, die Schwelle zu überschreiten und vom Unterirdischen hinauszugehen nach draußen, in die reale Welt, dann bedenke, dass es kein Zurück gibt“. Eine verhängnisvolle Grenze! „Lasst jegliche Hoffnung zurück, Eintretende!“ Und wieder – niemals hatte er früher dieses Schild bemerkt und nie über diese sonderbare Grenze zwischen den zwei Welten nachgedacht! Symbole umgeben unser Leben, umflechten es mit einem feinen Spinnennetz, in dem man sich zurechtzufinden muss – sonst verirrst du dich oder zerreißt seine Fäden. Und man zerreißt und verwickelt sich, ohne zu versuchen, in die Bedeutung der Worte einzudringen, und unterschätzt dabei die Bilder. Und es gibt noch eine Tür mit nicht minder geheimnisvoller Aufschrift; über ihre Schwelle ist Jegor Jegorowitsch heute Abend getreten: „Kein der Geometrie Unkundiger trete hier ein“. Diese Worte schrieb Plato über den Eingang seiner Akademie.

Der Philosoph Plato ist von mittlerem Wuchs, glatzköpfig, mit einer jener Warzen auf der Stirn, auf die man unwillkürlich blickt und sie gedanklich wegkratzt. Plato ist vor allem erstaunlich sympathisch – übrigens, wie alle Anwesenden. Das weite Zimmer ist mit Liebe gesättigt, und alle Ausstrahlung dieser Liebe ist auf Jegor Jegorowitsch gerichtet, der sich verlegen fühlt, wie in Umarmungen

25 **Dubo – Dubon – Dubonnet:** Werbespruch für die französische Aperitifmarke Dubonnet. Ein Wortspiel mit dem Klang der französischen Worte für „schön“ und „gut“, also etwa: Schön – gut – Dubonnet.

gepresst. Er würde auch gern entweder umarmen oder alle Hände bis zum Schmerz drücken, die zu einer Hand verschmelzen, einer freundschaftlichen, weichen, aromatischen. Jetzt darf man das nicht tun, man muss ernst und feierlich sein. Der Philosoph Plato, seine Schüler und Helfer, seine ganze Schule kreist um Jegor Jegorowitsch, um ihn für die Wahrnehmung neuer Gefühle und neuer Geheimnisse würdig zu machen; er selbst tritt in Berückung und im Halbschlaf von einem Bein aufs andere und hält ein Lächeln der Freude und Dankbarkeit zurück. Von Zeit zu Zeit äußert der Philosoph Plato Worte voll hoher Bedeutung, obwohl sie noch nicht ganz verständlich sind. Jegor Jegorowitschs Verstand ist so überfordert mit Arbeit, dass er es ablehnt, neues Material aufzunehmen, und ganz Nebensächliches, Weltliches, Profanes, das hier keinen Platz haben darf, herauspresst. So fährt zum Beispiel der Philosoph Plato fort, als Agent einer Versicherungsgesellschaft für Feuer, Alter, Krankheit, Invalidität, Unfälle und für noch viel mehr zu arbeiten, für besondere Unannehmlichkeiten, gegen die er auch Jegor Jegorowitsch versichert hat, indem er ihm drei Policen auf festem, glänzendem Papier ausgestellt hat. Die erste Police ist gegen Tod, die zweite gegen Feuerschaden und was die dritte ist, daran kann sich Jegor Jegorowitsch nicht erinnern, und es hat auch keinen Sinn, sich hier zu erinnern, das ist nur die krankhafte Neigung eines ermüdeten Verstandes. Dabei deutete der Philosoph Plato dem Kunden an, dass die Bedingungen, die er für ihn bei der Gesellschaft erwirkt hat, ganz außergewöhnlich wären; das ist eigentlich kein Agenturgeschäft, sondern eine versteckte Form von brüderlicher Gefälligkeit, aus reinem, selbstlosem Wohlwollen. Aber was ist die dritte Police? Da führt man Jegor Jegorowitsch wieder an der Hand und stellt ihn vor einen Karton mit Aufschriften, aus denen er entnimmt, dass es das ihm unbekannte Buch „Tao Te King“ gibt. Er wird es unbedingt auftreiben und lesen müssen. Aus den wichtigsten Wissenschaften hebt Jegor Jegorowitsch für sich die Rhetorik und die Dialektik hervor, denen er auch noch nicht begegnet ist. Als wieder die Stimme Platos ertönt, erinnert sich Jegor Jegorowitsch plötzlich, dass ihn die dritte Police gegen mögliche Missgeschicke mit der *femme de ménage* versichert, zum Beispiel, falls sie sich die Hand verbrüht oder unglücklich fällt, wenn sie den Eimer mit den Küchenabfällen hinausträgt; für diese Police zahlt man eine totale Bagatelle, aber für alle drei zusammen kommt eine anständige Summe heraus. Lenken Sie ihren geistigen Blick auf das Innere Ihres Wesens, indem Sie mit dem Meißel der Moral alle Unebenheiten beseitigen, die noch die Flächen Ihres Würfels entstellen! Ja, das werde ich unbedingt machen! Ich, Jegor Tetjochin, gebe mir das Wort, dem neuen Titel würdig zu sein, mir alles ins Gedächtnis zurückzurufen, was ich jemals in der Realschule über Geometrie gelernt habe: Die Summe der Quadrate der zwei Katheten ist gleich dem Quadrat der Hypotenuse, das Parallelepiped, das Trapez und so weiter. Es ist noch nicht zu spät, das Gedächtnis aufzufrischen und, am allerwichtigsten, das Wissen zu ergänzen, auch über Geschichte zu lesen und über Philosophie und über die Naturgeschichte. Durch das Markieren endlicher Abschnitte auf einer unendlichen Geraden hilft uns der Zirkel in der moralischen Welt, sich mit den Grenzen des Machbaren zu begnügen. Aber Jegor Jegorowitsch ist zu weit mehr bereit – zur Erfüllung des Unerfüllbaren! Er drückt in seiner Faust fest die ihm ausgehändigten hölzernen Gegenstände und versteht nicht, was ihm der Führer zuflüstert: „Geben Sie das her, machen Sie die Hand frei, die Hand!“ Schließlich gibt er es her, verlegen und mit großem Bedauern.

Als man ihm schließlich gratuliert, blickt er den Gratulanten gerade ins Gesicht und fängt in ihren Augen den Ausdruck wahren Wohlwollens auf, doch auch gewürzt mit etwas Herablassung. Es ist völlig verständlich – er befindet sich erst an der Schwelle zur Wahrheit! Schon sind ihm abweichende Schritte und Wege der Zweifel gestattet, doch wird er sich bemühen, ohne sie auszukommen, wird direkt dorthin gehen, wohin ihn der Stern ruft, der einst den Wahrsagern den Weg gezeigt hat. Ihm wird das Mittagslicht helfen und vor allem die Nähe all dieser großartigen Menschen, die bereit sind, alles zu opfern, nur um ihm die Möglichkeit zu geben, genau so zu werden, voll edler Gefühle und ein gebildeter Mensch. Der fünfzackige Stern ist der vollendete Mensch, der die Arme ausbreitet und dessen Beine auseinanderstehen, um in seinem Strahlen Platz zu finden. Dreh ein Ende nach unten und es kommt ein Ziegenbock heraus mit Spitzbart, Hörnern und Ohren! So vorsichtig muss man sein bei der Anwendung seines Wissens!

Als er in der Menge der großartigen Menschen aus dem Tor tritt, sucht Jegor Jegorowitsch mit den Augen nach Jacquemaine, mit dem er vereinbart hat, ein Stündchen in der üblichen Kneipe am üblichen Tischchen zu sitzen. Der Philosoph Plato kommt in einem gewöhnlichen Mantel heraus und begrüßt den leichten Regen mit den Worten: „Oh, là, là!“, stellt seinen Kragen auf, drückt zum Abschied herzlich Jegor Jegorowitschs Hand und sagt leise:

„Beachten Sie, lieber Bruder Tetékhine, dass mein Grundsatz folgender ist: Wenn mir ein Kunde empfohlen wird und es ein Erfolg wird, dann teilen wir uns die erste Provision zu gleichen Teilen. Sie kennen natürlich viele Ihrer Landsleute und können bezeugen, dass die Versicherungsbedingungen in unserer Gesellschaft außergewöhnlich vorteilhaft für die Kunden sind. Sowohl ihm Todes- als auch im Erlebensfall. Auf Wiedersehen, mein Lieber!“

„C'est un bon garçon“[26], brummt Bruder Jacquemaine, „aber mit profanen Interessen zu sehr beschäftigt! Manchmal kann man sich von ihnen auch ablenken lassen. Aber man liebt ihn; er führt schon das fünfte Jahr bei uns die Agenden der Loge.“

Bruder Jacquemaine ähnelt in Statur und Gesicht ein wenig Anatole France. Im Café setzt er sich auf das Sofa, Jegor Jegorowitsch richtet sich ihm gegenüber auf einem Stuhl ein. Der Garçon verbeugt sich fragend, obwohl er weiß, dass man ihm sagen wird: „Einen Curaçao mandarine und ein halbes Bier!“ Die Kassiererin nickt hinter der Kasse hervor. Mit weichen, nachlässigen Schritten kommt sie der der Leidenschaften und Fantasien beraubte Kater begrüßen. Die Genien des Guten, dickbäuchige Kinderchen, lösen die Schnüre des Sternenvorhangs und schneiden die Mitglieder der Geheimgesellschaft von der profanen Welt ab. Anatole France richtet sich den grauen Schnurrbart, damit kein Tropfen des Curaçao mandarine unnütz vergeudet wird. Frankreichs Brauereien machen alles von ihrer Seite Mögliche, um Jegor Jegorowitsch zufriedenzustellen, und es ist

26 **C'est un bon garçon** (frz.): Das ist ein guter Junge.

nicht ihre Schuld, dass ihm weder das Kolophonium schmeckt noch das persische Pulver oder die schaumige Lösung des Kaporal. Hin- und herschwankend macht sich das Gespräch in die gewünschte Richtung auf.

Und dann hebt Jesus Navin[27] seinen linken Arm im rechten Winkel zu seinem Körper auf Schulterhöhe und spricht: „Sonne, bleib stehen über Gibeon und du, Mond, über dem Tal von Ajalon!" Die Sonne blieb also mitten am Himmel stehen und ihr Untergang verzögerte sich, fast einen ganzen Tag lang. Weder vorher noch nachher hat es je einen solchen Tag gegeben, an dem der Große Geometer des Weltalls auf die Stimme eines Menschen gehört hätte. Neben dem Bier und dem Curaçao mandarine wächst ein Stapel alter Bücher und Pergamentrollen: die Bibel, die Veden, das ägyptische Totenbuch, der Koran, das Tao Te King. Wieder dieses geheimnisvolle Tao Te King, in dessen Namen selbst etwas Beunruhigendes für Jegor Jegorowitsch ist. Hinter dem feuchten und tabakgefärbten Schnauzbart springt der goldene Zahn hervor, der die Rede in Worte und Phrasen zerschlägt und sie, ohne zu zielen, in die Öffnung der Ohrmuschel des fünfjährigen Knäbleins Jegor schleudert. Anatole France baut in kurzen Hosen mit seinem Freund aus Bauklötzen den Turm von Babylon und beide haben vergessen, dass die Kinderfrau Leben ihnen dafür einen schmerzhaften Klaps geben kann.

Zu dieser Stunde befinden sich in der Schenke außer am Tresen keine Gäste mehr. Aber wenn sich ein Neugieriger mit feinem Gehör gefunden und er sich an den nahen Tisch gesetzt und die Ohren gespitzt hätte – wäre er enttäuscht worden. Worüber reden diese Leute so hitzig? Nicht über die ministerielle Krise? Nicht vom Konkurs einer Bank? Oder über den Ehemann, der seine Frau in Stücke geschnitten hat? Stellen Sie sich vor – sie sprechen über die Schlacht der Gileaditer mit den Ephraimitern! Die Gileaditer nahmen die Furt über den Jordan ein und jeden, der sich mit List einschleichen wollte, zwangen sie, das Wort „Durchgang" zu sagen. Und wenn er es mit dem Akzent eines unerwünschten Ausländers aussprach – wurde der Betrüger an Ort und Stelle in Stücke geteilt. Und es fielen in jener

27 **Jesus Navin:** Josua.

Zeit zweiundvierzigtausend der Ephraimiter. Das ist alles, was der Listige am Nachbartisch hört – und in Angst und Erstaunen eilt er aus der Schenke, und sei es bei Regen, Hauptsache, an die frische Luft. Er wird es nie verstehen, was Anatole France mit dem ehemaligen Kasaner Postbeamten verbindet und wozu sie eine Furt über den Jordan brauchen, aus einer Welt der Wechsel und Versicherungspolicen heraus, aus einer von Lügen wie mit Mull umwickelten Welt, aus einer Welt schrecklichen Sehnens nach Bergeshöhen – in eine Welt der Rätsel und geheimen Symbole, in eine Welt des kindlichen Glaubens an den vollkommenen Menschen, an den Einklang von Mikrokosmos und Makrokosmos, an die konziliare Verschmelzung der schöpferischen Willenskräfte.

Und da leuchtet am Himmel unserer Erkenntnis dieser fünfstrahlige Stern auf!

„Gestatten Sie, dass ich zahle, ich habe Sie eingeladen!"

Und Jegor Jegorowitsch schiebt die Münze Anatole Frances entschieden zur Seite.

Beim Ausgang stolpert er und stößt sich beinahe die Stirn am Türpfosten – und bleibt erstaunt über die plötzlich durch seinen Kopf schießende Vermutung stehen: Tao Te King – das ist doch fast sein Name in der französischen Aussprache! Wie ist das alles sonderbar und erstaunlich!

Metamorphosen

Anna Pachomowna sitzt da und blickt aufmerksam und misstrauisch auf Anna Pachomowna. Wenn sie die rechte Hand bewegt, bewegt die andere Anna Pachomowna die linke. Dann befeuchtet eine jede gleichzeitig zwei Finger an den unterschiedlichen Händen und fährt sich über die unterschiedlichen Augenbrauen. Mitten in einer Braue zeichnet sich ein krummes dunkles Fädchen ab, das gar nicht anziehend wirkt, und beide Anna Pachomownas sind davon überzeugt, dass dies nicht so bleiben sollte. Dann, als sie für einen Moment einander den Nacken gezeigt haben, ziehen sie mit einer jähen Entschlossenheit Haarnadeln aus der Frisur, lösen die fettigen Zöpfe, sammeln sie in der hohlen Hand und drücken sie unter den Schläfen an. Ohne dass ihre Blicke sich treffen, betrachten sie gegenseitig das Resultat und bemerken deshalb im jeweiligen anderen Blick nicht die Mischung aus panischer Angst und erregter Hoffnung. Schließlich steht die nähere Anna Pachomowna auf und stößt sich den Kopf an den Blütenblättern und Tännchen des Stucksimses, und die entferntere taucht geschickt in die Wand ein, schneidet ihren oberen Teil auf Gürtelhöhe ab und bleibt nur als blasses, gewölbtes Quadrat des dunkelblauen Rocks übrig und zeichnet sich im Spiegel ab.

Von der Zimmerdecke her vernimmt man:

„Was würdest du sagen, Grischa, wenn ich mir die Haare schneide?"

Der Grischa genannte Jegor Jegorowitsch, der gerade im Liegen liest, antwortet nicht sehr schlagfertig:

„Nun ja, natürlich."

„Du verstehst mich nicht. Ich bitte dich um einen Rat: abschneiden oder so lassen?"

„Wie abschneiden? Ganz abschneiden? Das heißt, du willst damit sagen, nicht einfach so, sondern am ganzen Kopf?"

Dieser Mensch mit seinen ewigen Büchern kann jeden aus der Fassung bringen.

„Lass mal für eine Minute das Lesen! Übrigens, du solltest dich schon längst anziehen und gehen. Ich sage einfach, dass es unsinnig ist, irgendwelchen Haarsträhnen nachzuweinen und sich mit Frisuren und Haarnadeln abzuplagen, wenn alle mit kurzen Haaren gehen. Ich habe auch gar keine Zeit zum Frisieren."

Mit sehr zärtlicher und schuldbewusster Stimme bekräftigt Jegor Jegorowitsch:

„Eigentlich ... tatsächlich! Man muss sich plagen und sich anstrengen, und unterdessen ..."

„Denkst du tatsächlich so? Es scheint, dass ich in ganz Paris die Einzige mit langen Haaren bin und alle mich einfach sonderbar ansehen. Und wenn ich wenigstens besonders lange ..."

„Natürlich! Wenn sie wenigstens besonders lang wären, könntest du sie ... also ... irgendwie dort besonders ..."

Von seiner weißen Lichtung aus blickt Jegor Jegorowitsch auf den Gipfel eines Berges und versucht sich vorzustellen, was dabei herauskommt, wenn sich Anna Pachomowna die Haare kurz schneidet. Mit einem Schnitt einer riesigen Schere schneidet er sie an den Schultern ab und Anna Pachomowna verwandelt sich in einen dicken Diakon in frivoler Kutte. Mit Vorsicht sagt er:

„Ja, aber ... normalerweise müssen sie, scheint es, sich irgendwie winden, das heißt sich dort locken ..."

„Wie? Ach, natürlich werden sie beim Friseur eingedreht. Hauptsache, bequem und dass man sie *indéfrisable*[28] eindrehen kann, gleich für ein halbes Jahr und länger."

Stolz darauf, dass er das Gespräch führen konnte, ohne Dummheiten zu sagen, setzt sich Jegor Jegorowitsch auf, zieht seine Hose an, steht auf und zeigt sich seiner Frau auf Augenhöhe.

„Eigentlich", sagt er, „einmal ganz abschneiden und dann einmal im Jahr, so im Januar, ein bisschen wellen, das ist alles, was man braucht. Wohin habe ich die Hosenträger gelegt ..."

„Die Hosenträger hast du an, einer ist heruntergerutscht, zieh ihn hinauf."

Anna Pachomowna hilft mit größter Güte Jegor Jegorowitsch, die Hand mit dem Buch durch die große Schlinge zu fädeln und den

28 **Indéfrisable** (frz.): Dauerwelle.

Hosenträger auf die Schulter zu ziehen. In geringschätzigem Ton fügt sie hinzu:

„Außerdem – diese Farbe ist irgendwie so unbestimmt. Ich bin eigentlich der Haut nach und in allem eine Blondine. Aber das ist nicht so wichtig."

Im Großen und Ganzen ist sie mit dem Gespräch sehr zufrieden. Erneut richtet sie sich vor dem Spiegel die verhasste und altmodische Frisur, singt etwas zwischen einem „Maxixe"[29] und „Ach, du, Birke". Beide Anna Pachomownas schauen diesmal fröhlich drein und ihre Augen sind voll geheimer Pläne.

Vor der Arbeit, in den Pausen und nach der Arbeit, vor dem Essen und nach dem Essen, vor dem Schlafengehen und nach dem Aufstehen liest, liest und liest Jegor Jegorowitsch. Ein Buch löst das andere ab, die kleinen verschlingt er als Ganzes, in die großen verbeißt er sich vom Rand her, stürzt sich in die Mitte und taucht am anderen Ufer wieder auf. Es sind nicht die früheren Bücher mit kaum verständlichen Titeln und Zeichnungen; mit einer Eule, durchkreuzt von flammenden Fackeln; ein nackter Mensch mit einem männlichen und einem weiblichen bekrönten Haupt; eine Retorte, in ein Dreieck eingeschlossen und mit ihm in einen Würfel; nein, es sind völlig vernünftige und gescheite Bücher über Geschichte und besonders über Naturwissenschaft. Im Schritt, im Trab, im Galopp jagt er den verlorenen Jahren mit nicht geringerer Hartnäckigkeit und ebensolchem Fleiß nach als damals in Kasan, als er von einer Postkarriere träumte und Fremdsprachen lernte. Man kennt ihn gut in der französischen Bibliothek des Quartiers und noch besser in der russischen Bibliothèque Ivan Tourgueniev, wo er längere Zeit durch die Kataloge schwirrt und schließlich irgendein unappetitliches, zweifelhaftes Buch heraussucht, das sich schon lange im Regal langweilt, weil es schon veraltet und vergessen ist und eigentlich niemals in Dienst gestanden hat. Aber Jegor Jegorowitsch hat niemanden, mit dem er sich beraten kann: Er geht aufs Geratewohl los. Einmal versuchte er, sich wegen einer Auskunft an eben jenen ehrwürdigen Bruder zu wenden, der ihn zu einem Karton mit Verzeichnissen von

29 **Maxixe:** brasilianischer Tanz im 2/4-Takt.

Wissenschaften, von Architekturstilen und großen Büchern („Tao Te King" und andere) hinführte und stehen ließ; der ehrwürdige Freimaurer antwortete erstaunt, doch nicht außer Fassung:

„Religionsgeschichte? *Ah, oui!* Es gibt selbstverständlich viele ausgezeichnete Arbeiten unserer französischen Wissenschaftler, Hunderte Arbeiten, lieber Bruder! Ausgezeichnete Arbeiten echter Spezialisten. Die Titel? Ich erinnere mich jetzt nicht. Was wollen Sie mit Religion?"

„Ich muss sie studieren, um mein Wissen zu vervollkommnen. Ich bin sehr schlecht ausgebildet."

„Oh ja, natürlich. Kennen Sie denn keinen Pfarrer? Die wissen das alles aus dem Effeff und belehren gerne, obwohl das, unter uns gesprochen, ein schädliches Völkchen ist."

Die Anzahl der Wissenschaften erwies sich als riesig, viel größer, als Jegor Jegorowitsch angenommen hatte, der nur eine Realschule abgeschlossen hatte, und viel größer, als es auf dem Karton skizziert war. Er hatte zumindest dreißig Jahre an Arbeit versäumt – welch eine Schande und welch ein Fehler! Und wie viel Freizeit hatte er früher gehabt! Jetzt muss er in der Straßenbahn lesen, in der Métro, im Bett und vor allem – an den Feiertagen. Im Sommer wird er achtundzwanzig Tage Urlaub haben – da kann man etwas aufholen. Jegor Jegorowitsch beschloss, den kommenden Urlaub ganz der Philosophie zu widmen und dem, was auf dem Karton stand: der Rhetorik und der Dialektik.

Mit der Monatsabrechnung seiner Abteilung auf dem Weg ins Hauptbüro von Cachette studiert Jegor Jegorowitsch Zoologie, einen wahrlich unterhaltsamen Gegenstand. Die Ivan-Tourgueniev-Bibliothekarin Maria Petrowna, die alle Bücher aller Wissenschaftszweige auswendig kennt – sowohl ihren Titel als auch ihre Signatur –, füllte ihm die Aktentasche mit zwei dicken Bänden von Brehm, nachdem sie ihm auch die anderen acht Bände versprochen hatte. Das Verbreitungsgebiet der Streifenhyäne ist bedeutend größer als das der anderen Arten; man trifft sie noch in ganz Nordafrika an, beginnend mit dem äußersten Westen, in bedeutenden Teilen Südafrikas und in Südwestasien, vom Mittelmeer bis zum Golf von Bengalen. Ich kenne den Golf von Bengalen, wir sind daran vorbeigefahren. Wie, Solferino? Dort habe ich auch einen Anschluss verpasst! Nun, den Anschluss nach Saint Lazare, um etwa zehn Minuten. Ihre Jungen ähneln den erwachsenen Tieren. An allen Orten, an denen sie lebten, kann man viele Kadaver finden ... Station Madeleine, umsteigen zur nächsten. Jegor Jegorowitsch steckt einen Finger in Brehms Rachen und geht mit der Menge durch einen stickigen unterirdischen Gang; da sind: eilende Angestellte, Kommissionäre, Fräuleins, die zum Einkaufen gehen. Gelegentlich reißen sie Schafe, Ziegen und sogar Hunde. Junge Exemplare werden in Indien für besonders zähmbar gehalten. Weiter in den Norden Monteiros im gesamten Gebiet von Cuanza ... halt: Station Réaumur.

Jegor Jegorowitsch kehrt von unter Tage in die Gesellschaft der zahmen Streifenhyänen zurück. Ihr Kopf ist dick, die Schnauze aber verhältnismäßig schmal, am Ende ziemlich stumpf; ihre Jungen sehen tatsächlich alt aus. Vielleicht sind diese Raubtiere in freier Wildbahn gefräßig; hier in der Gefangenschaft der Stadt ähneln sie vor allem den einfachen Hunden mit Maulkorb, die auf das Wort ihres Herrchens mit dem Schwanz wedeln. Anstelle eines Felles tragen sie Röcke, Hosen, Hüte, in den Händen Täschchen und Regenschirme, unter dem Arm kleine Pakete. Und dann gibt es noch die gefleckten Hyänen, die schwer zu zähmen, böse und unsauber sind, statt Hüten tragen sie Schirmmützen, hinter dem Ohr eine angerauchte Zigarette. Die gefleckte Hyäne ist bekannt für ihr Geheul, das einem höhnischen Lachen ähnelt; und wenn sie in der Nähe einer gut eingerichteten menschlichen Behausung lacht, dann zittern die Menschen vor unüberwindbarer Angst, obwohl die gefleckte Hyäne nur für Kleinvieh gefährlich ist, das Großvieh wird mit ihr mit den Hörnern fertig, der Mensch mit einem Stab, notfalls mit der Knute.

Im Hauptbüro gibt Jegor Jegorowitsch sein Gutachten über die Frage der Erwünschtheit einer Eröffnung zweier weiterer Kioske in seinem Bezirk ab, dort, wo neue Häuser mit sparsamen Wohnungen wachsen. Einen Kredit kann man gewähren, die Steuern sind wie überall. Überhaupt ist das ein gewöhnliches Gespräch, wie es jahraus, jahrein stattfindet, und Monsieur Tetékhine ist im Hauptbüro kein

Fremder. Zurück fährt er wieder unterirdisch, kürzt aber den Weg an einer passenderen Umsteigestation ab; unterwegs erfährt er, dass das Fell des Wolfes, sowohl was die Farbe als auch die Länge betrifft, je nach Klima sehr unterschiedlich ist. Die normale Farbe des Felles ist gräulich-grau-gelb, im Sommer rötlich, im Winter gelblich. Nun, Wölfe kennen wir zur Genüge, wir Kasaner Leute! Überhaupt ist für einen Eingeweihten kein Wissen umsonst. Das ganze Unglück besteht darin, dass so viele Jahre verloren sind.

Es ist nicht so leicht, sich im sechsten Jahrzehnt in ein graues Jäckchen mit Ledergürtel zu werfen und seine Lektionen zu lernen! Dafür – wie viel Schönheit und Glück liegen im Wissen, und wie schmücken und vervollkommnen ihn sein neues, freies Leben und seine selbstlose Arbeit. Und keine Arbeit ist es, sondern eine Erholung der Seele und reiner Genuss!

Zu Mittag gibt es Spaghetti, wie immer zerkocht. George hebt sie mit der Gabel hoch, beißt sie ab und die Reste fallen auf den Teller; Anna Pachomowna schneidet sie mit einem Messer klein und steckt nicht zu große Teile davon in den Mund. Jegor Jegorowitsch plagt sich lange mit ihnen, rollt und entrollt sie wieder zu einem Knäuel langer, weißer Würmer und hebt deren Enden mit der Brotkruste hoch.

„Originell“, sagt er, „dass Würmer – die gewöhnlichen Regenwürmer – in Stücke zerteilt überleben können.“

Anna Pachomowna legt empört die Gabel auf den viereckigen gläsernen Untersetzer; sie hätte ihn einfach geworfen, doch sie wollte das Tischtuch nicht beflecken.

„Na, was redest du da bei Tisch über solche Abscheulichkeiten! Das ist nicht auszuhalten und ich kann nicht essen. Und wie kommst du darauf?! Und wen interessiert das?“

Jegor Jegorowitsch verbessert sich schuldbewusst:

„Nun, verzeih, ich habe das wirklich ... Zufällig ging mir dieser Vergleich durch den Kopf, weil ich gelesen habe ...“

George, dem von den Worten des Vaters der Appetit nicht vergangen ist, fragt mit Neugierde und starkem Akzent:

„Papa, ich habe dein sonderbares Buch gesehen. Weshalb liest du so etwas? Das sind doch *sciences naturelles*[30]*?*"

„Ja, George. Das ist überaus interessant und sehr notwendig."

„Brauchst du das etwa in deinem Büro?"

Jegor Jegorowitsch erklärt seinem Sohn freudig, dass jeder Mensch ununterbrochen seinen Verstand vervollkommnen müsse, sein Wissen vervollständigen und seine Sittlichkeit an sich und seinen Nächsten üben, damit Schritt für Schritt durch die gemeinsame Arbeit die ganze Menschheit zur Vollkommenheit geführt werde.

„Ich rate dir sehr, George, so viel wie möglich zu lesen, sowohl über die Naturwissenschaften als auch über Philosophie. Das ist nützlicher, als Tennis zu spielen, obwohl man natürlich den Körper auch trainieren muss. Liest du irgendetwas?"

„*Oui,* ich lese etwas *belles-lettres*[31] und das, was ... *ce qui me regarde comme ...*[32] zukünftigen Ingenieur."

„Und über Geschichte, liest du da etwas?"

„Papa, ich habe die ganze Geschichte im Lyzeum gelernt, die Geschichte Frankreichs und *histoire générale*[33]. Aber das brauche ich nicht *pour faire mon chemin*[34]*.*"

Anna Pachomowna mischt sich ins Gespräch:

„George hat mit seinen Aufgaben genug zu tun. Und du solltest essen, Jegor Jegorowitsch, alles ist kalt geworden. George ist noch ein Junge und wird noch alles schaffen. Du hast früher auch nichts über die unterschiedlichen Abscheulichkeiten gelesen."

Jegor Jegorowitsch denkt, dass es notwendig sein wird, irgendwie mit dem Sohn in der Freizeit, an einem Feiertag zu sprechen. Die heilige Pflicht des Vaters ist es, für die Erziehung zu sorgen und für die Ausrichtung der Gedanken des Sohnes und ihn zur wahren Erkenntnis und zum Licht zu führen.

Bei der Fruchtsuppe sagt Anna Pachomowna:

„Morgen gibt es Hühnchen und Pudding. Vorher natürlich eine

---

30 **Sciences naturelles** (frz.): Naturwissenschaften.

31 **Belles-lettres** (frz.): Belletristik.

32 **... ce qui me regarde comme ...** (frz.): ... was mich betrifft als ... (nicht ganz korrektes Französisch)

33 **Histoire générale** (frz.): allgemeine Geschichte.

34 **... pour faire mon chemin** (frz.): ... um meinen Weg zu machen.

kalte Vorspeise. Ich denke, das reicht? Es scheint, dass dieser dein Richard lieber weißen Wein hat. Übrigens, vergiss nicht, ihn daran zu erinnern, dass er morgen bei uns isst."

„Morgen?"

„Natürlich, mittwochs immer. Du lädst ihn selbst ein und erinnerst dich nicht."

„Habe ich ihn tatsächlich eingeladen?"

„Das ist nicht auszuhalten, Jegor Jegorowitsch! Mit einem Wort: Wir haben ihn für Mittwoch eingeladen, also für morgen. Wir müssen Bekanntschaften mit Franzosen unterhalten."

„Natürlich, natürlich, ich habe bloß verschwitzt, dass wir ihn wieder eingeladen haben. Ich sag's ihm, ich sag's ihm, wir kommen gemeinsam."

„Hühnchen mit Bratkartoffeln und Pudding mit Rumsoße. Mein Gott, wann soll ich das alles schaffen, ich bin morgen von der Frühe weg schrecklich beschäftigt!"

Anna Pachomowna blickt auf morgen und in die Ferne. Wenn jemand wüsste, was morgen sein wird, wäre er erstaunt, wie diese Frau ruhig essen, ein Gespräch führen und an Kartoffeln und Soße denken kann, wie sie sich an irgendwelche Gäste erinnert, wie sie sich zu alltäglichen Fragen herablassen kann, rein profane, und wie sie es erduldet, wenn Jegor Jegorowitsch spricht:

„Bratkartoffeln, das ist was! Ach ja, übrigens, die Kartoffel hat es in Europa bis zum sechzehnten Jahrhundert gar nicht gegeben, die Spanier haben sie eingeführt. Sie ist natürlich nahrhaft, hat aber wenig Stickstoff, weniger als Brot."

Anna Pachomowna empört sich zum letzten Mal:

„Ich kaufe immer die besten, beim dicken Gemüsehändler. Wenn selbst bei ihm zu wenig drin ist, dann weiß ich auch nicht ... Wenn es dir nicht gefällt, geh selbst einkaufen."

Im Allgemeinen ist Jegor Jegorowitsch zufrieden, wenn das Essen beendet ist, man ein Buch nehmen und in ihm verschwinden kann wie in einem wunderschönen Park, von Alleen durchzogen und verwinkelten Wegen, auf denen man angenehm dahinschlendern und auf denen man umherirren kann, bis sich eine Bank findet oder

der Stamm eines umgestürzten Baumes, auf denen man gut sitzen kann und nachdenken über die Größe der Natur, die Findigkeit des Menschen und die Grenzenlosigkeit der Erkenntnis. Und wenn man will, kann man einschlummern, weil der tägliche Dienst im Büro trotzdem kein Scherz ist, besonders für einen Menschen im ziemlich vorgerückten Alter.

***

Am nächsten Morgen stellt Anna Pachomowna Fragen und antwortet auf Fragen, schenkt Kaffee ein und zuckert ihn, erklärt Madame Jeanette, wie man die Rumsoße zum Pudding macht, legt in der auf ewig festgelegten Ordnung die Kissen und Pölsterchen auf dem Sofa zurecht – doch Anna Pachomownas Gedanken sind nicht hier und nicht mit dem Gegenwärtigen, sondern mit dem Bevorstehenden beschäftigt.

Sie frühstückt, ohne zu eilen, doch ohne Lust; um halb zwei beginnt sie sich aufzuregen bis hin zu einem Zittern und einer Leere in der Brust, um zwei Uhr geht sie aus dem Haus. Das ist früh, denn das Ereignis ist für genau halb drei anberaumt und die Wegzeit beträgt gerade einmal zehn Minuten. Um diese Zeit zu strecken, hält sie sich an Auslagen auf, die Tausende in einen Abgrund gleitende Schuhe und Pantoffel zeigen, die gleich würdig für die Füße einer Göttin und einer Portierin sind, die beinahe gratis abgegeben werden, für ihr Vergnügen, einen Käufer zu erblicken, die jedoch immer im Spann zu wenig hoch sind. Während sie sich von der Vitrine losreißt, befürchtet sie, sich zu verspäten, doch Zeit hat sie im Überfluss und so muss sie dreimal gleichgültig an den rosa Büsten mit den arschinlangen[35] Wimpern und den wächsernen Lippen der Unschuld vorbeispazieren. Schließlich verbrennt sie den Handschuh an einem Türgriff und stürzt sich in den Abgrund des Friseurladens.

Es geschieht das Unvorstellbare, das die Pläne im Chaos und in der Eile verschiebt. Ein dicker, rasierter amerikanischer Richter, der en gros mit Schweinen handelt und en détail das Schicksal der Leute

35 **Arschin:** russisches Längenmaß, 0,71 m.

beschließt, liest mit unerbittlicher Stimme das Urteil, mit dem der Verbrecher zum Tode auf dem elektrischen Stuhl verurteilt wird. Der Henker und sein Gehilfe stürzen sich auf den Schwarzen, wickeln ihn in ein Leichentuch, beugen seinen Kopf hinunter, übergießen ihn mit einer ätzenden Flüssigkeit, waschen, reiben ein, trocknen, reiben ein, waschen, überschütten ihn, während sie in wildem Tanz um ihn herum springen – bis sich der Schwarze in einen Mulatten verwandelt, in einen Mestizen, zu Flecktyphus, in einen Regenbogen und ein rötliches chinesisches Hündchen. Ein Motor heult auf, lärmend und pfeifend entweicht heiße Luft. Das Opfer des Rechtswesens ist an einen ungeheuerlichen Stuhl gebunden. Mit stählernen Fangarmen gleitet ein glänzender Krake von der Decke und bleibt in der Luft schweben. Die Henker stecken dem Opfer elektrische Stecker in die Nase, die Ohren und unter die Hirnschale, schalten den Strom ein und beobachten aufmerksam die Agonie, die sich ein, zwei Stunden hinzieht. „Natürlich!“, sagt der Oberarzt und macht sich an die Entsorgung des Verschiedenen. Der Leichnam wird einbalsamiert, ein wenig abgeschabt, gekämmt, bemalt – und nach und nach kriecht aus der verfaulten Hülle, aus der Mumie, aus dem toten Kokon ein rötlicher Nesselfalter, ein Kind von einem bis hundert Jahren, dieselbe Friseurpuppe, die früher im Auslagenfenster gestanden und vieldeutig die Vorübergehenden angelächelt hat. Eine Sklavin beeilt sich, die Fingernägel zu lackieren, der Sklave wischt das letzte Stäubchen Puder weg, der amerikanische Richter gratuliert der Neugeborenen.

„Sind Madame sehr müde? Ein Glas Wasser, Madame?“ Die Kassiererin raschelt mit den Geldscheinen und zählt ein paar Münzchen Wechselgeld heraus; die Münzchen wandern von Hand zu Hand und landen im Sack eines weißen Kittels.

Aus der Tür des Friseurladens wird niemals mehr jene Frau heraustreten, die hier vor drei Stunden hineingegangen ist; ihre Tochter, im blühenden Alter, frisch und rosig, eine aufgeregte helle Blondine, eilt nach Hause, um den Verwandten die Ankunft der großen Metamorphose anzukündigen. Auf der gesamten Strecke des Heimweges erstarren die Entgegenkommenden vor Staunen, die Frauen werden Grün vor Neid, die Männer fallen reihenweise um wie gemähter

Weizen, die Automobile kreisen in unbändiger Fröhlichkeit und drehen einen Beflügelten mit weißem Stäbchen wie einen Kreisel in ihrer Mitte.

Der Lift lärmt auf neue Weise, der Schlüssel klappert schüchtern im Schloss der Tür – und die Zeit, die sich von ihrem Kettchen losgerissen hat, setzt ihren früheren Lauf über besondere Schienen fort.

***

Nur zwei Tage zuvor hat die Henne mit weißem Schopf mit ihren bekrallten Beinen das Stroh auseinandergescharrt und mit geneigtem Kopf geschickt ein Körnchen aufgepickt. Jetzt liegt sie im oberen Einschub des Backofens, ohne Schopf auf dem Kopf, der unter den gerupften Flügel gesteckt ist, und wartet gleichgültig auf ihr weiteres Schicksal. Madame Jeanette prüft sie mit einer Gabel und erträgt die Mühen des Schaffens.

Das Geräusch des Lifts zwingt Anna Pachomowna nicht zum ersten Mal, aufmerksam zu lauschen und vor dem Spiegel ein einzelnes Haar zu richten, das von einer wunderbaren Welle absteht. Im Vorzimmer stampfen Jegor Jegorowitsch und sein junger Gast.

„Und beachten Sie, mein Lieber", fährt Jegor Jegorowitsch fort, „dass man den Abstand zwischen diesen Sternen in Tausenden Millionen, Milliarden und Billionen Kilometern annehmen muss. Eine Billion bedeutet: tausend Milliarden! Ziffern, die sich unsere normale Vorstellung weigert zu verstehen."

Henri Richard gehört nicht zu jenen, die Veränderungen an einer Frau nicht bemerken. Henri Richard spricht mit Enthusiasmus:

„Madame hat sich entschlossen, sich von ihrer Frisur *à la russe* zu trennen? Gestatten Sie, mein vollkommenes Entzücken auszudrücken!"

Ein wahrer Franzose – kein Wort über den Wechsel der Haarfarbe.

„Weißt du, Anna Pachomowna, Richard und ich sind so ausgehungert, dass wir unterwegs beinahe in ein Restaurant geschaut hätten, um uns auf dein Hähnchen mit Kartoffeln mit einem *escalope*[36] in Madeira vorzubereiten."

36 **Escalope** (frz.): Schnitzel.

Jegor Jegorowitsch ist fröhlich und freundlich und versucht zu scherzen. Er legt seine Aktentasche auf den Esstisch, doch fällt ihm ein, dass er sie herunternehmen sollte, klopft Richard auf die Schulter und verkündet entschlossen, dass er ihm beibringen werde, ein Gläschen Wodka vor dem Essen zu trinken:

„Ich selbst trinke für gewöhnlich nicht, aber mit Ihnen trinke ich. In einem russischen Haus muss alles russisch sein. Ein kleiner Vorrat muss immer da sein."

Bei Tisch faltet Jegor Jegorowitsch seine Serviette auseinander und blickt zufrieden auf das Tellerchen mit Kaviar, auf ein anderes mit mariniertem Aal und auf ein drittes mit Hering in Weißwein. Nicht sparsam, aber angenehm und lenkt nach der Arbeit die Aufmerksamkeit auf sich. Ein guter Gastgeber muss den Gast unterhalten:

„Ich sage Ihnen, mein lieber Henri ... übrigens, George, das wird dich wahrscheinlich auch interessieren, dass wir bei der riesigen Sammlung an wissenschaftlichem Material trotzdem erst am Anfang des Weges stehen und der Weg selbst endlos ist! Zuerst den Kaviar, Richard, und beachten Sie, dass das echter sowjetischer ist: Wir leben mit den Sowjets nicht in Eintracht, aber Handel treiben wir. Ich sage, da ist zum Beispiel in der Astronomie der Planet Saturn: Er hat einen Ring – und was ist das, sein Ring? Es zeigt sich ..."

Ein Stückchen Aal erstarrt in Jegor Jegorowitschs Mund. Anna Pachomownas Tochter, ihre Nichte, eine entfernte Verwandte, die Großmutter – aber wo ist Anna Pachomowna selbst?

Als er den Aal trotzdem geschluckt hat, sagt er auf Russisch mit völligem Befremden:

„Was soll das? Wozu die Perücke?"

Anna Pachomowna lacht gekünstelt, aber innerlich wütend:

„Hast du das erst jetzt bemerkt? Du hast es mir selbst empfohlen!"

„Ja, aber du hast dir, wie es scheint, die Haare gefärbt."

„Sprich keinen Unsinn und kümmere dich nicht darum, das ist unangenehm. George, ich kann das nicht, erkläre du es dem Gast, dass Papa mich zum ersten Mal so sieht, sonst wirkt das dumm."

„Aber das ist doch ein Gesetz, Madame! Der Ehemann ist immer zerstreut und bemerkt alles als Letzter. Ich bin bereit, es mehrmals zu wiederholen: Ihnen steht dieses kleine Geschäft mit der Natur sehr, sehr gut."

Im Augenblick des Anflugs des Brathähnchens gewinnt Jegor Jegorowitsch wenn nicht die ursprüngliche Fröhlichkeit, so doch die Ruhe wieder. Die Kartoffeln haben zwar nicht genug Stickstoff, aber der Salat ist überaus reich an Vitaminen. Henri Richard seinerseits erfährt nicht nur etwas über Vitamine, sondern kennt auch sehr unterhaltsame Witze, die ein klein wenig frivol sind, um nicht zu sagen unanständig. George lacht mit vollem Mund, Anna Pachomowna, die keinen Zusammenhang erkennt, sagt für alle Fälle: „*Comme c'est joli*"[37] – Jegor Jegorowitsch spürt, dass das Gläschen Wodka, die zwei Gläser Wein und die Rumsoße zu wirken beginnen. Und er ist zufrieden, als Madame Jeanette den Kaffee bringt. Noch einen Moment und Jegor Jegorowitsch wird beginnen, sich zu langweilen.

„Im Gegenteil, Madame, Sie haben eine ausgezeichnete Aussprache! Russen eignen sich erstaunlich schnell unsere Sprache an. Russische Frauen haben einen geheimnisvollen Charme, der den Französinnen nicht eigen ist. Oh ja, ich bin ein leidenschaftlicher Anhänger der slawischen Seele, und nicht nur ich allein. Ich kenne die russische Literatur nur wenig, Madame, aber ganz Frankreich verehrt ihren wunderbaren Schriftsteller, ihren großartigen Dichter, sein Name ist, Desto... Deto... oh, danke, George, *oui, c'est bien ça,*[38] *Dostoeski.* Pierre Loti, André Maurois und Dostoeski – ihre Seelen sind verwandt, Madame! Wir waren mit Russland alliiert und werden es wieder sein, zwei große Staaten. Der Genius des Lateinischen und der Genius des Slawischen. Seien Sie davon überzeugt, Madame! *C'est moi qui vous dis!*[39] Die Strafen sind schrecklich, Madame, aber im Interesse des Staates, und es wird vorübergehen, dafür bürge ich, Madame! Ich persönlich kenne einen bevollmächtigten Beamten des Präsidenten, einen guten Freund von mir, und er hat mir versichert ..."

Er lügt mit Geschmack, hört sich selbst zu und nippt am süßen Likör. Die Frau freilich ist nicht von erster Frische, aber die russischen

37 **Comme c'est joli** (frz.): Wie nett.
38 **Oui, c'est bien ça** (frz.): Ja, genau das ist es.
39 **C'est moi qui vous dis!** (frz.): Das sage *ich* Ihnen!

Schultern entsprechen wahrlich einem französischen Beinchen. Jegor Jegorowitsch wird leicht schläfrig und er hat das völlige Recht dazu, den Mund nicht mehr zu öffnen. George ist von der Redekunst des Gastes bezaubert und sieht erstaunt auf die Mutter. Die Ringe um den Saturn drehen sich rasend und mit einem Pfeifen. Sie haben eine Dicke von Dutzenden Kilometern, eine Breite von nicht mehr als zweihundert; für eine vollständige Umrundung genügen zehn Stunden. Um halb elf erhebt sich Richard, und da er die russischen Bräuche kennt, kitzelt er beim galanten Handkuss Anna Pachomownas Handfläche leicht mit einem Finger. *„Au revoir, mon chef! Adieu, George!"*, und die Vorzimmertür grunzt deutlich.

„Es scheint, dass alles gut gegangen ist, Grischa. Er ist sehr nett, dein Richard, und es sieht so aus, als ob er ein sehr gebildeter Mensch wäre. Und weißt du, ich verstehe alles, fast alles. Aber wie müde bin ich heute, wie müde!"

Jegor Jegorowitsch zieht seinen Rock aus, und um die Zeit bis zum Schlafengehen besser zu nutzen, macht er sich an das dickste Buch.

Der Schritt des zweiten Grades

An einem sehr sonnigen Sonntag geht Jegor Jegorowitsch außer Haus und singt eine fröhliche Melodie. Die Freude muss in einem Freimaurer vorherrschen. Sollen silberne Tränen auf dem schwarzen Samt sein, soll der Schädel die Zähne fletschen, soll der Tempel Salomons zerstört sein – die schwarze Farbe, die durch den Athanor[40] mit dem philosophischen Quecksilber erzeugt wird, gebiert ihrerseits alle hellen Farben. Außerdem gibt es heute einen besonderen Grund.

Das Lächeln, das körperlose, rosige Geschöpf, nicht Blume, nicht Falter, nicht Konditoreigebäck, schaukelt auf der Luftschaukel, zielt und landet neben Jegor Jegorowitsch und hebt zum Himmel an: „Uch-u-uch! Tarlam-tarlam-tatam, tarliri, ririri ..." Die Portierin klopft den Bettvorleger aus; wenn Portierinnen nicht die Post sortieren und nicht brummen, klopfen sie immer Bettvorleger aus. *„Bonjour, monsieur Tetékhine!"* – *„Bonjour, madame, dites*[41]*,* hat Ihre Katze schon geworfen?" – „Oh Monsieur, sie hat mir sechs Kätzchen gebracht! Mag Madame Tetékhine nicht eines nehmen?" – „Ich denke, sie wird sich freuen. *Au revoir, madame!"* – *„Au revoir, monsieur!"* Tarliri, riri-ri ... Und Gründe gibt es trotzdem ernsthafte genug – der erste zweifellose Sieg und ein Sieg in der Familie: über die Frau und den Sohn. Das Wetter ist jetzt ganz frühlingshaft. Als Jegor Jegorowitsch gestern in weichen Pantoffeln geräuschlos ins Zimmer gegangen war, hatte er George angetroffen, der in die Betrachtung eines illustrierten Buches über die Anatomie des Menschen versunken war, das Jegor Jegorowitsch aus der Bibliothek mitgenommen hatte, nicht um, wie es sich gehört, zu lernen, sondern um sich einstweilen wenigstens oberflächlich damit vertraut zu machen. Als George den Vater erblickt hatte, klappte er das Buch zu und brummte etwas in der Art: „Ich dachte, etwas Interessantes zu ..." Das heißt, der Junge hat meine Worte ernst genommen, es hat ihn zum reinen und selbstlosen Wissen hingezogen, das nicht notwendig scheint *pour*

40 **Athanor:** ein spezieller Ofen, der von den Alchemisten benutzt wurde.
41 **... dites** (frz.): ... sagen Sie.

faire son chemin! Und heute sagt Anna Pachomowna: „Was meinst du, sollte ich nicht vielleicht Konversationsstunden in Französisch nehmen? So ist es irgendwie unangenehm. Ich verstehe alles, wenn Richard oder andere sprechen, aber wenn ich antworte, komme ich schrecklich durcheinander." – „Nun, natürlich sollst du! Sprich doch mit George oder mit mir." – „Nein, es ist doch besser, wenn ich Stunden bei einem richtigen Franzosen nehme. Wird das dein Richard nicht machen? Wir könnten es ihm bezahlen." – „Ich kann ihn fragen." – „Nein, ich spreche selbst mit ihm, lade ihn am Mittwoch wieder zum Essen ein." Tarlam-taram tam-tam, tarli-ri, riri-ri. Die Friseurpuppen glühen mit ihrer ungewöhnlichen Sonnenbräune an Gesicht und Hals und lächeln Jegor Jegorowitsch mit aller Kraft zu: „Wir gratulieren Monsieur zu seinem glänzenden Sieg!" – *„O, merci, madame!* Obwohl eigentlich ..." Indem er so seinen Verstand und seinen Willen übt, wirkt der Mensch auf andere und vor allem natürlich auf seine Nächsten, auf seine Familie und weiter auf die Mitglieder der Bruderschaft und mit ihnen in Übereinkunft auf die profane Welt und auf die ganze Menschheit. Der Tempel Salomons muss mit vereinten Kräften gebaut werden, aber der erste Stein – bist du selbst, Mensch! Tarlam-taram ta-tam. Im Schatten ist es noch etwas kühl, aber in der Sonne ist es schon ganz mild.

Wodurch erfreut denn der Gemüseladen den Blick? Vor allem durch die Prägnanz und Unterschiedlichkeit der Farben: Salat, Orangen, Bananen, rote Rüben. Unterwegs schnappt sich Jegor Jegorowitsch vom Stand fünf Orangen, schleudert sie nacheinander höher als das Dach, fängt sie, wirft sie in die Luft – natürlich nur in Gedanken, dafür aber mit großer Geschicklichkeit. Der Frühling verwandelt die Alten in Kinder und die Kinder in Zicklein. Jegor Jegorowitsch befällt Ausgelassenheit und er geht mit ungewöhnlicher Wichtigkeit im rituellen Schritt über die Straße, hält die Automobile auf – wieder, natürlich, nur in Gedanken. Der Geflügelte mit dem weißen Stäbchen ruft einem Autobuschauffeur zu: *„Qu'est-ce que tu f..., mon vieux?*[42] Siehst du nicht, dass hier ein Freimaurer einherschreitet!"

---

42 **Qu'est-ce que tu f..., mon vieux?** (frz.): Was machst du für einen Sch..., Alter?

Und plötzlich – das scharfe Kreischen einer Katze und ein weißes Häufchen schlägt auf die Straße: Eine vorbeilaufende Katze wurde von einem Rad gestreift. Jegor Jegorowitsch bricht seine fröhliche Melodie jäh ab, eilt als Erster zu Hilfe, die anderen Passanten fühlen mit. An der Nase der Katze zeigt sich ein Blutstropfen, ein Hinterbein schleift nach. Die Katze sieht Jegor Jegorowitsch mit hasserfüllten Augen an. Kann sie denn in diesem Moment einen Übeltäter von einem Wohltäter unterscheiden? Mit der Katze und der Aktentasche läuft Jegor Jegorowitsch in die nahe Apotheke. Erste Hilfe tut not.

„Der diensthabende Arzt?"

„Ja, Monsieur. Aber das ist doch ein Tier, Monsieur. Der Doktor behandelt keine Tiere."

„Ein Doktor versteht sich darauf besser als wir; hier braucht es einen Verband, ein Bein ist wahrscheinlich gebrochen. Ich bitte Sie sehr, einen Doktor zu rufen, ich zahle. Ein Kätzchen ist ein lebendes Wesen und es fühlt den Schmerz so wie wir."

Einen aufgeregten Menschen kann man nicht abweisen. Das Beinchen ist wirklich gequetscht, aber vielleicht ist der Knochen noch ganz. Der Doktor untersucht die Pfote der Katze, die ihn hasst; sie ist von Feinden umgeben. „Ist das Ihre Katze, Monsieur?" – „Nein, ich habe sie von der Straße aufgelesen, hier um die Ecke." – „Diese Katze gehört Madame Monforts vom Nachbarhaus", sagt der alte Pharmazeut. „Ich kenne sie sehr gut. Madame wird sehr betrübt sein." – „Ich bringe sie ihr, wo wohnt sie?" – „Im vierten Stock, die linke Tür." – „Wie viel schulde ich für den Verband?" – „Oh Monsieur, nichts, das zahlt Madame." – „Hier sind zehn Francs." – „Vielen Dank, Monsieur!"

Ein schmerzlicher Aufschrei im vierten Stock: *„Mon pauvre Minou!*[43] Oh Monsieur, Sie sind so gütig!" – „Er ist unter ein Rad gekommen, aber der Doktor denkt, dass er schnell genesen wird." – *„O, merci, merci!* Sind Sie Ausländer, Monsieur?" – „Ich bin Russe." – „Russen sind so großzügig." – „Ist Ihnen bekannt, Madame, dass die Katze mit dem Tiger verwandt ist? Ja, ja, ist das nicht sonderbar?!" Jegor Jegorowitsch hält eine kleine Lektion über die Familie der Kat-

43 **Mon pauvre Minou!** (frz.): Mein armer Minou!

zenartigen, die hauptsächlich durch die einziehbaren Krallen charakterisiert ist. Der Tiger lebt nahe an Flüssen im Bambusdickicht; das Weibchen wirft zwei bis drei Junge. Eine Abart, der javanische Tiger, lebt auf Java und Sumatra und hat im Nacken eine Mähne. „Oh Monsieur, wie interessant! Russen wissen alles."

Nach etwa einem Monat kommt die vollständig genesene Katze selbst in Jegor Jegorowitschs Wohnung in der Rue de la Convention, um sich für die Lebensrettung zu bedanken. „Sie waren barmherzig zu einem unbedeutenden Tier, Monsieur! Sie haben mich zu einem Arzt gebracht, leisteten Erste Hilfe, brachten mich zu meiner guten Besitzerin; ich danke Ihnen, Monsieur Tetékhine, Sie haben gehandelt wie ein richtiger Freimaurer." – „Das, was ich gemacht habe, hätten auch profane Leute mit Herz gemacht!" Als er der Katze antwortet, bedauert es Jegor Jegorowitsch aufrichtig, dass diese ganze Szene mit dem Automobil, der Katze, dem Apotheker, dem Doktor auch nicht wirklich, sondern aufgrund seines angeregten, fröhlichen, frühlingshaften Zustandes erdacht war. Jegor Jegorowitschs Augen sind feucht, ein Champagnerkorken klopft an die Kehle.

In genau diesem Zustand umarmt Jegor Jegorowitsch auf der Rue Lecourbe Professor Lolli Romanowitsch Pankratow.

***

Wir versetzen uns wieder nach Kasan in die Tage des triumphalen Abzugs der Tschechoslowaken. Im Stadtgarten saß ein kleiner Sperling aufgeplustert auf der Glatze des großen Mathematikers Lobatschewski und blickte auf ein Fenster im ersten Stock eines nahen Hauses. Für gewöhnlich streckte sich zu dieser Stunde eine Hand aus der Lüftungsklappe und streute Brotkrümel auf ein besonderes Brettchen. Die Sperlinge waren davon überzeugt, dass hinter dem Fenster ein Vollidiot wohnte, dessen Einfalt man leicht ausnutzen konnte. Wenn die Hand verschwunden war, flog einer der diensthabenden Sperlinge auf das Dach des Hauses, drehte den Kopf zur Seite, blickte auf das Brettchen hinunter, zielte, segelte wie ein Fallschirm nach unten, packte das kräftigste Stückchen und flog mit ihm auf die Glatze Lobatschewskis oder an einen anderen bequemen und ungefährlichen Ort. Auf sein Signal hin vollführten auch die anderen Sperlinge so ein Ablenkungsmanöver, wobei sie selbstverständlich höchste Vorsicht walten ließen. So nutzten sie die menschliche Unbedachtheit geschickt und übertölpelten den Menschen hinter der Scheibe.

Heute öffnete sich die Lüftungsklappe nicht, die Hand streckte sich nicht heraus und verstreute keine Krümel. Zum Epitheton des Idioten fügte der diensthabende Sperling aufgebracht noch das des Schuftes hinzu und wetzte umsonst seinen Schnabel an dem Schädel, der die nichteuklidische Geometrie enthalten hatte.

Zur selben Zeit fuhren die wohltätige Hand und ihr dazugehöriger Mensch und noch viele Hände, Füße, verrückt gewordene Köpfe, asthmatische Brüste, kindliche Locken, Frauen, die es nicht mehr schafften, die Kochtöpfe zu packen, Kaufmannsfrauen in mit Brillanten vollgestopften Strümpfen, Pfaffen mit dem in den Kutten versteckten Obolus der Witwen, wie Espenlaub zitternde Liberale, äußerst empörte Sozialrevolutionäre, bemooste Gelehrte und glühend ehrliche Dummköpfe Hals über Kopf auf dem Weg aus der Stadt Kasan in eine ungewisse Zukunft. Allen voran fuhren die tschechoslowakischen Helden auf den goldenen Rädchen der russischen Staatskasse nicht in ihr Land.

Niemand wusste, weshalb und wohin er geht – aber alle wussten, woher und warum sie flüchteten. Der Einzige, der weder das eine noch das andere wusste – weder woher, noch wozu, noch warum –, war der Kasaner Professor Lolli Romanowitsch Pankratow, der es nicht mehr geschafft hatte, am Morgen die Sperlinge mit Brotkrumen zu füttern. Am Abend hatten ihn die Nachbarn überzeugt, dass man Kasan verlassen und nach Samara gehen müsse; nachts packten wohlwollende Hände seinen Anzug, einige Garnituren Wäsche, das Mikroskop und einen Entwurf einer schon längst erschienenen Arbeit in den Koffer; bei Sonnenaufgang schritt der Professor erstaunt und wacker in der Menge durch die Straßen der verlassenen Stadt. Nach einigen Monaten oder Jahren, als er schon längst den Koffer, das Mikroskop und den Entwurf verloren hatte, bewegte er sich zu

Fuß, in Güterwägen, auf Dampfschiffen in verschiedene Richtungen durch Russland, Sibirien, über Meere, durch exotische Länder und auf europäischen Straßen.

Seine Traumbilder waren voll Abwechslung, die Etappen seines Lebenslaufes unerklärlich. Bis zu unbekannten Grenzen bewegte er sich in der Gesellschaft des Postbeamten Tetjochin, was auch die Grundlage für ihre enge Freundschaft legte. Dann lebte der Professor – oder es schien ihm so – in Prag, wo ihm dieselben Tschechoslowaken einmal im Jahr aus ihrem Lager ein Soldatenhemd nach exaktem russischem Vorbild und einige Geldscheine gaben, die nichts mit den Goldreserven zu tun hatten.

Nach Ablauf einer gewissen Zeit landete der Professor in Paris und begann irgendwo irgendetwas nicht seinem professoralen Fach Entsprechendes zu tun. Übrigens, sein ehemals bedeutender Titel erschien ihm bereits unecht und unseriös, seit ein jeder Russe, der mit der Straßenbahn an der Sorbonne vorbeigefahren war und sprechen konnte, automatisch zum Professor wurde.

***

Jegor Jegorowitsch schloss den alten Freund in die Arme und rief in aufrichtiger Erregung aus:

„Sind Sie es, Lolli Romanowitsch? In drei Jahren treffe ich Sie das dritte Mal – und Sie haben mich niemals besucht. Nein, jetzt lasse ich Sie nicht mehr los!“

Jegor Jegorowitschs Begeisterung war echt und verständlich: Da ist ein Mensch, der zwischen den wissenschaftlichen Disziplinen herumspaziert wie im eigenen Garten, wogegen Jegor Jegorowitsch ein Erbsengestrüpp wie ein undurchdringliches Dickicht erscheint.

Wahrscheinlich wollte der Professor gerade irgendwohin gehen; möglicherweise sogar mit einem geplanten Ziel und in eine bestimmte Richtung. Doch seit der Zeit der Kasaner Geschichte hatte er den Glauben an die Realität selbstständiger Bewegungen und den freien Willen des Individuums verloren. Bemüht, Schritt zu halten, ging er jetzt mit Jegor Jegorowitsch und hinter Jegor Jegorowitsch, erstaunt über die Unerwartetheit der Wendungen und Neuheiten der Straßen, auf denen er übrigens oftmals geschritten war.

Das Restaurant, in das sie gingen, war sehr erfreut, sie zu sehen, und hatte sie offensichtlich mit Ungeduld erwartet, da die Tische gedeckt waren und der Lakai sich überhaupt nicht wunderte. „Sie haben doch nicht gefrühstückt, Lolli Romanowitsch?“ – „Ich denke nicht, dass ...“ – „Ich habe auch noch nicht gefrühstückt. Ich bitte Sie heute nicht zu mir, da sich Anna Pachomowna auf eine bestimmte Art freigenommen hat und George bei seinen Freunden ist. Was sagen Sie für den Anfang zu Austern?“ – „Eine Art der muschelartigen Mollusken ... Sie verstehen darunter wahrscheinlich die Ostrea edulis, die Europäische Auster?“ – „Garçon, ein Dutzend portugiesische! Wie glücklich bin ich, dass ich Sie getroffen habe, Lolli Romanowitsch! Ich habe tausendundeine Frage an Sie. Trinken Sie Wein?“ – „Oh, natürlich!“ – „Garçon, eine Flasche Anjou.“

Jegor Jegorowitsch will hier und jetzt, nachdem er die dritte Auster verschluckt hat, den Professor über die Beuteltiere, über die Nebelflecke, die Religionen Indochinas und über das Sanskrit befragen. Doch er bemerkt plötzlich die äußerste Magerkeit und Blässe Lolli Romanowitschs, der jede Auster mit zwei Bissen Brot isst.

„Wie geht es Ihnen, Professor, woran arbeiten Sie?“

„Ich klebe Schachteln und das ist sehr gut, aber in letzter Zeit erhole ich mich.“

Jegor Jegorowitsch sieht mit Schrecken, wie der Professor mit einem mit Salz bestreuten Stück Brot mittels seiner gelben Zähne schnell fertig wird. Dreihundertfünfundfünfzig Bände der dicksten und wissenschaftlichsten gebundenen Arbeiten reißen sich vom Regal los, stürzen sich auf Jegor Jegorowitschs Kopf und treiben eine Träne aus seinem Auge. Mit Schreck laufen eine Herde Kängurus, Springmäuse und Salamander auseinander, winden sich im Schlamm der Nebelflecke, Elektronen werden sauer, die Religionen des Indus verblassen. Der Garçon bestellt befremdet, doch gewissenhaft beim Büfettier sechs Portionen Chateaubriand, halb durch, unter Zwiebel und Ei. „Chateaubriand ist nicht schlecht“, regt Jegor Jegorowitsch den Professor überzeugend zum vierten Stück an – und Lolli Romanowitsch antwortet unschuldig: „Aber welcher Weg führt von *‚Atala‘*[44] zu den *‚Mémoires d'outre-tombe‘*[45]?! Er war doch ein Nachfolger der Legitimisten. Übrigens, welch ausgezeichnetes Fleisch! Wie heißt das?“ – „Essen Sie, mein Lieber, Sie haben noch eine Portion. Soll ich nicht Hirn *frite* bestellen oder sonst etwas Solides?“ – *„Merci*, aber ich fürchte, dass ich satt bin, wie seltsam.“ – „Dann, Garçon, Käse, Obst, Kaffee!“

Nachdem er den Kaffee geschlürft hat, zieht der Professor aus der Seitentasche seiner Jacke ein zerdrücktes blaues Päckchen hervor, kratzt in ihm herum und holt eine angerauchte Zigarette hervor. Dann hebt er langsam den Blick seiner durch den Wein und den Eifer beim Essen geröteten Augen zu Jegor Jegorowitsch und sagt klar und deutlich, als ob er eine Lektion vor Publikum beginne:

„Ich bin Ihnen sehr dankbar, lieber Freund Tetjochin. Ich denke, dass ich seit etwa fünf Jahren nicht mit solch einem Vergnügen und bis zu so einer Sättigung gegessen habe. Die Sache ist die, dass ich außerordentlich arm und dabei ziemlich alt bin.“

Der Garçon beugt sich mit seinem Kautschukkörper herab, schnippt ohne Fehlzündung mit dem silbernen Feuerzeug und gibt dem zerzausten Gast Feuer. Als Antwort hört er in tadelloser Sprache:

„Votre amabilité a parfait ce tableau d'enchanteur!“[46]

Der Professor ist etwas betrunken geworden.

***

Eines von dreihundertfünfzig dicken Büchern, die den Scheitel des Freimaurers verletzt haben, liegt an jener Seite aufgeschlagen vor ihm, auf der steht: „Die ungewöhnlichen Errungenschaften des menschlichen Geistes, die sich in den zahllosen Entdeckungen und Erfindungen ausdrücken, erleichtern die Existenz der Menschheit und machen ihr Leben immer leichter, freudiger und glücklicher.“

---

44 **Atala:** Roman von François-René de Chateaubriand.

45 **Mémoires d'outre-tombe:** Autobiografie von François-René de Chateaubriand.

46 **Votre amabilité a parfait ce tableau d'enchanteur!** (frz.) Ihre Liebenswürdigkeit macht das Bild des Zauberers vollkommen!

„Sie lügen!", ruft Jegor Jegorowitsch äußerst heftig, ohne auf Anna Pachomownas Anwesenheit Rücksicht zu nehmen. „Ihr lügt frech!"

Das „Sie" als Anredeform ist der letzte Rest von Jegor Jegorowitschs Achtung gegenüber der Wissenschaft.

„Was hast du, Grischa?"

Der oben erwähnte Grischa schlägt das Buch zu, schleudert es an einen ungehörigen Ort, springt auf und durchmisst das Zimmer mit großen Schritten:

„Eine freche Lüge! Wenn das Wissen das Leben glücklich machte, dann hätte er nicht in einem Zug, ohne Unterbrechung fünf Chateaubriands gegessen!"

„Über wen sprichst du?"

„Das ist egal, darum geht es nicht. Irgendein Versicherungsagent oder dieser hohlköpfige Richard leben im Wohlstand und fressen zweimal am Tag völlig sorglos, und ein Mensch mit breitester Bildung, tiefsten Erkenntnissen, ein echter Professor, legt den Mantel nicht ab, weil seine Hose hinten und an den Knien durchgerieben ist. Nein – entschuldigt!"

„Wenn er deiner Meinung nach hohlköpfig ist, weshalb lädst du ihn dann ein? Und was sind das für Ausdrücke?"

„Wer? Wen? Was habe ich damit zu tun?"

„Das ist nicht auszuhalten, Jegor Jegorowitsch! Und überhaupt weißt du nicht, wo dir der Kopf steht vor lauter Büchern."

Und weiter geschieht etwas vollkommen Unglaubliches. Jegor Jegorowitsch blickt durch Anna Pachomowna hindurch und spricht im Ton eines Abteilungsleiters zu Gogols Zeiten:

„Ich bit-tä dä-rum, mich in Ruhe zu lassen."

Und ohne Anna Pachomowna Zeit zu geben, vor Verwunderung zu sterben, und dem „Dummkopf" Gelegenheit, ihn auf der Treppe zu fassen, zieht Jegor Jegorowitsch seinen Mantel an und geht.

Der Weg des verletzten und des rebellierenden Menschen von seiner Wohnung bis zum zeitweiligen Aufenthaltsort des Großen Geometers des Universums ist weit und voll Schmutz plötzlich eingestürzter Bücherpyramiden und wissenschaftlicher Arbeiten: Fetzen, Seiten, Buchrücken, Umschläge, Lesezeichen, Pergamente, Folianten,

Broschüren. Ein Brei angefaulter Wahrheiten. Ein Durcheinander begrenzten Verstehens. Ein Chaos der Ideen. Ein Kreisen der Künste. Interessant, dass das Unbestreitbarste, das von zufälligen Tagesereignissen und zeitweiligen Launen Unabhängige, stirbt. An anderen Orten geht Jegor Jegorowitsch schwebend, ohne den Boden mit den Füßen tastend zu berühren, los, wirft mit schwingenden Armen den Schaum vergeblicher Überzeugungen beiseite, auf die er erst kürzlich noch so heilig vertraut hat. Dieses Mal möchte er seinen Protest brennend hinaustragen, wie man die Donnerstagskerze[47] hinausträgt.

Und wirklich stürzt er entschlossen und ohne anzuklopfen, ins Arbeitszimmer des Großen Geometers des Universums, der in seine Berechnungen vertieft ist, und schreit ihm ins Gesicht:

„Betrug! Wie kannst du in Ruhe deine Dreiecke und Pentagramme zeichnen, wenn neben dir ein Mensch vor Hunger stirbt, dein Schüler, der dir vertraut hat und in deine Fußstapfen getreten ist?"

Und – kaum zu glauben – Jegor Jegorowitsch packt den Geometer am Kragen.

Der Große Geometer, der sich von den Berechnungen nicht losreißen kann, sagt ruhig:

„Rühr meine Zeichnungen nicht an."

„Im Gegenteil, ich werde sie in Fetzen reißen, weil das eine Lüge ist und ein Verbrechen! Wozu, zum Teufel, gibt es die Wahrheit, wenn man dafür nicht einmal ein Abendessen in einer Fuhrmannskneipe bekommen kann? Bevor du endlich das Rezept des philosophischen Steins entdeckst, hat man Tausende deiner Schüler auf den Friedhof geschleppt."

Der Große Geometer hebt den Kopf, richtet sich den Zwicker und reicht Jegor Jegorowitsch die Hand:

„Guten Tag, lieber Tetjochin. Ich klebe jetzt gerade noch dieses Päckchen fertig. Was regt Sie so auf und warum hasten Sie so? Erstens, Sie übertreiben etwas meine Gelehrtheit; zweitens, mir geht es nicht so schlecht, ich habe eine kleine Arbeit bekommen, bei der ich Eti-

---

47 **Donnerstagskerze:** ein orthodoxer Brauch; eine Kerze, die am Gründonnerstag während der Lesung der „Zwölf Evangelien" brennt und brennend nach Hause getragen wird.

ketten auf Päckchen klebe: eineinhalb Francs für tausend – ziemlich leidlich für meine bescheidenen Bedürfnisse, das Zimmer ist damit finanziell nicht gedeckt, aber für das Essen reicht es gerade; drittens, Sie verwechseln die Bereiche – im gegebenen Fall sind kommerzielle Berechnungen auf den Bereich des reinen Wissens nicht anwendbar. Während ich fertig klebe, können Sie natürlich Einwände entgegenbringen; beachten Sie aber, lieber Tetjochin, dass Sie immer schwach im Argumentieren sind."

Eine kleine Verschiebung des Bildes – und Jegor Jegorowitsch befindet sich plötzlich hinter einem klebrigen Marmortischchen. Den Kopf auf die Hände gestützt mit dem Blick auf das angefangene Glas sucht er nach Worten, die all die Qualen seiner Zweifel ausdrücken könnten:

„Ja, ich habe wenig gelernt, obwohl immer mit Fleiß; Sie aber, Lolli Romanowitsch, haben jedwede Weisheit verstanden. Und da haben Ihre Bücher zusammengeschwatzt, dass Wissen das menschliche Leben verschönert und erleichtert, die Menschen glücklich macht und endgültig frei. Wie soll das gehen? Wissen gibt es immer mehr, Glück immer weniger, von Freiheit ganz zu schweigen. Ich frage Sie also: Wo ist die Wahrheit? Woran soll ich glauben? Was ablehnen?"

„Wozu brauchen Sie die Wahrheit, lieber Tetjochin?"

„Komische Sache – wozu? Ich bin geboren; ich lebe; ich arbeite; ich habe eine Frau und einen Sohn. Muss ich nicht wissen, wozu dies alles passiert ist und wie ich weiter leben werde? Auf einmal zeigt sich, dass ich weder Frau noch Sohn oder Arbeit brauche und es am besten ist, einen Strick einzuseifen und sich aufzuhängen."

Der Professor schlürft ruhig eine fantastische Flüssigkeit und versucht dabei, verständlich zu sprechen:

„Nun, Sie sind durch natürliche Ordnung geboren, nicht *um zu*, sondern *weil*. Sie leben, weil Sie geboren wurden, aber Sie können sich natürlich auch ein bestimmtes Ziel für Ihre weitere Existenz setzen – obwohl, lieber Tetjochin, zahlt sich das aus? Was Ihre Heirat mit Anna Pachomowna betrifft ..."

„Nun gut, ich weiß; ich habe einfach geheiratet und damit hat sich's."

„Sehen Sie. Sie arbeiten, damit Sie ein Einkommen haben, sich und im Rahmen der Möglichkeiten andere ernähren können. Alles verständlich. Welche Wahrheit brauchen Sie da noch?"

„Nein, verwirren Sie mich nur nicht! Ich sage Ihnen klar: Ich möchte kein blödes Rindvieh sein wie zuvor. Man sagt mir: Liebe deinen Nächsten. Bitte sehr, mit Vergnügen! Vervollkommne deine moralischen Eigenschaften, sagt man. Gut, ich bemühe mich! Vervollständige dein Wissen. Wieder – in voller Bereitschaft! Ich nehme alle möglichen Bücher, lese, interessiere mich dafür, was Wasserstoff ist, welche Sternbilder es gibt und für alle möglichen, verzeihen Sie, Mollusken und für Bananen und dafür, dass die Hindus die Kuh sehr verehren, für das Mikroskop, für Wilhelm den Eroberer, mit einem Wort – mit gutem Gewissen, soviel ich Zeit habe. Und plötzlich zeigt sich, dass dies alles umsonst ist! Gestern stand in der Zeitung, dass sich ein junger Mensch aus bitterer Not heraus erhängt hat; und dabei hat er die Universität abgeschlossen. Wozu, zum Teufel, hat er sie abgeschlossen? Schweigen Sie nicht, antworten Sie mir geradeheraus: Wozu, zum Teufel, hat er sie, diese Universität, abgeschlossen?"

„Vor allem einmal, schreien Sie nicht, lieber Tetjochin. Nach nur einem halben Glas Wein zu schreien ist unökonomisch."

„Ich schreie, ich werde schreien und ich werde mit den Armen fuchteln! Ich, Jegor Tetjochin, ein kleiner Fisch, Dreck, ein Halbgebildeter, lebte friedlich und sanft. Und jetzt rebelliere ich. Sie, Lolli Romanowitsch, sind ein gebildeter Mensch, ich bin Ihnen nicht ebenbürtig. Antworten Sie mir mit gutem Gewissen: Ist zwei mal zwei gleich vier?"

„Allgemein gesprochen, ja."

„Aha! Allgemein gesprochen! Das heißt nur für die Einfältigen. Und ich habe gelesen, dass zwei mal zwei auch nicht gleich vier sein kann."

„Lieber Tetjochin, ich versichere Ihnen, dass für das praktische Leben zwei mal zwei gleich vier ist, dafür zahlt es sich nicht aus, sich aufzuregen."

„So. Ich sorge mich auch nicht um meine Rechnungen im Büro, dort ist alles klar. Doch mein Leben erschöpft sich nicht in Büroarbeit, ich möchte die Wahrheit erringen. Und wie werde ich sie erringen, wenn ich keinen Ansatz habe, nichts Echtes? Die Sonne drehte sich um die Erde – und nichts Schlechtes war darin. Dann zeigte es sich – es ist umgekehrt: Die Erde dreht sich um die Sonne. Wunderbar ist das, wohl sogar angenehmer. Jetzt zeigt sich, es ist überhaupt nicht bekannt, was sich worum dreht. Nein, entschuldigen Sie! So kann ich nicht weiter! Entweder so oder so, aber dass es sicher und endgültig ist! Ich fahre doch mit der Straßenbahn – oder soll sie mit mir fahren? Die Fliege fliegt, oder die Fliege sitzt und ich fliege! Ich kann alles ertragen, Lolli Romanowitsch, aber ich muss wissen, woher und wohin ich fliege, sonst weigere ich mich zu fliegen! Da lachen Sie, aber für mich ist das der sichere Untergang. Ich bin deswegen schon ganz rasend geworden."

Nach kurzem Schweigen sagt Jegor Jegorowitsch, wie um sich für seine skandalöse Rede zu entschuldigen:

„Lolli Romanowitsch, ich habe auf der Bank zwanzigtausend Francs zusammengespart. Wenn Sie wollen, nehmen Sie sie."

„Wie soll ich sie nehmen? Ich brauche sie doch nicht."

„Na, dann nehmen Sie weniger. Weil das alles Unsinn ist, das Zweimalzwei, die Fliege und so weiter. Darum geht es gar nicht."

„So zwanzig Francs, lieber Tetjochin, würde ich von Ihnen annehmen, obwohl es mir unangenehm ist, weil – wann soll ich sie Ihnen denn zurückzahlen?"

„Nehmen Sie fünfzig."

„Fünfzig sind zu viel. Sie sind ein sonderbarer Mensch, lieber Tetjochin. Ich hielt Sie nicht so sehr für solide als für ruhig."

„Ich war ruhig. Und ich glaubte an alles. Jetzt glaube ich an gar nichts mehr."

Sie verließen die Schenke eingehakt, in Schweigen und schlechtem Gleichgewicht. Der bescheidenste und enthaltsamste Mensch, Jegor Jegorowitsch, ist bereit, ein notorischer Trinker zu werden – nach zwei Gläsern dreht sich ihm der Kopf. In den von der Arbeit freien Stunden sitzt er nicht mehr über den Büchern, er zählt die Stufen zum Dachgeschoss des Professors. Er tritt schweigend ein und setzt sich auf das nicht gemachte Bett. Etwa eine Viertelstunde rauchen sie, dann zieht der Professor den Mantel an und sie gehen in ein miserables Bistro an der Straßenecke.

Bis zur Hälfte des Glases bleibt Jegor Jegorowitsch schweigsam; gegen Ende des Glases ist er fordernd. Und er fordert nur eines – eine unverzügliche Antwort darauf, was Wahrheit ist.

Eine Antwort gibt es nicht. Zumindest keine zufriedenstellende Antwort, und Jegor Jegorowitsch leidet, er leidet wirklich.

***

Hier geht Jegor Tetjochin, die Verkörperung des Aufruhrs und des Aufstandes. Hier geht er die Straße entlang, entlang seiner eigenen Straße, der Rue de la Convention, und schlägt mit dem umgebogenen Griff des Spazierstocks auf die Scheiben der Geschäfte, auf die Straßenlaternen, auf alle Entgegenkommenden und Querlaufenden. Er zieht mit den Fingernägeln die hellen, halb abgegriffenen Plättchen der Nägel auf dem *passage clouté*[48] heraus, weil das jetzt alles Unsinn und unnötig ist. Er springt hoch, hält sich an den Simsen der Häuser fest – und reißt Gebäude nieder und Wohnhäuser und jene schmutzig grauen hundertjährigen Mauern, auf denen laut Gesetz vom 29. Juli 1881 das Plakatieren verboten ist. Er wirft sich unter die Straßenbahnen und die Automobile und fährt – in Teile, in viele Teile zerschnitten – fort, zu denken und zu leiden, in jedem Teilchen für sich, weil der Samen des Zweifels und der Verzweiflung auf feinfühligen und jungfräulichen Boden gefallen ist. Zu Hause hat er die Reste seines Familienlebens zurückgelassen: die Statuette der Jeanne d'Arc mit der abgeschlagenen Nase, auf deren Ähnlichkeit mit ihr (bis zur Nase) Anna Pachomowna bestand, und den schäbigen Dostojewski aus bemaltem Gips. Hier geht Jegor Tetjochin, durchdrungen vom Geist des Aufruhrs – und er hat keine Ruhe auf Erden.

Nachdem der Künstler sein Werk mit Vergnügen betrachtet hat, stößt er es in den Schlund der Métro, schleift es unter der Erde dahin und zieht es am anderen Ende von Paris wieder heraus, in einem Bezirk, dessen Name vor den Profanen verborgen ist. Jegor Jegoro-

48 **Passage clouté** (frz.): Fußgängerübergang, mit Nägeln markiert.

witsch ist ruhiger, doch er eilt, da er, wie es scheint, zur Sitzung zu spät kommt. Er geht durch den Eingang eines alten Gebäudes mit der gewohnten und unverbrauchten Empfindung, bereit zu sein, von besonderen Gefühlen erregt zu werden. Er tritt zu einer Tür, hinter der eine gleichmäßige Stimme zu vernehmen ist. Er hebt die Hand und klopft mit dem Knöchel des Zeigefingers, klopft und klopft noch einmal. Ein Mann in einem Jackett und mit einem Schwert bewaffnet, das noch nie jemanden verletzt hat, öffnet einen Spalt weit die Tür und der Geselle Tetjochin stellt sich in die Reihe zwischen den Säulen. Mit einer freien Geste trennt er den Kopf vom Rumpf, das Geistige vom Tierischen. Er gelobt, wahrheitsliebend wie eine Wasserwaage zu sein und genau wie ein Senkblei. Er beherrscht und prüft seinen Schritt und seine Gedanken mit dem Winkeleisen.

In diesem Moment sind alle Augen auf ihn gerichtet – mit Gewogenheit und Interesse. Er setzt sich unter die Sonne des Südens und unter den Schutz der Kraft – die Sonne beschützt ihn und er findet in sich die Kraft, voranzuschreiten in Zweifel und Skepsis.

Er blickt sich um – und sieht die bekannten Gesichter der Leute, die den ganzen Tag schwatzten und mit geschäftiger Beharrlichkeit eine Münze mit einem Loch für ihren und ihrer Familie Unterhalt schmiedeten. Aus den Geschäften, den Büros, von der Börse, aus den Zeitungsredaktionen, von den Fleischerläden, den Banken gingen sie müde nach Hause, verschwitzt vom gegenseitigen Misstrauen und den Ereignissen eines grauen Tages. Nach zwei Tellern gekochten Gemüses und mageren Rippchen und saurem und herbem Wein, das ganze Leben lang immer dasselbe, und nachdem sie mit halbem Ohr die Klagen der Ehefrau über die Taktlosigkeit der Nachbarin angehört hatten, zogen sie aus scheinbar geheimen Aufbewahrungsorten scheinbar geheime Moirébänder und Wildlederschürzen hervor, bauten die Müdigkeit der Gesichter zu entgegenkommender Freundlichkeit um und versammelten sich von unterschiedlichen Enden der Stadt kommend unter einem künstlichen Sternenhimmel, auf dem die Sonne gleichzeitig mit der Mondsichel koexistiert.

Bis zu diesen Türen eines alten Klosters waren sie Krämer, Querulanten, Schmarotzer, Rechtsanwälte, Makler, Militärs, Buchhalter und Beamte von kurz vor dem Verfall stehenden Ministerien; nach dem Überschreiten der Schwelle streiften sie die Schuhsohlen an einem dreckigen Vorleger ab und nun sind sie andere Menschen, leidenschaftlich verliebt in ihren wunderbaren Einfall, bereit für einen zarten Umgang der Seelen, feine Schätzer der Musik von in der profanen Welt verspotteten Worten: Bruderschaft, Toleranz, Liebe, wohl gar Opfer – doch seien Sie vorsichtig, lassen Sie sich benebeln von bekannten Symbolen und Sie erwachen im Strahlen eines dreifaltigen Lichts der Weisheit, der Kraft, der Schönheit durch neue Erwählte, Schöpfer, Baumeister eines nie da gewesenen Tempels!

Sie nehmen die Plätze auf den Bänken ein, zusammengekrümmt durch Koliken, Nieren, Hämorrhoiden, Ischias, Katarrhen, das vom Tag müde Kreuz – aber schon in der Bereitschaft, gesund zu sein, mit einem Mal zu lächeln, in gläubiger Gemeinsamkeit den Kummer zu erfahren, ihn zusammen durch die Hoffnung zu vertreiben; nur für eine Stunde den Alltag zu vergessen, fest und aufrichtig, und im geheimen Spiegel der Ewigkeit ihre Gesichter jung und schön zu sehen und verwandelt, ohne diese scheußlichen Masken und verkrampften Falten. So zu werden für sich, für den anderen, für alle, und es ist, als ob dort ein Fehler wäre, ein schlechter Traum und nur hier die strahlende Wirklichkeit, das Lied der Lieder, die Vorhalle zur letzten Wahrheit.

Die Tür ist verschlossen, der Pförtner wacht. Und im Tempel gibt es keine Krämer, keine bedauernswerten Seelen, häuslichen Despoten und beamteten Speichellecker mehr:

„Hochwürdiger Meister, alle Brüder, die die Säulen des Tempels schmücken, sind die Freimaurer!“

Jegor Jegorowitsch steht auf und setzt sich wieder. In diesem Moment sagt er sich immer aufgeregt: „Ja, und ich auch!“ Er ist stolz auf sich und auf die anderen. Er ist verzaubert von der Einfachheit und der Ernsthaftigkeit, mit denen alle mit einem Mal einander die Hand reichen und im Chor die drei wunderbaren Worte ausdrücken, die auf den Münzen so falsch klingen, die eine Lästerung auf den Türen der Polizeireviere sind, verbrecherisch an den Toren der Gefängnisse – drei Worte, die hier plötzlich ursprünglich, in reinem Lichte aufflammen, durch das sie in jenen Tagen brannten, als das noch junge, glaubende, flammende Frankreich sie der ganzen Welt geschenkt hat. Von daher kommt auch die erstaunliche Empfindung der Jugend – zwei Jahrzehnte fallen ab! Eigentlich ist er ein wunderbarer Mensch, dieser Versicherungsagent. Wie ihm das Lasurblau, das Purpur und das Gold stehen und wie feierlich seine Stimme ist, wie streng und elegant seine Gesten. Nein, hier kann man mit Worten nicht alles erklären und nicht immer alles verstehen. Hier ist ein Geheimnis, Jegor Jegorowitsch, und es ist eine Freude, dass es das Geheimnis gibt und dass es so vielgestaltig ist. Eine graue Menge war da, und schau jetzt hin: Einer wie der andere ist ein schöner Mann, und ganz besonders die Alten. Hier, mein Lieber, werden keine Einwände gemacht, und wenn du einmal glauben willst, du, Jegor Jegorowitsch, dann glaube und freu dich an deinem Glauben, weil es keinen Grund gibt, verlegen zu sein, und so ist es einfach viel leichter. Dort drüben, unter der Decke, ist nicht sehr kunstvoll von eiliger Hand eines billigen Meisters ein Seil mit einem freien Unendlichkeitsknoten aufgezeichnet. Die kleine Zeichnung ist, Hand aufs Herz, unbedeutend – und doch, von diesem alle verbindenden Gürtel kannst du dich nicht losreißen, aufständischer, im Übrigen schon beruhigter, schon mürbe und weich gemachter Jegor Tetjochin, der du dich unterhalb der Taille mit einem erstaunlich kindlichen Schürzchen geschmückt hast.

Jegor Jegorowitsch fühlt, wie sein Herz zurückweicht und von seinem selbstständigen Galopp absieht und unbedingt in den allgemeinen Schritt fallen möchte. Er sah das Wunder der Verwandlung, er schloss sich dem Geheimnis der Eingeweihtheit an. Er selbst hätte als kleiner Büroangestellter weder einen Aufstand kennengelernt noch die Freuden der Einsicht, wenn nicht plötzlich eine wohltätige Hand mit einer Flammenschwertattrappe über ihn gewacht hätte, wenn in seine Hand kein Stemmeisen und kein Holzhammer gesteckt worden wären. Und wenn das ein Vergnügen und nur ein Vergnügen ist, dann soll es gesegnet sein! Mit dem Holzhammer wird das rostige Eisen der Seelen in ein Edelmetall umgeschmiedet.

Im Jardin du Luxembourg lassen die Kinder in einem runden Becken ihre kleinen Jachten mit schiefen Segeln ins Wasser. Der Wind treibt die Jacht vom steinigen Rand direkt unter den Strahl des Brunnens. Eine Wasserkaskade fällt auf das Spielzeugschiff – und die Kinder erstarren vor Schreck und Begeisterung. Die leichte Jacht gleitet gleichmäßig heraus und rettet sich – nass, aber unversehrt. Als sie ans andere Ufer heranfährt, stoßen die Georges, Jacques, Jeans, Pepes und russischen Andrjuschas ihre Schiffe mit Stäbchen an und schicken sie auf eine neue Fahrt voll Abenteuer.

Und es gibt ein anderes Becken – die Welt der menschlichen Beziehungen, den Ozean des Konflikts unterschiedlicher Interessen verschiedenfarbiger Völker, also Räubereien, Kriege, Mächte, Gefängnisse, Gesetze und alle weiteren Verkrustungen auf der Erdoberfläche, die trotzdem von der Sonne beschienen wird. Ein Spiel mit dem Tod und mit der sozialen Gerechtigkeit, ein verwässertes Gehirn politischer Programme, Priester rittlings auf gebeugten und verblichenen Christussen, Paradegräber unbekannter Soldaten, die Genfer Brutstätte, genährt von diplomatischer Lüge, Kader internationaler und nationaler Polizisten und Gerichtsschweine, Kriegsstanzen der Esel und Patrioten – und der kurze Kalender des menschlichen Lebens, übersät mit Markierungen historischer Daten: Julis, *Brumaires*[49], Februare, *Thermidors*[50], Oktober, Feiertage von Waffenstillständen, Geburtstagen, Todestagen, Jubiläen – es bleiben überhaupt keine einfachen und klaren Tage für alles Unbestrittene, an denen kein Mensch den anderen zerfetzt hat mit den Zähnen oder mit der Folterbank, der Guillotine, mit Gesetzesartikeln, Glaubensdogmen, Kirchenkreisstatuten, Gedichten, Stickgas, Gebeten, mit dem Gestank der Städte oder den Ansprachen von Rednern. Die größten Spaßmacher aller Zeiten und Völker klettern, sich aneinander festklammernd, auf die Tribüne und verkünden das künftige Glück der Menschheit – Moses, Plato, Christus, Lenin, Polizeipräfekte, Philosophieprofessoren, sozialistische Deputierte und Verkäufer von zum

49 **Brumaire:** Nebelmonat, 2. Monat des Republikanischen Kalenders der Französischen Revolution, auch als Bezeichnung für Napoleons Staatsstreich gebraucht.

50 **Thermidor:** Hitzemonat, 11. Monat, auch als Bezeichnung für die Absetzung von Maximilien de Robespierres gebraucht.

Einführungspreis angebotenen Gummierzeugnissen.

Oh Kinder, bewacht und pflegt eure Jachten! In ihnen steckt mehr waschechte Wahrheit als in allen Freiheitsurkunden!

„Brüder, möchte jemand um das Wort zugunsten der Loge und der gesamten Brüder der Freimaurer bitten?"

Unerwartet für sich selbst bittet Bruder Tetékhine um das Wort. Mit der Zunge über das Wirrwarr der Gedanken stolpernd spricht er:

„So eine Lage, liebe Brüder, ist nicht auszuhalten, wie zum Beispiel diese: Ich habe gelesen, wie ein junger Mensch, ich kann mich nicht mehr an den Namen erinnern, aber das ist auch nicht wichtig, Brüder, seinem Leben ein Ende gesetzt hat wegen Arbeitslosigkeit und Armut. Und noch etwas, Brüder, ich kenne selbst zum Beispiel einen Professor, einen äußerst gescheiten Menschen, der Hungers sterben könnte. Und solche gibt es sehr viele."

Weiter kommt nichts bei ihm heraus und er verstummt.

„Lieber Bruder, Ihre Gefühle gereichen Ihnen zur Ehre ... den Brüdern ist es bekannt ... Aber was schlagen Sie eigentlich konkret vor, lieber Bruder Tetékhine?"

Jegor Jegorowitsch blickt sich um. Er sieht die Gesichter, die eher erstaunt als mitleidig sind. Wofür hat er sich eigentlich gezeigt? Wäre er nur sitzen geblieben und hätte geschwiegen. Lange sucht er nach Worten, aber dann antwortet er:

„Konkret? Ich weiß nicht, ich fühle nur, dass das nicht sein darf. Ich bin hier meinerseits jetzt bereit, soviel ich kann ..."

Und Bruder Tetékhine holt die Brieftasche hervor und zieht Notizen, Visitenkarten, Geld hervor, dann stopft er alles zurück – und weiß nicht, wie er sich weiter verhalten soll.

Der von Lasurblau und Gold strahlende Versicherungsagent findet einen Ausweg aus der Lage:

„Brüder, die Witwensammelbüchse wird um die Säulen gehen. Heute kommt alles, was gesammelt wird, Arbeitslosen zugute."

Die Finger strecken sich nach den Jackentaschen. Jegor Jegorowitsch zerknetet in großer Verlegenheit einen großen Schein. Es ist ihm sehr peinlich und nicht seinetwegen. Der Schein passt nicht durch die Öffnung der Witwensammelbüchse und der Sammler der

Almosen hebt den Deckel etwas hoch.

Der in Jegor Jegorowitschs Nähe sitzende Kommissionär für Schallplatten flüstert ins Ohr des ehrenwerten Apothekers:

„Ein Prachtkerl, dieser Russe!"

„Was sagen Sie?"

„Ich sage, obwohl er nicht sehr hell ist, ist er ein Prachtkerl, eh?"

„Ja, ein großer Sonderling!"

Und der Apotheker steckt noch einmal die Finger in die Jackentasche, zieht noch zwei Francs heraus und fügt sie seiner Faust hinzu.

Auf der hinteren Bank sitzt mit zusammengezogenen Brauen Bruder Jacquemaine. Er blickt finster, nachdenklich und nicht sehr wohlwollend auf Jegor Jegorowitschs Nacken. In seiner Hand hat er die übliche Münze vorbereitet. In seinem Kopf hat er alte, weise Gedanken. An seinen Brauen steht ein wie ein Bälkchen gerades und rundes graues Haar ab – gegen den Strich.

Cincinnatus[51]

Etwa fünfzig Kilometer von Paris entfernt hatte Jegor Jegorowitsch ein kleines Stück Land, in den ersten Jahren in Frankreich überaus vernünftig erworben mit aus Russland ausgeführten Valutapapieren. Auf der Parzelle gab es ein auf Kredit gebautes Häuschen mit vier Zimmern, und im Laufe einer Reihe von Jahren zahlte Jegor Jegorowitsch mit lobenswerter Genauigkeit die Raten und hatte seinen Wert schließlich abbezahlt.

Das Häuschen war schlecht eingerichtet und für das Leben im Winter nicht geeignet, aber im Sommer zog Jegor Jegorowitschs Familie für den Monat seines Urlaubs hierher und kam manchmal für drei Tage oder so, wenn ein Feiertag sich durch einen Brückentag mit dem Sonntag verband. Übrigens zeigte Anna Pachomowna keine große Geneigtheit zum Leben auf der Datscha, an einem Ort ohne Wald, ohne Fluss und in einer ziemlich menschenleeren Gegend, wo es nicht einmal einen Kinematografen gab.

In diesem Jahr nahm Jegor Jegorowitsch früh Urlaub – im Monat Mai – und es war beschlossen, dass er allein aufs Land fuhr. Bei Bedarf das Öfchen zu heizen und Kaffee zu kochen, war keine große Kunst und sich verpflegen, gut und nicht teuer, konnte man in einer ausgezeichneten Schenke in der Nähe eines Gehöfts. Übrigens käme Jegor Jegorowitsch auf Wunsch auch persönlich mit der Kochkunst zurecht.

Er hatte befürchtet, dass das Projekt eines so selbstständigen Lebens auf schroffen Widerstand vonseiten Anna Pachomownas treffen würde. Es zeigte sich das Gegenteil: Anna Pachomowna billigte seinen Plan eines einsamen Frühlingsurlaubs völlig, der auch sie von überschüssigen familiären Pflichten befreite. Bei Anna Pachomowna – wer hätte das geglaubt! – fand sich ihr eigener Kreis an neuen Bekanntschaften ein; und nicht nur Russen. Seit sich Anna Pachomowna in eine helle Blondine mit grellen Lippen und kurzen *indéfrisables* verwandelt hatte, hatte sich der ganze Aufbau ihres

51 **Lucius Quinctius Cincinnatus:** römischer Adliger und Politiker.

Lebens und ihrer Psyche verändert. Anna Pachomowna führte mit demselben schrecklichen Akzent, aber schon ohne jedwede Befangenheit, mit Leichtigkeit und Freiheit französische Phrasen ein. Ihr Gang wurde leichter, der kleine Finger ihrer rechten Hand spreizte sich graziös ab und sie tanzte auf dem Wohltätigkeitsball der Wolga-Landsmannschaft vor den Augen des zur Säule erstarrten Jegor Jegorowitsch Foxtrott und noch einen Tanz, bei dem sie den oberen Teil ihres vierzigjährigen Körpers von Henri Richard abspreizte, der seit einiger Zeit ein naher Freund der Familie Tetjochin war und dessen unterer Teil an den ihren gepresst war.

In den ersten Maitagen reiste Jegor Jegorowitsch mit einem Koffer voll Wäsche, einem Paket Samen von Vilmorin[52], einem Bund Bambusstäben, einem neuen leichten Beil, einem Fuchsschwanz, einer englischen Kneifzange, einem Petroleumkocher und anderem Heimwerkzeug auf sein eigenes Gut. Drei Bücher nahm er mit: „Der Wegbegleiter des Gärtners", die Bibel und eines der schwer verständlichen Werke des hochgelehrten Papus[53] – zu lesen an einsamen Abenden und verregneten Tagen.

Vor Ort wartete das große Buch der Natur, auf der ersten Seite aufgeschlagen, von der sich die gegenwärtige Menschheit noch nicht wegbewegt hatte.

Die ersten drei Tage auf der Datscha verflogen wie ein zauberhafter Traum. Vom frühen Morgen bis Sonnenuntergang wühlte, jätete, säte Jegor Jegorowitsch und setzte Stäbe, verbrannte trockene Zweige, Blätter und Müll, baute Kisten, schlug Nägel ein. In der Abendkühle hörte er in Kontemplation die Musik des Weltalls, dann zündete er die Kerosinlampe an und verbrachte einige Stunden in Gesellschaft von Abraham, Moses, David und Salomon unter ziemlich katastrophalen Umständen, weil sich sogar in unserer Nachkriegszeit dergleichen Leute hätten zusammennehmen müssen, um ihren Taten wenigstens einen äußerlich hochanständigen Schein zu verleihen.

---

52 **Vilmorin:** französische Sämerei.

53 **Papus:** eigentlich Gérard Analect Vincent Encausse, französischer Okkultist, Esoteriker, Theosoph, Rosenkreuzer und Martinist.

So hatte zum Beispiel der sanfteste König und Psalmensänger David zu seiner Zeit so viele Leute abgeschlachtet und umgebracht, dass seinem Sohn Salomon vergleichsmäßig wenig zu erschlagen blieb. Zuerst ermordete er nach dem Letzten Willen des Vaters Joab, den Sohn Zerujas, und Schimi, den Sohn Geras, bezüglich derer David ihn eindringlich gebeten hatte, ihr graues Haar mit Blut befleckt in den Scheol hinabfahren zu lassen. Dann, schon auf eigene Initiative und Überlegung, erstach Salomon den eigenen Bruder Adonija, heiratete eine Pharaonentochter und weitere siebenhundert Frauen, nahm noch zusätzlich dreihundert Konkubinen und beschäftigte sich schließlich mit dem friedlichen Bauwesen.

„Man muss trotz allem sagen", dachte Jegor Jegorowitsch, der das erste Mal die Bibel so genau las, „dass das alles eine hinreichende Gemeinheit ist! Obwohl natürlich die Zeiten damals so waren ..."

König Salomon sandte dem Herrscher von Tyrus ein sprechendes Täfelchen: „Und nun sende mir einen Mann, der darin erfahren ist, in Gold und in Silber und in Bronze und in Eisen und in rotem Purpur und Karmesin und violettem Purpur zu arbeiten, und der Gravierungen zu machen versteht, zusammen mit den Künstlern, die bei mir in Juda und in Jerusalem sind, die mein Vater David bestellt hat! Und sende mir Zedern-, Wacholder- und Almuggimholz vom Libanon! Denn ich weiß, dass deine Knechte das Holz des Libanon zu schlagen verstehen. Und siehe, meine Knechte sollen mit deinen Knechten zusammenarbeiten. Und man soll mir Holz zubereiten in Menge. Denn das Haus, das ich bauen will, soll groß und wunderbar sein."

Und der tyrische Herrscher sandte Salomon einen Menschen mit Namen Hiram, den Sohn einer Witwe aus dem Geschlechte Ephraims.

***

Das Dach von Jegor Jegorowitschs Häuschen ist mit gewöhnlichen roten Dachziegeln gedeckt, die einer auf den Rand des anderen gelegt sind und an denen das Regenwasser hervorragend abläuft: eine äußerst schlaue Erfindung eines Unbekannten.

Zwischen dem Dach und dem Sternenhimmel befindet sich eine Luftschicht.

Wer nicht daran glaubt, dass auf der Welt alles wunderbar ist, der soll mit seinen wissenschaftlichen Zähnen den prosaischen Unsinn über die Zusammensetzung und Temperatur der Luft und die Gründe des so unterschiedlichen Sternenglanzes durchkauen. Jegor Jegorowitsch liegt auf einem doch recht harten Bett und denkt an den großen Baumeister Hiram.

Das war offensichtlich ein junger Mann mit ausländischer Bildung, ein Künstler, ein Poet und sehr großer Fantast seiner Zeit. Als er in Ägypten lebte, erhielt er die Einweihung in eine Geheimgesellschaft und nach einer Reihe schrecklicher und schwerer Erfahrungen erreichte er den Grad eines Meisters. Aber der Weg der Versenkung in sich selbst und der Kontemplation befriedigte ihn nicht; er wollte eher eine würdige Anwendung seiner Talente finden, ihn lockte ein groß angelegtes Bauwerk, er liebte das Leben, träumte vom Umsetzen jener Wunder in die Wirklichkeit, die ihm das Geheimnis der Einweihung eröffnete.

Er war hellhäutig, blauäugig, schlank, groß, kräftig, gesund, schön, ehrlich, freundlich und begabt mit sämtlichen Talenten. Er war zwischen Zedern, Zypressen, hohem Gras und den Strömen heller Bäche geboren worden. Seine einzige Lehrerin war die Natur – und der Sterbliche konnte keine bessere Lehrerin haben.

In der Morgendämmerung betrachtete Hiram, wie das am Tag Lebende erwacht und die gelebte Nacht einschläft. Wie sich die durch die Säfte prallen Blätter aufrichten, wie sich die Augen der Blumen öffnen, indem sie mit den gelben Wimpern zucken, wie die beharrliche und packende Liebe nach der bezaubernden und ausweichenden Liebe trachtet. Mit feinem musikalischem Ohr hörte er das Tönen einer auf den Pflöcken der zwei Erdpole aufgespannten Saite, die sang und sang und sang, wenn sie von Vogel- oder Insektenflügeln gestreift wurde. Als die Sonne zum Zenit aufgestiegen war, neigte sich alles Lebendige nach unten, atmete schwer und wusste nicht, was dem irdischen Licht gefallen würde zu verbrennen und was zu verschonen. Als die Sonne selbst welkte und die Kühle auf die

Erde strömte, huschte ein Lächeln der Freude und des Vertrauens in den morgigen Tag wie eine spielende Schlangenbrut durch Gräser, Büsche und Bäume. Von der Abenddämmerung erwachten die Nachtblumen, besonders die aromatischen; die Falter flogen auf, die besonders gierig auf seltene Honigsorten und teuren, duftenden Blütenstaub waren. Dann krochen die Raubtiere mit ihren glühenden Augen und den elastischen Muskeln aus ihren Höhlen.

Nachts erblühte der Himmel vor Sternen und der Eingeweihte Hiram las am Lauf der Himmelskörper und Planeten das Schicksal großer Menschen und kleiner Königreiche ab. Er wanderte zwischen den Sternen wie über eine Milchallee eines bekannten Gartens zwischen zwölf blühenden Gestrüppen. Das, was oben ist, ist wie das, was unten ist, als Einheit erdacht nach dem Gedanken des Einen, erdacht dem Menschen zur Bequemlichkeit und Einfachheit des Denkens. Der Schöpfer verneigt sich vor seiner Schöpfung – wie der Poet die Töne der Lyra hört und sie für göttlich hält. Und da es keinen Anfang und kein Ende gibt, keine Geburt aus dem Nichts und kein Verschwinden ins Nichts und da es im ewigen Lauf von der einen Wahrheit zu einer neuen Wahrheit keine letzte Wahrheit gibt – sind die Gedanken und die Gefühle des Menschen dem keimenden Samen ähnlich, der vollkommenen Pflanze und dem neuen Samen, der in dieselbe Erde fällt, um erneut zu keimen und den Kreis der ewigen Erkenntnis zu schließen.

So war der Hiram des schlummernden Jegor Jegorowitsch, und ins Herzchen des blinden Fensterladens grub sich mit dem flammenden Schwert das Mondlicht ein und durchbohrte als strahlender Fleck die Wand. Etwas Ähnliches hatte es zuvor nicht gegeben: Das Leben war natürlich ziemlich angenehm, aber es war nicht märchenhaft. Die Geschäfte und Geschäftchen, die Jahre nahmen zu, die Haare ergrauten – doch wozu das alles? Und da trat ins Leben etwas Neues ein, etwas Verlockendes, und rundherum war eigentlich kein stürmischer Ozean, wie man bemüht ist, unser Leben zu beschreiben, sondern in Wirklichkeit ein quälender, morastiger Sumpf. Meister Hiram kommt aus einer anderen Welt – er ist ein echter Lehrer der Weisheit und Schöpfer unaussprechlicher Schönheit. Woher kommen die Gedanken im Kopf, woraus entstehen die Bilder, die nirgends beschrieben sind? Das ist unerklärlich.

Hiram, der Weise, Hiram, der Wissende, Hiram, der immer Schaffende, ging mit seinem Stab hinaus aus dem Land Tyrus und kam ins Land des doch ziemlich widerlichen Königs Salomon, der in jenen Tagen viele Stücke Gold und Kupfer gesammelt und eine Herde friedlicher Tiere und eine Menge ebensolcher Menschen, die willig dem Ruf des Treibers gehorcht hatten, an einem Ort zusammengetrieben hatte. Es hatte damals noch keine richtigen Städte gegeben, und da kam Hiram durch die Wüste, staubig, müde, mit zerknitterter Kleidung ... Zuerst schlief er sich aus und am Morgen wusch er sich mit dem kältesten Wasser und zog sich einen Chiton aus ägyptischem Purpur an – und erst dann ging er zu Salomon. Salomon war dick, seine Lippe hing herab. Salomon führte ihn ans Meer und zeigte ihm Häufen von Holz, die über die Wellen vom Libanon herangetrieben worden waren, Zedern-, Zypressen- und Sandelholz. Was für ein Sandelholz? Ein besonderes Sandelholz. All das zeigte er Hiram, dann das Gold irgendwo in den Schatzkammern, vielleicht in unterirdischen. All das zeigt er Hiram und Hiram sagt zu ihm: „König Salomon, ich baue dir so einen Tempel – einen ähnlichen gibt es nicht und hat es nicht gegeben. Auch wenn der Tempel nicht ewig sein wird, denn Ewiges gibt es nicht, so wird es doch so ein Tempel, dass die Erinnerung daran ewig erhalten bleibt." Und jetzt zum Beispiel erinnert man sich trotzdem daran, dass es so einen Tempel gegeben hat, den Tempel Salomons, obwohl ihn eigentlich nicht Salomon erbaut hat, sondern dieser hellhäutige, schöne Mann, Hiram. Er war blond, kam aus den Wäldern, und alle anderen waren dunkel. „Ich baue dir einen Tempel" – und ewig lang und in Ewigkeiten, doch selbst wird er nicht ewig sein. Und wirklich, die Zeit zerstört alles! Es ist wohl schon elf Uhr, und um sieben Uhr ist es unerlässlich, aufzustehen und die Beete zu gießen, Beet für Beet, alle Reihen nach der Reihe ... So schön ist es auf dem Land, wozu baut man dort in der Stadt, salomonisch ewig und nicht ewig, aber die Zeit ist unendlich ... Die Unendlichkeit versteh einer, aber verstehen will ich, will ich, kann nich' – friedlich und süß entschlummert Jegor

Jegorowitsch, schwimmt im altersschwachen Nachtgeschirr über den See des Lächelns, so etwas hat's noch nicht gegeben, so ein Schiffchen, mn-ja-a, das ist er-staun-lich ...

***

Der Morgen ist wunderbar, der Morgen ist sonnig, der Morgen eines glücklichen Menschen, der Morgen eines die Natur Erkennenden! In einem für einen Angestellten einer bedeutenden französischen Firma ziemlich frivolen Anzug stand Jegor Jegorowitsch am Eingang des eigenen Hauses und lachte die Welt der eigenen Empfindungen an. Die Frühlingsblumen rieben sich die Augen und verloren dabei den Blütenstaub ihrer gelben Wimpern. Die beharrliche Liebe verfolgte hartnäckig die zaghafte Liebe. Die Saite erklang, die zwischen den Grenzen der Welt aufgespannt war. Die Sonne erhob sich zuversichtlich zum Zenit und vertrieb dabei die Morgenkühle. Die Natur blätterte verführerisch die Seiten des ihr allein bekannten Buches um, wartete auf die Schüler, die der besten Lehrerin der Weisheit bedurften, damit diese ihnen alles dem Grad ihrer Weihe gemäß eröffnete.

Bei Tageslicht hielt Meister Hiram die biblische Kleidung für unbequem und nahm das Aussehen eines Lieferanten an, der mit dem Zollstock über das Nachbargrundstück schlenderte, wo vor Kurzem der Grundstein für ein Haus gelegt worden war. *„Bonjour, monsieur! Quel beau temps!“* – *„Magnifique!“*[54] Der Lieferant lobte Jegor Jegorowitschs Garten. Jegor Jegorowitsch drückte seine Verwunderung darüber aus, wie schnell die italienischen Arbeiter ein Haus unter der Führung von Meister Hiram bauen. „Gegen Juni werden wir fertig sein. Sie bekommen Nachbarn.“ – „Ach was, das ist doch angenehm!“ Jegor Jegorowitsch sagte das Letzte nicht ganz aufrichtig, mehr aus Höflichkeit.

Als er den Kaffee auf dem Kocher aufgestellt hatte, ging Jegor Jegorowitsch den Garten ab, wies einen Maulwurf wegen des Aufwurfs von Vulkanen zurecht, zerrieb mit den Fingern ein Blättchen der schwarzen Johannisbeere, roch daran, war gerührt, erfreute sich

54 **Quel beau temps! – Magnifique!** (frz.): Welch schönes Wetter! – Wunderbar!

an den Erdbeeren und erstarrte vor Entzücken vor der Tulpe, deren blutroter Blütenkelch in einen weißen Saum gefasst war. Vom runden Blumenbeet schmiegte sich das stumpfe Mäulchen eines Stiefmütterchens, eines demokratischen, aber überernährten Blümchens, das deswegen bei den Franzosen „Gedanke“ genannt wird, an Jegor Jegorowitsch. Jegor Jegorowitsch wollte die Hand nach einem Unkraut ausstrecken, das hier gesetzeswidrig wuchs, doch sah er, dass auch dies in weißen Sternchen von ungewöhnlicher Zartheit blühte. Er hockte sich hin und machte sich daran, das Stückchen Erde von einem Quadratmeter aufmerksam zu betrachten, das seine etwas kurzsichtigen Augen erkennen konnten. Das Stückchen lebte, atmete und war geschäftig: Grashalme, kleine Insekten, Würmchen, die Bewegung von in der Sonne getrockneten Sandkörnern, der Anflug beflügelter Besucher, ihre den Blick nicht verletzenden Ehen, die unsichtbaren Schwalle von Frühlingsaroma – und mitten unter ihnen ein scharfer, alltäglicher, städtischer Schwall, der hier keinen Platz haben durfte. Jegor Jegorowitsch spannte die Nasenflügel an und überprüfte den Eindruck: zweifellos angebrannter Kaffee. Da fiel es ihm ein und er eilte nach Hause und kam trotzdem zu spät: Auf dem Kocher rauchte und prasselte die Kaffeekanne, in der nichts von dieser wohltuenden Flüssigkeit übrig geblieben war, obwohl um den Kocher herum nicht wenig davon verschüttet war.

Jegor Jegorowitsch stellte den Kocher ab, beseitigte mit einem kleinen Tuch die Patzerei und ging dann wieder auf die Vortreppe hinaus, um nachzudenken, was weiter zu tun sei. Plötzlich sah er, wie aus dem selbst gebauten Starkasten, den er im letzten Jahr mit einem Draht an den Stamm einer Linde gebunden hatte, ein Rotkehlchen herausflog. „Ach so“, sagte Jegor Jegorowitsch, „dir gefällt die Wohnung!“, und er freute sich wie ein Kind. „Anfang Mai ist wohl etwas früh, um sich Kinderchen anzuschaffen; aber die häusliche Voraussicht ist lobenswert.“ So entsteht neues Leben: Aus fliederfarbenen Eierchen schlüpfen nackte, noch Unverständige und wachsen in kurzer Zeit heran, bekommen Federn und einen Schwanz und werden selbstständige Bürger des Gartens. Das alles ist sehr erfreulich. Das alles bestärkt das Leben. Und da wogt an das Herz Jegor Jegorowitschs, eines kleinen Mannes, aber eines Freimaurers, eine Welle von Frühlingsfreude heran – man möchte singen und lachen. Singen konnte er zwar nicht, doch lachte er leise, für sich, hauptsächlich im Herzen unter dem Hemd mit dem aufgeknöpften Kragen, und auf dem Gesicht zeigte sich eine listige Falte und die Augen waren wegen des Lichts zusammengekniffen. Und da erwachte in ihm der unüberwindliche Wunsch, eine Tasse heißen Kaffees zu trinken, aber schnell, ohne abzuwarten, bis die Kaffeekanne gesäubert und eine neue Flamme am Kocher entzündet war.

Hiram legte den Zollstock zusammen und drückte sein volles Einverständnis darüber aus, Monsieur in die nahe Schenke zu begleiten. Er hatte freilich schon einen Kaffee getrunken, aber – in Anbetracht des sonnigen Morgens – lehnte er einen Aperitif nicht ab.

***

Wenn nicht die Dürftigkeit der Worte wäre und nicht die Kühle des weißen Papiers; wenn es nicht die Schüchternheit des Autors gäbe, der müde geworden ist, durch alle Arten bemalter Masken den Lesern zuzulächeln; wenn nicht die ewige verdammte Angst bliebe, nicht bis zum Ende verständlich zu sein und Langeweile hervorzurufen – dann könnten wir den ganzen Ton unserer Erzählung für jene Kapitel abrupt ändern, in denen wir Jegor Jegorowitsch Tetjochin mit seinen unersättlichen Lippen an der Brust von Mutter Natur festgesaugt sehen.

Und wirklich, wir stellten ihn als komischen und naiven, gutmütigen Menschen dar, baten, ihn in seiner nahezu närrischen Aufmachung zu lieben. Wir werden auch im Weiteren nicht beginnen, gerechter und großmütiger zu ihm zu sein. Aber jetzt auf dem von einem billigen Zäunchen umgebenen und von knorrigen Linden, Birken und Kastanien zugewachsenen Grundstück auf der unterernährten französischen Erde, unfruchtbar gemacht von Generationen von Feinden der Flora und Fauna, unter der Sonne und dem Himmel, die – der Natur sei Dank! – noch zu keinem Staat gehören, verbeugen wir uns neben unserem Helden tief vor der Erhabenheit dieser Natur, die selbst in zerknitterter und zerzauster Kleidung für uns die einzige Königin und Herrscherin bleiben wird. Vor niemandem sind wir Knechte – nur vor Ihr! Nur Ihr gilt unser Gebet – mit leidenschaftlichem Flüstern verstummender Lippen! Sie besiegen – niemals! Sie erstaunt betrachten, lernen und sich ewig mit Ihr vereinigen!

Das erste Mal seit vielen Jahren erfuhr Jegor Jegorowitsch den Liebreiz der Einsamkeit weitab vom Stadtleben. Die Sonne neigte sich ohne Lust dem Untergang zu, die Schatten wurden länger und liefen auf das Nachbargrundstück davon. Am Werktag waren die wenigen Häuschen verschlossen: Nach dem Kalender gehörte es sich, dass ihre Besitzer noch in der Stadt waren. Davon, dass irgendwo trotzdem noch Sonderlinge hier lebten, gab nur der Ruf des Hahns Zeugnis.

Jegor Jegorowitsch hatte sich einen Vorleger untergelegt, damit er sich keinen Ischias zuzog, und blieb nun auf den Stufen seiner Vortreppe sitzen. Es war so erfreulich und wunderbar, nirgendwohin zu sehen und nichts zu hören. In diesem Nirgendwohin blinkten die rötlichen Lichtflecke der tiefen Sonne auf dem Grün der kleinen Wege, grübelten die Bäume, die Gräser und Blumen. In diesem Nichts ertönten und summten in allen Ganz- und Halbtönen Fliegen, Käfer, Mücken, tschilpten und pfiffen vorabendlich unsichtbare Vögelchen. Vom Himmel sank die Kühle herab, von der Erde strahlte es warm.

Und dann streckte Sie die lilienweißen Hände über ihn und segnete ihn, damit ihm schöpferische Erkenntnis zuteil werde. Sie sah ab von seiner alltäglichen Kleinheit und dem Durcheinander der Vermutungen und Erkenntnisse, die aus populären Büchlein und anderen Lehrwerken zusammengewürfelt waren. Sie zerteilte ihm die Brust mit dem Schwert, zog das pochende Herz heraus und steckte glühende Kohle durch die Öffnung der Brust. Und dann hörte und verstand Jegor Jegorowitsch das, was Uneingeweihte nicht hören und nicht verstehen können.

Der erste Hahn krähte – krächzend und rau; ein anderer antwortete – selbstsicher. Nach dem Gesang erstarrten beide Hähne, spitzten vor Erwartung die Ohren und zogen eines ihrer bekrallten Beine ein. Und dann drangen von weit, weit her Antworten, Empfangsbestätigungen des Gesanges, Benachrichtigungen über weitere Mitteilungen. Ein zweiter Ruf – und neue Antworten, und der erste Ruf war schon weitergezogen, hatte sich vertieft, sich von Haus zu Haus, von Dorf zu Dorf verbreitet wie ein Kügelchen und eine Glasperle über die Erdoberfläche, überschritt Grenzen menschlicher Einteilung, Bezirke, Länder, umschloss, als ob er ein Ring wäre, Städte wie tote Plätze, bar rituellen Segens. Bis zum Äquator und bis zu den Polen zog das heilige Hahnenwort, das längst aus der gebräuchlichen Sprache verschwunden ist, als ob es den Lebenssinn verloren hätte, den Widerhall jener Zeit, als auch die Henne ein Vogel war und sie über Wiesen und Wälder eilte, Flüsse und Meere überflog. Was bedeutet es, dieses Wort? Vielleicht ist es einer jener Begriffe, die verboten sind, es ist unanständig, unangenehm, in der Gesellschaft ihren Namen auszusprechen: „Liebe", „Freundschaft", „Glück", etwas unbedingt Sonniges und zu Scharfes, Durchdringendes für die Augen, die an das Dunkle gewöhnt sind, und für die Ohren, die an der gewohnten Lüge geschult sind.

Das große „Hahnen-Kikeriki" umgürtete die Erde, die Losung der Bruderschaften und unverbrüchlichen Verbindungen – was auch immer geschehen sein mag, in welchem Hühnerstall die einzelnen Leben auch erloschen sein mögen, wie viele Federn und wie viel Flaum auch immer unter dem Messer des Besitzers mit Blut besudelt worden sein mochten. Und schon hier gab es keine Prahlereien und Unterschiede in der Farbe der Federn, in der Pracht des Schwanzes, im Schwellen des Kammes, im Adel der Rasse: Alle schwellten gleich die Brust, schlugen mit den Flügeln, schrien jeder das Seine – alle dasselbe, warteten auf die Antwortrufe, und als sie sie erhalten hatten, senkten sie ruhig ein Bein und hoben es für einen Schritt, pickten nach einem Korn, zogen einen langen Wurm aus seinem Gang und zerpickten ihn – und riefen die liebsten Frauen, denen der Segen der Eingeweihtheit fehlte, zum Festschmaus.

„Ja, das ist es!", dachte Jegor Jegorowitsch.

An der Pforte seines Gartens lief ein Hund vorbei, ein unförmiger Plebejer, der sich durch nichts auszeichnete. Er lief bekümmert vorbei, unablässig am Weg schnüffelnd. Er hielt sich bei einem herumliegenden Stein auf – markierte ihn umsichtig, lief weiter, lief durch eine offene Pforte eines leeren Grundstücks, markierte dort etwas, eilte weiter. Jegor Jegorowitsch sah von seinem Vortreppchen aus, wie der Hund geschäftig einen kurzen Abstecher auf bewohnte Grundstücke machte, wo die Hundehütten seiner Nächsten waren, genau wie ein Briefträger, der Briefe, Zeitungen und dringende Bescheide austrug.

Es vergingen so und so viele Hundeminuten und auf demselben Weg lief ein unförmiger, zottiger Hund vorbei, blieb an denselben Stellen stehen, wendete sich in dieselben Winkel, hinterließ eine Antwort auf die gelesenen Aufzeichnungen. Und als nach ihnen eine unverständige Frau in entgegengesetzter Richtung ihren Foxterrier an kurzer Leine vorbeiführte, zog er, zerrte an der Leine und versuchte, denselben Stein zu berühren, das Bein an demselben Pfählchen zu heben wie die vor ihm vorbeigelaufenen Hundeverwandten. Und es war klar, dass an diesem Pfählchen, auf dem Stein, im stacheligen Gras des unbebauten Platzes, hinter der Pforte des bewohnten Grundstücks – dass überall vereinbarte Markierungen waren, Dufthieroglyphen, Parolen und Antworten der geheimen Vereinigung aller Hunde, unabhängig von ihrer Rasse und ihrer gesellschaftlichen Stellung, Zeichen großer Kräfte der von den Menschen brutal zerschlagenen Hundebruderschaft, um die Verbindung zu bewahren und von Geschlecht zu Geschlecht ein über Jahrhunderte bewahrtes Geheimnis weiterzugeben.

„Ja, das ist es!“, dachte Jegor Jegorowitsch.

Und plötzlich sah er, dass in einer kleinen Seitenallee im vom letzten Sonnenlicht auseinandergeschobenen Laub Mücken oder kleine Schnaken in geraden Säulchen tanzen und figürlich hastig hin und her eilen. Eine fliegt mal zur Seite, macht eine Schleife und stürzt sich wieder in die Menge. Sie tanzen lange und fleißig, ohne einander zu streifen, und zeichnen eine geheimnisvolle Skizze in die Luft, ein kompliziertes Netz, und das ist irgendwie notwendig, dafür gibt es einen geheimen Grund im ununterbrochenen rituellen Tanz. Wenn jemand den Weg entlanggeht und die Fliegenversammlung beiseitewedelt, wird sie sich an demselben Ort mit derselben Regelhaftigkeit als tanzende Formation vereinigen. Ein Vergnügen? Eine Versammlung? Eine Party? Ein Bedürfnis? Wenn man gute Ohren hat, hört man die Musik des gemeinsamen Flugs, aber der geheime Sinn ist dem Uneingeweihten verborgen.

Und wohin fliegen die Einzelgänger? Sind sie nicht von einem tanzenden Säulchen zum anderen Gesandte, sind sie keine Boten einer künftigen Vereinigung aller Schnaken und Mücken aller Welt? Aber im Herzen des Menschen schwingt eine gleichklingende Saite: Meine Brüder sind der Hahn und der Hund, meine Schwestern die Mücken, meine Mutter ist die Erde – und vor dir liegt die große Natur, das ungelesene Buch, das unentdeckte Geheimnis. Sind wir, ich, der Mensch und die kleine, scheinbar unverständige, von meinem Verstand nicht erkannte Mücke, vor dir nicht gleich?

Und Jegor Jegorowitsch dachte: „Ja, das ist es!"

***

Was weißt du, Mensch? Du wachst auf wie eine frische Gurke, reißt der Sonne die Tür deiner Behausung weit auf und sagst: „Gesegnet sei der Tag, der uns Freude verheißt!"

Du siehst nicht, dass der Kelch eines wundervollen Blümchens noch halb geschlossen ist, hörst nicht die Stille, die das gewöhnliche, nie verstummende Vogelgezwitscher ablöst. Die Sonne blendet deine Augen, verbirgt vor dir ein entferntes Wölkchen, das schnell heranwächst zur Gewitterwolke mit Hagel und Kälte.

In genau dem Moment, wenn du die Schürze des guten Gärtners umgebunden hast und mit einem Körbchen voll geschnittenen Strohs gehst, um der zukünftigen Ernte der vierjährigen Erdbeeren ein Lager zu bereiten, ruft dich an der Pforte eine bekannte Stimme:

„Jegor Jegorowitsch, Grischa, wie siehst du denn aus! Wir sind eine ganze Gesellschaft!"

Und wirklich – an der Pforte stehen Anna Pachomowna, George und ein lieber Gast: Henri Richard. Nicht umsonst ist heute Sonntag.

Anna Pachomowna ist lebhaft und schmuck, wenn nicht wie der

Frühlingsbeginn, so doch wie der Spätsommer, der berühmt ist für seine unbescheidene Grellheit der Farben. Wegen der anstrengenden Hausaufgaben ist George fahlgelb und unbeholfen in der Umgebung des Gartens. Henri Richard ist überall dienlich, geschickt und freundlich. In fünf Minuten schafft er es, in besten und passendsten Worten all das auszudrücken, was man kann, ohne zu heucheln, etwas über die gesunde Farbe des Bürochefs zu sagen, über seine malerische Tracht, über die Lieblichkeit des Häuschens, über die Herrlichkeit des Gartens und überhaupt über die Reize des Landlebens, das wir, wir Stadtmenschen, wir Pariser, so wenig zu schätzen wissen. Währenddessen tritt Richard zurück, um Madame den Weg zu einem Blumenbeet freizumachen, zertritt dabei mit den überaus sauber geputzten Schuhen die Stiefmütterchenfamilie, auf die Jegor Jegorowitsch so stolz war und die er so gepflegt hat. Anna Pachomowna geht direkt zum Tulpenbeet, pflückt die grellste Blume, die purpurne, die in den weißen Saum gefasst ist, und steckt sie sich an die vierzigjährige Brust.

George reißt mit einem leichten Spazierstock den Margariten die Köpfe ab. Dann nimmt Anna Pachomowna Henri am Arm und führt ihn zum Haus, um ihm die Zimmer zu zeigen. Bis zur Schwelle schwatzt sie auf Französisch und versucht dabei, den Buchstaben „r" lauter als nötig herauszuwürgen, als ob sie sich an der Freiheit und dem Ton einer wunderbaren Sprache ergötzte, doch als sie die Schwelle übertreten hat, ruft sie auf Russisch:

„Pfui, was für eine Sauerei! Bist du verrückt geworden, Grischa!"

Beleidigt und entrüstet führt sie Henri zurück in den Garten.

Jegor Jegorowitsch ist aufrichtig verlegen und eilt, um die zufällig hingeworfenen, nicht ganz frischen Wäschestücke im ersten Zimmer wegzuräumen. Er hatte vergessen, dass Sonntag war, und hatte keine Gäste erwartet. Freund Richard verteidigt ihn, indem er einsichtig darlegt, dass es auf dem Land keine Schüchternheit geben darf und dass überhaupt wir, wir Städter, wir Pariser, unser Leben zu sehr mit Konventionen ausstatten, und apropos ist die Natur so herrlich und es ist so wunderbar, Luft einzuatmen, die nicht von Benzin gesättigt ist.

„Bravo, mon chef“, sagt er und klopft Jegor Jegorowitsch aufmunternd auf die Schulter. *„Bravo, mon cher frère“*, fügt er freundschaftlich flüsternd hinzu.

In Henris Stimme sind Zärtlichkeit und etwas Beschützerisches gegenüber dem alten und eigentlich harmlosen Sonderling.

Dann verwandelt sich Anna Pachomowna vom Gast zur Gastgeberin. Nach ihrer Anweisung tragen George und Henri den kleinen runden Tisch heraus und stellen ihn auf die junge Wiese aus gerade gezogenem Gras, das Jegor Jegorowitsch eigenhändig gesät hat (englischer Schattenrasen). Dazu kommen noch vier Stühle. Die kalte Vorspeise haben sie ebenso mitgebracht wie die süße Torte. Ein traumhaftes Picknick! Die Gäste sind angeregt, Jegor Jegorowitsch versucht auch, liebenswürdig und freundlich zu sein, obwohl sein Herz leidet wegen des zertretenen Grases und der umgeknickten Blumen. Der wissbegierige George schleudert mit Steinen nach dem Vogelhäuschen auf dem Baum, aus dem das Rotkehlchen vor Schreck herausfliegt.

Auf dem Stuhl sitzend, dessen Beine in der weichen Erde versinken, kaut Jegor Jegorowitsch ohne besonderen Appetit am Schinken, dann am Gebäck, wieder am Schinken, dann trinkt er schwarzen Kaffee, den Anna Pachomowna ausgezeichnet gekocht hat, dann fürchtet er, dass man ihm vorschreibt, sich sauber anzuziehen und die Gäste auf ihrem Spaziergang in der Umgebung zu begleiten, obwohl es eigentlich keine Umgebung zu sehen gibt, außer in kleine Quadrate geteiltes Land, und jedes Quadrat ist von einem Zaun umgeben, und hinter jedem Zaun gibt es eine Hundehütte, ein Krautbeet, einen Rosenstrauch und wie beim *Salon des Indépendants*[55] herausgehängte muffige Decken und Laken. Zu Jegor Jegorowitschs großem Erstaunen nimmt man ihn auf den Spaziergang nicht mit. Anna Pachomowna verkündet einfach: „Nun, wir gehen spazieren. Und du, Jegor Jegorowitsch, räumst inzwischen auf.“ – „Wunderbar, wunderbar, ich koche auch Wasser auf, wenn ihr zurückkehrt, und wir trinken Tee.“ – „Aber nein, das schaffen wir nicht, wir fahren mit dem ersten Zug ab.“ – „So früh? Wie schade!“

55 **Salon des Indépendants:** Ausstellungsort der *Société des Artistes Indépendants,* der Vereinigung unabhängiger Künstler.

Der Freimaurer heuchelt ein wenig. Aber nur, um niemanden zu verletzen, um den lieben Gästen etwas Nettes zu sagen. Sie haben ihn doch in seiner Abgeschiedenheit besucht.

Während die Gäste fortgehen, trägt er den Tisch und die Stühle zurück und überzeugt sich traurig, dass der junge, erst einmal gemähte Rasen ganz zertreten ist, und sammelt die über das Gras verstreuten Säckchen und Papierchen ein; er geht, um nach dem in Mitleidenschaft gezogenen Stiefmütterchenbeet zu sehen, wartet lange, ob das verscheuchte Vögelchen nicht ins Nest zurückkommt – und seufzt tief. Im Schoße der Natur hat er sich von den Menschen irgendwie entfremdet ... Es ist schade, dass sie den wunderschönen Dahlientrieb abgebrochen haben, der mit starken und dicken Sprossen gerade die Erde durchbrochen hat. Anna Pachomowna schneidet die Tulpen zu einem Strauß ab. Nun denn, wenn ihr Blumen gefallen ...

Jegor Jegorowitsch nimmt tapfer eine Gartenschere und schneidet Zweige vom blühenden Jasmin, vom Spierstrauch und allen möglichen dekorativen Kräutern und von den großen Gartenkornblumen ab. Schade, dass die Rosen erst knospen. Das heißt, eigentlich ist eine Rose aufgeblüht, gerade heute, die wohl schönste, „Miss Ellen Willmott", aber wie kann man die einzige Blüte abschneiden! Jegor Jegorowitsch betrachtet sie freudig, geht einen Schritt zurück, nähert sich wieder, dann säbelt er mit der Schere die halb entfaltete Schönheit zusammen mit zu langen Trieben schnell und entschlossen mit gerunzelter Stirn ab. „Ellen Willmott" sticht in verzweifelter Selbstverteidigung mit den Dornen in Jegor Jegorowitschs Finger. Ach, noch zwei Knospen vergeudet! Nun, an das Weitere macht sich Anna Pachomowna, die große Meisterin auf dem Gebiet der Sträuße. Schade, dass es erst wenige Blumen gibt.

Wird gar das Rotkehlchen nicht zurückkehren? Welch unvernünftiger Junge, dieser George! Das kommt davon, weil man ihn nicht gelehrt hat, dem Leben der kleinen Lebewesen mit Achtung zu begegnen. In der Schule wird es nicht gelehrt und die Eltern haben keine Zeit.

Die Gäste kommen nach einer Stunde zurück. Anna Pachomowna in der vorherigen frühlingshaften Frische, doch mit sich neigender Tulpe an der Brust; die Männer sind etwas müde. Nach Henri Richards Meinung ist das Örtchen reizend und hat Zukunft; George ist angenehm erstaunt, dass in der Nähe ein Tennisplatz gebaut worden ist. Der war vorher noch nicht da. Anna Pachomowna wirft die Hälfte der von ihrem Mann geschnittenen Zweige weg und komponiert einen wahrhaft bemerkenswerten Strauß, in dem man „Miss Ellen Willmott" kaum bemerkt.

Der Abschied ist zärtlich und beinahe berührend; besonders nett ist Henri Richard, der lange Jegor Jegorowitschs Hand schüttelt:

„Au revoir, mon noble Cincinnatus! Nous vous laissons à votre charrue!"[56]

Jegor Jegorowitsch steht lange an der Pforte, um zu winken, wenn die Gäste sich umdrehen. Als sie schließlich außer Sicht sind, hängt er den Haken vor, nähert sich langsam, ganz langsam dem Baum mit dem gestörten Starkasten – und zerfließt in einem Lächeln: Das Rotkehlchen sitzt auf einem Ästchen nahe dem Nest.

„Na, na, alles in Ordnung", sagt Jegor Jegorowitsch. „George ist ein leichtsinniger Junge, aber nicht böse. Wir werden uns um unsere Angelegenheiten kümmern."

Als er sich ans abendliche Gießen macht, vertauscht er die Segelschuhe mit Sabots.

---

56 **Au revoir, mon noble Cincinnatus! Nous vous laissons à votre charrue!** (frz.): Auf Wiedersehen, mein edler Cincinnatus! Wir lassen Sie mit Ihrem Pflug zurück!

Jubela, Jubelo, Jubelum

Von einem Hügel aus blickte Hiram auf einen menschlichen Ameisenhaufen: An Steinblöcken und Holzsäulen eilten Häuflein schwarzer Menschen hin und her, packend, stoßend, Hebel und Maschinen herantragend, die von Hiram für sie zum Anheben schwerer Gewichte erdacht worden waren. Die Bewegungen einer jeden Ameise waren zufällig, die Bewegung von ihnen allen zusammen war voraussehbar und ausgerichtet nach Hirams Willen. Als weiße Kugeln glitzerten frisch behauene Steine, in gelblicher Röte jubelten Bretter, als goldene Sonne blendete Metall die Augen.

Die fett gewordenen, schlafflippigen, vom faulen Leben abgestumpften Staatsangehörigen des Königs Salomon blickten erstaunt und ungläubig auf die Arbeit der Schüler Hirams. Mancher trat hinzu und fragte:

„Wie und womit bearbeitet ihr die Steine zur notwendigen Größe und erzielt so wunderschöne Glätte?"

Die schlauen Arbeiter formten aus der Hand eine Muschelhälfte und flüsterten ins Ohr der dicken Dummköpfe:

„Das sind nicht wir, sondern der wundersame Wurm Schamir leckt jedwede Unebenheit vom Baublock."

„Und wo ist dieser Wurm und ist er groß?"

„Dieser Wurm ist etwa so groß wie ein Gerstenkorn und liegt in einem Bleigeschirr, das mit Weizenkleie gefüllt und mit einem Wolltuch bedeckt ist. Man kann ihn nicht sehen. Er wurde dem König Salomon von einem Adler aus dem Paradies gebracht, wo er sich seit dem Abend des sechsten Tages der Schöpfung versteckt hielt. Aber sieh zu, dass du es niemandem erzählst!"

Mit Freude bemerkte Hiram, wie die Arbeit des Tages voranging und wie sie gegen Abend aufhörte – nur das Feuer der Schmelzöfen erlischt nie und der Rauch breitet sich über den Sand.

Die Tausenden Arbeiter Hirams führten einen einzigen Plan aus, der niemandem von ihnen als Ganzes bekannt war. Die Schüler behauten den Stein, hobelten das Holz und gossen das geschmolzene

Metall in die Form. Die in allen Handwerken ausgebildeten Gesellen legten das Fundament, passten Stein an Stein und errichteten die Mauern nach den Zeichnungen der Meister, mit denen sich der große Meister Hiram selbst jeden Tag beriet. Jeder Arbeiter machte das Seine – alle gemeinsam machten eine einzige gemeinsame Sache und erfreuten sich an dem bisher nie gesehenen Wunder der Baukunst.

Als König Salomon den Straf- und Gerichtshof verlassen und sich von den Frauen und Konkubinen getrennt hatte, trat er aus seinen Gemächern, um sich den im Bau befindlichen Tempel des Herrn anzusehen. Hiram zeigte ihm die Verkleidung der Wände und Stufen, die Säulen mit den Kapitellen, die goldenen Cherubim, die Tausenden goldenen Gurken und Granatäpfel und ein gegossenes Meer – und der König stand lange da, riss seinen lüsternen Mund auf, ließ seinen Bauch über den behaarten Beinen hängen, überzeugt, dass dies alles nach seinem Willen entstand, damit es ihn erfreue und seinem Gott diene. Er wusste nicht, dass Hiram überall glänzendes Spielzeug ausgelegt hatte, um die Aufmerksamkeit des Königs und seiner Diener abzulenken, und dass er den echten Tempel nicht aus Holz, Stein und Gold, sondern aus menschlichen Seelen baute, die sich nach und nach von geistiger Knechtschaft befreiten und sich in die Höhe der eingeweihten Erkenntnis erhoben.

Vieles wusste der König, dessen Weisheit gepriesen war, nicht. So wusste er nicht, dass auf ein einziges Wort Hirams, auf eine einzige Geste, einen einzigen Buchstaben, den er mit dem Zeigefinger in die Luft zeichnete, alle Arbeiter mit einer einfachen und gewohnten Bewegung der Hämmer, Hebel, Senkbleie, Wasserwaagen, Winkel und Zirkel sein Reich stürzen und in den Staub dumpfer Viehbesitzer, schmeichlerischer Höflinge, grober Soldaten und ihres armseligen Königs werfen konnten, der sich etwas auf seine profane Weisheit einbildete und sich für den König der Könige hielt. König Salomon wusste das nicht, weil seine Ohren mit dem Schmalz der Schmeichelei verklebt und seine Augen vom glanzvollen Prunk des Schmucks geblendet waren. Unter der reichen Verkleidung und dem Spiel des Goldes vermutete König Salomon nicht die strenge Härte der Steinblöcke. Er erkannte nicht die Geheimschriften der sichtbaren Symbole und die sie verbindende große Idee der Befreiung der Menschheit von den Königen, Opferpriestern, lästerlichen Gebeten und Blutopfern. Beim vergnüglichen Betrachten der zwei Säulen, mit denen Hiram den Eingang in den Tempel geschmückt hatte, erkannte Salomon nicht, dass der Name der linken Säule „Schönheit" und der der rechten Säule „Kraft" war und dass mit ihnen die Weisheit der aufgeklärten Baukunst in dreifältiger Vereinigung stand, verkörpert in der Person des großen Meisters, des Sohnes einer Witwe aus dem Geschlechte Ephraims.

***

Die weiße Akazie bringt ihre grünen Spitzen später als alle anderen Bäume hervor. Die Blätter entstehen zwischen zwei Stacheln und mit den Blättern zusammen kriecht ein Büschel grünen Kaviars hervor, der sich in eine Traube aromatischer Blüten verwandeln soll. Auf diesen Baum blickt Jegor Jegorowitsch mit frommem Entzücken, weil der Baum selbst ohne Blüten wunderschön ist (klar und durchsichtig zwischen allen anderen) und weil die Akazie für den Freimaurer ein heiliger Baum ist.

Zur Halbzeit des Urlaubsmonats fuhr Jegor Jegorowitsch für einen Tag in einer wichtigen Angelegenheit nach Paris, und er kehrte von da nicht als der zurück, der er vorher gewesen war, und er brachte den Kelch des Stolzes und der Freude mit, ohne etwas zu verschütten.

Jetzt schlurfte die unzerstörbare Sohle seiner Sabots über die zwei letzten Viertel des universellen Kreises der hermetischen Quadratur. Er war ein Mensch ähnlich dem Morgen und dem aufgehenden Licht des Tages; der Bewegung der Erde folgend wurde er ein Mensch des Mittags und der Sonne des Zenits. Er war ein Mensch wie ein totes Samenkorn, doch ließ er einen Trieb wachsen und erblühte in Prächtigkeit; er hatte sich schon zur Tätigkeit bereit gemacht und war zugelassen zur Suche nach dem wahren philosophischen Feuer. Er war ein Mensch des Frühlings und wurde zum heißen Sommer. Und in der Zeit, als ihm der Weg vollzogen schien und das Ziel fast erreicht –

erlosch plötzlich das Licht des flammenden Sterns, neigte sich die Sonne dem Untergang zu, der Sommer zum Herbst und zum Winter, es fielen die Blütenblätter ab, das philosophische Quecksilber wurde schwarz und im Gesicht des Menschen roch es nach Moder.

„Tod?", rief der Mensch aus.

„Ja, das Tor der Weisheit", antwortete ihm der Schädel mit klapperndem Kiefer.

Sei es der Tod, sei es die Weisheit – der Freimaurer nimmt doch erfreut den höheren Grad der tiefen Einweihung an.

Von den Pariser Eindrücken blieb dem Menschen das übliche turnusmäßige Gespräch mit Bruder Jacquemaine in der Schenke. Während der eineinhalb Jahre der Bekanntschaft schaffte es Bruder Jacquemaine, zu altern und noch strenger und härter zu werden.

„Ja, Bruder Tetékhine, Sie haben recht, ein Freimaurer ist frei in der Auslegung der Symbole und Legenden, wie er überhaupt frei ist, sich zu bekennen und sich durch beliebige Überzeugungen zu verwirklichen. Aber das schließt nicht das Streben nach dem einen Verständnis der grundlegenden Ideen der Bruderschaft aus, folglich auch nicht nach der Gemeinsamkeit der Etappen symbolischer Erkenntnis. Ich muss Sie vor der Säkularisierung Ihrer symbolischen Wahrnehmungen warnen. Der große Meister war am wenigsten ein Revolutionär!"

Jegor Jegorowitsch versucht, seinen Gedanken zu erklären:

„Aber ich behaupte doch auch nicht, dass er ein politischer Verschwörer ist. Ich selbst interessiere mich sogar gar nicht für Politik, Bruder Jacquemaine. Ich habe in Russland für die Postbehörde gearbeitet, hier arbeite ich in einer Handelsfirma in der Versandabteilung. Aber die Seele eines anständigen Menschen, umso mehr eines Eingeweihten, kann sich nicht mit dem abfinden, was in der Welt vor sich geht. Wenn man schon einen Tempel baut, dann einen richtigen, einen stehenden und nicht irgendeine – entschuldigen Sie, Bruder Jacquemaine – Kaserne unter der Führung eines bestätigten Vorbilds. Trotz allem müsste man etwas, meiner Meinung nach sehr vieles des Gegenwärtigen komplett umdrehen, vereinfacht und grob gesprochen – zum Teufel schicken."

„Möglich, aber für mich, Bruder Tetékhine, ist Hiram die Sonne, Osiris ist die moderne Einweihung; die Loge ist seine Witwe Isis; der Freimaurer ist der Sohn der Witwe und des Lichts. Ein Revolutionär kann kein Baumeister sein, seine Aufgabe und sein Gebiet ist das der Zerstörung. Aber es bauen, mein lieber Bruder Tetékhine, begabte, einfache, fleißige und disziplinierte Arbeiter nach den Plänen eines ebenso friedlichen, fortschrittlichen Führers."

In Paris schaffte es Jegor Jegorowitsch, auch den Professor aufzusuchen. Rot vom Sonnenbrand trat der Freimaurer ins Zimmer des Laien, dessen Gesicht wie aus Pergament war. Lolli Romanowitschs Haut ging unmerklich ins Grau des Bartes über; mit so einer Haut leben Menschen nicht lange und ungern und sterben an Krebs, wenn sich ihre Blässe nicht einfach durch Hunger erklären lässt. Übrigens hatte sich nicht Lolli Romanowitsch verändert, Jegor Jegorowitsch hatte sich an die grellen Frühlingsfarben gewöhnt.

Als er zu seinem gelehrten Freund geht, hat er schon im Vorhinein beschlossen, ihm Geld anzubieten. Es ist unangenehm, sich selbst für erfolgreich und beinahe glücklich anzusehen, wenn gleichzeitig ein naher Freund in Armut lebt. Er zieht die Brieftasche heraus, entnimmt ihr eine solide, doch nicht zu ruinöse Summe, worauf für eine gewisse Zeit nicht gerade ein Gleichgewicht entsteht, das Missverhältnis aber nicht so frappierend ist. Wäre Jegor Jegorowitsch nur reich, versorgte er Lolli Romanowitsch mit einer vollständigen Pension und vielleicht noch einige solcher bemerkenswerter Menschen, die an Armut leiden und zum Nichtstun gezwungen sind, und ermöglichte es ihnen, die Wissenschaft, die Kunst und die Literatur voranzutreiben. Das Schicksal der reichen Leute ist beneidenswert und es ist merkwürdig, dass die Mehrheit von ihnen so geschmacklos von ihrem Zustand gebraucht macht und so geizig beim Helfen ist. Wie viel soll er dem Professor anbieten? Im Übrigen nimmt er so oder so nur zwanzig Francs, und das ungern, wie nur darum, um Jegor Jegorowitsch nicht durch eine Ablehnung zu beleidigen. Und wenn er ihm eine Erholung auf dem Land vorschlüge, wenigstens für die restlichen zwei Wochen seines Urlaubs?

Das, seien wir ehrlich, würde Jegor Jegorowitsch am wenigsten befriedigen, der die Einsamkeit hoch schätzt, die ihm so lieb und so unerlässlich ist. Nein, das wäre ein wirkliches Opfer, dabei ein erzwungenes, ein gezwungenes, und das wäre nicht einmal gut.

Tapfer bewältigt der Freimaurer drei Stockwerke und bleibt auf dem vorletzten Treppenabsatz kurz stehen. Gut wäre es, wenn Lolli Romanowitsch damit einverstanden wäre, mehr anzunehmen, so zweihundert, dreihundert Francs. Geld verdirbt überhaupt ein wenig die Beziehung, aber zwischen alten Freunden ...

Als er schließlich ins Zimmer tritt, sagt Jegor Jegorowitsch ohne die geringste Einleitung und zu seiner großen Überraschung:

„Ich bin froh, Sie anzutreffen! Unser Zug, Lolli Romanowitsch, fährt morgen genau um Viertel nach zehn ab – natürlich vom Nordbahnhof."

„Bringen Sie mich nach Russland?"

„Einstweilen zu mir aufs Land, so für etwa zwei Wochen. Und versuchen Sie nicht, abzulehnen! Sie haben doch keine dringende Arbeit?"

„Lieber Tetjochin, ich habe aufgehört, Schächtelchen zu kleben, da ich in der Eigenschaft als Ausländer *indésirable*[57] bin. Aber das, hoffe ich, nur zeitweilig, da kaum ein geschätzter Bürger Frankreichs damit einverstanden ist, unter solch mäßigen Bedingungen zu arbeiten. Dabei schien es mir, dass ich meine Arbeit außerordentlich talentiert erledigte. Ich kann Ihnen ein bei mir verbliebenes Muster zeigen."

„Zum Teufel mit den Schächtelchen, zumindest für zwei Wochen! Ich erwarte Sie morgen auf dem Bahnhof oder ich komme am besten nicht später als um halb zehn Uhr vorbei. Packen Sie alles für Sie Notwendige. Abgemacht?"

„Im Allgemeinen, ja, da es sich nicht um außergewöhnlich viel Gepäck handelt. Sie haben wohl meine Zahnbürste bemerkt? Sie sehen wunderbar aus, lieber Tetjochin! Sie müssten immer auf dem Land leben."

Und während Jegor Jegorowitsch entzückt auf die in helles und

57 **Indésirable** (frz.): unerwünscht.

leuchtendes Grün gekleidete Akazie blickt, sagt eine Stimme hinter ihm:

„Ich beobachte schon seit etwa fünf Minuten, wie Sie in unbeweglicher Kontemplation dastehen. Bedeutet das, dass Sie beten?"

„Ja, tatsächlich, ich betete, Lolli Romanowitsch! Das ist so ein Bäumchen, das es sich anzubeten lohnt."

„Jedenfalls stand in der langen Liste der Bäume, die als Kultgegenstand galten, die Akazie nicht an letzter Stelle."

Ja, Jegor Jegorowitsch weiß etwas darüber. Mit welchem Vergnügen hätte er sein Wissen mit dem gelehrten Freund geteilt, der unterdessen fortfährt:

„Und doch wäre es patriotischer, eine Birke oder eine Tanne anzubeten, besonders für uns Kasaner."

„Aber wenn schon, dann eine Fichte."

„Einverstanden. Ein wunderbarer Baum. Beachten Sie, dass der beste Fichtenextrakt in Zarewokokschaisk gebrannt wird."

Die Landsmänner sehen einander an und lächeln freundlich. Jegor Jegorowitsch fühlt einen plötzlichen Anflug von grenzenloser Freundschaftlichkeit zu Lolli Romanowitsch. Anscheinend ist auch der Professor, der ungewöhnlich malerisch erscheint in den Hauspantoffeln an den nackten Füßen, im nicht gerade frischen Hemd mit dem unnütz hervorstehenden Kragenknopf und mit Jegor Jegorowitschs breitkrempigem Gartenstrohhut, von demselben Gefühl angesteckt. Die grüne Gartenloge ist umgeben von brüderlichen Gefühlen; der Schatten der Akazie ist durchscheinend und lässt Sonnenfleckchen durch. Jegor Jegorowitsch sagt tief empfunden:

„Ich bin sehr glücklich, Lolli Romanowitsch, dass Sie einverstanden waren, zu mir als Gast zu kommen. Natürlich bin ich für Sie ein schlechter Gefährte, und zwar wegen meiner schlechten Bildung, aber ich hoffe, dass Sie sich hier gut erholen können."

Eine leichte Röte läuft über das Pergamentgesicht des Professors:

„Lieber Tetjochin, ich kann keine gefühlvollen Reden halten. Aber ich wäre nicht abgeneigt, wenn Sie wünschten, mich unter diesem malerischen Baum zu umarmen."

Zum Glück sieht sie niemand.

***

Meister Hirams Geschichte geht weiter, ganz ohne Verbindung zu ländlichen Genüssen und zur vorhergehenden gefühlvollen Szene. Es ist unmöglich, eine gut gebaute Weltanschauung auf Zuruf vortrefflicher Herzen zu schaffen. In den zwei lächerlichen Zimmern des Häuschens brennen zwei Lampen, vor den Fenstern schlägt eine Nachtigall, die nicht nur keine Kursker[58] ist, sondern auch keine Kasaner. Der Professor liegt im Bett und liest aus Ermangelung an Besserem aus dem dicken Bändchen „Der Wegbegleiter des Gärtners" gerade das Kapitel über die Vermehrung von Pflanzen durch Ableger und Stecklinge. Jegor Jegorowitsch sitzt am Tisch und stellt die Prosa der Bibel einer theatralischen Handlung gegenüber, an der er dieser Tage in Paris teilgenommen hat.

Der Baumeister Hiram teilte Arbeiter in Lehrlinge, Gesellen und Meister ein nach dem Grad ihres Wissens und ihrer Eingeweihtheit ins Geheimnis der königlichen Baukunst. Ihnen stand unterschiedlicher Lohn zu, gemäß dem jeweiligen Grad, dessen Geheimwort sie aussprachen. Der Lehrling kannte nicht die Worte des Gesellen, der die Worte des Meisters nicht kannte. Das Geheimnis wurde streng bewahrt – darauf achteten die Arbeiter selbst und Meister Hiram. Der Übergang von einem Grad zu einem höheren, von einer groben Arbeit zu einer kunstvollen und vom Handwerk zur Schaffenskunst war eine Sache allgemeiner Vereinbarung und Überprüfung der erreichten Erfolge.

Wurde das immer streng beachtet? Jegor Jegorowitsch ist davon nicht völlig überzeugt. Keine einzige menschliche Institution ist vor Fehlern gefeit. Manchmal konnte sich übermäßige Milde zeigen und manchmal wohl auch leichte Vetternwirtschaft: Einen sympathischen Kerl schob man voran und einen stacheligen Charakter hielt man zurück, obwohl Ersterer weniger würdig war als der Zweite. Andererseits zeigte man manchmal jemandem gegenüber, der sich zu lange auf einem niedrigen Grad aufhielt, wohl Nachsicht, wie für

58 Unter Kennern gilt der Gesang der Kursker Nachtigallen als besonders schön, woher sich seine sprichwörtliche Verwendung im Russischen herleitet.

den langjährigen Dienst, obwohl seine Talente und sein Eifer zweifelhaft waren. Zumindest in unserer Zeit trifft man so etwas häufig an. Es gibt keinen Grund anzunehmen, dass der heutige Mensch sehr viel nachlässiger geworden ist als seine Vorfahren. Und gerade auf diesem Boden wächst das Missverständnis, wachsen unterschiedliche Kränkungen. In der Hiram-Geschichte jedoch verkomplizierte sich die Sache anscheinend durch einen schlimmen Streich vonseiten des schlauen Königs Salomon.

Jedes Mal, wenn König Salomon das nächste aus Tausenden für seine Genüsse vorbereiteter Mädchen zerquälte, fühlte er eine zeitweilige Übersättigung und suchte eine Tagesbeschäftigung, die seinem Rang entsprach.

Die Nase des Königs war fleischig, sein Adamsapfel hing herab und seine Stirn war niedrig. Aber der König erschien scharfsinnig genug, um ein wenig zu verstehen, dass Meister Hiram, der Baumeister seines Tempels, durch den Einfluss auf die vielen tausend Arbeiter, die mit dem Bau unter seiner Führung beschäftigt waren, ein gefährlicher Mensch war. Nicht nur scharfsinnig, sondern auch weise war König Salomon, von besonderer, giftiger Weisheit einer Regierung, die er allen weiteren Regierungen aller Epochen und Stämme weitergab. Doch das Volk, das von den Hethitern, den Amoritern, den Perisitern und den Jebusitern geblieben war, die nicht von den Söhnen Israels waren und nicht durch die Söhne Israels abgeschlachtet worden waren, machte Salomon zu Zinspflichtigen und ließ es arbeiten. Die Söhne Israels setzte Salomon nicht als Arbeiter ein; sie waren Krieger und die Anführer seiner Leibwächter, waren seine Wagenführer und seine Ritter.

Das waren die Hauptbeaufsichtiger von König Salomon (ihrer waren etwa zweihundertfünfzig), die das Volk anführten. Zu ihnen gehörten Priester, Leviten, Pförtner, die bereit waren, dem König und dem ihnen genannten Gott für einen festgesetzten Lohn zu gehorchen.

Parallelen zum gegenwärtigen Leben rufen immer ein Lächeln auf Jegor Jegorowitschs Gesicht hervor, der sich nur schwer in so alte Zeiten zurückversetzen kann. Das hindert ihn etwas daran, die biblischen Texte und die Hiram-Legende richtig zu verstehen.

Da er immer alles über die Handlungen und Absichten dieses Menschen wissen wollte, wählte der König drei der Treuesten unter seinen Treuen aus, die bereit waren, das Blut ihrer Brüder zu trinken und ihr Fleisch zu kauen, vereinfacht gesagt – Spione, und er brachte ihnen bei, wie sie in die Reihen der Nächsten Hirams unter dem Deckmantel der Arbeiter eindringen konnten. Sie wurden Maurerlehrlinge, und für ihren Fleiß in der Arbeit wurden sie zu Gesellen gemacht und erfuhren das Losungswort der Gesellen, nachdem sie den Lohn an der rechten Säule des Tempels erhalten hatten. Doch Meister wurden sie nicht, weil in ihren Gedanken keine Reinheit war, im Verstand kein Licht und in ihren Herzen keine schöpferische Einweihung. Und sie hatten keine Bereitschaft zum Opfertod.

Ihre Namen waren: Jubela, Jubelo, Jubelum.

***

Im Nachbarzimmer erlischt das Licht; der Professor hat die Lampe ausgeblasen, nachdem er sich überzeugt hat, dass die Vermehrung von Pflanzen mit Ablegern leichter ist als die mit Stecklingen, aber Stecklinge leichter zu beschaffen sind als Ableger. Die Nachtigall singt weiter, ein grauer, unansehnlicher Vogel, wohl sogar noch unansehnlicher als ein Sperling. In Kasan waren die Sperlinge jeden Morgen zum Fenster des Professors geflogen und hatten lustig die Brotkrümel fortgeschleppt. Dann waren die Tschechoslowaken gekommen, dann waren die Tschechoslowaken gegangen und den Tschechoslowaken nach war Kasan ins Ausland gegangen. Sowohl Kasan als auch die Wissenschaft. In der gegenwärtigen Zeit läuft das Leben darauf hinaus, aus maschinell geschnittenem Karton Schächtelchen für Drogeriewaren zu kleben und manchmal zwanzig Francs vom lieben Tetjochin zu leihen, einem wahrlich vortrefflichen Menschen.

Eine halbe Stunde später brennt noch Licht in dem Zimmer, in dem Jegor Jegorowitsch schläft. Es brennt das Licht der Petroleumlampe, aber nicht das Licht der Erkenntnis. Im Dunkeln, mit dem Ellenbogen auf dem Kissen, denkt Jegor Jegorowitsch daran, dass alle drei Namen, Jubela, Jubelo und Jubelum, eigentlich nichts anderes sind als die Pseudonyme für den Leiter des Versandbüros Tetjochin, der natürlich von niemandem bestochen, aber mit allen Unzulänglichkeiten und Lastern der schlimmen Gesellen ausgestattet ist: mit ungenügend Feurigkeit, mit dem Unvermögen, sich vom Weltlichen, von der Unaufgeklärtheit abzugrenzen, und scheinbar auch mit Hochmut.

Die drei schändlichen Verschwörer lehnten hinter den Säulen, um das Wort zu erlauschen. Gierig und mit neidischem Auge beobachteten sie heimlich sieben vollkommene Berührungspunkte – doch das heilige Wort sprach der große Meister ins Ohr. Als sie ihren Lohn erhalten hatten, gingen die Meister aus dem Tempel und ließen den Lehrer allein.

Hiram stand auf, streckte sich und blickte zum Himmel. Der Tempel hatte noch kein Dach, die Lichter der Nacht erleuchteten ungehindert und liebevoll die Arbeit der Freimaurer. Hiram kannte keine Müdigkeit – er war bereit, von hier zur Schmelzhütte zu gehen, die Nacht über dem Reißbrett zu verbringen oder sie Überlegungen zu widmen. Er nahm seine lederne Arbeitsschürze ab und ging zum südlichen Ausgang.

Da traten ihm aus dem Dunkeln mit feigem und widerlichem Schritt die verschwörerischen Gesellen entgegen, die Speichellecker und Diener des hinterlistigen Salomon, die unter der Schürze ein schweres vierundzwanzigzölliges Lineal versteckten:

„Halt, Hiram!"

„Wer bist du?"

„Ich bin Jubela, der Geselle. Ich bin es müde, auf dein Wohlwollen zu warten. Ich habe den Glauben an die Wege der Erkenntnis verloren, die du angewiesen hast. Eröffne mir das Geheimnis, sage mir das Meisterwort!"

Im Nebenzimmer hörte das Pfeifen durch die Nase auf und eine verschlafene, doch vollkommen deutliche Stimme ertönte:

„Sehen Sie, lieber Tetjochin, es scheint, dass ich Sie zu verstehen beginne. Mir gefällt Ihre Begeisterung für den Gartenbau sehr, wie mir auch Ihre plötzliche Leidenschaft für die Wissenschaft gefällt. Wie in

Paris, so blicke ich auch hier mit einem gewissen Erstaunen auf Sie, mit großer Liebe und wohl auch mit Neid. Aber ich befürchte sehr, dass Sie auch bei diesen Gartenarbeiten dieselbe Enttäuschung heimsuchen wird. Sie eilen mit Ihren fünfzig Jahren von einem Interesse zum anderen und verlangen auf alles eine unverzügliche Antwort. Ist es Ihnen nicht bekannt, lieber Tetjochin, dass andere Gelehrte sich ein ganzes Leben mit dem Beweis einer These herumschlagen, die weder sie noch die Menschheit durch irgendetwas entscheidend bereichert – und sie plagen sich damit nur herum, weil ohne die gefundene, überprüfte und bewiesene Formel ihre weitere Arbeit nicht möglich ist, sodass sie ständig über ihr Fehlen stolpern. Sie, lieber Tetjochin, wollen Hindernisse auf dem Weg nehmen, deren Eigenschaften Ihnen völlig unbekannt sind. Wer hat Ihnen gesagt, dass man die Wahrheit am Schwanz packen kann?"

Weit ausholend versetzte Jubela Hiram mit dem Lineal einen vernichtenden Stoß. Er hatte auf den Kopf gezielt, aber Hiram war ausgewichen und der Schlag hatte ihn nur am Schlüsselbein direkt am Hals getroffen.

Hiram hätte sich verteidigen können – aber er konnte seine Abscheu nicht überwinden. Er hielt einen Schmerzensschrei zurück und lief zum westlichen Tor des Tempels, das als allgemeiner Ausgang für alle Arbeiter diente. Direkt beim Tor blitzte vor seinem Gesicht ein Kupferschwert auf und die zitternde Stimme des zweiten Verschwörers beleidigte frech das Ohr des großen Meisters:

„Ich bin Jubelo, der Geselle. Ich habe zu lange gewartet und verlange, dass du mir das Meisterwort eröffnest!"

Hiram antwortete dem zweiten Mörder fest:

„Du hast viele Namen, oh Knecht und Spion Salomons. Du bist Jubelo, Giblas, Sterkin, Romvel. Du bist eine Armseligkeit, ein winziger, eifriger Arbeiter des Transportbüros Cachette. Ich erkenne dich, listiger Heuchler in der Maske des gutmütigen Mannes und Freundes. Aber Meister wirst du nicht, bevor der Verrat und der Brudermord gestanden sind und die höchste Tugend verkündet ist."

Hiram wurde ein schrecklicher Schlag mit dem Winkelmaß in die Herzgegend versetzt.

Hiram schwankt. Hiram ist bereit umzufallen. Auf der hohen Stirn des Meisters sind Tropfen kalten Schweißes – das Herz setzt aus. Fast ohne Bewusstsein macht er noch einige Schritte zum östlichen Tor. Jung und stark, hätte er sein Leben retten können, indem er den Räubern das Meisterwort preisgibt, das er morgen gegen ein anderes vertauschen könnte. Eine kleine Schwäche, Hiram – und das Leben ist gerettet!

Am östlichen Tor wächst vor ihm die Figur des finsteren Verbrechers Jubelum auf, in abgetragenen grauen Hosen eines alten und billigen Pariser Anzugs, mit breitkrempigem Hut, mit plumpen Sabots und grüner Schürze, die mit Erde beschmutzt ist. Hiram errät die Forderung des dritten Verbrechers. Mit schwächer werdender Stimme ruft er:

„Niemals! Der Tod ist besser als die Schande! Aber du irrst dich, unglücklicher Laie: Es gibt keinen Tod, es gibt die ewige Wiedergeburt. Im Kreis der Ewigkeit wirst du niemals zum Meister!"

Er fällt, von einem schweren Hammer tödlich an der Stirn getroffen.

Der letzte Mörder, der Geselle Jubelum, hört die Zurufe seiner verbrecherischen Genossen nicht, die sich beeilen, den Leichnam des ermordeten Lehrers zu verstecken. Er läuft, hält sich die Hände an die Schläfen, stolpert über einen Haufen Bauschutt. Er verliert die Sabots, und die Steinsplitter zerschneiden ihm die Füße. Er sucht einen Ort, wo man sich vor dem Zorn der treuen Brüder Hirams und vor den Gewissensbissen verbergen kann. Er sieht eine Höhle nahe einer Quelle und stürmt in die unfreundliche Dunkelheit. Die Höhle ist klein, und er schmiegt sich an die scharfkantige und feuchte Steinwand. Mit Schrecken sieht er die in der Nacht leuchtenden Augen eines Hundes, der an den Eingang der Höhle gekommen ist, genau jenes Hundes, der die geheimen Nachrichten seiner Hundebruderschaft verbreitet hat. Dieses Tier wird ihn verraten! Und mit ungewöhnlich lauter Stimme ruft er:

„Ich bin es nicht, ich bin nicht der Mörder, nicht der Knecht und Spion König Salomons. Ich bin Abi-Ba'al, ein friedlicher Arbeiter, ein Familienvater, ein fleißiger Arbeiter einer sehr soliden französischen kommerziellen Firma. Und ich bin nicht einmal Abi-Ba'al, sondern einfach Jegor Jegorowitsch Tetjochin, der Mann seiner Frau, ein Kasaner Dummkopf, der vor der Revolution geflüchtet ist. Was wollen Sie? Ich konnte nicht bleiben, ich bin doch kein Held und kein Baumeister, ich bin durch das Leben weder auf einen Märtyrertod auf dem Scheiterhaufen noch auf das Verbrennen meiner Nächsten auf demselben vorbereitet. Und das nicht aus Gleichgültigkeit oder fehlender Feurigkeit, sondern nur durch meine angeborene Kleinheit, an der ich auf jeden Fall nicht schuld bin."

Die glühenden Augen verschwinden und an ihre Stelle beginnt in einem dunklen Maul unter spitzem grauem Schnurrbart ein goldener Zahn hervorzuspringen und wieder zu verschwinden.

„Offenbar bin ich an der Reihe", sagt Bruder Jacquemaine beruhigend. „Ich kann Sie trösten; Sie haben wirklich niemanden umgebracht. Und überhaupt hat niemand Ihren Meister Hiram umgebracht. Ihr Hiram, wie Sie ihn verstehen wollen, ist in den Ewigen Osten gegangen[59], weil er versucht hat, die reinen Wege der mystischen Kontemplation zu verlassen. Er dachte, dass ein Eingeweihter und seine Begleiter auf die Straße hinausgehen und die äußere Welt erobern können. Aber er hatte nicht bedacht, dass in solchen weltlichen Dingen König Salomon um einiges weiser war. Er liebte das Leben um des Lebens willen, er träumte vom realen Paradies auf Erden. Nein, lieber Bruder, das ist nicht möglich. Wir müssen das Leben um des Todes willen lieben, unseren Tempel als unfertigen schätzen, die Glückseligkeit im Nichtsein sehen und in der demütigen Wiedergeburt – wieder in Form eines Samens, eines Triebes und einer Pflanze, die aufblüht, um zu sterben. Auf jeden Fall, Bruder Tetékhine, gratuliere ich Ihnen herzlichst zum neuen, wichtigen und ehrenvollen Titel eines Meisters. Ich liebe Sie und schätze unsere Freundschaft, die sich sofort eingestellt hat, sehr."

Wie gut! Bevor er die Farbe verliert und sich verflüchtigt, streckt Bruder Jacquemaine die Hand aus und zeigt Jegor Jegorowitsch den frischen Grabhügel, in dem ein Akazienzweig steckt. In Jegor Jegorowitschs Augen zeigen sich zwischen paarweise angeordneten Sta-

59 **In den Ewigen Osten gehen:** freimaurerische Umschreibung für den Tod.

cheln der Zweige hervor grüne Blättchen wie geschnitzt und eine ganz andere, aber ebenso sehr vertraute Stimme spricht:

„Acacia alba, ein Baum mit spitzen Dornen und ausnehmend duftenden Blüten. Er wächst in Ländern mit heißem Klima. In Frankreich kommt eine besondere Akazienart vor, die sogenannte Robinie oder falsche Akazie."

Nach einem herzlichen und langen Gähnen fügt die Stimme hinzu:

„Sie wird durch Samen, Ableger oder, wie Sie sehen, durch Stecklinge vermehrt ..."

Marianas Vergnügungen

Madame Jeanette, die Hausangestellte, arbeitet bei den Tetjochins zweimal am Tag für eineinhalb Stunden: Am Morgen räumt sie allgemein auf, hauptsächlich hängt sie die Betttücher auf dem kleinen Balkon auf; am Abend hilft sie beim Kochen und Tellerwaschen. Madame Jeanettes Hauptspezialität ist der Griff der Eingangstür; diesen Griff reinigt sie mit Säuren und Pulvern, reibt ihn lange mit einem Fetzen und danach mit einem besonderen Putzlappen. Der Griff könnte die Sonne widerspiegeln, doch es gibt keine Sonne und so spiegelt er das Licht der kleinen Lampe wider. Der Griff begrüßt den Eintretenden und erinnert ihn daran, dass hier ordentliche und häusliche Leute wohnen. Außerdem trägt Madame Jeanette eine Glanzpolitur auf den sichtbaren Stellen des Parketts auf, vergreift sich nicht an den Ecken der Zimmer und erlaubt dem Staub nicht, die *objets d'art* auf dem Kamin zu beleidigen. Auf den Schränken und unter ihnen ruht der Staub, ebenso hinter den Bildern, die mit widernatürlicher Neigung an der Wand hängen.

Einmal in der Woche, meistens samstags, zieht Anna Pachomowna selbst einen Staubmantel an, bindet sich ein Tuch um die *indéfrisables* und dringt mit dem Staubsauger in jene Orte ein, die von Madame Jeanette verachtet werden. Der Staubsauger zieht Jegor Jegorowitschs Asche, das Puder von Anna Pachomowna selbst und den Tennissand von George in seinen langen Schlund, ohne sich an einem Kragenknopf oder einer Nadel zu verschlucken, die im Rohr klappern.

Jegor Jegorowitschs Tischlade und besondere Abteilungen seines Bücherschrankes sind überhaupt unantastbar und mit einem Schlüssel verschlossen, der in einem japanischen Schächtelchen liegt, auf dessen Deckel ein Storch auf den Fudschijama blickt. Die Heiligkeit des Geheimnisses ist für Anna Pachomowna, die weiß, dass sich im Schrank dumme Bücher und Broschüren befinden und dass in der Tischlade Geheimdokumente liegen, eine kleine Wildlederschürze mit Bändern, die einem Babylätzchen ähnelt, sowie eine schwarze

Maske, natürlich nicht obligatorisch. Anna Pachomowna hat es gern, dass ihr Mann sich mit geheimen Albernheiten beschäftigt; genau so gern hat sie es, bei George billige Damenringlein zu entdecken, eine sehr unanständige Ansichtskarte und ein kleines Päckchen mit Hygienegegenständen, die beweisen, dass George schon ein Mann ist und dabei auch vorsichtig.

Jeder Mensch hat seinen geheimen Winkel; natürlich hat Anna Pachomowna auch einen. Das Dröhnen des Staubsaugers hindert sie nicht daran, rätselhaft zu lächeln. In ihrem geheimen Winkel hat sie keine besonderen Gegenstände, außer die für jede Frau unumgänglichen und sogar für Madame Jeanette uninteressanten. Anna Pachomownas Lächeln bezieht sich somit nicht auf die Sachen, sondern auf ihre Erinnerungen, die sehr geheim und überaus sündig sind.

Anna Pachomowna ist vierzig Jahre alt. Wenn irgendein Pariser Mädchen in Georges Alter in Anna Pachomownas geheimen Winkel geblickt hätte, hätte sie zuerst erstaunt ihre ausgezupften und wieder nachgezogenen Augenbrauen gehoben, ohne etwas zu bemerken, und wäre dann vor Lachen außer Atem gekommen: Und das ist alles? Doch für eine Frau, die gerade den Weg der Sünde betreten hat, sind auch diese kleinen Brandwunden genug. Alle Erinnerungen Anna Pachomownas lassen sich auf wenige Worte zurückführen, deren französische Bedeutung im Allgemeinen unklar ist, und auf zwei, drei Berührungen von ganz klarer Bedeutung. Henri Richard ist frech, aber vorsichtig; offensichtlich wartet er, dass Anna Pachomowna ihn selbst zu ein paar Handlungen ermutigt. Einmal im Taxi war er energisch: Sie verscheuchte ihn mit fast jungfräulicher Schüchternheit. Wenn er seinen Taten die notwendigen Worte und Erklärungen vorangeschickt hätte, damit es nicht grob wirkte, dann weiß Anna Pachomowna nicht, was hätte geschehen können, weil sie fast den Kopf verloren hätte. Sie führt jetzt auch die Bürste des Staubsaugers über einen vollkommen sauberen Fleck und zuckt vor sündigen Empfindungen zusammen. Wahrscheinlich hätte eine andere an ihrer Stelle nicht überlegt. Aber soll er doch wissen, dass sie nicht eine „andere“ ist. Und dann dieser Vorfall zu Hause, als George nicht da war ... Und wenn George nicht zurückgekehrt wäre ...

Der Staubsauger dröhnt wütend, weil er in eine Spalte im Boden geraten ist oder aus Verlegenheit, verschluckt sich, hustet und schmatzt. Es liegt nicht in seiner Macht, Anna Pachomowna vor dem schrecklichen Fall zu warnen, doch macht er alles, was er kann: Er ist bereit, den ganzen Müll ihrer sündigen Gedanken aus ihrem Kopf und durch das Rohr in den Staubsack zu saugen. Er läuft auf dem Schlitten hinter ihr her, rutscht hin und her, dreht sich um, springt hoch, verstummt unzufrieden, unterwirft sich dem gedrückten Knopf und heult erneut drohend auf. Der Staubsauger ist die Morgensymphonie Anna Pachomownas, die alle mechanischen Geräusche liebt: den Staubsauger, das Grammofon, das Radio, das Dröhnen des Lifts, das Knurren der Automobile, die Explosionen der Motorräder und das Getöse der himmlischen Gemeinheit – des Flugzeugs. Anna Pachomowna ist voll unerschütterlicher Energie, doch ihr vierzigjähriges Sein verstopft ihren Schalldämpfer. In Kasan, als sie zur Hausfrau geworden war, liebte sie es leidenschaftlich, auf dem Markt zu sein, wo die Tataren nach ihrem Rock griffen, sie in die kleinen Läden lockten und ihr Saffianhalbschuhe[60] anboten, die berühmte Seife und Orangen oder Zitronen. Sonntags fuhren sie zur Schiffsanlegestelle zur Ankunft eines Passagierschiffes – und die Wolga lärmte vor Pfiffen und dem Fluchen des Kapitäns, das von keiner Berufssparte übertroffen wurde. Auch Paris war nach Anna Pachomownas Geschmack, besonders die Straßen ihres Quartiers – Commerce, Vaugirard – mit der ewigen Menge, ausgeweideten Tieren, gestreiften Sofas, den *crevettes*[61], den fertigen Kleidern, den Gemüseständen, den laufenden Sandwiches als Werbung für Kinos und Zahnärzte. Außerdem war da noch das Leben der großen Boulevards und von Montmartre und Pigalle – aber dort war Anna Pachomowna schüchtern und wusste nicht, ob der Mantel gut an ihr saß und ob ihr Hut nicht schon aus der Mode war. Freier fühlte sie sich auf den russischen Emigrantenbällen: Auf dem Invalidenball, wo keine Invaliden waren, auf dem Schriftstellerball, wo sowohl In-

60 **Saffianleder** (auch Maroquin oder Marokkoleder) ist ein nach der marokkanischen Stadt Safi benanntes sehr feines und weiches Ziegenleder.

61 **Crevettes** (frz.): Garnelen.

validen als auch ihre Leser waren; es war festlich und sehr eng, es traten junge Ballerinen auf den Bühnen auf und Schauspielerinnen der kaiserlichen Theater des gestürzten Kaiserreichs, und antike Frauen verkauften verächtlich belegte Brötchen. Das war natürlich die große Welt, aber Anna Pachomowna ging in ihr nicht verloren aufgrund der schon längst vor sich gegangenen Gleichstellung.

Der Staubsauger schwieg für einen Moment, sammelte seine Kräfte und fing seine Trödelei wieder an. Man braucht Anna Pachomowna überhaupt nicht zu kennen, um zu denken, dass sie zum Sündenfall neigt. Auf der Leinwand des Kinematografen und in den Büchern eines Romans bannt die Sünde ihre Aufmerksamkeit. Sie spürt sie in dreisten Worten und unbescheidenen Blicken, sogar in den ausgeklügelten Falten und im Schnitt ihres eigenen Kleides, das nach der Frühlingsmode genäht war. Die Sünde lockt Anna Pachomowna, verdirbt sie, beunruhigt sie ein wenig und malt ihr ungewöhnlich verführerische Bilder. Aber diese Bilder werden von der Zensur kleinbürgerlicher Vernunft erlaubt. Henri Richard wirft sich auf die Knie und ruft leidenschaftlich: „Madame, Sie sehen, wie ich leide! Sagen Sie nur ein Wort – und ich werde glücklich sein!" – „Das hilft nichts, Henri, ich kann Ihnen nicht gehören." – „Sie wollen doch nicht etwa meinen Tod?" – „Sagen Sie das nicht, Henri, Sie sind noch jung, Sie werden eine andere lieben und diese allzu zufällige Leidenschaft vergessen. Bleiben wir Freunde, Henri!" Er presst seine Hände auf die glühenden Schläfen und stöhnt dumpf: „Oh, rauben Sie mir doch wenigstens nicht die Hoffnung!" – „Mein armer, armer Freund", sagt Anna Pachomowna beim Geheul des Staubsaugers. „Dem Schicksal hat es gefallen, dass wir uns zu spät getroffen haben. Henri, ich bin älter als Sie" – obwohl ... das zu sagen ist sinnlos, besser einfach: „Henri, weshalb soll ich es verbergen, ich liebe Sie auch, Henri! Doch ich bin einem anderen gegeben und kann ihn nicht unglücklich machen." Er erhebt sich und geht schwankend ins Vorzimmer; an der Schwelle hält er an und wirft einen letzten glühenden Blick der Hoffnung auf sie. Noch einen Moment – und Anna Pachomowna könnte den Kopf verlieren. „Warten Sie, Henri! Kommen Sie zu mir!" Er stürmt mit offenen Armen zu ihr, sie aber hält sich mit unglaublicher

Gewalt zurück und wehrt seinen Ausbruch mit einer gebieterischen Geste ab: „Mein Junge, das ist alles, was ich Ihnen geben kann! *(Mon garçon, voilà tout ce que je peux vous donner,* oder *je puis?* Besser: *je peux.)*"[62] Und sie nimmt mit beiden Händen zärtlich den Kopf des geliebten Menschen und berührt zart mit einem reinen mütterlichen Kuss seine Stirn. Ein Tränenklumpen schnürt die Kehle der tugendhaften Frau zu; sie beugt sich vor und drückt auf den Knopf des Staubsaugers, der sofort den Ton senkt und verstummt. Anna Pachomowna packt ihn am Kragen und zieht ihn in eine Truhe, legt vorsichtig das feste Rohr, das Kabel, die Metallteile und die Bürste an die entsprechenden Plätze. Dann wischt Anna Pachomowna mit eben jener Traurigkeit und einem alles verzeihenden Lächeln einer Frau, die bewusst einem verbotenen Glück entsagt, mit einem weichen gelben Tuch zwei Glatzen auf dem Kamin ab: die von Fjodor Dostojewski und Jeanne d'Arc.

George ist gekommen. Da heute Samstag ist, frühstückt Jegor Jegorowitsch, dessen Urlaub zu Ende gegangen ist, zu Hause. Der Tisch muss gedeckt werden. Das Leben geht weiter und niemand wird irgendwann von dem Opfer erfahren, das eine beispielhafte russische Frau gerade ihrer Familie dargebracht hat.

***

Das Schema der weiteren Erzählung ist folgendes: Jegor Jegorowitsch Tetjochin ist mit der Wirklichkeit nicht zufrieden. Wir dürfen nicht vergessen, dass er früher das Leben einfach und gern annahm: Er begnügte sich mit dem, dass er nicht schlechter lebte, vielleicht sogar besser als andere. Selbstverständlich verstand Jegor Jegorowitsch unter den „anderen" nicht wirkliche Menschen, die auf ihrem eigenen Territorium lebten und sich eine mehr oder weniger passende Regierung wählten, sondern russische Menschen, das heißt ehemalige

---

62 **Mon garçon, voilà tout ce que je peux vous donner, oder je puis? ... je peux.** (frz.): Mein Junge, das ist alles, was ich Ihnen geben kann ... kann? (verschiedene französische Formen des Wortes für „können"; sie versucht, die richtige Form zu finden).

Herrschaften, die mit den Tschechoslowaken auswanderten, mit Denikin, mit Koltschak, mit Judenitsch und anderen Helden und Unternehmern außerhalb des Vaterlandes. Obwohl unter diesen ehemaligen Menschen sehr viele auf den Visitenkarten Senatoren, Akademiker, Generäle, Atamanenführer, Rechtsanwälte und Minister eines Gouvernements oder Kreisdirektoriums geblieben waren, fuhren sie in Wirklichkeit nur in der Métro in der ersten Klasse, bezüglich anderer Verhältnisse lebten sie aber schlecht. Jegor Jegorowitsch ist fast seit den ersten Tagen seines Pariser Lebens beschäftigt, leidet keine Not und nimmt einen Posten ein, der nicht schlechter ist als der im heimatlichen Kasan.

Daher bezieht sich Jegor Jegorowitschs Unzufriedenheit in Wirklichkeit – nach dem Plan unserer Erzählung – nicht auf das Persönliche, sondern auf das Allgemeine, richtiger, auf die Organisation des menschlichen Seins auf der Welt. Was den Mikrokosmos betrifft, bestehen keine besonderen Einwände, aber mit dem Makrokosmos sieht die Sache schlecht aus.

Denken Sie wirklich, dass der kleine Mann nicht auch darüber nachdenkt oder kein Recht hat, darüber zu urteilen? Die Welt schwimmt im Bösen wie ein Kloß in der Suppe, die Philosophen sind tiefsinnig untätig und der kleine Mann soll schweigen und untätig sein?

Der kleine Mann nimmt bequem auf einem Sessel Platz und teilt mit aufgeschlagener Zeitung die Welt in zwei Hälften. Ihn interessiert zum Beispiel das Ergebnis der Sonderkommission der Liga der Nationen nach der Ausarbeitung der Fragestellungen, die den Seiten in einer besonders eiligen Angelegenheit zur Vorbeugung einer möglichen bewaffneten Auseinandersetzung vorgeschlagen werden sollen, die übrigens bereits zwischen dem Fürstentum Monaco und Südchina stattgefunden hat. Die Arbeit der Kommission zur Beratung des siebzehnten Punktes des achtunddreißigsten Abschnitts des zweiten Teils der dritten Lesung ist aufgrund zweier aufeinanderfolgender Feiertage und der Sommerferien unterbrochen. Mit Befriedigung erfährt der kleine Mann, dass noch zwei Punkte desselben Abschnitts angehört und gebilligt worden sind, und er geht an Bord eines neuen, riesigen Atlantikschiffes mit exquisiten Badewannen, Bars, einem Theater, einem Golf- und einem Flugplatz, einem Rad- und einem Pferdestadion – und der Sessel des Lesenden beginnt, regelmäßig zu schaukeln. Doch da tritt der Champion im Schwergewicht auf und der kleine Mann muss sich vor seinem Knock-out in einer glitzernd ausgestatteten Kugel in die Stratosphäre hinauf in Sicherheit bringen, von wo Jegor Jegorowitsch in einem Schwarm sowjetischer Fallschirmspringer glücklich in New York direkt auf den Kopf des Volksfeindes Nummer eins, der auf dem elektrischen Stuhl sitzt, niedersinkt. Ein Professor einer noch nie dagewesenen, doch existierenden amerikanischen Universität hält den Gast für einen Schwarzen, impft ihn mit Krebs und heilt ihn unverzüglich mit einer schwachen Dosis Kobragift. Kaum hat er sich vom Schrecken erholt, muss der kleine Mann zurück nach Paris eilen, um das Portefeuille eines Ministers für Arbeit im neuen Kabinett der nationalen Vereinigung anzunehmen, gerät jedoch aus Versehen auf die Hochzeit einer Hollywooddiva, die sich gerade erst von ihrem sechsten Mann (nach ihrer Zählung) getrennt hat. Ein Antrag in der englischen Kammer löst einen solchen Skandal aus – wobei sich ein Minister mit einem lakonischen „Mhm“ distanziert –, dass er Kommentare der Weltpresse und den Fall der Suez-Aktie sowie des holländischen Gulden nach sich zieht. Der Kopf des kleinen Mannes schwillt an und passt kaum in die Gasmaske; aber es ist schon spät und der arische Henker haut mit einem riesigen Beil Jegor Jegorowitschs Kopf direkt über den Schultern ab.

„Schläfst du oder liest du?“, fragt Anna Pachomowna empört, die ihr Glück diesem Menschen geopfert hat. „Ich bitte dich, die Lotterienummern der letzten Tranche nachzusehen. Ich bin überzeugt, dass wir wieder nichts gewonnen haben.“

Anna Pachomowna hat es erraten. Jegor Jegorowitsch ist erstaunt:

„Du kaufst tatsächlich diese Lose?“

„Ich habe zwei Zehntel gekauft. Aber das kaufen doch alle.“

Jegor Jegorowitsch reibt sich energisch die Stirn. Irgendwie passen dieser Brei und dieses Durcheinander an Ereignissen nicht in seinen Kopf; das heißt, sie passen hinein, bleiben aber Brei. Was geschieht auf der Welt? War es schon immer so oder wird alles schlechter? Ist das ein Fortschritt oder der vollkommene Zusammenbruch? Wozu braucht sie einen siebenten Mann? Was wollte er mit seinem „Mhm“ sagen? Was heißt in diesem Zusammenhang „nationale Vereinigung“? Und wie kann in solchen Zeiten der schwedische König Tennis spielen, wenn sogar George während der Prüfungszeit nicht spielt?

Auf jeden Fall ist die Welt zu überprüfen und umzugestalten. Wer wird sich damit beschäftigen? Offensichtlich ausgewählte Leute, Weise, Eingeweihte. Jegor Jegorowitsch selbst hat die Ehre, zu ihnen zu zählen, aber seine Rolle kann natürlich nur die unbedeutendste sein, eine Hilfsrolle, da er weder genügend Bildung noch Erfahrung besitzt. Er hat nur den ehrlichen Wunsch, der Menschheit nützlich zu sein. Aber wie? Worin? Womit beginnen?

Früher wäre eine solche Frage unbeantwortet geblieben. Nun kann Jegor Jegorowitsch sich fragen, *womit* er beginnt, aber dass er *bald* beginnt, daran gibt es nichts zu zweifeln: Ein Freimaurer muss bei sich selbst beginnen. Wenn sich alle so verhielten, dann würde die Erdkugel nicht als nicht geachtete Erbse durch das All sausen.

Familie und Arbeit? Das ist wenig! Natürlich kein Asketentum, aber eine Absage an überflüssige Launen. Hier überzeugt sich Jegor Jegorowitsch mit einem gewissen Erstaunen davon, dass er keine besonderen Launen hat. Sodann – dem Nächsten Hilfe im möglichen Ausmaß gewähren, aber nicht zufällig, sondern regelmäßig und konsequent. Man kann zum Beispiel die Unterstützung einer bedürftigen Familie auf sich nehmen, sowohl mit eigenen Mitteln als auch mit Sammlungen unter Freunden. Sich bei einem Stipendium für einen Studenten beteiligen (George studiert, aber andere Jungen haben kein Geld dazu). Das Nachtquartier eines Arbeits- und Obdachlosen bezahlen (obwohl darunter sehr viele Gewohnheitsschnorrer sind). Das alles sind wohltätige Kleinigkeiten, doch das alles ist sehr wichtig. Man kann zum Beispiel ausgelesene Bücher russischen Soldaten in der Fremdenlegion schicken. Warum russischen? Besser gleich allen, damit dadurch das allgemein Menschliche der Idee der freien Errichtung des irdischen Glücks hervorgehoben wird!

Jegor Jegorowitsch überfüttert ein schwarzes Kind mit Manna, passt seine Jacke einem chinesischen Kuli an, verbindet die Hand eines aussätzigen Hindus. Er möchte einen Unglücklichen einer noch nie da gewesenen Nationalität finden und ihm einen Hundertfrancsschein in die Hand drücken. Noch besser – einen wahren persönlichen Feind ausfindig machen und ihm vom Scheitel bis zur Sohle Gutes tun, aber nicht darum, um auf ihn Eindruck zu machen, sondern heimlich, sodass es ihm gar nicht in den Sinn kommt. Jegor Jegorowitsch ist durchdrungen von der Begierde nach Gutem und Opferbereitschaft. Begeistert verteilt er sein ganzes Geld und lädt arme Franzosen ein, aus seiner Wohnung alles zu nehmen, was ihnen gefällt. Die Portierin ist höchst empört: „Monsieur, Sie verderben die Menschen, es ist besser, wenn Sie jedem zehn Sous geben!“ Jegor Jegorowitsch winkt ab: „Sollen sie doch alles nehmen!“ Dann hört die Portierin auf, den Vorleger auszuklopfen, fliegt leicht wie eine Libelle in Jegor Jegorowitschs Wohnung und nimmt das Buffet in Besitz. Jegor Jegorowitsch sieht gleichgültig zu, wie sich seine Wohnung leert und nur ein Küchenschemel übrig bleibt. Er setzt sich mit seinem kleinen Köfferchen, in dem eine Garnitur Wäsche, eine Freimaurerschürze, ein Schuhlöffel und einige kleine Bücher aufbewahrt sind, auf den Schemel. Nun kann er sich als armer Weiser auf den Weg machen, als Prediger der Liebe und der geistigen Bruderschaft. Doch kaum betritt er das Vorzimmer, als ihn Anna Pachomownas Stimme ernüchtert:

„Vergiss nicht, dass Richard heute bei uns isst, und kauf irgendwelches Obst.“

Und wirklich, als er alles an die Armen verteilt hat, hat er vergessen, dass Anna Pachomowna, George und der wöchentlich oder zweimal wöchentlich bei ihnen essende Richard, der allein eine Flasche leert und eine ganze Schale Weintrauben verdrückt, übrig geblieben sind. Die Weintrauben isst er mit Schale, die Kerne spuckt er aber auf den Teller und verdeckt dabei mit der Hand den Mund. Darin ahmt ihn Anna Pachomowna nach, George aber isst die Weintrauben sowohl mit Schale als auch mit Kern. Zu dritt stellen sie eine ganze Welt dar, die Jegor Jegorowitsch ganz fremd ist, er ist jedoch zur Anwesenheit verpflichtet und zupft ebenso Traube für Traube die Muskatweintrauben ab, offensichtlich importierte, da es nicht ihre Jahreszeit ist. Beim Essen spricht man über das Kino und nennt die Namen der Schauspier und Schauspielerinnen, als ob es nahe Verwandte wären. Anna Pachomowna verehrt einen gewissen Fairbanks und über eine Schauspielerin, die von Richard sehr gelobt wird, sagt sie, dass sie nicht fotogen wäre. Der Teufel weiß, was das für ein Wort ist, aber ein Freimaurer soll sich nicht über Kleinigkeiten aufregen. Es entsteht ein großer Streit der Spezialisten und Jegor Jegorowitsch, der inzwischen aus Brot eine Kugel gedreht hat, verschluckt sie versehentlich anstelle einer Weintraube. Zum Glück wird er in diesem Haus nicht besonders bemerkt und er kann seinen eigenen Gedanken nachhängen.

Nach dem Essen gehen Anna Pachomowna und Richard, mit oder ohne George, in den Kinematografen und Jegor Jegorowitsch hat die Wahl: zu Hause zu bleiben und zu lesen oder beim Professor vorbeizusehen und mit ihm den Abend in einem Café zu verbringen. Das eine wie das andere ist weit weg vom Asketentum, aber es ist so Brauch geworden und er hat keine Kraft, die Ordnung des Lebens zu verändern. Die Wirklichkeit gewinnt über die Träume die Oberhand.

***

Am 14. Juli tanzt Paris auf den Straßen: Das ist alles, was vom Sturm auf die Bastille und den darauf folgenden Ereignissen übrig geblieben ist. Das Wetter versucht, an diesem Tag freundlich zu sein. Am 15. Juli fährt Paris aus Paris, hauptsächlich vor die Stadt, wer aber kann, fährt ans Meer. Letzten Sommer beschloss Anna Pachomowna, dass sie dieses Jahr nach Juan-les-Pins oder zum Atlantik fährt. Aber schon Ende Juli verkündet sie Jegor Jegorowitsch, dass es günstiger sei, an den Pariser Strand in einen kleinen Kurort zu fahren, den sein Richard sehr lobe; er hätte auch versprochen, ihr und George ein Zimmer in einer bescheidenen, billigen, aber ausgezeichneten Pension zu mieten. „Ach was, das ist doch wunderbar, und du wirst es lustiger haben." – „Ich bin hauptsächlich wegen George dafür, schwimmen ist für ihn sehr gesund. Aber warum soll es lustiger werden?" – „Richard fährt doch wahrscheinlich auch dorthin. Er hat Mitte August Urlaub." – „Ach, ja, er hat so etwas in der Art gesagt; George haben die Prüfungen sehr geschafft und er ist blutarm." – „Wunderbar, wunderbar, dir tut es auch gut, dich zu erholen." – „Das ist kein Kurort, man braucht dort keine besondere Kleidung. Nur mein Badeanzug ist schrecklich! Und George braucht Tennishosen." – „Sowieso, darin entscheide du."

Anna Pachomowna hat ein eigenes Sparbuch und ist etwas geizig. Doch dieses Mal muss man etwas von den eigenen Ersparnissen verbrauchen und Jegor Jegorowitsch braucht davon nichts zu wissen. Es steht eine Woche mit Laufereien durch große Geschäfte an und Streitereien mit der Schneiderin, die nichts pünktlich macht und das Kleid zu eng näht. Man sagt ihr klar und deutlich: „Machen Sie hier ein Fältchen und lassen Sie dort locker" – und sie macht unbedingt das Fältchen dort und lässt es hier straff. Anna Pachomowna kann eng Anliegendes nicht aushalten! Wie sparsam man auch ist, so braucht man für den Strand außer einem Badeanzug (man wird doch nicht gar diesen mit dem großen Ausschnitt auf dem Rücken brauchen? Wie schrecklich!) auch einen Strohhut mit breiter Krempe, der vermutlich nicht teuer ist, und einen bunten Schirm, obwohl ich beschlossen habe, mich bräunen zu lassen. Dann einen kleinen Gummigürtel (einen grünen? Einen weißen? Roten? Besser einen roten!?) und dann also auch ein rotes Häubchen, ein leichtes geflochtenes Täschchen und das ist alles. *Culottes*[63] oder *cache-sexes*[64]? Zwei *culottes* und zwei *cache-sexes*. Einen schwarzen Büstenhalter braucht man einfach. Und das Wichtigste, alle diese unumgänglichen Kleinigkeiten: Bändchen für die Träger, Knöpfchen, *boutons-pression*[65], *fil à gant*[66], dann eine Gesichtslotion, Puder von „Rachel", aber nicht Nummer eins, sondern Nummer zwei für den Süden, das heißt für den Sommer, und noch ein Ockerpuder, wenn ich gebräunt bin,

63 **Culottes** (frz.): Schlüpfer.
64 **Cache-sexes** (frz.): Minislip.
65 **Boutons-pression** (frz.): Druckknöpfe.
66 **Fil à gant** (frz.): Handschuhgarn.

dann Vaseline, Eau de Cologne, mein Parfum „Quelques Fleurs", ohne das geht's nicht, Seife, Galmanin[67] für die Achseln, Duftwürfel für das Bad, *serviettes hygiéniques*[68] und Weiteres, alles Kleinigkeiten, aber es kommt eine Vielzahl zusammen, nicht zu vergessen *„Reine des Crèmes"*, lieber in Tuben, Nagellack, Rouge, Mascara von „Rimmel", Herrgott, wann soll ich das nur alles schaffen, es bleibt mir nur eine Woche! Und einen Bademantel! Der alte ist un-mög-lich!

Die Waggons der Métro, die Straßenbahnen und die Autobusse nehmen Anna Pachomowna mit, bringen sie hin, werfen sie hinaus, packen sie wieder, schon mit einer Sammlung an Paketen und Paketchen. Lastwägen der großen Geschäfte bremsen in der Rue de la Convention. Statt der Nummer zwei von „Rachel", die für den Süden, das heißt für den Sommer, unumgänglich ist, kullert aus dem Paket unverschämt die Nummer eins heraus. Das ist empörend! Es ist klar gesagt worden: Nummer zwei. Und wer kauft für den August schon Nummer eins! Die Schneiderin hat wie zum Trotz dort zu viel herausgelassen und da zu eng genäht, gerade das, was man sie gebeten hat, keinesfalls zu tun. Für zu Hause hat sie sehr erfolgreich eine fertige, leichte, schrecklich billige *petite robe*[69] gekauft, ein echter Erfolg! Einen bunten *Cretonne*[70], von hinten ganz glatt, von vorn *fichu*[71]. Mit dem Hut war es schwierig. Sie musste einen Koffer und ein völlig gleiches Köfferchen kaufen. Der Badeanzug hatte einen Ausschnitt, aber es war der kleinste. Anna Pachomowna hatte es gerade heraus gesagt: „Ich will einen mit dem kleinsten Ausschnitt." Aber alle Ausschnitte erwiesen sich als gleich groß, ein Wahnsinn. Im vierten Geschäft schließlich ...

Die Tage verfliegen mit unerlaubter Geschwindigkeit. Der Juli sprang in den August. Dank dieser Schneiderin schaffte sie es nicht, am Fünften abzufahren, aber am Zehnten musste sie es unbedingt, sonst würde sich jemand denken, dass sie gar absichtlich wartet. Zum

67 **Galmanin:** Pulver aus Salizylsäure, Zinkoxid und Talk gegen Schweißfüße.
68 **Serviettes hygiéniques** (frz.): Damenbinden.
69 **Petite robe** (frz.): kurzes Kleid.
70 **Cretonne:** eine Textilart.
71 **Fichu** (frz.): grob.

Schluss hat sie es zu eng genäht, man musste es umarbeiten und es ihr buchstäblich entreißen. Am letzten Tag dachte Madame Jeanette noch daran, Frechheiten zu sagen, doch kann man sie nicht entlassen. Was wird aus Jegor Jegorowitsch? Und als schließlich Anna Pachomowna mit George, den Koffern, dem Köfferchen, noch einem Köfferchen und einem flachen, überaus leichten und zarten kleinen Karton („Bitte vorsichtiger, George, und vor allem setz dich nicht drauf!") in den Zug verladen wurde, da erinnerte sie sich daran, dass ihr die zwei *culottes* und die zwei *cache-sexes* noch nicht vom Geschäft geliefert worden waren. Das war zum Weinen ärgerlich – was sollte sie jetzt tun?

***

Fjodor Michailowitsch Dostojewski blickt finster und sauer auf die heroische französische Jungfrau, mit der er auf ein Kaminsims gestellt worden ist. Sie beide lauschen den hallenden Schritten in der leeren Wohnung. Jegor Jegorowitsch lauscht ebenfalls seinen Schritten, ohne zu verstehen, warum sie so hallen: Der Schwund besteht nur in der Frau und dem Sohn, alles andere steht auf seinem Platz. Und doch empfindet man die Leere und eine gewisse physische Einsamkeit.

Ohne es vorgehabt zu haben, blickt Jegor Jegorowitsch zurück und sieht eine lange Allee gelebter Jahre, gerade, einfach, aus Linden, ungestutzt. In der Entfernung eines halben Jahrhunderts sieht er ein einstöckiges Holzhaus, in dem die Eltern den Grünschnabel Jegor nach legalem Küssen auf die Welt bringen, ihn großziehen und ins Leben eines einfachen Jungen mit gescheitelten strohblonden Haaren entlassen, deren Weichheit von Güte zeugt.

Der Junge geht nicht ohne Schüchternheit, aber auch nicht ohne Wissbegierde die Allee entlang. Eine gewisse Zeit kitzelt das Häuschen an Rücken und Schultern, dann wird es kleiner, ganz klein und verschwindet. Jegor Jegorowitschs Eltern haben ihren Lebenszweck erfüllt – einen Menschen nach ihrem Ebenbild zu erschaffen, einen einfachen Menschen, unfähig, der Held einer Geschichte zu sein –

und müde legen sie sich unter die übliche Schicht Kasaner Erde. Zu dieser Zeit wächst dem Jungen ein Schnurrbart und es zeigt sich auch der Wunsch, sein Geschlecht fortzuführen. Die herangewachsenen Linden der Allee blühen – ein bezaubernder Duft. In den Händen des jungen Wanderers befindet sich ein Spazierstöckchen, in der Feldtasche das leichte Gepäck von sieben Jahren Realschule und ein leichtgläubiges Verhältnis zum Leben. Die Leute schreiben einander Briefe und senden Pakete. Jegor Jegorowitsch kleidet sich in einen Dienstrock mit gelben Besätzen und hilft bei den brieflichen und telegrafischen Beziehungen der Menschheit.

Hier ändert sich das Bild zeitweilig. Jegor Jegorowitsch blickt durch das Postfensterchen auf die Welt, das das Durcheinander des Weltalls einschränkt und es in einen Rahmen bringt. Die dadurch gebändigte Welt tritt in strenger Reihe an, verbeugt sich, steckt die Nase durch das Fensterchen und verkündet ihre Wünsche. Jegor Jegorowitsch trägt diese Wünsche in ein Buch ein, frankiert sie mit bunten Marken und klatscht das Absendedatum darauf. Außer der menschlichen Sprache beherrscht Jegor Jegorowitsch auch noch die Sprache Morses – das Klopfen und die Pausen. Das Schiffchen „Kamenski" telegrafiert aus Perm, dass das Eis bricht. Einem reichen Tataren sendet man von der Krim eine Depesche über ein Geschäft mit Orangen und Weintrauben. Einem Fräulein von der Prolomnaja Straße gratuliert ihr geliebter Mann aus Nischni Nowgorod zum Namenstag. Es war in gewisser Weise eintönig und ohne Komplikationen. Zu der Zeit aber, als jeder im Kreise seiner Interessen lebte, fasste Jegor Jegorowitsch diese Interessen gleichsam zu einem einzigen Ganzen zusammen.

Einmal muss es geschehen, dass durch das Fensterchen ein dickliches Mädchen blickt und zwei Marken zu sieben Kopeken kauft. Als Jegor Jegorowitsch ihr das Wechselgeld herausgibt, berühren sich zufällig ihre Finger. Der Strom schaltet sich ein und der Morseapparat klopft rasend. Jegor Jegorowitsch kauft eine neue Krawatte, eine dunkelblaue Seidenkrawatte mit Erbsen. Der geniale Mathematiker Lobatschewski blickt befremdet auf das an seiner Büste hin- und hergehende Paar: er mit einem Schnauzbärtchen, sie in einem hellblauen Jäckchen mit braunem Rock. Die Linde blüht natürlich gewaltig. Die Telegrammempfänger in Kasan sind empört über die Vertauschung von Wörtern: „Eigenschaft" – „Leidenschaft"; „inhaltlich" – „inniglich". Gegen Sommerende ist Jegor Tetjochin mit der Jungfrau Anjuta verheiratet. In gesetzlicher Frist ist Jegor Jegorowitsch Vater. Bei so vielen wichtigen Ereignissen bleibt jedoch der Charakter der Lebensallee unverändert: Eine hochanständige Reihe von gleichaltrigen Linden, ungeschnitten, doch ergibt sich aus ihnen eine reine Linie und eine ausgezeichnete Perspektive.

Plötzlich kommt ein Windstoß. Natürlich bestätigen später einige Propheten, dass sie das bevorstehende Gewitter gefühlt hätten. Aber von Kasan aus, einer alten Stadt, war nicht einmal von der Spitze des Sujumbike-Turms eine Gewitterwolke zu sehen. Wir gleiten über ein Verzeichnis von Namen und Ereignissen: der Gymnasiast Princip, der Kaiser mit dem spitzen Schnauzbart, die Dicke Berta, Semgor[72] und Semsojus[73], Grigori Nowy[74], eine Dummheit oder ein Verrat, Alexandra Fjodorowna, Alexander Fjodorowitsch, ein plombierter Zug, eine Staatskonferenz, eine konstituierende Sitzung, eine Soldatenlawine ohne Annexionen und Kontributionen, Wladimir Iljitsch mit Genossen, Hysterie und Blut, die Morgendämmerung eines neuen Lebens, die Tschechoslowaken. Die Linden fühlen sich scheußlich. Der Windstoß bläst alles Überflüssige vom Angesicht der russischen Erde, darunter auch Jegor Jegorowitsch mit Familie. Über das Weitere, insbesondere über Singapur, wurde bereits am Anfang dieser Geschichte berichtet.

So waren die äußeren Ereignisse. Aber das persönliche Leben des Menschen erschöpft sich nicht allein darin, sodass der sich unabsichtlich umdrehende Jegor Jegorowitsch die von ihm beschrittene Allee eben und fast unverletzt in ihrer Strenge und Geradheit der in

72 **Semgor:** Das Vereinigte Komitee der Union der Semstwos und der Städteunion war eine russische Organisation, die die russische Regierung bei ihren Weltkriegsaktivitäten unterstützte.

73 **Semsojus:** eigentlich Wserossijski Semski Sojus (Allrussischer Kreisverband), eine Organisation der Gouvernements und Landkreise (Semstwos), die kranken und verwundeten Soldaten half.

74 **Grigori Nowy:** So nannte sich auch Grigori Rasputin.

die Ferne davonlaufenden Linien sieht. Es ist natürlich ein arbeitsames, aber vergleichsweise leichtes und bis zum Erstaunen geistig inhaltsloses Leben. Nicht alle können Weise oder Baumeister werden. Andere ritzen in die Trümmer der Vergangenheit ihre Namen. Darauf erhebt Jegor Tetjochin keinen Anspruch: Er ist einfach, möchte jedoch nicht lächerlich sein. Er betont nur, dass er seit der Geburt bis vor Kurzem geschlafen oder geschlummert und nicht wirklich gelebt hat. Aber da kam der Moment, in dem Jegor Tetjochin erwachte – er wurde vom dreifachen Schlag eines Hammers geweckt:

„Bist du ein wahrer Freimaurer?"

„Für so einen halten mich meine Brüder."

In der Perspektive der Lindenallee erscheinen die Umrisse eines sich im Bau befindlichen Tempels, der nie fertiggebaut sein wird. Hierher strömen Menschen aus allen Ländern, die sich durch keine besonderen Talente hervorheben, durch keine profanen Verdienste oder Reichtum, weder durch Herkunft oder den am Schopf gepackten Ruhm, sondern durch das geheime Siegel der Eingeweihtheit. Sie wurden von niemandem aufgefordert – sie haben einander selbst gefunden und sich gegenseitig bestärkt. Die Brüderkette fesselte sie durch Unendlichkeitsknoten aneinander und trennte sie von der wütenden, kranken, ungebildeten Welt, die umgestaltet werden muss. Während andere Baumeister, Praktiker und Fantasten für die Menschheit mit fertigen Programmen wohltätig sind, sie mit sozialen Erfahrungen traktieren, einander die Zügel klirrender Streitwägen entreißen und mit dem Kopf unter den Füßen der tobenden Pferde fahren, behauen diese geheimen Verschwörer außerhalb politischer Leidenschaften und Vorurteile auf der anderen Seite des Dogmas und der verbindlichen Religionen, bewaffnet mit Hammer und Meißel der Suche, jeder langsam seinen eigenen rauen Stein und versuchen, ihm die richtige, für das Anpassen an den anderen geeignete Form zu geben. Diejenigen, die an der ersten Versuchung vorübergegangen sind, bilden aus diesen Steinen das Fundament und errichten die Mauern eines neuen, idealen Tempels; die in der Arbeit Erfahrenen tragen auf dem Reißbrett eine wunderbare Zeichnung auf und leiten den Bau. Der erhabene Tempel wächst in die Breite und in die Höhe – aber die Maßstäbe sind von solcher Art, dass nur die gesamte Menschheit mit vereinten freundschaftlichen Kräften seinen Bau mit einer würdigen Kuppel vollenden könnte. Das zu erleben, erträumt sich kein Freimaurer; er gibt sich mit seinem kleinen Beitrag zufrieden – und er stirbt und vermacht seine Sache einem neuen Meister, der vielleicht seine Arbeit aufs Neue völlig umgestaltet, weil das Bessere der Feind des Guten, die Wahrheit niemandem bekannt und das Wort nicht gefunden ist.

„Was ist daran bemerkenswert?", denkt Jegor Jegorowitsch und stochert mit der Gabel in den Resten des Rühreis mit Schinken. „Das ist daran bemerkenswert, dass keine kleine Sache verloren geht und kein noch so kleiner Mensch unnütz ist, wenn er nur reinen Gewissens arbeitet und in guter Absprache mit den anderen. Ein Fehler ist nicht schlimm – auch er ist nützlich. Wir gehen tastend, wie blind, aber in eines jeden Brust ist sozusagen ein Kompass und der gemeinsame Weg ist richtig, beleuchtet vom Licht des Leitsterns. Es ist nicht schlimm. Und es ist irgendwie lustig. Man darf nur nicht den viel zu verschiedenen alltäglichen Kleinigkeiten nachgeben, die Kräfte nicht für Kleinigkeiten verschwenden. Aber auch nichts verkomplizieren – verkomplizieren bringt nichts." Das Rührei ist aufgegessen, die Lippen sind mit einer Serviette abgewischt und er schreitet überzeugt die Lindenallee entlang weiter einer wunderbaren Erscheinung und einer unvermeidbaren Zukunft entgegen.

***

Jegor Jegorowitsch setzt sich kurz auf das Sofa und kämpft mit einem Wunsch: Sollte er nicht die Beine ausstrecken und ein Stündchen schlummern? Plötzlich sieht er, dass die Beine bereits ausgestreckt sind, aber nicht zwei, sondern vier, und unter der Decke hervorschauen. George hat auf dem Sofakissen sein Sportjournal und eine illustrierte Wochenzeitung mit frivolen Bildchen auf dem Umschlag liegen lassen. Jegor Jegorowitsch blättert sie voll Ekel durch – wozu kauft und liest George nur so einen Schund! *Marianas Vergnügungen.* Der Text entspricht den Bildern: empörend. Natürlich ist die Presse in Frankreich frei, und das ist gut so. George wird erwachsen und er kann lesen, was ihm gefällt. Können einem jungen Mann tatsächlich solche Gemeinheiten und Zoten gefallen?

Irgendein Verlegerlump bestellt in Hinblick auf die ungesunde Neugierde von Mädchen und Grünschnäbeln deftige Geschichten von hungrigen Literaten und dazu pikante Illustrationen von ärmlichen Künstlern. Sie zahlen ihnen ein paar Groschen und selbst häufen sie ein Vermögen an. Mariana vergnügt sich und die Sittlichkeit im Land verfällt. Wenn sogar George wozu auch immer diese Journale kauft, was soll man über die Jugend sagen, die keinen so guten familiären Einfluss hat?

Als er an einem Zeitungsstand vorbeiging, sah Jegor Jegorowitsch dieselben vier Beine und drehte sich erbost weg. Ein Schuft druckt, hundert Schufte verteilen es zu Tausenden und verkaufen es, an wen sie wollen, und sei es an zehnjährige Mädchen. Von Kiosk zu Kiosk läuft Mariana dem alten Nörgler nach und hört sein Gejammer an. Wenn in Frankreich eine echte Öffentlichkeit existieren würde, würde sie in den Kampf gegen dieses Böse eintreten und nützliche, schön anzusehende Journale zu günstigen Preisen mit hellem, künstlerischem Umschlag herausgeben, die man gerne anschaut. „So ein Grobian!", sagt Mariana deutlich und bestreicht sich die Lippen mit einem Stift. Trotzdem muss in den Menschen, besonders in den jungen, ein gesunder Geschmack vorherrschen. Aber es kann keine entwickelte Öffentlichkeit in einem Land geben, das von der Politik zerfressen ist. Die einzige Organisation, die etwas ...

Das weitere Gespräch findet schon im Straßenbahnwaggon statt, wohin sich selbstverständlich auch Mariana geschlichen hat. Ein sehr anständiger älterer Herr macht ihr auf der Sitzbank einen Platz frei, geht auf die Plattform hinaus und sagt, nachdem der sich eine Zigarette angezündet hat, nicht ohne Gehässigkeit und als ob er sich an niemanden wandte:

„Verzeihen Sie, ich habe doch die große Ehre, wie es scheint, mich mit dem Freimaurer Jegor Tetjochin zu unterhalten?"

Die Straßenbahnpassagiere drehen sich erstaunt um, als derselbe vollkommen korrekte Mann mit derselben, doch zaghafteren Stimme antwortet:

„Ja, natürlich, und ich ziehe das in Betracht. Es ist erstaunlich, warum mir das nicht früher eingefallen ist. Jetzt ist übrigens Sommerpause, aber bei der ersten Sitzung im Herbst …"

„Erfüllen Sie Ihre Pflicht, Jegor Jegorowitsch? Daran zweifelt niemand. Stoßen Sie aber auf Verständnis?"

Der Freimaurer denkt kurz nach und antwortet überzeugt:

„Ich stoße natürlich auf vollstes Verständnis, daran lasse ich keine Spur eines Zweifels. Aber unsere Kräfte sind schwach und wir haben keine Mittel. Aber wir können einen Aufruf machen."

Den Straßenlärm und das unverschämte Lachen Marianas übertönend macht Jegor Jegorowitsch einen Aufruf, der weithin im ganzen Land erschallt und von Tausenden Sympathisanten aufgegriffen wird. Freudige Erregung öffentlicher Funktionäre. Ein Ansturm literarischer und künstlerischer Kräfte. Schecks, Vollmachten, Spenden, Lohnabzüge, Mitgliedsbeiträge. Die Organisation mächtiger Kulturverlage von populärwissenschaftlichem Charakter. An der Spitze eines von ihnen, eines besonders regen, Lolli Romanowitsch, der endlich seine Schächtelchen aufgegeben hat. Allerorts spürt man die sich geheim hinwendende Hand jener, die als Erste dem Aufruf Jegor Jegorowitschs gefolgt sind. Mariana, verblasst, erschreckt, in abgetragenen Schuhen, putzt umsonst die Klinken pornografischer Verlage. „Was wollen Sie von uns?", sagen die Verleger im Chor. „Die Zeiten sind so, dass es einträglicher ist, zu künstlerisch-ideeller Literatur zu wechseln." Die Kioskinhaber treten entrüstet mit beiden Beinen die vier Beine auf dem verblichenen Bild, das niemanden mehr verlockt. „Ach, Jegor Jegorowitsch, Sie haben sich zu sehr Träumereien hingegeben, Sie naiver Mensch!" – „Nein, warum denn? War es denn nicht so bei uns in Russland unter Katharina in den Tagen Nikolai Nowikows? Haben denn nicht die Freimaurer das Fundament unserer Aufklärung gelegt?" Die Menge der Brüder umringt den Redner: „Erzählen Sie, erzählen Sie, lieber Bruder Tetjochin! Das ist sehr interessant!" Jegor Jegorowitsch erklimmt mit einem umfangreichen Heft den Osten[75] und nimmt die Haltung eines Rhetors ein. Seine

75 **Osten:** Wie das traditionelle Kirchengebäude ist auch der Freimaurertempel vom symbolischen Westen zum symbolischen Osten hin ausgerichtet. Im Osten

Rede fließt ebenmäßig, seine Erzählung basiert auf Dokumenten der ruhmreichen Epoche von Katharina der Großen bis zum gesegneten Alexander. Die geheime Loge der Harmonie, eine freundschaftliche, gelehrte Gesellschaft. Eine Moskauer Druckerei. Die Großloge. Der Rat der Astrei[76]. Sumarokow, Cheraskow, Karamsin, Puschkin, Gribojedow, Pestel, Rylejew, die Murawjows. Michail Illarionowitsch Kutusow. Generalissimus Suworow (schließlich auch den Franzosen bekannte Namen: *Alexandre Souvorov, général russe, fut batti par Masséna à Zurich. C'était un général habile, mais sans humanité ni scrupules.*[77] Aus dem Buch, auf dessen Umschlag der Löwenzahn fliegt.) „Welch ein hervorragender Vortrag, lieber Bruder Tetékhine! Ein dreifacher Beifall zu Ehren des Vortragenden, des lieben Bruders Tetékhine! Sagen Sie, Bruder Tetékhine, wie geschah es, dass die Bruderschaft verschwand?" „Sie wurde von Katharina der Großen und dem gesegneten Alexander geschlossen." Die Zuhörer waren etwas enttäuscht. Der unerwartet erwachte Schaffner ruft:

„Fin de section!"[78]

Mariana hüpft mit einem leichten Sprung aus der Straßenbahn und stößt mit dem Ellenbogen an den unbeholfenen Freimaurer. Aus einem Kiosk ragen vier Beine verschiedenerlei Geschlechts und wackeln mit den Zehen.

Die Geschichte geht weiter. Im Büro erwartet den Chef eine umfangreiche Korrespondenz. Der Sekretär Henri Richard ist auf Urlaub und Jegor Jegorowitsch öffnet die Briefe selbst; er überfliegt sie kurz, stapelt sie auf einen Stoß, heftet das Kuvert zum Brief dazu und vermerkt auf dem Brief: „zu erledigen", „zu überprüfen", „sich informieren". Eine stetige und langweilige Arbeit.

„Wir bitten vom heutigen Tag bis zum 15. September um eine doppelte Liefermenge folgender illustrierter Ausgaben: *Lou, Vous, Nous* und die dreifache von *Marianas Vergnügungen.*"

---

befindet sich der Sitz des Meisters vom Stuhl, vor ihm der Altar.

76 **Astrei:** Name einer russ. Freimaurerloge.

77 Frz.: Alexander Suworow, russischer General, der durch Masséna bei Zürich besiegt wurde. Er war ein geschickter General, doch ohne Menschlichkeit und Skrupel.

78 **Fin de section!** (frz.): Abschnittsende.

„Wir bestätigen den Erhalt von hundertzwanzig Exemplaren *Im Äther* und bitten um die Zusendung von zweihundert *Marianas Vergnügungen.*“

Mariana zieht die Beine unter der Decke hervor, schlägt kopfüber Purzelbäume und ein lautes Lachen erfüllt das Büro des Leiters der Vertriebsabteilung: „Oh, wie bin ich Ihnen dankbar, Monsieur Tetékhine! Sie sind mein größter Gönner!“

Jegor Jegorowitsch ist schrecklich verlegen. Einige verantwortungslose Schufte beschäftigen sich mit dem Vertrieb ... welch eine Schande!

Mit überzeugtem Druck des roten Stiftes schreibt und unterstreicht der Bürochef die Überschrift des Briefes: „Das Journal *Marianas Vergnügungen* ist nicht zu bestellen und nicht zu versenden.“

Der Freimaurer legt den Grundstein für einen entschlossenen Kampf gegen die Verführerin der Jugend. Soll ein jeder machen, was er kann; die Kräfte der Einheit fließen zu einem starken Chor der Hämmer der Erbauer einer neuen Menschheit zusammen.

Mariana setzt sich erstaunt an den Rand von Jegor Jegorowitschs Schreibtisch und sagt, während sie einen flaschenfarbenen Strumpf richtet: „Welche Torheiten, Monsieur Tetékhine! Erstens sind meine Vergnügungen nicht unmoralischer als die Reden der parlamentarischen Deputierten und verführen die Gesellschaft weniger. Zweitens, warum stürzen Sie sich aus Dutzenden von Journalen desselben Typs auf ein einziges; nur darum, weil es George liest? Drittens, das Hauptbüro wird Ihnen wegen der Einführung von Zensur in einem Handelsunternehmen eine Rüge erteilen. Viertens, fünftens, sechstens, siebentens, achtens ...“ Die frivole Sirene plappert ohne Unterbrechung und ohne zu ahnen, dass die Ohren Odysseus mit Wachs verschlossen sind. Schließlich geht ihre klingende Stimme in einen rauen Telefonbass des unmittelbaren Vorgesetzten Jegor Jegorowitschs über:

„Hallo, Monsieur Tetékhine. Ja, es scheint, es gibt so ein Blättchen, ziemlich schändlich, und? Oh mein Lieber, was geht das uns an? Pornografie? Na natürlich! Aber es scheint, dass die Auflage wächst. Wie? Welches Verbrechen? Wo denken Sie hin, lieber Monsieur Tetékhine!

Aber dann müssen wir von der Verbreitung vieler Ausgaben absehen. Eh mein Lieber, was sagen Sie da! Nun gut, gut, kommen Sie vorbei, plaudern wir ein wenig. Ich wusste nicht, dass Sie so ein Moralist sind. Wie? Besprechen wir, besprechen wir. Auf Wiedersehen!"

„Wir bestätigen den Erhalt ... Wir bitten um Zusendung. In Beantwortung Ihres ... *Marianas Vergnügungen* ... Und künftig wie üblich zuzusenden ... In Ihrer Rechnung vom 1. August ... *Marianas Vergnügungen.* Monsieur, wenn es Ihnen kein Vergnügen bereitet, gehörnt zu werden, richten Sie schnell Ihre Aufmerksamkeit ..."

Wie auch immer die Frage vom Hauptbüro entschieden würde, Jegor Jegorowitsch gibt nicht auf. Ein Freimaurer muss konsequent sein. Übrigens würde auch ein ehrlicher Laie nicht anders handeln. Jegor Jegorowitsch stempelt auf die Briefe das Eingangsdatum.

„Monsieur, wenn es Ihnen kein Vergnügen bereitet, gehörnt zu werden, richten Sie schnell Ihre Aufmerksamkeit auf das Verhalten Ihrer Frau, die fröhlich ihre Zeit in einem Kurort mit Ihrem Untergebenen verbringt."

Das Wichtigste ist, dass irgendjemand den Kampf ernsthaft beginnen und sich als ausreichend standhaft und mutig erweisen muss!

„Monsieur, wenn es Ihnen kein Vergnügen bereitet, gehörnt zu werden ..."

Und warum ist unbedingt anzunehmen, dass ein guter Anfang nicht auf Wohlwollen stößt? Dem Hauptbüro ist es bisher noch nicht in den Sinn gekommen, dass die Verbreitung von solchen Journalen die Firma in Verruf bringt; und das ist sogar kommerziell unvorteilhaft. Übrigens ergibt sich im gegebenen Fall offen und scharf Problem: Wählen Sie zwischen einem alten Angestellten und der sich vergnügenden Mariana! Ein Drittes gibt es nicht – genug!

„Monsieur, wenn es Ihnen kein Vergnügen bereitet, gehörnt zu werden, richten Sie schnell Ihre Aufmerksamkeit ..."

Was ist denn das noch für ein Unsinn! Woher ist das gekommen? Ein kleines Postmissverständnis: Anstatt eines Geschäftsbriefes ist eine private Mitteilung hineingelegt worden, und dabei eine niederträchtige. Jegor Jegorowitsch wirft den Brief in den Korb unter dem Tisch, dann bückt er sich besorgt, holt ihn heraus, faltet ihn auseinander und überlegt dann, was weiter geschehen soll. Einerseits darf man keine fremden Briefe wegwerfen, andererseits ist es eine unverschämte Niederträchtigkeit, eine Denunziation irgendjemandes Frau. Natürlich wegwerfen! Er zerknüllt die Mitteilung, die auf einer Maschine abgetippt und nicht unterschrieben ist, und schleudert sie weg. Es gibt solche heimlichen Schufte und es ist wohl jemand von den Kunden unserer Firma. Ja, natürlich! Es ist nicht nur genau die Adresse sorgfältig geschrieben, sondern es ist auch hinzugefügt: „Monsieur Tetékhine, *directeur*". Zweifellos ein Kunde, sogar meinen Namen kennt er! So ist er hergelangt! Trotzdem komisch! Und das heißt, den Brief mit der Bestellung hat er dem geschickt, der diese Frau hat. Solche Gemeinheiten!

Jegor Jegorowitsch beendet das Ordnen der Korrespondenz, nimmt die notwendigen Briefe und geht, um selbst die Durchführung zu veranlassen. In Richards Abwesenheit erfüllt die Stenotypistin einen Teil seiner Pflichten. Mademoiselle Yvette sitzt ungeachtet ihrer zu grell geschminkten Lippen und Nägel mit dem Gesicht der Heiligen Jungfrau hinter der Schreibmaschine. Jegor Jegorowitsch erklärt ihr ausführlich, was gemacht werden muss, und vermutet aufgrund ihrer Antworten, dass Mademoiselle Yvette nichts verstanden hat. Er erklärt ihr gutmütig und mit großer Geduld erneut:

„So, bitte, Mademoiselle Yvette! Und überprüfen Sie selbst die Bestellungen. Und dass Sie sie in die Bücher eintragen."

Die Heilige Jungfrau entfernt sich vielleicht beleidigt, vielleicht erstaunt. Träge von der Hitze und Schwüle sieht der Buchhalter ihr schlaff etwas unterhalb des Rückens nach, obwohl ihm dieser Anblick schon längst langweilig geworden ist.

„Ein wenig unangenehm ohne Richard", sagt Jegor Jegorowitsch, „Mademoiselle Yvette ist nicht so erfahren."

Der Buchhalter erzeugt mit seinen Lippen einen undefinierbaren Laut, wiederholt ihn zweimal und ergänzt:

„Auf einem bestimmten Gebiet ist sie freilich unerfahren."

„Aber sie ist ein fleißiges Mädchen", bemerkt Jegor Jegorowitsch beruhigend.

Der Buchhalter gibt zum dritten Mal mit den Lippen einen Laut von sich, den man deuten kann, wie man will. Ihm ist es eigentlich egal, in welchem Grad Yvette ein Mädchen und worin sie fleißig ist. Aber dass sie heute den Mund verzieht und in höheren Regionen schwebt, daran gibt es keinen Zweifel. Wahrscheinlich hat sie irgendetwas angestellt oder macht sich daran.

Wenn Mademoiselle Yvette sich daran macht, etwas anzustellen, dann beeilt sie sich jedenfalls nicht. Der Büroleiter ist fortgegangen, die anderen Angestellten auch; lange und kompliziert, sich den Rücken reibend, sich die Beine vertretend und sich beleidigt schnäuzend, hat der Buchhalter den Arbeitstag beendet und sich entfernt. Mademoiselle Yvette hält sich am längsten im Büro auf, geht geschäftig ins Arbeitszimmer des Büroleiters, sortiert auf dem Tisch die Papiere, zuckt befremdet mit den Schultern und kommt schließlich darauf, in den Korb zu blicken. Zuoberst liegt ein aufgerissenes Kuvert auf den Papierfetzen, zweifellos dasjenige. Das heißt, der Brief ist geöffnet und gelesen worden. Mademoiselle Yvettes lackierte Fingernägel verschwinden noch einmal im Korb und kehren mit einem zerknüllten Blatt Papier zurück. Vor dem Durchlesen eines Briefes vermerkt der Chef mit einem Stempel immer das Eingangsdatum an einer Ecke; die Stempelung ist da.

Mademoiselle Yvette ist nicht so sehr entrüstet wie erstaunt:

„Das ist doch ein Kretin!"

Sie hat die Erklärung über die slawische Seele vergessen, die ihr einmal der Buchhalter gegeben hat: „Verstehen Sie, Mademoiselle? Es ist nichts Besonderes, dass Sie kein Chinesisch verstehen!"

Nun gut. Aber verstehen Sie, aufgrund welcher Veranlassung Mademoiselle Yvette den Brief in kleine Stücke zerreißt und auf eine Art hinausgeht, die durch nichts an die Heilige Jungfrau erinnert?

***

Mariana kann es nicht fassen: Ist es wahr, dass das Büro die Bestellungen für das Journal nicht entgegennimmt? Mademoiselle Yvette zuckt gleichzeitig mit den Schultern und den Lippen. „Aber es gab doch einen Vertrag?" – „Es war von Nummer zu Nummer vereinbart.

Und überhaupt – sprechen Sie mit dem Chef."

Der Chef sitzt im Tempel auf dem Thron. Unter seinem Sessel strahlt ein Dreieck, das Symbol eines erkennenden Seins mit dem alles sehenden Auge und den Buchstaben: J, H, W, H, die ungefähr das bedeuten: „Ich bin der, der ist." In den Händen hält der Chef das flammende Schwert, dessen Spitze nun auf den Eintretenden gerichtet ist. Noch im Postdienst war es Jegor Jegorowitsch gewohnt, sich nötigenfalls majestätisch zu verhalten.

Mariana berücksichtigt die Umstände nicht; sie schlenkert kokett mit einem Bein und deutet an, dass man in einem Restaurant bei einer Flasche guten Weins angenehmer über Geschäfte spricht. Doch der Büroleiter begnügt sich mit von zu Hause mitgebrachten belegten Brötchen. Da schlurft Mariana hinter einen Wandschirm, hüllt sich in die altmodische Jacke eines Kombattanten und frisiert sich die Reste der Haare zu einem Gitter auf der Glatze. Im Kragenknopfloch ist ein Bändchen. Menschen, die einen Grund haben, eine tätliche Beleidigung zu fürchten, tragen immer ein Schutzabzeichen im Kragenknopfloch, das die Aufmerksamkeit von ihrem flüchtenden Blick ablenkt.

„Das ist ein Missverständnis, Monsieur ... Es handelt sich um meine Publikation *Marianas Vergnügungen.*"

Die Stimme von der Höhe des Throns:

„Es ist gar kein Missverständnis. Wir verbreiten keine pornografischen Publikationen."

„Oh, là, là! Das ist ein wenig zu viel. Und selbst angenommen, dass Mariana keine Nonne ist, so übertrifft sie durch nichts andere Publikationen derselben Art, die Sie auf Kommission nehmen."

„Ich danke Ihnen. Wir werden uns auch mit den anderen bekannt machen und Maßnahmen ergreifen."

Mariana versagt die Stimme, und indem sie auf das Bändchen ausweicht, geht sie zum Angriff über:

„Frankreich braucht keine pfäffische Zensur, Monsieur. Sie sind ein Ausländer und versuchen, die Franzosen zu belehren."

„Und Sie sind ein schlechter Franzose, Monsieur, wenn Sie in Ihrem eigenen Land das Verderben der Jugend unterstützen."

Die Spezialisten im russisch-französischen Gürtelringen müssen an verschiedenen Orten technische Wörtchen einsetzen, die wir nicht kennen. Man erinnert sich, dass die Kämpfer einander in die Höhe heben, danach passen die Begriffe „Knock-out" und „auf die Schultern legen". Aber uns gefällt es, ohne dass wir versuchen, den Leser neugierig zu machen, ihm im Vorhinein anzukündigen, dass der Freimaurer als Sieger übrig bleiben wird. Das ist nicht weiter erstaunlich. Das erste von zweiundzwanzig Axiomen des Éliphas Lévi über den Willen lautet: „Nichts widersteht dem Willen des Menschen, wenn er die Wahrheit weiß und das Gute will." Das achtzehnte Axiom liest sich so: „Ein freiwilliger Tod aus Ergebenheit an eine Idee ist kein Selbstmord, sondern die Apotheose des Willens." Deshalb konnte es im gegebenen Fall auch keine Verletzung geben; und trotzdem kam dem Sieg Jegor Jegorowitschs nur der Zufall zu Hilfe.

Nachdem sie eine Pille hinuntergeschluckt hat, geht Mariana mit den Absätzen klappernd Richtung Autobus, hält ihn an einem grünen Schild an und mit ihm zusammen verschlingt sie der Raum. Irgendwo auf der Hälfte der Autobusstrecke überholt sie spöttisch und sicher ein Taxi; durch das Fenster des Taxis kann man das energische Profil des Freimaurers erkennen. Im Hauptbüro bittet man den kahlköpfigen ehemaligen Kombattanten, etwas zu warten: Der Direktor ist durch ein Gespräch mit dem Abteilungsleiter Monsieur Tetékhine beschäftigt. „Was, ist er schon da?" Die Chancen Marianas sinken. „Aber lieber Monsieur Tetékhine, Sie stellen uns ein Ultimatum! Wir schätzen Sie sehr als alten und der Firma ergebenen Mitarbeiter. Aber wir können uns nicht auf die Beurteilung des Inhaltes von Publikationen einlassen!" – „Im Gegenteil, eine Firma, die etwas auf sich hält, muss das tun." – „Ach, übrigens, wer ist der Herausgeber? Ach, der! Oh, dann stellt sich die Frage etwas anders. Denn dieser alte Gauner und Bankrotteur ist schon zweimal mit ähnlichen Unternehmungen pleitegegangen. Sie können sich beruhigen, Monsieur Tetékhine, *Marianas Vergnügungen* werden nur kurzlebig sein." – „Ich halte das für eine prinzipielle Frage." – „Oh ja, natürlich ... Wissen Sie, lieber Freund, dieses Mal haben Sie mich überredet; es zahlt sich nicht aus, wegen einiger Nummern seinen Ruf zu verlieren, er hat natürlich die Druckerei nicht bezahlt. Sie haben entschieden Recht, Monsieur Tetékhine! Nur ihr Ultimatum hat hier nichts verloren. Sind Sie so heißblütig? Nun, ich bin sehr froh, soll es nach Ihnen gehen. Ach, diese Russen! Was macht Ihr Stalin? Ist er wohl nicht dümmer als Mussolini, ah? Auf Wiedersehen, mein Lieber, ich bin Ihnen für den guten Rat aufrichtig dankbar!"

Der Kampf ist eigentlich beendet. Mariana macht eine letzte Anstrengung, um einen Teil zu retten. „Ich kann Ihnen nicht verschweigen, Monsieur, dass dieser *sale russe*[79], Ihr Angestellter, versucht hat, mich zu erpressen ... Monsieur, ich bin ein alter Kombattant und ich gestatte nicht ... Jedenfalls rede ich nicht in den Wind ... Sondern ich sage, Monsieur, dass es für Frankreich Zeit ist, unerwünschte Ausländer aus dem Land zu jagen ... Ich gehe, Monsieur, aber ich warne Sie, dass Sie es bereuen werden ..."

Das Resultat des Kampfes wird verkündet: 2:0. Das achte Axiom Éliphas Lévis lautet: „Wenn der Wille auf einen Unsinn gerichtet ist, dann lehnt ihn der Ewige Verstand ab."

***

Der weiter unten folgende Abschnitt ist in Form eines Monologs geschrieben, doch in Wirklichkeit war es ein Gespräch, sogar eine Reihe von Gesprächen, die hauptsächlich an einem Tischchen eines Cafés in der Rue de Vaugirard stattgefunden haben. Doch sind die Repliken des Helden der Erzählung so unbedeutend, dass wir sie gerne auslassen. Als Mensch mit nicht unbedeutender menschlicher Schwäche deutet Jegor Jegorowitsch sie zuerst an, dann stellt er die Geschichte des Kampfes mit Mariana, der mit einem Sieg geendet hat, ausführlich dar. Lolli Romanowitsch hört aufmerksam zu und dreht an einem Knopf seiner Jacke unbestimmbarer Farbe. Der Knopf verliert allmählich die Verbindung zur Jacke. Auf dem Tischchen ist ein feuchter Kreis, im Kreis ist die Asche der Zigarette der Marke „Kaporal" zum Abflug bereit. Ein nasenloser Lautsprecher nervt unheilbar mit einer Fassstimme. So sind die Umstände. Die für

79 **Sale russe** (frz.): Drecksrusse.

den Druck bearbeitete Rede Lolli Romanowitschs nimmt folgende Form an:

„Lieber Tetjochin. Ich hoffe, dass Sie weder an meinem Mitgefühl noch an meiner Offenheit zweifeln." Jegor Jegorowitsch nickt. „In der Angelegenheit, die wir im Folgenden als *Marianas Vergnügungen* bezeichnen werden, haben sie sich tadellos verhalten und zeigten nicht nur Energie, sondern auch eine hohe Selbstlosigkeit." Eine Geste der Bescheidenheit gelingt Jegor Jegorowitsch nicht, er ist überhaupt kein Schauspieler. „Nun lege ich das von Ihnen erzielte Resultat, und zwar die Kränkung der zweifellos lasterhaften Mariana, in die eine Waagschale", der Professor berührt sein Glas, „und in die andere", er berührt die Tasse seines Gesprächspartners, „lege ich Ihren moralischen Triumph, die bekannte Zufriedenheit über eine Heldentat. Die Gegenüberstellung, die ich im gegebenen Fall mache, erklärt Ihnen mein nächster Gedanke. Wir haben keinerlei Gründe anzunehmen, dass die durch Sie gekränkte Mariana ihre Sünden bereut und sich bessern will; am wahrscheinlichsten ist es, dass sie in Zorn geraten ist und neue Abscheulichkeiten im Allgemeinen und insbesondere gegen Sie plant, obwohl Letzteres uns nicht interessieren muss. Die Anwendungssphäre des Bösen in der Welt ist riesig, die Auswahl reichlich. So bleibt in der ersten Waagschale nichts übrig", der Professor nimmt das Glas und trinkt es aus, „während in der zweiten", Jegor Jegorowitsch rührt den Kaffee mit einem Löffel um, trinkt ihn aber nicht, „Ihre moralische Befriedigung weiterhin schön anzusehen ist und anziehend wirkt. Und ich frage: ‚Die Befriedigung wodurch, lieber Tetjochin?' Sie müssen ehrlich antworten: ‚Durch meinen persönlichen Sieg, unabhängig von seinen Folgen.'" Jegor Jegorowitsch öffnet ein wenig den Mund, doch der Mund schließt sich von selbst. Der Redner holt Luft.

„Ja, lieber Tetjochin: unabhängig von den Folgen. Aber eine ähnliche Selbstzufriedenheit kann nur zeitweilig sein, denn es handelt sich um einen lebendigen und gerechten Menschen. Nach dem unnützen Spiel endet dieser Mensch, zeitweilig bezaubert durch das Blinken des Spielzeugs, natürlich enttäuscht. Anders gesagt – weshalb wurde so viel Energie verschwendet, weshalb nahm der Mensch eine edelmütige Haltung an und riskierte das persönliche Wohlergehen und das seiner Familie?

Sie können mir entgegnen: Ja, die Kraftanstrengung eines einzelnen Menschen erweist sich oft als fruchtlos; aber wenn andere Dutzende, Hunderte, Tausende seinem Beispiel folgen – wird den Vergnügungen Marianas und noch vielen anderen Vergnügungen ein Ende bereitet. Doch niemand folgt Ihrem Beispiel, lieber Tetjochin! Nicht Tausende, nicht Hunderte, nicht Dutzende, nicht einmal der vor Ihnen sitzende Einzige. In Ihrer mathematischen Berechnung hat sich ein psychologischer Fehler eingeschlichen, der üblicherweise von guten und mitfühlenden Menschen gemacht wird, die von sich auf andere schließen. So berechnen sie zum Beispiel ziemlich genau: Jeder Mensch, auch der Ärmste, kann ohne die geringste Kraftanstrengung einen Sou für eine Einrichtung in Paris an der Ecke Rue de la Convention und Rue de Vaugirard opfern, anstelle dieses Bistros gibt es eine Kantine für Arbeitslose. Es gibt vier Milliarden Menschen, daher macht das zweihundert Millionen Francs. Dann geht er mit einer Sammelbüchse klingelnd die ganze Welt ab, ruft und weckt verzagt das Gewissen; als Resultat der Sammlung ergeben sich sechzehn Francs und fünfunddreißig Centimes, darunter sind einige Münzen, die außer Gebrauch sind. Das reicht nicht für neue Schuhsohlen."

Hier ist es angebracht, die einzige bedeutende Replik anzubringen, die dem Munde des Freimaurers entschlüpft ist:

„Heiliges Geld, Lolli Romanowitsch!"

„Wie?"

„Ich sage: heilige sechzehn Francs."

Und Jegor Jegorowitschs vor Erregung zitternde Hand nahm die Tasse kalten Kaffees und leerte sie mit der Geste eines argen Säufers.

„Sehen Sie, lieber Tetjochin, das Geld ist überhaupt das einzige Heiligtum, das von allen als solches anerkannt ist – obwohl ich auch Ihrer Bemerkung Tribut zolle. Sie kleben die sechzehn Francs mit Gummiarabikum an ein Täfelchen, rahmen es ein und hängen es in den heiligen Winkel, dann zünden Sie ein Licht an und machen Verbeugungen bis zum Boden. Dann stecken Sie in einem Anfall bester

Gefühle einem arbeitslosen Kasaner Professor heimlich und verlegen zwanzig eigene Francs auf Pump zu, der Ihnen dies wahrscheinlich bis zu seinem Tod nicht zurückzahlen kann. Als Dank dafür überschüttet Sie der Arbeitslose mit dem Gift von gebrauchtem und verblichenem Skeptizismus und versucht, Sie von der edlen Position abzubringen. So erfolgreich verlaufen die Stunden, Tage und Jahre. Die Verbesserung zu dem vorher Gesagten macht die Zeit, die alle handelnden Personen zu einer Erholung einlädt. Das ist eigentlich alles, lieber Tetjochin. Ich habe irgendwie meine Rede in die Länge gezogen und man muss sagen, ich empfinde ein Gefühl höchster Scham. Im Alter wird der Mensch geschwätzig ..."

Jegor Jegorowitsch fühlte, wenn er direkt auf Lolli Romanowitsch blickte, dass er kein verlegenes Gesicht, sondern ein irgendwie feindlich gesinntes, ja böses sähe. Das heißt, man muss es nicht ansehen. Aber auch ohne hinzublicken, sah Jegor Jegorowitsch, dass Lolli Romanowitschs Kopf tief zwischen den Schultern steckte und er ganz klein geworden war, wie embryonal, jedenfalls war er zu jemandem geworden, der zwanzig Francs nimmt, sie nicht zurückgeben kann und daher den Gebenden hasst. Noch niemals hatte der Freimaurer so einen klaren moralischen Sieg erfahren – und er erfreute ihn nicht. Wie wäre es, einfach so Lolli Romanowitschs Hand zu streicheln? Unmöglich, denn das kränkt ihn nur noch mehr. Jegor Jegorowitsch klopfte mit dem Löffel und bat im zartesten und zärtlichsten Ton (der Ton war eigentlich für den Gesprächspartner bestimmt) den Garçon, ihm noch eine Tasse Kaffee zu bringen, und da hielt er den Garçon noch auf und erkundigte sich trocken und höflich beim Professor:

„Bleiben wir noch sitzen? Wollen Sie nicht einen neuen Grog?"

Der Igel lag weiter als eingerolltes Knäuel da. „Verteidigungsstacheln", überlegte Jegor Jegorowitsch, der Brehm gelesen hatte und sich tief verbeugte. Der Igel steckte das Schnäuzchen heraus und streckte eine Pfote aus. „Jetzt breche ich in Tränen aus", dachte Jegor Jegorowitsch erschrocken, „und das alles wegen zwanzig Francs, seien sie verdammt! Wie wenig kostet der Hass eines Menschen!" Währenddessen brachte der Garçon den Kaffee und den Grog, dann kroch die große Sonne der Liebe aus einer dunklen Ecke des Cafés und schlug sich selbst überzeugt mit einem Nagel an die verrauchte Decke. Nach einem kleinen Schluck sagte Lolli Romanowitsch:

„Trotzdem sind Sie ein bemerkenswerter Mensch, Jegor Jegorowitsch!"

Das erste Mal nahm er vom gewohnten „lieber Tetjochin" Abstand.

Das schmeichelhafte Echo hätte Jegor Jegorowitsch verwirrt, wenn er es gehört hätte. Aber in dieser Minute nahm er ein Sonnenbad: Er öffnete sich weit dem Licht, wie ein Mensch, der die Weisheit verstanden hatte. Wenn er eine Minute zuvor noch zweifeln, betrübt sein, sich in Gedanken verstricken konnte, so war ihm jetzt das Wichtigste eröffnet worden, jenes Unlogische, das durch keine Logik erschüttert wird. Weitere Reden sind umsonst. Der Weg eines Freimaurers ist ein einziger und gerader: Er wird ihm vom flammenden Stern gezeigt. Es gibt nichts Großes und nichts Kleines: Der Mikrokosmos ist gleich dem Makrokosmos. Die Bitterkeit der Tasse Kaffee ist gleich der Bitterkeit in der Welt; die Süße eines Stücks Zucker ist gleich dem Glück einer Generation. Mit einem Krachen stürzte der Babylonische Turm überflüssiger Überlegungen ein – der Erbsensame der einfachen Wahrheit hatte überlebt und war aufgekeimt. Der Verstand ist eine billige Glasscherbe! Nur die Liebe, Lolli Romanowitsch, nur die Liebe! Gerade das ist das schöpferische Verstehen der ewig davonlaufenden Wahrheit!

Und noch etwas verstand Jegor Jegorowitsch mit unbestreitbarer Klarheit: Vor ihm saß ein Un-ein-ge-weih-ter.

***

Jedes Sternzeichen hat sein eigenes Siegel. Das Siegel des Stiers wird aus folgenden Metallen hergestellt: Kupfer, Eisen, Zinn und Gold.

Die Metalle müssen bei Eintritt der Sonne in das Sternzeichen des Stiers legiert werden, ungefähr um den 8. April. In diesem Moment muss man das Siegel gravieren, sonst hat es keine Kraft.

Bei Eintritt des Mondes in den zehnten Grad des Stiers muss man das Siegel umhängen.

Nach seiner Beschaffenheit ist das Siegel ein Mittel zur Wiederherstellung sexueller Kräfte. Es ist ein zuverlässiges Mittel sowohl für Männer als auch für Frauen. Dieses Siegel ist auch geeignet, das Auge des Trägers gegenüber Untreue in der Ehe zu öffnen. Das Siegel muss man so tragen, dass es den Nabel mit jener Seite berührt, auf der das Zeichen des Stiers abgebildet ist.

Über das Bett gehängt ist dieses Siegel ähnlich dem Skorpion ein zuverlässiges Mittel gegen Wanzen.

Jegor Jegorowitsch gähnte so, dass ein Weitsichtiger, der ihm in den Mund sieht, die Innenseite der Fersen hätte sehen können, schlägt den Schmöker über höhere Magie zu, der sich als Unsinn erwiesen hat, und richtet den Blick auf ein Paket, das noch am Tag aus einem Wäschegeschäft auf den Namen Madame Tetékhine eingetroffen ist. Morgen wird er es an Anna Pachomowna senden müssen. Was ist das? Um die Schnur nicht zu vergeuden, knotet er sie sorgfältig durch künstlerische Arbeit der Nägel auf. Eine ausgezeichnete Verpackung! Natürlich etwas für Damen. Aus dem Inneren des Paketes fällt etwas Ätherisches und an die Schürze eines Freimaurers Erinnerndes heraus, nur aus um einiges leichterem Stoff und ohne Band; beim genaueren Betrachten wird Jegor Jegorowitsch verlegen. Er wird es als Muster ohne Wert versenden müssen; wahrscheinlich hat es Anna Pachomowna bestellt und das Eintreffen nicht abgewartet.

Jegor Jegorowitsch geht ins Schlafzimmer, zieht sich schwerfällig aus und legt sich auf die von Gesetzes wegen legitimierte Seite des breiten Bettes. Die linke Seite ist jungfräulich leer. Schwarze Magie bringt Schwermut, aber auch über Büroangelegenheiten nachzudenken, ist langweilig. Der Sommer geht dem Ende zu, es wird angenehm, sehr angenehm sein, wenn zu Beginn des Herbstes die brüderlichen Zusammenkünfte wieder anfangen. Es geht hier nicht um eine sich herausgebildete Angewohnheit, sondern um eine anziehende Kraft des Verkehrs mit Eingeweihten. Ja, mit Eingeweihten! Man könnte meinen: Was habe ich mit diesen Leuten, die in der profanen Welt vollkommene Fremde sind, die für ihre winzigen Interessen leben und in der Eile des Alltags herumschwirren, zu tun?

Doch es zahlt sich aus, sich mit ihnen in den Hallen des Tempels zu treffen, die ihnen bekannten vereinbarten Worte zu hören, diese Worte mit der gewünschten Bedeutung zu füllen – wie durch Zauberei klärt sich der weltliche Bodensatz, entstehen in der Seele reines Wohlwollen, Begehren nach gemeinsamem Bauen, Glaube an das Ideal und das Bedürfnis nach wahrer Tätigkeit. In den Augen eines nicht Eingeweihten ist das nur Selbstbetrug, ein Spiel mit den Gefühlen und wohlmeinenden Beweggründen. Tatsächlich? Wissen wir das alles? Strahlt nicht das leuchtende Delta echtes Licht der Güte aus, richten nicht die Symbole den Verstand und das Gefühl auf einen zuverlässigeren Weg aus, als es dieses äußerst weise Buch tut?

Weiter denkt Jegor Jegorowitsch und raucht dabei die letzte Zigarette zu Ende (Anna Pachomowna gestattet kein Rauchen im Schlafzimmer):

„Ich muss Bruder Jacquemaine sehen; in letzter Zeit ist er alt geworden und kränkelt, aber der Geist ist munter. Der Apotheker ist ein angenehmer Mensch, äußerlich grob, aber er hat ein edles Herz. Bruder Duvergé ist auch ein netter Mensch. Ja und der Versicherungsagent ist eigentlich ein großartiger Mensch und ein sehr vernünftiger Führer der Loge. Die Mehrheit der Brüder sind anständige und sympathische Leute. Es gibt zwei, drei nicht ganz Angenehme; streng genommen wäre es ohne sie leichter und angenehmer. Zum Beispiel: Henri Richard. Er ist gleichgültig gegenüber der Loge und ein – Hand aufs Herz – unangenehmer und ziemlich gemeiner Mensch und es ist unverständlich, wodurch er Anna Pachomowna so gefällt. Ein vulgärer Süßholzraspler und Betrügereien nicht abgeneigt. Na, für Anna Pachomowna ist er eine Zerstreuung, sie ist selten unter Leuten, hätte er nur keinen schlechten Einfluss auf George. George ist ein empfänglicher Junge und der persönliche Einfluss ist schlechter als alle *Marianas Vergnügungen.*

Jegor Jegorowitschs Denken macht ein *aller-retour*[80] und versetzt sich zeitweilig in den Kurort am Pariser Strand, wo er George in neuer Hose und Tennisschuhen sieht und daneben Henri Richard in einer geschmacklosen Jacke von frecher Farbe. Leider ist auch Anna

80 **Aller-retour** (frz.): ein Hin und Zurück.

Pachomowna dort. Überhaupt sind alle diese Kurorte eine schlechte Schule der Erziehung („Monsieur, wenn es Ihnen kein Vergnügen bereitet, gehörnt zu werden ...“). Anna Pachomowna ersteht aus Meerschaum in einem dieser überaus anstößigen Badeanzüge, die in den Sommerillustrierten gezeigt werden. Sie bemerkt nicht, dass das in ihrem Alter lächerlich ist, und Jegor Jegorowitsch runzelt ihretwegen schmerzlich die Stirn. Eine Menge Menschen badet gemeinsam und George gewöhnt sich an, die weibliche Nacktheit anzustarren. Gott weiß, was in diesen billigen Kurorten vor sich geht; unterschiedlichste fesche Weibchen flirten aus allen Kräften („Monsieur, wenn es Ihnen kein Vergnügen bereitet ...“). Die jungen Mädchen ahmen die erwachsenen Sünderinnen nach und die älteren Damen markieren Minderjährige und gehen mit entblößter Leibesfülle vor den schmalstirnigen Sportlern und frechen Hengsten vom Typ Henri Richard hin und her („Monsieur, wenn es Ihnen kein Vergnügen bereitet, gehörnt zu werden, richten Sie schnell Ihre Aufmerksamkeit auf das Verhalten Ihrer Frau ...“).

Jegor Jegorowitsch drückt die Zigarette neben dem Aschenbecher aus und richtet sich im Bett auf. Halt, halt! Aber konnte jener Brief an ihn und nicht an jemanden im Büro gerichtet sein? Was für eine Gemeinheit! Dann ist das eine Denunziation gegen Anna Pachomowna und Richard!

Eine Zeit lang hält er mit auf der Matratze aufgestützten Händen den Körper im Gleichgewicht. Dann stellt er die Füße auf den Boden und scharrt mit einem Pantoffel. Dann zieht er die Füße wieder unter den Schutz der Decke zurück. Das ist eine Geschichte!

Es ist sehr schwer, die ganze Gedankenfolge Jegor Jegorowitschs zu vermitteln; leichter ist sein Gesicht darzustellen, das zuerst verwirrt, dann empört und wieder erstaunt ist und schließlich mit an den Augen und dem Mund umherspringenden Fältchen bedeckt ist. Die Fältchen bilden eine unwillkürliche Grimasse eines Menschen, dem es sehr peinlich ist, der aber loslachen muss. Sich auf die linke, jungfräuliche Seite des Bettes neigend platzt Jegor Jegorowitsch tatsächlich mit einem äußerst gutmütigen Lachen heraus. In diesem unerwarteten und merkwürdigen Verhalten des Freimaurers ist keine

Spur von Missgunst in Bezug auf Anna Pachomowna, aber Jegor Jegorowitsch kann sich trotzdem eine so schwerfällige und ehrwürdige Frau nicht in den Armen eines jungen Taugenichts vorstellen. Dann ruft sich Jegor Jegorowitsch streng zur Ordnung und versucht, wieder empört zu sein. Eine Frechheit! Die arme Frau! Natürlich wird sie nichts von dem gemeinen Brief erfahren, aber es ist trotzdem kränkend und unangenehm, umso mehr, als sie teilweise schuld ist: Das also kommt dabei heraus, wenn man sich im doch ehrwürdigen Alter die Haare umfärbt! Sagen wir sogar, es wäre jemandes sehr dummer Scherz, aber trotzdem ...

Jegor Jegorowitschs letzte Gedanken und Überlegungen entwickeln sich nicht glatt – durch das Gewohntsein an eine rechte Lebensweise. In seinen Vorstellungen blitzt die gewichtige Figur Anna Pachomownas mit den *indéfrisables* und im Badeanzug auf, Georges Tennisschläger und Henri Richards selbstgefälliges und galantes Gesicht. Dann kehrt Jegor Jegorowitsch mit einer Rückfahrkarte beruhigt nach Paris zurück, seine Hand bewegt sich zum Lichtschalter und die hereinbrechende Dunkelheit zeigt die gewohnte Wirkung auf den beneidenswert gesunden Organismus: Jegor Jegorowitschs Lider fallen zu und der Schutzengel schlägt kurz mit den Flügeln, enthüllt das Schwert und stellt sich an das Kopfende des Bettes des Freimaurers.

***

Auf die Schwarzen, die seit Langem den Pariser Strand bevölkern, machte die Erscheinung der weißen Frau im Badeanzug, der nicht ganz seinen Inhalt fasste, keinen Eindruck. Und trotzdem war die weiße Frau davon überzeugt, dass der Himmel, das Meer und die Leute sich nur mit ihr beschäftigten und einander unterbrechend Überlegungen über den Rückenausschnitt ihres Badeanzugs mitteilten. Deshalb drapierte sie einen Bademantel um sich, wie sie es zu Hause vor dem Spiegel vorbereitet hatte, und für den Anfang verbrannte die linke Schulter schon in der ersten Viertelstunde zu glühender Kohle.

Die Leute werden in Gebräunte und Verbrannte eingeteilt; Anna Pachomowna zählte zu den Letzteren. Am Abend war die Schulter wie flammendes Feuer und nach einem Tag begann sich die Haut zu schälen. Nach einem weiteren Tag kam Henri Richard.

Und alles kam ganz und gar nicht so, wie es sich Anna Pachomowna in ihrer Vorstellung ausgemalt hatte. Richard brachte ihr nicht das Schwimmen bei, weil er es selbst nicht konnte; übrigens erwies sich der Strand an diesem Örtchen als Kinderstrand und die Liebhaber des Schwimmsports mussten einen halben Kilometer durch kleine Pfützen waten, um bis zum Gürtel im Wasser zu stehen. Anna Pachomowna zog es vor, sich nahe am Ufer aufzuhalten, und stellte sich als zu hygienischen Zwecken badende Blaumeise dar; sie legte sich auf ihre drei vorderen Geschwülste, planschte mit Armen und Beinen und war selbst erstaunt über ihre Unerschrockenheit.

Auf dem Programm standen auch weite Spaziergänge in den Wald (Bären, Wilde, samtene Wiesen, Pilzesuchen, lyrische Müdigkeit): Doch anstelle des Waldes gab es entlang der Küste nur Dünen im großen Maßstab, ein Spaziergang durch sie wäre ermüdend und zäh. Das Örtchen, das einst als moderner Kurort gegolten hatte, war mit Sand zugeschüttet, aus dem ein wegen Unrentabilität verlassenes und auch halb mit Sand zugeschüttetes Kasino herauslugte. Die dunkelhäutige Bevölkerung ging abends zu Fuß ins Nachbarstädtchen zur Arbeit. George verbrachte in dieser Stadt den ganzen Tag, da es in dem Örtchen keinen Platz für die weiß behosten Liebhaber des Bällchenschleuderns gab.

Es versteht sich, dass Richard sich in derselben Pension niederließ; das entschied beinahe die Frage über Anna Pachomownas Fall. Und weiter? Weiter wird sie nicht in die Pariser Wohnung zurückkehren, sondern sich unauffällig in Clamart oder Meudon ansiedeln, leidend und rätselhaft, solange sich der Scheidungsprozess hinziehen wird. Dann, nachdem sie ihre Intimität in einem Rathaus gotischen Stils legitimiert haben werden, werden sie eine billige Wohnung in Paris mieten und nach Anna Pachomownas Geschmack einrichten. Über George, der so mit Henri befreundet ist, wird sie erfahren, wie Jegor Jegorowitsch seine Einsamkeit ertragen wird. Es ist aber trotzdem schrecklich: nach zweiundzwanzig Jahren gemeinsamen Lebens! Ihr tut es weniger um Jegor Jegorowitsch leid, der sich bald mit dem unnützen Geschwätz seiner Freimaurer trösten wird (eine Träne trübt den Blick der guten Frau), sondern eher um sich: Sie muss ein Kreuz über alles Vergangene machen und sich völlig den Belangen eines französischen Lebens hingeben: weder Buchweizengrütze noch Quark und anstatt Tee Lindenblüten! Henri wird natürlich seine frühere Arbeit aufgeben – er kann doch nicht im Büro unter der Leitung von Jegor Jegorowitsch bleiben; aber Henri ist ein so begabter und gebildeter Mensch, dass er leicht eine Arbeit finden wird.

In Erwartung des Unvermeidlichen sperrte Anna Pachomowna nachts ihre Tür mit Schloss und Riegel zu, doch lange schlief sie nicht ein, fürchtete mit Wonne den Angriff des von Leidenschaft benebelten Richards. Übrigens verschwanden Richard und George abends irgendwo, standen spät auf und blieben bis zum morgendlichen Baden träge. Die offensichtliche Eroberung Georges durch Richard hielt Anna Pachomowna für ein sehr raffiniertes Manöver vonseiten Richards; in der Person des jungen Mannes hatten sie einen frühzeitig vorbereiteten Verbündeten: Der Junge wird der Mutter verzeihen und sie verstehen. Und trotzdem irrt sich Henri, wenn er denkt, dass *das* hier stattfinden wird! *Das* wird nur nach einem langen Kampf geschehen können, nach einer endgültigen Erklärung, nach Meudon oder Clamart und dem Standesamt! Aber Richard ist feinfühlig genug, und deshalb benimmt er sich nicht nur beherrscht und vernünftig, sondern auch mit vorgetäuschter Gleichgültigkeit und schätzt seine und Anna Pachomownas Ehre hoch.

Madame Kraus schien eine Dänin zu sein, aber vielleicht war sie einfach eine Sängerin, die fünf Tage später in der Pension auftauchte. Am ersten Tag cremte sie sich mit Jod oder irgendeinem anderen Dreck ein und erklärte sich für gebräunt. Sie schwatzte frei auf Französisch und verbündete sich nicht nur mit Henri, sondern eigentlich auch mit dem jungen George. Der Ausschnitt ihres Badeanzuges war so, dass Anna Pachomowna im Vergleich zu ihr ein Kokon einer Seidenraupe war und eine klösterliche Novizin. Madame Kraus war von vorn an der Taille durch ein kaffeefarbiges, widerlich angeschwollenes Band zweigeteilt, über dem an den Trägern nervöse Details schwangen, von ihrem Rücken ganz zu schweigen. Unter Lachen und Gekreische lief Madame Kraus ins Wasser, zog die Fersen durchs Wasser, hob die Beine zu einem Dreieck hoch, spritzte eine Handvoll Wasser in Henris und Georges Gesicht, die vom ersten Tag an wie Briefmarken an ihr klebten. Wenn das Henri so macht ... Er ist ein Mann und ist selbstständig und unabhängig; aber George ist noch ganz und gar ein Junge – welche Gemeinheit! Anna Pachomowna begann, die für einen Monat hierher bestellte russische Zeitung an den Strand mitzubringen, und, ohne ihre Aufmerksamkeit auf die Badenden zu richten, las sie tapfer nicht nur die Seeabenteuer eines Kapitäns zweiten Ranges, sondern auch Aufsätze von höherer Bedeutung, die mit Junius[81] unterschrieben waren. Obwohl nun Henri und George abends zu Hause blieben und im Salon mit Madame Kraus lachten, die ihnen aus Karten weissagte und italienische Liedchen sang, nahm Anna Pachomowna nicht an diesen Vergnügungen teil, schloss sich in ihrem Zimmer ein und empörte sich schweigend über die Pension, den Strand, die Dünen, den Kurort, Georges Verhalten und darüber, dass sie mit weiß Gott wem unter einem Dach leben musste.

Alles Weitere entwickelte sich in konsequentester Ordnung; obwohl sie auch nicht vorhersehbar war. George fuhr mit Madame Kraus zum Tennis; Anna Pachomowna und Richard kehrten von der Sonne erhitzt in Bademänteln zum Frühstück zurück. Bei Anna Pachomownas Zimmer hielt sich Richard etwas auf und wollte vielleicht eintreten. Das wäre vollkommen unanständig gewesen, besonders unter sich so gestaltenden Umständen. Anna Pachomowna hielt mit einer Hand die Schöße ihres Bademantels zusammen, die andere hielt sie bis zum Ellenbogen entblößt hoch zum Türpfosten (eine Variation des antiken Mädchens, das einen Krug trägt) und erklärte Richard in einer langen französischen Phrase, die sie schon lange mithilfe eines Selbstlernkurses und des französisch-russischen

81 Wahrscheinlich sind hier die Artikel von Alexander Michailowitsch Kulischer (1890–1942) gemeint. Die Zeitung müsste demnach „Poslednie nowosti" geheißen haben.

Wörterbuchs von Makarow eingepaukt hatte, dass sie nicht die sei, für die er sie vielleicht hielt. Richard war anfangs etwas verwirrt und verdutzt, dann, als er Anna Pachomownas Phrase auf seine Art gedeutet hatte, wandte er einen Kunstgriff an, der seiner Beobachtung nach auf alle Frauen, die älter als sieben Jahre waren, unwiderstehlich wirkte.

Das zweite Mal im Leben hatte Henri Richard Gelegenheit, einen Schrei zu vernehmen, mit dem ein wildes Volk seine nicht vollständige Zufriedenheit ausdrückt; das erste Mal war dies im Arbeitszimmer des Leiters des Versandbüros geschehen. Da Anna Pachomowna nicht in Ohnmacht fallen konnte, gab sie – nun schon in ihrer Muttersprache – eine genaue Einschätzung von Richards Verhalten ab, knallte die Tür zu und blieb ohne Frühstück.

Meudon zwinkerte Clamart zu, beide grüßten höflich den Bürgermeister und so endete Anna Pachomownas Roman.

***

Obwohl Jegor Jegorowitsch kein Vielfraß war, kam er öfter mit der Empfindung eines leichten Zitterns in der Magengrube von der Arbeit und versuchte sich vorzustellen, welches Abendessen ihn zu Hause erwartete. Nach Anna Pachomownas Abreise bereitete Madame Jeanette das Essen nach weiblichem französischem Geschmack zu und ließ es kalt auf dem immer zum Aufflammen bereiten Gasherd stehen. Im Esszimmer trug Madame Jeanette ein Gedeck auf, wobei sie sparsam nur ein begrenztes Segment des runden Tisches mit einem zweifach zusammengelegten Tischtuch bedeckte.

Nachdem er die Tür geöffnet und den Schlüssel sorgsam auf den Nagel gehängt hatte, bemerkte Jegor Jegorowitsch im Vorzimmer den Damenmantel und den Regenschirm nicht, doch richtete er seine Aufmerksamkeit sofort auf den für zwei gedeckten Tisch. „Erwarte ich gar jemanden? Ich habe bei Madame Jeanette nichts bestellt!“ Er legte die Aktentasche ab, zog ein Tuch heraus, um seine feuchte Stirn abzuwischen, und erblickte an der Schlafzimmertür seine Frau:

„Welch unerwartete Überraschung! Bist du zurückgekommen? Und George?“

„Oh, verzeih, verzeih mir!“, rief die sich selbst Schande bringende, doch bereuende Frau händeringend aus. – „Ich wusste es und ich war auf das Schlimmste gefasst.“ – „Oh nein, ich bin dir treu geblieben, ich schwöre es!“ – „Du brauchst nicht zu schwören, ich glaube dir. Aber ab jetzt hörst du auf, dir die Lippen und Wangen zu schminken, du lässt dir die Haare wachsen und widmest dich wieder der Sorge um deinen Mann und der Erziehung deines Sohnes. Zuerst werden deine Haare bunt sein, aber mit der Zeit wird die ursprüngliche Farbe zurückkehren und die gebleichten Spitzen wird man abschneiden können. Bist du einverstanden?“ – „Ja, das mache ich und niemand wird mich jemals eine leichtsinnige Frau nennen oder eine geschminkte Großmutter. Meine einzige Zerstreuung in Stunden einsamer Freizeit wird von nun an der Staubsauger sein.“ Er reicht ihr die Hand, die sie nimmt und küsst. Das Zimmer füllt sich mit vor Rührung winselnden Engeln und das Radio hinter der Wand spielt die Garibaldi-Hymne oder „Slawsja, slawsja“.

Genau so hätten wir das Kapitel „Marianas Vergnügungen“ beendet oder sogar die gesamte Erzählung, wenn eine ähnliche, für sich starke Szene wenigstens ein wenig den Charakteren der Helden entsprochen hätte. Doch Anna Pachomowna antwortete einfach:

„George habe ich erlaubt zu bleiben und ihm etwas Geld gegeben. Das ist doch kein Kurort, sondern ein Gräuel. Ich ziehe es vor, in Paris zu sitzen. Nun, wie steht's bei dir?“

Wenigstens sind die gemeinsam verlebten Jahre nicht umsonst! Jegor Jegorowitsch versteht. Jegor Jegorowitsch bedauert. Er drückt aufrichtig seine Freude aus und empfindet sie sogar. Er eilt hin und her, legt bewegt auf dem Tisch Gabel und Messer hin und her. Er eilt in die Küche:

„Wunderbar, wir werden jetzt essen, ich wärme das Essen sofort auf.“

„Lass das, bitte, das mache ich selbst; ich bin noch am Tag gekommen und habe alles vorbereitet.“

„Du bist, scheint's, sehr braun geworden?“

„Ja, ein wenig."

Er erkundigt sich noch nach George und erwähnt Henri Richard mit keinem Sterbenswort. Henri Richard gibt es nicht auf der Welt. Henri Richard ist aus dem Gedächtnis der Menschheit ausradiert. Henri Richard wird mittwochs keinen gepressten Kaviar mehr fressen und Weintraubenkerne herauspicken. Eigentlich langweilte Henri Richard sie beide und die Freundschaft mit ihm ist schädlich für George. Jegor Jegorowitsch isst mit großem Appetit und versucht, nett und sorgsam zu sein. Er ist doch überhaupt nett und sorgsam, immerhin ernährt er seine Familie – und nicht schlecht. Da Anna Pachomowna zurückkehrte, nachdem sie statt eines Monates nur ganze zehn Tage am Meer verbracht hatte, heißt das, dass es so notwendig war. Sie sagt zur Erklärung:

„Weißt du, ich habe mich irgendwie nach zu Hause gesehnt." Diese Worte klingen fehl am Platz und Anna Pachomowna fügt eilig hinzu: „Zuerst überlegte ich, noch irgendwohin zu fahren, doch dann wusste ich – das zahlt sich nicht aus!"

„Aber was, das freut mich!"

Nach dem Essen liest Jegor Jegorowitsch und seine Frau wäscht ab, obwohl das gewöhnlich am Morgen von Madame Jeanette gemacht wird. Vor dem Schlafengehen nimmt Anna Pachomowna mit echter Zufriedenheit ein Bad und wäscht die Reste des Meersalzes ab. Und erst im Bett, als Jegor Jegorowitsch schon bereit ist, die Flügel auszubreiten, um in eine andere Welt zu fliegen, sagt Anna Pachomowna, nachdem sie ihre Stimme gestimmt und die Worte geordnet hat, mit leichter Nachlässigkeit:

„Übrigens, Grischa, ich muss dir sagen, dass dieser dein Richard sich als schrecklicher Frechdachs herausgestellt hat. Das sage ich im Allgemeinen."

Für einige Minuten verschiebt Jegor Jegorowitsch den nächsten Flug. Doch da Anna Pachomowna keinerlei Erklärungen abgibt und er sich nicht entschließen kann zu fragen, werden die angelegten Flügel ausgebreitet und Jegor Jegorowitsch wird mit fließenden Flügelschlägen über die Grenzen familiärer Sorgen und über die schon zu armseligen Nichtigkeiten der Welt davongetragen.

Nicht für einen Moment senkt sich Jegor Jegorowitsch auf die Erde hinab, fliegt über der Rue de la Convention, über dem Bezirk Seine, über den Stränden und dem grenzenlosen Ozean, der von oben wie ein Schälchen blauen Tees aussieht. Der Weg des mutigen Fliegers führt ins Land des Königs Gilgamesch, des Erbauers der Stadt der Eingeweihten hinter den sieben Mauern; aber in dieser Stadt, die nach einem einzigen Plan erbaut wurde, ohne ein Recht auf die geringste Abweichung, für die die Todesstrafe droht – in dieser schrecklichen Stadt wurden alle Sklaven, obwohl sie mit durchdringender Stimme von der Freiheit sangen. Der erschrockene Flieger eilt weiter, umfliegt zu hohe Berge und gleitet über freundliche Täler, wo die Menschen einfach, sündig und schwach sind, einander verstehen und verzeihen und anstelle feierlicher Hymnen fröhliche Melodien singen. Hier würde der Flieger sehr gerne landen, doch seine Ohren sind vollgequatscht mit dummem Geschwätz über Schuld, die den Menschen zu Humorlosigkeit und Heuchelei verpflichtet. Verzagt, ein ewiger Sucher, schlägt er weiter mit schon ermüdeten Flügeln und anstelle des Gelobten Landes erahnt er in der Ferne das nämliche Schlafzimmer in der Rue de la Convention – seine erste und letzte Etappe. Der Wind pfeift durch die Flügel und entweicht aus einem Nasenloch. Der heutige Flug ist wohl wieder fruchtlos.

Genau um acht Uhr wird Jegor Jegorowitsch von einem Läuten geweckt. Er wirft sich den Morgenmantel über, dankt mit einem Franc dem Postboten, der ein von der Post nach der Abfahrt der Empfängerin nach Paris zurückgesendetes schon bekanntes Paket bringt mit Gegenständen unbekannter Bestimmung, die entfernt an die Schürze eines Freimaurers erinnern.

Der Rosenkreuzer

Im durch und durch so verqualmten Zimmer, dass über die Karniesen braune Drachen kriechen, vertreibt Edmond Jacquemaine, ein Rosenkreuzer, in dem für seinen alten und nun kranken Körper einzig angenehmen Sessel durch Lesen einen ihn im ganzen Körper plagenden Schmerz und einen aufdringlichen Gedanken über den baldigen Fortgang aus der profanen Welt.

Die Beine des Alten sind mit einem Plaid umwickelt und ruhen auf einem niedrigen Schemel. Die grauen Brauen hängen auf die Seiten. Über dem Kopf ist eine Rauchwolke, über der Wolke ist Stahlbeton, eine Schicht mit menschlicher Füllung, ein Ziegeldach mit Schornsteinen, Ruß der Ausdünstungen von Paris, die Stratosphäre und die Milchstraße.

Hier ist, was der Schüler sagte:

„Geheimnisvolle Kräfte umgeben mich und ziehen mich an, wenn ich lange auf einen Wasserstrahl blicke, durch den das Sonnenlicht sich verbreitet."

Das sagte der Lehrer:

„Das Farblose öffnet sich über drei Grenzen schreitend in sieben unterschiedlichen Farben;

sieben Lämpchen bewachen den Eingang ins Heiligtum und sieben große Sterne drehen sich auf ihren Wegen, die in den Tiefen der Welt gezeichnet sind;

sieben unaufhaltsame Kräfte regieren das All im Gehorsam gegen das Gesetz der drei Ursachen;

das ist das Bestreben und das sind Ruhe und Bewegung;

das ist das Losreißen und das sind der Ruf und die Stärke der Umarmungen ihrer gegenseitigen Verbindung;

und das ist der ewige Aufstieg."

Der alte Lehrer hustet rau und stimmlos, rückt nach vor, damit sein Körper nicht zu sehr erzittert. Er kann nicht ganz so husten, dass es ihm auf einmal besser geht: Es stört ein die Brust zusammenpressender Ring. Nicht aus Armut, sondern wegen des Brauches der Vorfahren dient zur Heizung seiner Wohnung nur der Kamin. Nach diesen alten Traditionen wird der Kamin erst ab dem ersten November geheizt, sei das Wetter kalt oder unerwartet warm. Edmond Jacquemaine hat zum ständigen Altersleiden noch eine Verkühlung dazubekommen. Der breite Rücken füllt die Vertiefung des Sessels aus, die er viele Jahre lang hineingedrückt hat. Der Kneifer sitzt rittlings auf der fleischigen Nase, die von rotblauen Fäden überzogen ist. Daneben auf dem Tischchen steht eine Lampe mit einem unpassenden Schirm, in einem Schächtelchen befindet sich der Stolz nationaler Manufaktur – schwarzer, übel riechender Tabak und eine Pfeife mit einem langen Mundstück, das Edmond Jacquemaine wie ein eheliches Kind ähnelt.

Zu dieser Stunde dringt kein Straßenlärm herauf und lautlos spazieren Schatten über die Zimmerdecke, stoßen auf die braunen Drachen und hängen direkt bis zur Lampe herab. Gegenüber dem Sessel ist die Tür, die ins ungemütliche Esszimmer führt, dessen Eingang vom erkalteten sauren Rauch verdeckt ist. Niemand hat einzutreten, denn Edmond Jacquemaine ist allein.

Hier ist, was der Schüler sagte:

„Deine Worte haben schon längst ein Nest in meinem Herzen geflochten. Aber sage mir: Wie kann man sehen lernen?"

Hier ist, was der Lehrer sagte:

„Das Licht verbreitet sich in dir über drei Grenzen der Seele und erleuchtet die sieben Stufen deines Wesens; und in diesem Einzigen spiegelt sich das Einzige;

und die Erde öffnet ihre Tiefe und du siehst das, was böse ist;

dann wirst du von maßlosem Grauen gepackt und die Steine unter deinen Füßen gleichen einem Meereswirbel und du stirbst in Verzweiflung und stehst wieder auf, denn du erfährst, dass dein Grauen nicht vollkommen war."

Dann sagte der Schüler:

„Ich fürchte mich, Weisester, doch ich bin bereit."

Edmond Jacquemaine stopft seine Pfeife und zündet sie an. Ihre Enden verlängern sich, durchbohren die Wände und gehen fort ins Grenzenlose, wo sie einander nicht treffen. Der Rauch, der aus der

Mitte einer durchgebohrten Kugel dringt, bildet einen geschlossenen Kreis über dem grauen Kopf. So endlos ist unser Denken und so in sich begrenzt auf einem Gebiet, das dem Verstand Untertan ist.

Ein Teufel mittlerer Größe und niedrigen Rangs stützt sich im Kaminrohr mit den dürren Knien auf die eine Seite und mit den Hörnern auf die andere und pfeift verzagt; so sitzt er schon viele Jahre in tiefem Pessimismus und senkt seinen vom Ruß schwarzen Schwanz wie einen kleinen Besen herab. Schon lang ist ihm und der Führung bekannt, dass sie diesen Freimaurer nicht ins Kellergeschoss des astralen Plans bekommen werden; nicht deshalb, weil er ein Rosenkreuzer ist, sondern deshalb, weil er nicht zur Politik neigt. Mit den anderen ist es einfach: Sie in einer Kammer kandidieren lassen, mit einem Advokatengewinn locken oder mit dem Band der Ehrenlegion – und schnell auf den Kopf stellen, und wie ein Ziegenbart dreht sich das matte Pentagramm nach unten, die Zunge plaudert wie ein Jammerlappen und wie kleine Schuppen kriecht die zerbrechliche Eingeweihtheit heraus. Es tutet noch ein Papagei Konfettiworte auf „d": *droit, devoir, discipline, démocratie,*[82] der Heuchler schlägt sich noch auf die Brust, reißt die ehrlichsten Äuglein weit auf – aber schon schleift der Teufel mit Anstrengung seine in Verruf geratene Tugend auf den Dorffriedhof.

So einer ist Edmond Jacquemaine nicht, der das Reißbrett nicht einmal mit dem Projekt eines rentablen Hauses besudelt hat. Und umsonst trocknet in seinem Kaminrohr der Ordnungshüter im Durchzug.

Hier ist, was der Lehrer sagte:

„Fürchte den Tod nicht – er hat keine Macht über einen Eingeweihten. Drei Kräfte heben dich auf jene Höhe, die für dein Herz erreichbar ist, und dort wirst du erfahren, dass du lebst, und beginnen, deinen Umfang zu erweitern, und du wirst wie die Welt und die Welt wird in deinem Körper sein;

erst dann wirst du nicht das sehen, was deine Augen sehen, und

82 **Droit, devoir, discipline, démocratie** (frz.): Recht, Pflicht, Disziplin, Demokratie.

nicht das hören, was deine Ohren hören, sondern das, was durch sie deine Seele berührt, die in der Welt geboren wurde."

Vom Berg rutschte auf einem Schlitten von einer sehr weisen Nase ein gläserner Sattel. Aus einem großen schwerfälligen Körper fliegt das Leben nicht hinaus wie ein leichtes Vögelchen; aus dem Verfall und dem Aufwärmen kommend knetet es den alten Körper und lässt ihm keine Ruhe. Es kämpft mit einem widerspenstigen und kräftigen Geist und begehrt neue Erkenntnisse. Es überzeugt ihn umsonst: Wozu brauchst du Wissen, Ritter ohne Furcht und Tadel? *Summum sapientiae doloris summum.*[83]

Auf dem langen Lebensweg und im Dienst der Eingeweihtheit hat Edmond Jacquemaine alle sieben Irrwege eines Freimaurers beschritten: Begeisterung, Zweifel, Gleichgültigkeit, Verneinung, neuen Glauben, Wissen und Bekenntnis. In der Lehrzeit war er leidenschaftlich; zur Gesellenzeit lehnte er den symbolischen Schritt ab, ließ sich durch die reinen Linien des Verstandes verleiten, verzerrte das Gesicht zu einem Lächeln; in der Meisterschaft ging er den gewöhnlichen Weg und stolperte beinahe in die Laienschaft und hielt seinen Weg für vollendet. Er konnte wie viele andere eine kleine Probewahrheit für das gefundene Wort halten und dem häuslichen Wohlstand jenen Klub ordentlicher Leute hinzufügen, zu dem die Loge für viele geworden war.

Diese Leute gehen mit einer trägen Zufriedenheit in die gewohnte freundschaftliche Gemütlichkeit. Sie können weder mit einer nachlässigen Bewegung der Hand ihre hehren Gedanken von den animalischen Trieben abtrennen, noch schöpfen sie neue, tiefschürfende Erkenntnisse im Schein des strahlenden Deltas. Ihre linke Hand hält nachlässig den Meißel, die rechte lenkt nicht den Schlag. Der kubische Stein ist für sie lebendiger Moosbewuchs, auf ihrem Reißbrett steht nur die Berechnung weltlicher Güter und des Profits geschrieben. Die Leute der kleinen gefundenen Wahrheit schlafen mit offenen Augen, ersetzen die Sehnsucht nach dem in den Jahrhunderten verlorenen Wort durch das bequeme Wohlwollen. Und es kann keine

83 **Summum sapientiae doloris summum** (lat.): Der Gipfel der Weisheit ist des Leides Gipfel.

Schaffensglut in einem Herzen sein, das mit dem Portemonnaie in der hinteren Tasche zusammengewachsen ist.

Aber Edmond Jacquemaine hat sich auf den Wegen der königlichen Kunst nicht verirrt. In den Kriegstagen verlor er zugleich Frau und Sohn; der Sohn wurde getötet, die Frau wurde ihm durch die spanische Grippe geraubt – und so blieb er allein. Nur die Stimme seiner Frau, die mit ihm das Leben geteilt hatte, ist ihm im Gedächtnis geblieben, und ein Kinderlied, das er seinem Sohn beigebracht hatte – nur das längst Vergangene. Jetzt ist ihm die Werkstatt der Freimaurer zum Zuhause geworden, zur Familie die weltweite Bruderschaft. Das Kreuz des Leidens blühte als Rose der Hoffnung und der schöpferischen Liebe auf. Und da – die Brust ist geöffnet und der Pelikan füttert die Jungen mit dem Blut der unverheilten Wunde. Und wieder – der endlose Weg der Suche und es ist unwahrscheinlich, dass das Wort in den schlauen Erklärungen der vier Buchstaben gefunden wird, in der Predigt des Nasiräers, in der Erneuerung der Natur durch das Feuer.

Wie früher bedecken Schatten die Erde, Blutschweiß ist auf dem achteckigen Stein und der Vorhang des Tempels ist in zwei Teile zerrissen. Die herumgewälzten Säulen der königlichen Kunst liegen im Staub – Weisheit, Kraft, Schönheit. Eng wird es den Menschen auf der Welt, die durch ihre Bosheit und Feindschaft vergiftet ist. Mit Leichen versperren sie die Grenzen der Länder, mit Gefängnissen verbauen sie ihre Städte, mit Blut verätzen sie das Grün der Felder, mit Rauch bedecken sie den Himmel. Wie Kreise im Wasser tritt die vorübergehende Wahrheit auf und verschwindet und der Verstand hat keine Kraft, dem Menschen den Weg zu Ruhe und Rettung zu zeigen.

Was kann ein einzelner Mensch, schwach an Geist und Körper, erreichen? Er kann nur die Reste von Brot und Wein auf die glühenden Kohlen werfen: *consummatum est!*[84] Doch wem gibt man den geheimen Plan des unvollendeten und nicht zu vollendenden Tempels weiter? *His quibus datum est noscere mysterium.*[85] Wo sind die Träger

84 **Consummatum est!** (lat.) aus Joh 19,30: Es ist vollbracht.

85 **His quibus datum est noscere mysterium** (lat.): Denen es gegeben ist, das Geheimnis zu tragen.

der erlöschenden Fackel, die Söhne der Witwe, die Ritter des Ostens und des Westens?

Der Husten hallt als Schmerz in den Beinen und im Kreuz wider. Edmond Jacquemaine weiß, dass der Schmerz noch stärker wird, wenn er sich bewegt. Er legt die Pfeife, den Kneifer und das Buch weg, wickelt das Plaid mit der Hand, an der die Venen geschwollen sind, auf, stellt die Füße auf den Boden, steht mit echten Schmerzen, die er sich jedoch verbeißt, auf und stützt sich auf den dicken Stock mit der Gummikappe. Als er aufgestanden ist und den Schmerz gezähmt hat, bewegt er die Beine, geht langsam, sicher und streng ins angrenzende Zimmer, ins ungemütliche und noch kältere Esszimmer, geht dreimal um den Esstisch und hält das Gleichgewicht, und mit demselben gemessenen Schritt kehrt er zum Sessel zurück, ohne sich zu gestatten, den Schritt zu beschleunigen. So erlaubt er der Krankheit nicht, seinen Körper zu überwältigen, so trainiert er den Willen und so drückt er seine Verachtung gegenüber dem physischen Leiden aus.

Der Teufel im Kaminrohr regt sich unzufrieden: Nun, geh nur spazieren, Alter! Hoffnung gibt es sowieso keine und gemäß Dienstpflicht muss man lauschen. Vielleicht murrt er auf oder wird durch profanen Kummer betrübt, erschrickt vor dem nahen Tod. Alles dreht sich darum, den Meister, dessen Tag im vierten Viertel des hermetischen Kreises erlischt, auf eine niedere astrale Ebene hinunterzustoßen und ihm nicht zu gestatten, in einem Schüler wiederaufzuleben und einen neuen Aufstieg zum Zenit zu beginnen. Die Aufgabe ist für einen einfachen Teufel ziemlich schwierig. Soll er ihm gar ein Bein stellen? Soll er ihn mit einem Kuckucksruf erschrecken? Die Mittel, die für einen schreckhaften Laien ausreichend sind, sind im Kampf gegen einen eingeweihten Freimaurer erbärmlich.

Und warum gibt es so eine Ungerechtigkeit? Den anderen fallen leichte Nummern zu, manchmal sogar stapelweise – schnür sie mit einem Bändchen zusammen und zieh. Auch dort werden Worte gesprochen und auf den Weg des Gefühls entlassen – doch zur Zahlstunde fliegt das leichte Gepäck fort wie eine Seifenblase. Und da sind der Stein des Glaubens und die Weisheit des Baumeisters. Das Kreuz erschreckt den Teufel nicht – unbesiegbar ist die erblühte Rose! Der Teufel weiß, dass seine Karriere verpfuscht ist und ihn nicht einmal für den langjährigen Dienst in dem verdammten Rohr eine Beförderung erwartet. Beim Weinen schwarzer Tränen verschmiert er den Ruß über das Gesicht.

Nun fühlt Edmond Jacquemaine keine Schmerzen mehr, nicht in den Beinen, nicht in der Brust, nicht im Kreuz, und wenn er sie auch fühlt, so sind seine Gedanken mit anderem beschäftigt. Solange die Kräfte den Menschen nicht verlassen und solange er sie beherrscht, darf die Arbeit nicht aufhören. Die Bruderschaft macht eine schwere Zeit durch, hineingezogen in die Sorgen und die Zwietracht der profanen Welt. Wenn sie auf diesen Wegen weiterschreitet, wird dann mit der Tradition, die sie mit den eingeweihten Bünden aller Zeiten und Völker verbindet, nicht gebrochen? Wer soll am Turm wachen, wenn nicht die Rosenkreuzer?

Edmond Jacquemaine schaltet das Deckenlicht ein, stellt sich hinter den Sessel und hält die Hände hinter den hohen Rücken. Genau so, groß, grauhaarig und stark, wird er sich im Osten mit dem Gesicht den Tälern zugewandt erheben. Und in seine letzte Rede wird er nicht die Erfahrung des weltlichen Lebens legen, nicht die Gedanken seiner lange währenden Einsamkeit, sondern die auf dem Bau erworbenen Erkenntnisse, seien sie auch von unvollkommener und nicht endgültiger Weisheit.

Edmond Jacquemaine verschränkt die Hände auf der Brust in der Form des Zeichens des Guten Hirten und holt eine volle Brust Luft. Doch das erste Wort wird von einem quälenden Husten des alten und kranken Menschen unterbrochen. Der Husten findet als Schmerz in allen Körperteilen Resonanz und die Hände halten ihn kaum in der erhabenen Pose. Er hustet lange und sein blutgefüllter Kopf neigt sich vor Kummer.

Einige Augenblicke vergehen, bis die Kräfte des Alten wiedererstehen – doch der große Anfall ist schon vorbei. Die Brüder, die seine Worte erwarten, stehen nicht mehr vor ihm – er ist wieder allein. Er ist krank, aber er ergibt sich nicht. Und dessen eingedenk, dass der Kummer nicht den Bau der Gedanken eines Freimaurers beenden darf und dass selbst grelle Farben eine tiefe Trauer begleiten müssen, und wenn es auch nur eine kleine Freude wäre, wischt sich Edmond Jacquemaine, der alte Lehrer, der Rosenkreuzer und Chevalier Kadosh[86], mit einem Tuch den tabakbraunen Schnauzbart und verändert seine vorherige Pose nicht, wie sehr der Schmerz ihn auch verlockte, sich bald auf den ruhigen Sessel zu setzen. Er singt zahnlos mit satter, heiserer Stimme, während er die Schwäche mit einem sonderbaren und fast schrecklichen Lächeln unterdrückt, das erste Lied, das ihm einfällt und das er einmal seinem Sohn beigebracht hat:

Arlequin dans sa boutique
Sur les marches du palais,
Il enseigne la musique
À tous ces petits valets.[87]

Und weiter, fröhlicher mit dem schmerzenden Fuß den Takt klopfend:

À monsieur Po, à monsieur Li,
À monsieur Chi, à monsieur Nelle,
À monsieur Polichinelle.

86 **Chevalier Kadosh,** auch: Ritter Kadosh: höchster Grad des Freimaurerrituals.
87 Frz. Der Harlekin in seinem Laden / Auf den Palasttreppen, / Er bringt die Musik / Allen diesen kleinen Dienern bei.

Verein zur Milderung von Leiden

In der Zwölfheit der Sternzeichen wurde der Sommer (Feuer! Wille!) vom Herbst (Luft! Kühnheit!) abgelöst. Die Last des Lebens zwang viele, die Wohnungen zu wechseln – aus vier Zimmern zwängt man sich in zwei, aus drei in ein großes mit Küche, aber ohne Bad. Die französische Akademie der Wissenschaften beendete das Wörterbuch der Gegenwartssprache und begann ohne Pause mit der Aktualisierung beim ersten Buchstaben. Es wurden die Gesetze der Wechselbeziehung zwischen Fußgängern und Automobilen revidiert. Im Übrigen schleppte sich und rollte das Leben, das im Sommer verschwitzt schlummerte, über den vom Gummi abgeleckten Asphalt. Die Parze Klotho mühte sich mit einem Knäuel, auf dem bei der Geburt der Lebensfaden aufgewickelt ist. Die Parze Lachesis, die einzige Arbeiterin unter den Schwestern, webte die Tage und Ereignisse. Die Älteste, Atropos, eine Frau ohne Vorurteile, schnitt, wo es sich gehörte, den Lebensfaden mit der Schere ab.

Am Samstag, der wegen der Kürze der Dienststunden angenehm war, kaufte Jegor Jegorowitsch nicht in seinem Häuserblock ätherische Baldriantropfen, die Anna Pachomowna seit der Rückkehr vom Strand maßlos vertilgte. Nach den Tropfen roch es in der Wohnung, auf der Treppe und beim Eingang, und die Katzen dieses und des Nachbarhauses streunten verwundert und verrückt geworden durch die Gegend und hielten den Oktober für den März. Als er gezahlt und das Fläschchen in die Tasche gesteckt hatte, wollte er gehen, aber er wurde von einem grüßenden Zuruf von oben zurückgehalten: An den Querbalken der Tür stoßend nickte der Kopf des Apothekenbesitzers Jegor Jegorowitsch zu, der darauf in ein an das Geschäft angrenzendes Zimmer geführt wurde, wo die lateinische Küche aus Gläschen und Kölbchen, aus Fläschchen und kleinen Büchsen, Schächtelchen und Pülverchen ständig Gift in die Luft sandte.

„Ah, ich wusste gar nicht, wo Sie so erfolgreich prosperieren."

Der Apotheker sagte mit dem breitesten Lächeln und unter langem Händeschütteln:

„Ich bin erfreut, dass Sie wenigstens zufällig vorbeigekommen sind. Schon lange wollte ich Sie zu mir locken und brüderlich mit Ihnen plaudern. Leute sehe ich viele, aber ich habe niemanden, mit dem ich reden kann. Gestatten Sie, Sie mit einem Aperitif zu bewirten. Eigene Produktion."

Er schenkte eine grüne Flüssigkeit in ein sauberes Gläschen mit Teilstrichen ein, füllte aus einer anderen großen Flasche mit destilliertem Wasser auf und machte sich selbst auch so eine Portion.

Jegor Jegorowitsch nippte vorsichtig.

„Etwas Starkes!"

„Wie schätzen Sie es ein?"

„Als ob es nach Wermut riecht. Eine wunderschöne Amethystfarbe. Ist das gar Absinth?"

„L'amertume de la vie.[88] Auf Ihre Gesundheit, mein lieber Bruder."

Der Apotheker war in der Länge ausgestreckt so bemessen, dass, wenn er in einem tiefen Sessel saß, die Knie so zum Himmel ragten, dass er der Ziffer Vier glich, wie sie Waschfrauen oder Metzer auf die Rechnungen schreiben. Die Wangen, das Kinn und die Oberlippe rasierte er sich täglich um sieben Uhr ganz sauber; aber schon zu Mittag erinnerte sein Gesicht an eine an einem Elefantenstoßzahn abgeriebene Zahnbürste. Er war dürr und verbraucht, wie ein mit Kreuzchen besticktes Lesezeichen eines Gebetbuches. Bei all dem war er pittoresk und sehr sympathisch, obwohl er ohne Lächeln etwas grob wirkte. Das Lächeln entstand in der linken Ecke der Lippen, berührte die Nase und breitete sich plötzlich über die Falten aus, blieb hinter dem Ohr stecken und glitt leicht den hageren Hals unter dem Kragen herab, von wo es sich wahrscheinlich weiter verbreitete. Die Haare des Apothekers, bis zu acht Zentimeter lang, an den Schläfen kürzer, waren aus Bauholz geschnitten und standen wie ein Chor aus Senkrechten in einer Anzahl, die sich von der Kindheit her bewahrt hatte; und durch dies alles war er als Ganzes einem Pinsel eines talentierten Künstlers ähnlich, der zur Bemalung der Decke bestimmt war.

Als Logenbrüder hatten sie einander während ihrer ganzen Be-

88 **L'amertume de la vie** (frz.): die Bitterkeit des Lebens.

kanntschaft kaum zwei, drei Sätze zugeworfen. Nun, da sie sich unerwartet getroffen hatten, freuten sie sich aneinander mit einer Aufrichtigkeit, die nur den Predigern eines vorgefassten Wohlwollens eigen ist, die gewohnt sind, jemandem in die Augen zu sehen und nicht auf die Zähne zu schielen. Übrigens glaubte Jegor Jegorowitsch überhaupt, dass auf dem Rücken eines jeden Menschen wenigstens eine Engelsfeder wachse und man nur dort hinzukratzen brauche. Monsieur Rouselle machte solche Verallgemeinerungen nicht (die Franzosen mögen keine Verallgemeinerungen: Es lebe Frankreich!), doch war er seit jenem Abend, an dem er – nach Jegor Jegorowitschs Appell – zusätzliche vierzig Sous in die Witwensammelbüchse geworfen hatte, von Sympathie zum russischen Bruder durchdrungen.

Eine Zeit lang tranken sie schweigend die Perlmutterlösung und beiden war es peinlich, dass sich kein Gespräch entspinnen wollte. Wenn sich zwei Laien so getroffen hätten, hätten sie es nicht unterlassen, einander das zu erzählen, was ein jeder allein in der Zeitung gelesen hatte; aber einander treffende Freimaurer haben immer ihre eigene Art des Gesprächs – sogar für fremde Leute tratschen sie mit den Augen und sprechen schweigend über sich. Jegor Jegorowitsch fühlte als Erster die Notwendigkeit, seine Seele teilweise zu entleeren, den Inhalt dem lieben Bruder heimlich in die Ohrmuschel auszuschütten:

„Sie, Bruder Rouselle, sind an Dienstjahren älter als ich, obwohl wir uns an Jahren wahrscheinlich nicht messen werden. Ich sage Ihnen reinen Gewissens, dass uns unsere Arbeit nicht völlig befriedigt. All das ist natürlich gut und angenehm, aber sollte man sich nicht irgendwie entwickeln, irgendetwas, wissen Sie, Wesentliches tun? Sonst sieht es so aus, als machten wir mehr Worte als Taten."

Der Apotheker stand auf, zerbrach die Vier, beugte den Kopf und verwandelte sich in eine Sieben. Er sprach mal ohne Komma, mal mit Punkten an der falschen Stelle. Er war froh, dass Bruder Tetékhine diese Frage aufbrachte. „Nun ich. Und nicht ich allein. Das Ritual ist ja. Wichtig. Nur eine Unterhaltung ... dann zahlt es sich nicht aus ... oder das große Ziel der Bruderschaft ... und nicht umsonst sagt man ... die königliche Kunst ... Sie haben vollkommen Recht.

Ich denke. Wie? Zwei, drei. Noch zwei, drei. Fünf. Und schließlich, eine Vereinigung ... und zieht alle zusammen heran ... und ist heute zu beginnen. Unverzüglich. Gerade jetzt. Eh?"

Jegor Jegorowitsch verstand und war begeistert:

„Ich denke auch – sofort und ohne Aufschub, nur eben jetzt. Und wenn nur wir beide beginnen, wird man sich schon anschließen."

„Ja. Etwas Kleines. Wenigstens."

„Gerade. Wenigstens eine Bagatelle, nur ein kleiner Anstoß. Es ist schön, Bruder Rouselle, dass wir einander so leicht verstehen. Es ist gerade notwendig, wenn es beschlossen ist, so hier und jetzt, ohne abzuwarten. Irgendetwas. Sagen wir – eine Hilfe. Ich weiß, dass unsere Aufgaben sich nicht mit einer kleinen Wohltätigkeit erschöpfen. Das liegt auf dem Weg. Man muss hier bestrebt sein, die Gründe und Ziele des Seins zu verstehen. Im Sinne einer Naturerkenntnis, Bruder Rouselle. Woher kommen wir, wohin gehen wir und so weiter. Doch mit der nackten Philosophie kommen meine Seele und auch Ihre, Bruder Rouselle, nicht zu Ruhe."

„Sie kommen nicht zur Ruhe."

„Und es ist notwendig ..."

„Etwas in der Art ..."

„Besonders. Irgendetwas, etwas, wissen Sie, eine Kleinigkeit, aber etwas Echtes. Irgendetwas tun."

„Eine Rechtfertigung."

„Gerade eine Rechtfertigung, wie ein Beweis, dass es nicht einfach so ist, keine Schöngeisterei."

Da wurde die Tür leicht geöffnet und eine Hand streckte einen Zettel herein. Der Apotheker warf einen Blick auf den Zettel und sagte durch den Türspalt: „Sofort, man warte." Dann zerstampfte er mit einer Schnelligkeit und Gewandtheit, die Jegor Jegorowitsch erstaunte, irgendeine Nuss in einem kleinen Mörser, leerte sie auf ein sauberes Papier, gab etwas Gips- oder Zuckerähnliches dazu, wickelte das Päckchen mit einem Pizzicato der langen Finger ein und vermerkte auf dem Rezept und auf dem Päckchen mit Tinte eine kleine Nummer. Jegor Jegorowitsch dachte: „Das ist wirklich ein Arbeiter, doch kann man sich leicht irren." Dann ging Bruder Rouselle ins Geschäft, hielt sich dort etwa zwei Minuten auf und kehrte verlegen und sogar etwas errötet zurück.

Jegor Jegorowitsch fragte höflich:

„Störe ich Sie wohl nicht?"

Der Apotheker trank, ohne zu antworten, in einem Zug sein Gläschen aus und sagte die Worte verstümmelnd:

„Außergewöhnlich gekleidet. Schlecht. Habe es ihr so gelassen."

„Was heißt das?"

„Umsonst. Gratis. Es ist ein sehr armer Bezirk. Ich danke Ihnen, Bruder Tetékhine."

Jegor Jegorowitsch beeilte sich, griff in die Jackentasche und flüsterte eindringlich, als ob seine Rede von etwas nicht nur Geheimem, sondern auch nicht sehr Sauberem handelte:

„Wir machen halbe-halbe, Bruder Rouselle. Wie viel kostet das?"

Einander in die Haare fahrend wälzten sie sich im ebenbürtigen Kampf mit verweinten Augen auf dem Boden: „Das ist meins!", rief einer, doch der andere überschrie ihn: „Es soll beiden gehören, Bruder Rouselle, vereinbaren wir es so!" Wenn das vorausgegangene Gespräch nicht gewesen wäre, hätte der Apotheker keinesfalls nachgegeben. Eine erstaunte Frau mit einem mikroskopisch feinen Pulver in der Hand blickte durch die Mauer des Hauses von der Straße aus auf sie; das hätte sie nicht erwartet. Schließlich legte Jegor Jegorowitsch den Apotheker auf die Schulter, worauf sie das Pulver gleichmäßig aufteilten und schluckten: Jeden kam das auf eineinhalb Francs. Nachdem er auf seine Münze zehn Sous Wechselgeld herausbekommen hatte, flüsterte Jegor Jegorowitsch wieder schnell:

„Das ist eine sehr schreckliche Kleinigkeit, lieber Bruder Rouselle, aber es ist notwendig. Wir sagten ‚sofort' – und haben sofort begonnen. Ich bin nicht reich, doch disponiere ich frei, nun, mit fünfzig, ich denke, sogar mit hundert Francs im Monat. Zum Beispiel werden Sie Aufzeichnungen führen und wir werden es teilen. Wenn wir einen Dritten heranziehen, einen Vierten, verstehen Sie? Dann teilen wir zu drei, vier Teilen. Und das ist doch schon was! Und ich dachte: Kann man sich so etwas ausdenken? Ganz geheim, selbstverständlich."

Und wieder, ohne sich um die Kommas zu kümmern und über die Punkte stolpernd, erklärte Bruder Rouselle Jegor Jegorowitsch, dass „in diesem Stadtviertel Armut herrscht ... manchmal ist es zum Weinen traurig ... ohne Arbeit ... Volksküche ... Kinder ... selbst schwer. Aber. Ich hungere nicht. Ich kann auch hundert. Man wird belagern. Anders die Worte ... der raue Stein von Salomons Tempel ... die Bereitschaft zum Tod ... Ihre Hand, Bruder Tetékhine. Und selbst wenn es naiv ist. Aber warum? Es ist sinnvoll. Gestatten Sie, dass ich Ihnen noch etwas von meiner Produktion einschenke?"

„Es ist doch – etwas stark!"

Sie verabschiedeten sich mit einer geheuchelten Gleichgültigkeit und Scherzhaftigkeit. Doch Jegor Jegorowitsch legte seine Gefühle in den Händedruck. Der Apotheker ist ein netter Mensch. Man sieht sofort, dass er ein wunderbarer und netter Mensch ist. Etwas sonderlich, doch ohne leeres Geschwätz. Die meisten auf der Welt sind vortreffliche Menschen, aber wir gehen an ihnen vorbei, ohne sie zu bemerken. Wir sehen eine Warze, aber das reine und frische Gesicht entgeht uns. Bruder Jacquemaine wird sich nicht anschließen; er ist mit den Interessen einer höheren Ordnung beschäftigt, die nicht jedem zugänglich ist, obwohl er auch ein wunderbarer Mensch ist. Aber mit wem man sich in Verbindung setzen kann, ist Bruder Duvergé! Ein jeder wird sich unserer Sache anschließen! Zuerst drei, dann fünf, und wenn es schon zehn Menschen sind, ist das direkt bemerkenswert. Und ein völliges Geheimnis!

Beim Nachhausegehen warf Jegor Jegorowitsch leicht die Fersen zurück und es schien ihm, dass er wie auf ledernen Rädchen fuhr. Nein, die Welt wird jedenfalls nicht untergehen! Du gehst so dahin, weißt von nichts und völlig zufällig stößt du auf einen Menschen, der genau die gleichen Absichten hegt. Aber er kann sich nicht entschließen, sich zu äußern, oder hat niemanden dazu. Und der Gedanke geht ohne Umsetzung verloren. Die Pülverchen kann man zum Beispiel in irgendwelchen dreieckigen Päckchen ausliefern; und das ist alles und man verrät sich weiter nicht. Was sind das für welche? Da gibt es so eine philanthropische Vereinigung, die ist so lala, hohle Leute vergnügen sich da! Und genug, nicht das kleinste Dementi.

Ich weiß nichts, mein Lieber, ich weiß nichts, gar nichts, ich selbst habe damit nichts zu tun. „Gesellschaft zur kostenlosen Abgabe von medizinischen Präparaten an die arme Bevölkerung". Etwas lang. „Hilfsverein" ... Auf die Bezeichnung kommt es nicht an.

Die Menschen gingen in einer ununterbrochenen Reihe, stießen sich mit den Ellbogen und stupsten Jegor Jegorowitsch für ihn unbemerkt in den Nacken unter der Hutkrempe: „Treibst du Unfug, Dummkopf?" Mitten auf der Straße bewegte sich eine Prozession aus Apothekern und Pharmazeuten in weißen Kitteln; voraus führten sie eine Guillotine, Bruder Rouselle war an sie gekettet. Man richtete ihn im Morgengrauen nicht als Verbrecher, sondern als Verrückten. Zwei Engeln wurde ein Lenker von Straßenbahnen und Autobussen langweilig: An jeder Haltestelle sprangen sie ab, liefen die Straße ab auf der Suche nach einem Dritten und einem Vierten für die Teilnahme an einem Opfer und für das Erkennen der ihnen zuzwinkernden Wahrheit. Der Dritte und der Vierte versteckten sich vor ihnen unter den Betten, in den Schränken und in der Zentralheizung. Eine Frau sauste auf einem Fahrrad vorbei, führte ein dreieckiges Paket mit der Aufschrift „gratis" mit sich; sie erwies sich als eine Portierin; sie eilte auf die Post, um das in einer Woche gesammelte Trinkgeld einzuzahlen; die Stunde ist nahe, in der sie einen Laden mit der Aufschrift „Wein und Kohlen" kaufen wird. Die Katzen auf der Rue de la Convention wurden rasend und rauften sich: In der Tasche des Freimaurers war ein Fläschchen undicht geworden. Und schließlich sagte Anna Pachomowna:

„Wo bleibst du nur, Grischa? Mir geht es schlecht, schlecht ... Hast du die Tropfen gekauft? Und was ist mit dir? Du hast ganz rote Augen."

„Ich bin etwas müde. Aber im Großen und Ganzen geht es mir ausgezeichnet. Du kannst dir nicht vorstellen, welch erstaunliche Menschen es auf der Welt gibt."

„Warum Menschen? Hast du etwas getrunken?"

„Etwa gar? Wirklich, ich habe irgendeine Flüssigkeit getrunken, völlig zufällig, mir ist sogar ein wenig schwindlig, ich lege mich wohl etwas hin."

Und im Traum erblickte er eine riesige Flasche, vielleicht mit Rizinusöl und mit der Aufschrift:

„Verein zur Milderung von Leiden. Für Arme gratis."

***

Aus der Requisite eines Puppentheaters lehnt sich der zerzauste graue Kopf des vergessenen Moralpredigers, des ehemaligen Kasaner Professors Lolli Romanowitsch Pankratow. An den Fäden schaukelnd schwebt Lolli Romanowitsch mit sich drollig bewegenden Beinen über die Szene und hält gegenüber der erstarrten und schlaff herabhängenden Figur des Hauptheldens dieser Erzählung. Er klappert mit dem angebundenen Kiefer nicht ganz im Takt der Wörter und spricht mit der Stimme des Autors, der sich hinter der Bühne versteckt:

„Erfreut, Sie bei blühender Gesundheit und in munterer Stimmung zu sehen, lieber Tetjochin. Sie erwecken den Eindruck, als hätten Sie einen Haufen guter Sachen gemacht. Wie geht es Anna Pachomowna?"

Es stellt sich heraus, dass es Anna Pachomowna nicht schlecht geht, wenn man von einigen Kübeln Baldriantropfen und der allgemeinen Raserei von Bezirksscheusalen nach Tigerart absieht. George hat das Examen bestanden und nennt sich bereits Ingenieur. Dabei verwandelte er sich in einen französischen Bürger, doch verhält er sich auch weiterhin anständig gegen seine Eltern, jedenfalls gegen die Mutter und übrigens auch gegen den Vater, von dessen Mitteln er noch lebt. Als Ingenieur und französischer Staatsbürger versteht er die Unzulänglichkeiten Jegor Jegorowitschs, des ehemaligen Postbeamten, des ehemaligen Russen und nun Staatsangehörigen der Nansen[89]. Aber George trifft keine Schuld, dass er zufällig als Russe geboren wurde; dieser Geburtsfehler ist durch die Einbürgerung korrigiert worden, die ihn an die höhere lateinische Rasse heranführt.

„Ich sage Ihnen, Lolli Romanowitsch, dass es mir nicht sehr gefällt.

89 **Nansen:** Anspielung auf den Nansen-Pass für staatenlose Flüchtlinge und Emigranten (benannt nach dem Friedensnobelpreisträger Friedtjof Nansen).

Irgendwie ... wenn du schon mal Russe bist, dann bleibe es. Aber dem Jungen war jeder Weg verstellt, aber arbeiten und leben muss er, deshalb habe ich ihn nicht daran gehindert."

Lolli Romanowitsch kann sich nur sehr schwer vorstellen, wie der liebe Tetjochin jemanden an etwas hindern könnte. Offensichtlich hat der Professor den Fall mit Mariana vergessen. Während die Figur des Freimaurers zappelt und gestikuliert, hängt sein Gesprächspartner friedlich an den Fäden; dann ist er wieder an der Reihe:

„Wir sind schon in einem Alter, in dem wir im Falle internationaler Komplikationen George kaum auf der anderen Seite eines Schlachtfeldes stehend begegnen. Aber was sagen Sie, lieber Tetjochin, überhaupt zum Verfall der Kultur im gegenwärtigen Europa?"

Diese Frage wird ins Gespräch der Puppen mit dem Ziel eingeführt, die besondere Aufmerksamkeit des Publikums auf ihre Wichtigkeit zu lenken; bisher sprach man über Kleinigkeiten, ohne sich zu den Fragen von Weltbedeutung zu erheben. Die Finger an der Zimmerdecke sortieren die Fäden und ziehen an den Knien der Gesprächspartner und beide Figuren setzen sich an das übliche Tischchen des Cafés am Eck.

Das Folgende phonographisch nachzubilden wäre ermüdend. Deshalb beschränken wir uns auf die Thesen der beiden Seiten.

Die Thesen des lieben Tetjochin lauten: Um die Kultur steht es selbstverständlich schlecht. Retten kann man sie nur mit einer gemeinsamen Tat auserwählter Leute, die zuerst sich selbst umarbeiten, dann einander und dann die ganze Umgebung. Es wäre merkwürdig, wenn die Thesen des Freimaurers andere wären.

Diesem logischen, aber nicht sehr praktischen Aktionsplan stellt Lolli Romanowitsch folgende Argumente entgegen: Bis die Umarbeitung und das Feilen an einem selbst den gewünschten Effekt zeigen, rücken in allen Ländern richtige Geschäftemacher vor, mit niedrigen Stirnen, mit Wolle auf Brust und Rücken und einem Gummiknüppel in den Händen. Als Erstes werden sie die Adepten der Selbstvervollkommnung verprügeln, dann die sogenannten Volksvertreter und schließlich alle anderen. Dadurch wird vor allem Gleichheit hergestellt.

„Aber Lolli Romanowitsch, Sie können damit doch nicht sympathisieren!“

Sympathisieren kann Lolli Romanowitsch damit nicht, aber seine Sympathie oder Entrüstung spielt keine Rolle. Sie bedeutet so wenig, wie es egal ist, ob der Freimaurer mit den Beinen strampelt oder ruhig an den Fäden hängt (Gelächter im Zuschauerraum). Der Mensch ist nicht deswegen ein Knecht, weil er nicht um seine Freiheit kämpfen und sie erhalten kann, sondern weil das Knechtsein überaus angenehm ist und weniger mühevoll. Der vorübergehende Schmerz auf den Gesäßhälften wird durch eine Fülle an passiven Rechten kompensiert: das Recht, nicht nachzudenken, sich nicht zu bewegen und nichts zu gestehen. Die Kompliziertheit des Gedankenfluges wird eingetauscht gegen ein fertiges Evangelium, den Koran, die Tora und das Gesetzbuch. Die Energie, die umsonst für den Kampf aufgewendet wird, könnte für Dankgebete und verzückte Oden verwendet werden. Und es ist kein Platz für die Beichte, wenn der funktionierenden Rute die Verantwortung übertragen worden ist.

Jegor Jegorowitsch weigert sich zu verstehen, wie so ein kluger und fortschrittlicher Mensch wie Professor Pankratow leichten Herzens solche Gedanken äußern kann. Das ist nicht einmal im Scherz in Ordnung! Es versteht sich, dass Jegor Jegorowitsch anerkennt, dass jedes Land eine harte und starke Macht braucht ...

Am mittleren Faden in Bewegung versetzt springt der Professor bis an die Zimmerdecke. Er machte nicht einmal eine Andeutung darüber, was *notwendig* ist; er sprach nur über die Beschaffenheit der menschlichen Natur. Aber wenn es *notwendig* ist, dann bitte sehr! Und weiter seine eigenen Worte:

„Stellen Sie sich bloß vor, lieber Tetjochin, wie wunderbar das Leben sein wird. Sie stehen am Morgen zu einer bestimmten Zeit auf, beten vor dem Porträt des Führers, machen sich einen antirevolutionären Einlauf und gehen in den nächsten Bezirk, um sich ein wenig zu prügeln. Dann, erfrischt, lesen Sie die Zeitung, in der tagaus, tagein ein und derselbe Text abgedruckt wird, nur das Datum und die Nummer werden erneuert. Dank dessen lernen Sie auswendig, dass Sie zur großen Nation gehören und zum großen Staat und dass alle anderen Leute Schurken sind, der Vernichtung geweiht. Von solchem Bewusstsein genährt gehen Sie zum Dienst, das heißt, Sie stellen sich auf die Hinterpfoten, falten die Hände und blicken angestrengt auf ein herabhängendes Stück Zucker. Sie beenden den Arbeitstag, prügeln sich wieder ein wenig in dem Bezirk und gehen nach Hause, um neben Ihrer vom Staat und der Kirche bewilligten Frau zu schlafen. Ihre Träume werden natürlich von der Zensur durchgesehen und gebilligt. Wenn Ihnen so ein Leben aus irgendeinem Grunde nicht gefällt, dann geben Sie es bekannt und man vernichtet Sie mit den im jeweiligen Land üblichen Mitteln: Guillotine, Galgen, Beil, Kugel, Erdrosselung oder mit elektrischem Strom."

Jegor Jegorowitsch hört dem Professor mit großem Missvergnügen zu. Solche Scherze liebt er nicht. Er weiß, dass auf der Welt nicht alles glücklich ist, doch er glaubt an eine Erneuerung des Menschen durch die Prediger der Freiheit, Gleichheit und Brüderlichkeit, und das Wichtigste – durch die Liebe und das Streben nach dem Erkennen der Wahrheit. Lolli Romanowitsch ist erbittert wegen der Last des persönlichen Lebens, offensichtlich hat er den Glauben an den Fortschritt der Menschheit verloren.

Und doch ist Jegor Jegorowitschs Geist verwirrt. Wirklich, gegen so eine Bedrohung wie die Versklavung der menschlichen Persönlichkeit kann man nicht nur mit der kostenlosen Abgabe von Medizin gegen Verdauungsstörungen ankämpfen. Aber wie soll man leben und was ist zu tun? Hinausgehen und durchdringend schreien? Mit einem Revolver schießen und Bomben werfen?

Jegor Jegorowitsch nützt die Tatsache, dass sich die Begebenheit in einem Puppentheater abspielt, und macht den Versuch, einen Gewehrkolben an die Schulter zu stützen, die Augen zusammenzukneifen und den Abzug zu drücken. Taub durch den Schuss und verstümmelt durch den Rückstoß sieht er sich um und sieht vor sich die Leiche des Professors, die mit Moosbeerensaft übergossen ist. Ein Auge Lolli Romanowitschs ist schlau zusammengekniffen und fährt fort, den lieben Tetjochin weiter zu verhöhnen. Jegor Jegorowitsch läuft auf die Straße und wirft eine Bombe. In dem im Pflaster gebildeten Bombenkrater erkennt man ein zerstörtes Automobil, Teile von Frauen und Kindern, eine Puderdose und einen verletzten Hund. Nein, das ist jedenfalls nicht nach Jegor Jegorowitschs Geschmack; man kann sagen, was man will, aber zum blutigen Kampf ist er nicht geeignet!

Der Professor wischt sich die Reste des Saftes ab und sagt ironisch: „Nun denn, dann handeln Sie mit Chininkapseln und Cascara sagrada[90]. Oder treten Sie einer politischen Partei bei, ganz gleich welcher, und erfüllen Sie die Umgebung mit Eselsgeschrei. Esel sind ein nützliches Völkchen, geduldig und geprügelt. Unter genau so einer Devise ist einmal eine humoristische Zeitschrift in einem Land herausgekommen, das als Erstes auch die Richtigkeit dieses Ausspruchs bewiesen hat."

„Weshalb sprechen Sie so, Lolli Romanowitsch? Es gibt doch einen anderen Weg ..."

„Es gibt noch einen anderen Weg, lieber Tetjochin, den ich auch wählte."

Der Professor trinkt einen riesigen Schierlingsbecher aus und stirbt.

Natürlich haben wir das Gespräch der alten Freunde und der Nebenereignisse nicht genau wiedergegeben. Der Professor stirbt nicht, sondern steigt mühsam in den sechsten Stock hinauf, wo er zufrieden ein billiges Dienstbotenzimmer mietet, hell und ohne Heizung. Das Zimmer ist voll von zugeschnittenem Karton, aus dem Schächtelchen für patentierte Mittelchen geklebt werden. „Ihr Mann hat aufgehört, Sie zu lieben. Reiben Sie sich zweimal in der Woche mit dieser Salbe ein, und mit der wunderbaren Gesichtsfarbe kehrt auch das Familienglück zurück." „Die neueste wissenschaftliche Errungenschaft – kein Haarausfall mehr! Wir heilen vollständig und für immer ohne Spritzen diskret in einem versiegelten Paket. Die Stellungnahme des bekannten Schriftstellers Duryndin: Seit der Verwendung von ..." Für einige Zeit ist der Professor mit Arbeit in seinem Spezialgebiet versorgt. Die Tür des Mansardenzimmers führt auf einen kleinen Balkon. Am Geländer ist ein kleines Holzbrettchen befestigt, auf dem der Professor an glücklichen Tagen Brotkrümel verstreut, wie er es in Kasan getan hat. Die französischen Sperlinge

90 **Cascara sagrada:** ein Abführmittel.

unterscheiden sich durch nichts von den Kasaner Artgenossen; entschieden nehmen sie nicht an, dass das Brot nicht für sie bestimmt ist, und daher legen sie ein Wunder an Schlauheit und Geschicklichkeit beim Versuch an den Tag, die Krümel zu entwenden, die von dem zweibeinigen Dummkopf hinterlassen wurden. Der Professor beobachtet sie durch die verstaubte Scheibe und erinnert sich jedes Mal, wenn auch nicht gern, dass man *dort* einen ziemlich weitläufigen Garten durch das Fenster sehen konnte und die Stirn des Sonderlings Lobatschewski.

Dann senkt er den Pinsel in die Leimdose und verhindert, dass die Gedanken eine unerwünschte Wendung in Bezug auf zufällige Erinnerungen nehmen. Er klebt geschwind, genau, mit erfahrener Hand und singt mit einer Trauermelodie einen Satz, der ihm kürzlich gesagt worden ist:

„L'Asino è il popolo: utile, paziente e bastonato."[91]

***

Einmal in der Woche verdreifacht sich der Apotheker: das Triptychon der heiligen Sonderlinge. Der heilige Jean-Baptiste Rouselle in der Mitte passt durch seine Größe beinahe nicht in den Rahmen; an den Seiten, über das ganze Gesicht strahlend: der heilige Georg Tetjochin und der heilige Sebastian Duvergé, allgemein gesprochen, der Tapetenhändler (für Logenbrüder fünfzig Prozent Rabatt). Jegor Jegorowitsch ist fröhlich und entzückt, Bruder Rouselle ist der ernste Hausherr, Bruder Duvergé ist ehrerbietig und humorlos. Letzterer besitzt das angenehme Äußere eines Menschen, den wir heute schon zwei-, dreimal auf der Straße gesehen haben und genauso oft gestern; es gibt keinen Grund zur Annahme, dass wir ihm morgen nicht die Hand schütteln. Sébastien Duvergé ist sich seiner Gewöhnlichkeit völlig bewusst und verhält sich hochachtungsvoll und erstaunt zu seinen Kompagnons der geheimen Gesellschaft zur kostenlosen Abgabe von medizinischen Präparaten.

91 **L'Asino è il popolo: utile, paziente e bastonato** (ital.): Der Esel ist das Volk: nützlich, geduldig und geprügelt.

Als Jegor Jegorowitsch Bruder Duvergé diese sonderbare Operation vorschlug, verstand der Tapezierer nicht sofort ihren Sinn. Zuerst dachte er, dass im Projekt des russischen Bruders und des Apothekers irgendein kommerzieller Gewinn steckt (wie es im Rabatt von fünfzig Prozent auf den Tapetenpreis der Fall ist), und ohne ihn zu Ende anzuhören, beschloss er, sich anzuschließen. Aus dem Weiteren der ungewöhnlich leidenschaftlichen Rede von Bruder Tetékhine verstand er, dass es keinen kommerziellen Gewinn gibt, sondern einen reinen Verlust, und beschloss zuzustimmen, wenn auch sozusagen mit beschränkter Haftung. Schließlich drang zu seinem Bewusstsein vor, dass man ihm einfach vorschlug, etwa fünfzig Francs im Monat zur Abgabe von Jod, Salizylsäure und Abführmitteln an Mittellose zu opfern. Hier begann sich sein Denken zu verwirren und an seiner Stelle jenes unvernünftige, kitzelnde, aber angenehme Gefühl zu sprechen, an das er durch die Geheimversammlungen der Loge gewöhnt war, in dessen Natur er sich aber nie zurechtfinden konnte. In ihm war eigentlich sowohl etwas Angenehmes als auch eine ruhelos anziehende Kraft. Bruder Duvergé berechnete nach geschäftlicher Gewohnheit in Gedanken seine Möglichkeiten, ohne den Blick von einem zufällig offenen Knopf an der Jacke des russischen Bruders zu wenden, verlor den Faden von dessen Erzählung, murmelte entschlossen und hastig, dass er bereit sei, so viel zu geben wie seine Kompagnons, damit alle zu gleichen Teilen gaben. Hundert, na dann hundert! Und mit einem gewissen Entsetzen griff er als Mensch von überaus durchschnittlichem Wohlstand zur Brieftasche, obwohl noch kein Geld gefordert war. Dabei verstand er auch nicht, wie es dazu hatte kommen können, und übrigens: Weshalb war bis jetzt noch niemandem so eine fantastische Finanzoperation in den Sinn gekommen? Beim Weggehen des ehrwürdigen Bruders lächelte Sébastien Duvergé eine Zeit lang verwirrt, dann schüttelte er ungläubig den Kopf und machte sich an die Bilanzauswertung des Geschäftstages.

Einmal in der Woche trafen sich die Verschwörer in Rouselles Apotheke, der eine auf einem Zettel genau aufgeschriebene Rechnung präsentierte. Jegor Jegorowitsch wehrte nur mit der Hand ab und bat nur, ihm zu sagen, wie viel er schuldig wäre. Duvergé hingegen sah die Abrechnung auf äußerst aufmerksame Art durch, zog geschäftig die Augenbrauen bei so Bezeichnungen wie *Cacodylate de soude*[92] *á 0,05, Urotropine*[93] *et Charbon pulvérisé*[94] zusammen, zählte streng die Ziffern der Ausgaben zusammen und teilte sie langsam auf einem Zettelchen durch drei. Das Ergebnis trug er in sein Büchlein ein und vermerkte dazu das Datum der Wochenabrechnung. Mit ebensolcher Genauigkeit zählte er das von Rouselle erhaltene Restgeld auf seinen Hundertfrancsschein nach und steckte es in eine besondere Tasche. Als das alles erledigt war, zeigte er sich gutmütig und scherzte sogar, erzählte einen Witz, den aufgrund seines Alters niemand mehr in Paris außer ihm erzählte und der in seiner Wiedergabe das verlor, was er in der Jugend gehabt hatte.

Jedes Mal entstand zwischen den geheimen Geschäftsmännern ein Streit: Der Apotheker wies beharrlich darauf hin, dass das Teilen der Ausgaben durch drei nicht gerecht sei, da er zwei Drittel des Verkaufswertes für die Medikamente erhielt und nicht nur nichts verlor, sondern sogar einen gewissen Gewinn dabei hatte und es deshalb genug sei, wenn beide Kompagnons zusammen nur die Hälfte zahlten. Unter Auslassung der Kommas rief er finster aus:

„Und dabei. Obwohl bei der Auswahl nur die sehr Armen ... schwatzt man darüber ... erhöhte sich die zahlende Kundschaft ... strömt in Massen herbei. Ich habe das nicht erwartet. Die Werbung. Was? Ich bereichere mich ... die Art der Wohltätigkeit ... sogar, wenn es nur eine Kleinigkeit ... ist nicht gerecht ... die Vereinbarung zu revidieren ... ist halbe-halbe genug ... Sie beide ... und meine Hälfte ich. Sonst. Der *prix courant*[95] ist in Augenschein zu nehmen. So.“

Jegor Jegorowitsch erwiderte lebhaft, dass Bruder Rouselles Arbeit und sein realer Verlust zu berücksichtigen seien. Duvergé hörte beunruhigt und aufmerksam zu, verstand schwer und versuchte, auf

---

92 **Cacodylate de soude:** Natriumkakodylat, früher verwendetes Mittel gegen chronische Hauterkrankungen.

93 **Urotropin:** Mittel gegen Transpiration.

94 **Charbon pulvérisé** (frz.): Kohlepulver.

95 **Prix courant** (frz.): üblicher Preis.

seinem Papier etwas auszurechnen, doch wusste er nicht, was genau. Es siegte immer die Beredsamkeit des russischen Bruders und alles endete mit drei Brausegetränken (Soda, Säure, *Aqua destillata*), da sich Jegor Jegorowitsch des Absinths enthielt – letztes Mal hatte er etwas Kopfschmerzen.

Sie trennten sich ungern, schüttelten einander einige Male die Hände. Beim Hinausgehen aus der Apotheke schielten beide Freimaurer verlegen auf die Käufer: Ist unter ihnen nicht gar ein unerkanntes Opfer ihrer Verschwörung? Nachdem sie gegangen waren, machte sich Rouselle an das unterbrochene Abwiegen der Pulver und Pülverchen, wobei er in einem besonderen Schränkchen ein Schächtelchen mit kürzlich bestellten gedruckten Etiketten ablegte, auf denen das Wort „gratis" in ein gleichschenkliges Dreieck eingeschlossen war.

Die Welt hatte sich um drei glückliche Menschen vermehrt, die wegen ihres Glücks etwas verlegen waren: der strenge Apotheker, der erstaunte Tapezierer und der begeisterte Büroleiter der Versandabteilung. Das ist sehr viel, wenn es in ein und derselben Stadt drei glückliche Menschen gibt, drei Kinder einer Logenmutter, drei wahre Söhne der Witwe aus dem Geschlechte Ephraims! Und wenn es einen Zweifel an der Grenzenlosigkeit ihrer Liebe zur Menschheit geben könnte, so stand ihre gegenseitige Anziehungskraft außer Streit. „Es sollte mehr solcher Leute geben", dachte Jegor Jegorowitsch über seine neuen Freunde. „Überaus", brummte der Apotheker für sich. Der Tapetenhändler dachte erstaunt: „Wahre Geschäftsleute!"

Prüfungen

Der Gang der Erzählung beschleunigt sich merklich – jedes Pferdchen läuft schneller nach Hause, der Abendbus holt die Zeit in den entvölkerten Straßen auf. Wir lassen uns von so einem gut bekannten Bild mitreißen, stellen uns die Freude des Chauffeurs vor, der gerade jetzt das Fahrzeug ins Depot bringt und sich nach Hause aufmacht; zu Hause isst er wahrscheinlich schnell etwas und legt sich schlafen, denn ein arbeitender Mensch steht früh auf. Er wird doch nicht gar zu Fuß nach Hause gehen, er, der so viele Menschen befördert hat? Eine Menge beiläufiger Fragen: Was macht ein Chauffeur, sozusagen auf dem Festland, wenn er frei hat? Erinnert er sich auch in seiner Freizeit an die Gesichter der Passagiere, erzählt er seiner Frau irgendwelche interessanten Szenen und Vorfälle aus seiner Dienstpraxis? „Weißt du, was passiert ist? Ich fahre gerade über den Place de la Concorde, natürlich war da eine Unmenge Volk, ich hupe ...“, und weiter beschreibt er alles genau bis zu jenem Moment, als aus seiner Sicht noch anstelle des Autobusses auf dem Platz eine Kerze entflammte.

Daran nimmt in Eigenschaft eines Schaulustigen auch Jegor Jegorowitsch Tetjochin teil, der, als er den lodernden Autobus erblickte, ausrief: „Was geht hier vor?!“ Durch einen unglücklichen Zufall geriet Jegor Jegorowitsch in die vorderen Reihen der drängenden Menge, obwohl er weder ein Kombattant noch ein Ferkel aus der *Action française* war. Auf der anderen Seite traten Reihen von Polizisten auf, aber es schien, dass es nicht jene waren, die mit Stöcken an den Kreuzungen stehen, sondern besonders gemästete und gedrillte. „Ich fürchte, da kommt eine Keilerei heraus!“, dachte Jegor Jegorowitsch und versuchte mit Blick auf den verbrannten Wagen, höflich seinen Platz an aktivere Elemente abzutreten. Und plötzlich führte ihn der Druck von einigen Tausenden an eine Brücke heran. Es ist nicht notwendig zu erklären, dass der Freimaurer keinen Anteil am Singen, Lärmen und an den drohenden Schreien nahm. Seine persönliche Sympathie war völlig aufseiten der allgemeinen Versöhnung und Bekundung wahrer brüderlicher Gefühle. Und sogar als er nahe bei sich ein wieherndes Subjekt mit ziemlich unangenehmer Physiognomie erblickte und in ihm den Verleger von *Marianas Vergnügungen* erkannte, hätte Jegor Jegorowitsch auch ihm die Hand reichen können, obwohl er durchaus nicht sein Verhalten billigte und seine kriegerischen und respektlosen Ausrufe an die Adresse der republikanischen Regierung. Eigentlich erst durch den Charakter dieser Schreie verstand Jegor Jegorowitsch mit Klarheit, dass er für nichts und wieder nichts in diese Menge geraten war.

Als die ersten Schüsse fielen, fing Jegor Jegorowitsch schnell zu lächeln an, um damit zu zeigen, dass er erstens damit nichts zu tun hatte und zweitens nicht daran glaubt, dass in Paris tatsächlich in die Menge geschossen werden könnte, wenn sie auch noch so zornig auftritt. Man kann es zum Beispiel bis zur Essenszeit hinauszögern, und dann werden Bürger sowieso nach Hause gehen und in die Restaurants, da sie den Zorn der Frauen fürchten oder die Absicht haben, für das Essen einen *prix fixe*[96] zu zahlen, da sie sonst *à la carte* bestellen müssten, was ungünstig ist. Insbesondere hatte Jegor Jegorowitsch als Russe genug mit seiner eignen Revolution. Das Schlimmste aber war, dass es keine Möglichkeit zur Flucht gab, einfach nirgendwohin. Während er nach Kräften zurückzuweichen versuchte, sah er auf einmal, dass ein vom Aussehen her ganz anständiger Herr zuerst auf die Knie fiel und sich dann auf einen leeren Platz legte, wie bei sich zu Hause. Da verschwand das Lächeln vom Gesicht des Freimaurers und schon drängte er, ohne sich zu schämen oder sich zu rechtfertigen, mit Anstrengung in die zurückweichende Menge. Von unbeteiligten Schultern und Rücken zusammengedrückt und nach Gewohnheit ständig ein „Pardon" wiederholend machte er sich nicht so sehr selbstständig auf den Weg, sondern wurde mehr mit dem Strom mitgerissen. Dass er eine zerrissene Manteltasche hatte, bemerkte er erst am Kai an der nächsten Brücke, als seine kurzsichtigen Augen den Hut suchten, den er weit früher verloren hatte und der nicht mehr von ihm aufgelesen worden war.

96 **Prix fixe** (frz.): fester Preis.

Das alles war bei Weitem nicht lustig, besonders für einen Menschen, der von Kasan über Singapur nach Paris gelangt war, das heißt für einen Menschen, der an revolutionäre Möglichkeiten glaubte. Der Hut hatte neunundfünfzig Francs gekostet, das Taxi noch einmal acht, da im Februar nur Menschen der Zukunft ohne Hut spazieren gehen konnten. Wir fügen hinzu, dass Anna Pachomowna ihren Mann mit folgenden Worten empfing: „Na, weißt du ...", und dass er ihr die reinste Zufälligkeit des zerdrückten Aussehens und der zerrissenen Manteltasche erklären musste. Mit einem Wort, alle diese Ereignisse machten auf Jegor Jegorowitsch einen sehr starken Eindruck.

Er verstärkte sich noch in den folgenden Tagen, als auch die Straße und die sie bedienenden Zeitungen in den Wahn des zügellosen Streits noch eine raue Schelte an die Adresse jener brüderlichen Organisation hineinflochten, der Jegor Jegorowitsch nicht einfach seine Freizeit und sein Interesse gab, sondern seinen Verstand und sein für die besten Gefühle offenes Herz. Mit Entsetzen und Befremden las er, dass er auf dem Place de la Concorde auf sich geschossen hat, er an allem Unglück schuld sei als Aufwiegler zu einem politischen Streit, Teilnehmer an allen Verbrechen, Betrügereien, Fälschungen, Morden, Bestechungen, dass Jegor Jegorowitschs Karten schließlich aufgedeckt seien und man ihn zusammen mit dem Apotheker und dem Besitzer des Einzelhandelsgeschäfts für Tapeten vernichten werde. Jegor Jegorowitsch versuchte zu erklären, dass hier ein Fehler vorliege und ein eindeutiges Missverständnis, weshalb im Gegenteil auch er selbst und Jean-Baptiste Rouselle und Sébastien Duvergé und noch viele, ja einfach alle, einschließlich des Versicherungsagenten, der natürlich seinen Anteil an den Versicherungspolicen erhält, aber ein vorzüglicher Mensch ist, weshalb sie alle friedliche und ehrliche Menschen sind und bereit, dies auf alle Arten zu beweisen; dass, nach ihrer gemeinsamen Meinung, es besser ist, sich mit niemandem zu streiten, sondern sich mit allen zu umarmen und gleich an die Reparatur und danach an den weiteren Bau des salomonischen Tempels zu machen. Es können sich wahrscheinlich selbst in so einer erlesenen Mitte auch nicht ganz gute oder sogar ganz schlechte Menschen zeigen (Jegor Jegorowitsch spielt auf niemanden an), aber in welcher Gesellschaft trifft man nicht auf sie? Die Freimaurer sind gewöhnliche Menschen und geben sich nicht als Heilige aus. Aber sogar Anna Pachomowna erwidert darauf mit unerschütterlicher Kaltblütigkeit und für sie charakteristischer Vernünftigkeit:

„Du weißt einfach nichts. Ich aber war von Anfang an überzeugt, dass dieser dein Richard dich in die allerschmutzigste Gesellschaft hineingezogen hat. Er hat auch versucht, George mit einer gewissen unmoralischen Person zusammenzubringen ...“

Ohne fertigzusprechen, unterdrückte Anna Pachomowna die Erinnerungen, schloss sich im Schlafzimmer ein und schluckte das nächste Fässchen Baldriantropfen hinunter.

Ach nein, das ist alles nicht so einfach! Man spürt, dass dem Freimaurer neue Prüfungen bevorstehen ...

***

Dem Schiff droht Gefahr. Die klügeren Ratten verlassen eilig das Schiff. Henri Richard schreibt dem Versicherungsagenten einen empörten und aufgebrachten Brief. Henri Richard wünscht, nicht mehr im Kreis von Leuten zu bleiben, unter denen bestechliche Menschen sein könnten. Henri Richard streift sich den Staub seiner Füße auf der Schwelle jener Einrichtung ab, die sich lästerlich Tempel nennt. Ihm tut es um die seelischen Kräfte leid, die er naiv und unnütz in den Jahren des Aufenthaltes in den Reihen von Leuten aufgewendet hat, unter denen ... (siehe oben). Er fordert, dass sein Name unverzüglich von der Liste jener Leute gestrichen wird, unter denen ... (siehe oben). Er bedauert, dass er heute den Leuten (siehe oben) nicht jene lumpigen Francs ins Gesicht schleudern kann, die er leihweise aus der „brüderlichen“ (Anführungszeichen im Original) Kasse für gegenseitige Hilfe genommen hat, aber er wird das in nächster Zeit nachholen. Übrigens erinnert sich Henri Richard mit einem gewissen Ärger, dass er auch dem Büroleiter nicht die dummen zweihundert Francs zurückgegeben hat. Henri Richard fährt zum Hauptbüro der Versandfirma und drückt dort unter anderem empört, aber vollkommen geheim sein bitteres Bedauern darüber aus, dass er unter der unmittelbaren Führung eines jener Menschen dienen muss, unter denen ... (siehe oben). Er spricht gar nicht davon, dass einen verdächtigen Ausländer zu protegieren, in diesem Moment nur jene können, die die Ehre ihrer Nation nicht schätzen. Auf dem Rückweg kauft Henri Richard ein Abzeichen, das seine Zugehörigkeit zu einer hochpatriotischen Organisation anzeigt. Übrigens verhält sich Henri Richard im Dienst ganz korrekt.

„*Mon cher chef*", sagt er vertraulich, „ich bin aus den Reihen der Gesellschaft ausgetreten, in die ich das Unglück hatte, selbst eingetreten zu sein und Sie hineinzuziehen. Ich rate Ihnen, meinem Beispiel zu folgen. Als Ausländer können Sie sehr bitter für die Verbindung mit Leuten bezahlen, unter denen ... (siehe oben)."

Jegor Jegorowitsch ist es etwas zuwider, aber er versteckt seine Meinung nicht:

„Über welche Leute sprechen Sie eigentlich, Richard? Das sind doch alles nur politische Gerüchte, völlig unbewiesen und dabei von ihrer Herkunft her sehr schändlich. Aber selbst wenn ein schlechter Mensch in unsere Mitte hineingerät, kann man denn dafür den Bannfluch über die gesamte Bruderschaft verhängen? Nun, wir haben ihn nicht bemerkt, das ist sehr schade, wir werden achtsamer sein. Von tausend Schurken ist einer Freimaurer – und jetzt gibt es einen ganzen Sturm! Obwohl es natürlich sehr traurig ist, dass sich trotzdem so ein Freimaurer fand."

„*Mon cher chef,* Sie sind zu gut und zu leichtgläubig. Und es wird mich sehr schmerzen", in Richards Stimme liegt Bitterkeit, „wenn Ihnen jemand von den Leuten, denen Sie so vertrauen, in einiger Zeit ein Bein stellt. Und ich sage Ihnen: ‚*Tenez-vous sur vos gardes, mon cher chef!*'[97]"

In der Mittagspause hat Henri Richard eine geschäftliche Verabredung. Die Ereignisse haben den Charakter der ehemals leichtsinnigen Mariana vollkommen umgestaltet. Keine vier Füße unter der Bettdecke mehr! Nun bewahrt Mariana die Würde der Nation. Sie

97 **Tenez-vous sur vos gardes, mon cher chef!** (frz.): Seien Sie auf der Hut, mein lieber Chef!

gibt ein sehr populäres antifreimaurerisches Blättchen heraus. Das ist kein blanker Unsinn, das ist die nackte Wahrheit, durch Dokumente bestätigt. Man muss die Eiterbeule bis zum Grund aufschneiden, man muss den Feind mit seinen eigenen Waffen schlagen. Die ehemalige Mariana publiziert schreckliche Fakten aus der alten, neuen und neuesten Geschichte, bringt eine Liste von Namen mit Adressen. Ehrlich und offen arbeitend überprüft Mariana vorläufig die Richtigkeit der Adressen, fragt bei den Personen an, die der Zugehörigkeit zur Geheimgesellschaft verdächtig sind, ob sie es vorziehen, ihren Namen nicht publiziert zu sehen, was mittels einer kleinen materiellen Unterstützungsleistung an die Zeitung leicht erreichbar ist. Auf Politiker macht das keinen großen Eindruck, aber die kleinen Beamten und Ladenbesitzer zeigen sich manchmal bescheiden genug, um eine Werbung abzulehnen. Jedenfalls verachtet Mariana Autobusse, zieht Taxis vor, bezahlt nicht nur die Druckerei in bar, sondern auch die geschätzten Mitarbeiter und Informanten. Das Abzeichen des Kombattanten ist von der abgetragenen Jacke auf einen exquisiten Anzug gewandert, und der Schneider, wenn er es noch nicht erhalten hat, erhofft sich, vom Kunden alles restlos bezahlt zu bekommen.

Das, was Henri Richard macht, macht er ausschließlich im Namen des Allgemeinwohls. Der Satz des „Bulletins" über vier Jahre ist nicht vollständig, doch das Fehlen einiger Nummern ist nicht von Bedeutung. Die Namen der Mitglieder der Organisation werden im „Bulletin" vollständig mit den dazugehörigen Logen gedruckt; diesbezügliche Bezeichnungen werden erläutert werden. Für eine sich hoch einschätzende Zeitung kann sich das als wahrer Schatz erweisen.

Mariana erzittert innerlich vor Freude, doch vorsorglich macht sie ein saures Gesicht:

„Einige Nummern habe ich. Trotzdem ist es interessant, sich damit vertraut zu machen. Haben Sie es mitgebracht, dieses ‚Bulletin'?"

„Ich habe es dabei, aber hier ist es nicht gut, es anzusehen."

„Ich sehe es mir zu Hause an. Ich möchte sagen, dass wir uns selbstverständlich einigen werden."

Henri Richard blickt finster. Er würde nicht gern falsch verstanden werden. Er richtet sich ausschließlich nach den Interessen der nationalen Bewegung, wobei in unserer Zeit Geheimnisvolles lächerlich, schädlich und sogar verbrecherisch ist. Ehrliche Leute kämpfen mit offenem Visier. Nur deshalb ist er bereit, einer seriösen Zeitung jene gedruckten Dokumente auszuhändigen, über die er verfügt. Aber nicht mehr! Es kann sein, dass er, Richard, sehr viel weiß, aber es ist gegen seine Grundsätze, ein Wort zu brechen, das er einst, sei es aus Naivität oder Unkenntnis, den betreffenden Leuten gegeben hat, unter denen zu seinem großen Kummer – ja Kummer! – (siehe oben). Außerdem gibt es einige Erschwernisse rein ethischer Art. Damals, als er Geld nötig hatte, hatte er eine kleine Summe aus der sogenannten Bruderkasse zur gegenseitigen Hilfe genommen und es noch nicht geschafft, sie zurückzuzahlen. Es ist sehr unangenehm, da ihn das bindet. Doch er hofft, es bald bezahlen zu können, und dann wird er sich freier von seinen Verpflichtungen fühlen.

Mariana ist vom Edelmut des jungen Mannes gerührt. Sie musste damals auch Not leiden und zu fremder Hilfe Zuflucht nehmen. Sie versteht das wirklich gut! Aber wie kann Monsieur Richard denken, dass sich ein Druckorgan, das einzig nationalen Interessen dient, nicht in seine schwierige Lage einfühlt und ihn nicht nach Kräften dabei unterstützt, von den unangenehmen Umständen befreit zu werden, wenn natürlich die Summe ...

Oh, das ist doch eine Lappalie! Henri Richard hat keinen Grund, die Summe der brüderlichen Schuld zu verbergen – und die Augen Marianas rollen langsam, aber endgültig aus den Augenhöhlen und hängen an dreifarbigen Fäden. Mariana hat vermutet, dass diese Leute die in ihr Netz Geratenen kaufen können, aber trotzdem hat sie so eine Freigebigkeit nicht erwartet. Tausenderhonorare gehen über die Kräfte einer Zeitung! Wenn man natürlich die Tilgung der Schuld auf Raten durchführte, das heißt, sogleich über das „Bulletin" und andere Nachrichten im nationalen Interesse verfügte und die Zahlung selbst gemäß der Verwendung des Materials durchführte ...

Nach dem Fisch essen sie Kalbfleisch sauté, nach dem Kalbfleisch etwas Süßes, eine Art Creme. Die zweite Flasche Bordeaux erleichtert das Gespräch, bringt die Leute einander näher, und beim Kaffee mit Likör sagt Mariana einfach:

„Nun, vierhundert Francs – und Schluss damit!"

Richard ist tief empört:

„*Mon cher monsieur,* Sie halten mich für einen Laufburschen."

„Oh, welch ein Wort! Sie, Richard, sind ein kluger Mensch und verstehen natürlich, dass Ihr Material nicht mehr wert ist. Auch haben wir nicht solche Mittel."

„Dann lassen wir dieses Gespräch."

„Das ist doch umsonst! Es ist zu viel gesagt, um es zu lassen. Um so viel zu viel, dass, wenn zum Beispiel ein unehrenhafter Mensch an meiner Stelle wäre, er einfach morgen sein Gespräch mit dem Bruder Henri Richard veröffentlichen würde, dem Verkäufer der geheimen Freimaurerdokumente; ein Materialchen für eine passende Zeitung, besonders wenn das Interview mit erfahrener Feder geschrieben ist. Ich scherze natürlich, Monsieur! Ich scherze nicht nur, sondern gebe einfach nach. Also – einen Hunderter lege ich drauf, aber nicht einen Centime mehr. Anders gesagt – vierhundertfünfzig."

„Verzeihen Sie, Sie sagten zuerst vierhundert. Das heißt – fünfhundert?"

„Wenn ich es einmal gesagt habe, dann sei es so – fünfhundert Francs."

Henri Richard ist kein Jüngling, aber er ist trotzdem jung genug, um die Interessen der Nation über seine persönlichen zu stellen. Er zuckt mit den Schultern und fragt geringschätzig:

„Natürlich sofort, nicht wahr?"

Mariana ist über eine solche Frage direkt erstaunt. Sie zieht die Brieftasche heraus und antwortet in demselben nachlässigen Ton:

„Es scheint, dass ich einen Fünfziger zu wenig habe, ich habe nicht mit einer solchen Summe gerechnet, aber regen Sie sich über so eine Kleinigkeit nicht auf, bei mir verkommt nichts."

Als er jedoch die empörte Bewegung seines Gegenübers bemerkt, ergänzt er hastig:

„Ah, übrigens, hier ist noch ein Schein im anderen Fach. Jetzt bitten wir um die Rechnung – und die geschäftlichen Ausgaben gehen halbe-halbe. Apropos, geben Sie Ihr Materialchen her! Sehen Sie, ich habe ungesehen bezahlt. *Dites, mon vieux,*[98] könnten Sie nicht irgend so eine, wissen Sie, interessante brüderliche Korrespondenz beschaffen, nun, verstehen Sie, Liebesbriefchen, irgendetwas Schärferes?"

***

Jegor Jegorowitsch ist schrecklich verkühlt, er hustet wie ein Schaf und lutscht Pastillen, die im Rouselle gegeben hat. Die Pastillen hat der ehrwürdige Bruder, der von ihrer Heilkraft tief überzeugt ist, selbst erfunden. Der Geschmack der Pastillen erinnert an jene unerklärliche Flüssigkeit, mit der man die Zementböden der Pariser Métro begießt, wobei der Arbeiter ein archaisches Gefäß mit Löchern trägt und versucht, sich nicht die Füße nass zu machen. Der Arbeiter selbst ist verlegen und unzufrieden und alle Anwesenden spüren eine drückende Sehnsucht, bis der herangekommene Zug sie fortgebracht hat. Lange danach noch verfolgt die Leute der verdächtige Bonbongeruch und sie tröstet auch nicht das Bewusstsein, dass das bisschen Dreck, das sich gebildet hat, sehr wichtig für die Desinfektion ist. Eine andere Eigenschaft von Rouselles Pastillen ist in medizinischer Beziehung interessant: Durch sie bedecken sich die Zunge, der Gaumen, der Kehlkopf und das Zahnfleisch des Leidenden mit flüssigem Gummi, der die Sprachfähigkeit behindert, sodass Jegor Jegorowitsch auf die mitfühlenden Fragen zu antworten gezwungen ist, dass er „ich icht ohlühlt".

Eine solche Unfreiheit der Stimmorgane hilft dem Ausländer, im Urteil zurückhaltend zu sein, wenn die Rede auf die Ereignisse im Land kommt, dessen Gastfreundschaft er nutzt. Kaufen Sie Rouselles Pastillen, zwei Francs, fünfzig Centimes in der Originalverpackung! Jegor Jegorowitsch sperrt den Mund auf, doch die Zunge klebt am Kehlkopf. So bleibt ihm nur übrig, die Meinung der Vollbürger anzuhören, die keine Pastillen verwenden. Die Meinungen dieser Bürger gehen jedoch auseinander. Während die einen die Schließung der linken Vereinigungen für das beste Mittel zur Ret-

98 **Dites, mon vieux** (frz.): Sagen Sie, mein Alter ...

tung der Nation halten, denken die anderen, dass die Liquidation der Bünde des rechten Flügels bessere Resultate erzielte. Die auf der Straße aufgeworfene Frage verlagert sich in den sich ewig im Bau befindlichen Tempel Salomons, in den, nach den Ideen der Erbauer, keine Vorurteile und Schrecken der uneingeweihten Welt eindringen dürfen. Das regt besonders Jegor Jegorowitsch auf, der mit Mühe die Zunge vom geschwollenen Gaumen reißt und sowohl die fremde als auch die eigene erhöhte Temperatur fühlt und sich und die anderen fragt: „ie is as öglich?“ Ihm ist sehr wohl bekannt, dass politische Streitigkeiten in den Freimaurerlogen nicht zugelassen werden dürfen und dass die gegenseitige Toleranz in brüderlichen Beziehungen unabdingbar ist. Und er wartet gequält darauf, wann endlich der Hammer des Versicherungsagenten die sich mit profanen Dingen vergnügenden Sprecher zur Ordnung ruft. Am unangenehmsten ist, dass Bruder Jacquemaine nicht da ist, der Hüter der großen Traditionen, dessen Meinung alle achten; Bruder Jacquemaine ist sehr krank.

Aber vielleicht hat Jegor Jegorowitsch nicht recht: Können lebendige Menschen sich der Beantwortung von Fragen des Tages entziehen und können sie keine weltliche Leidenschaft hineinlegen? Ist es nicht ihr Vaterland, das in Gefahr ist, droht nicht ihm die Ankunft jener Geschäftemacher mit enger Stirn, kräftigem Kinn, Wolle auf der Brust und Stöcken in den Händen, über die Lolli Romanowitsch gesprochen hat? Und übervoll mit Zweifeln, die seinen äußerst kranken Zustand verstärken, nimmt Jegor Jegorowitsch aus dem Schächtelchen eine neue Pastille. Als er dies sieht, nickt der Apotheker wohlwollend.

Aus Rücksicht auf Jegor Jegorowitschs Verkühlung stellen wir seine Zweifel mit ruhigen Worten dar. In Wirklichkeit ist die Sache (und die Verkühlung) weit ernster und zusammen mit dem Körper leidet wahrhaftig auch die Seele, die sich schon an den Gedanken an die Heiligkeit der Bauwerkstatt gewöhnt hat. Sie kamen nach Jerusalem. Jesus ging in den Tempel und begann, die Händler und Käufer aus dem Tempel hinauszutreiben; er stieß die Tische der Geldwechsler und die Stände der Taubenhändler um und ließ nicht zu, dass jemand irgendetwas durch den Tempel trug. Er belehrte sie und sagte: Heißt es nicht in der Schrift: Mein Haus soll ein Haus des Gebetes für alle Völker sein? Ihr aber habt daraus eine Räuberhöhle gemacht. Ach was, Jegor Jegorowitsch, man muss Sie nur mit einem Tuch abwischen und Sie werden direkt zum Heiligen! Zwinge einen Dummkopf, zu Gott zu beten, und er zerschlägt sich die Stirn. „Aber wer bin ich denn, ich verurteile nicht", will der Freimaurer ausrufen, aber seine Kehle ist zugeschnürt und die Sache endet in einem Husten in ein Tuch, das er bereithält. Säße er doch zu Hause und tränke Tee mit Zitrone. Nach einigen Kcha, Kcha zur Seite ertönt ein Trrr und der Lautsprecher platzt mit einem die Wände erzittern lassenden Bass heraus: „Die soziale Bedeutung einer beliebigen gesellschaftlichen Organisation, sei es eine Urzelle, ein Clan oder eine sich verzweigende professionelle Klassengruppe ...", aber jemand dreht am Knopf und ein neues Zischen wird durch ein Balalaikaorchester beendet. Noch niemals gab es etwas Ähnliches im Tempel! Jegor Jegorowitsch wischt sich mit demselben Tuch, in das er gehustet hat, den Schweiß von der Stirn: „‚Es scheint, ich habe ein leichtes Fieberchen!' Ich stehe vor der Tür und klopfe an. Wer meine Stimme hört und die Tür öffnet, bei dem werde ich eintreten und wir werden Mahl halten, ich mit ihm und er mit mir." Der Pförtner blickt durchs Guckloch, öffnet ein wenig die Tür und lässt den zum Anfang der Sitzung zu spät kommenden Duvergé herein, der alles macht, was sich in solchen Fällen gehört, und sich neben Jegor Jegorowitsch setzt. Plötzlich wird es still und die Stimme des Vortragenden fährt fort, etwas über die Notwendigkeit der Auflösung der faschistischen Liga zu murmeln. Nach dem, was auf dem Place de la Concorde geschehen ist, als der Autobus brannte, versteht Jegor Jegorowitsch die Gefühle des Sprechers vollkommen, aber es ist ihm nicht klar, wie das zur Devise der Freiheit passt. Und überhaupt – ist das unsere Angelegenheit? Soll man solche Probleme hier lösen? Bruder Duvergé neigt sich zu seinem Ohr und erkundigt sich nach seiner Gesundheit. Jegor Jegorowitsch lächelt dankbar und nickt und mit ihm zusammen nicken und lächeln alle elektrischen Lämpchen, gar nicht zu reden vom Dreifachleuchter, der das Gesicht des Versicherungsagenten beleuchtet. So eine Freundlichkeit wirkt wunderbar auf die Nerven und Jegor Jegorowitsch denkt: „Es wäre gut, nicht einzuschlafen!“ Doch kaum gibt er ein erstes Schnarchen aus dem Guttaperchahals[99] von sich, als Bruder Duvergé ein Stäbchen mit einem spitzen Ende herausholt, eine Kartoffel darauf aufspießt und dem Nachbarn auf den Kopf schlägt, wovon die Rede des Vortragenden wie in kleine Kügelchen zerspringt, die aus einem Fass ohne Boden hinausrollen. Dann patscht etwas und man vernimmt die Schritte von Sträflingen, die mit den Ketten rasseln. Von Bruder Duvergé zärtlich geweckt schafft es Jegor Jegorowitsch, eine Münze in die Büchse des herangetretenen Almosensammlers einzuwerfen; die Münze klirrt und Jegor Jegorowitsch wacht endgültig auf, jedoch schon in einer anderen Welt, in der die physischen Körper ihre Festigkeit verloren haben. Die menschliche Hand, die mit so einer Kunst an der äußeren Fassade gearbeitet ist, erweist sich als völlig hilflos, wenn sie in die Ärmel des Mantels gelangen soll. „Sie sind ganz krank, Bruder Tetékhine. Sie haben rote Augen.“ – „Ja, ewas änklich“, wiederholt der unsicher auf den Beinen stehende Mensch die lieb gewordene Phrase. Von zwei brüderlichen Häkchen unter den Achseln durchstoßen trifft er auf die Frische der Straße und bedankt sich herzlich: „Nun, hier ist es schon sehr leicht!“ Die Straßen eilen und nach etwa einem Jahr gelangt Jegor Jegorowitsch in seine Rue de la Convention; aber in dieser Zeit schaffen es die Scharniere seiner Knie, durchzurosten und sich zu lockern, sodass Jegor Jegorowitsch, wäre nicht die falsche Scham der noch nicht schlafenden Pförtnerin gegenüber, es vorgezogen hätte, mithilfe der Hände auf die Treppe zu kriechen. Es klopfen und klappern die Türen, es ist ein unerträgliches Gedröhn zu vernehmen und im Laufe des nächsten Jahres, das Jegor Jegorowitsch für den Aufstieg zu seinem Stockwerk verwendet, beweist ihm eine polternde Stimme, dass sich seine Gedanken über die Freiheit und Toleranz als nichts anderes erweisen als eine tendenziöse klassenbedingte Projektion auf die absolute Objektivität. Er klemmt sich den Finger am ausziehbaren Gitter ein, dann befreit sich Jegor Jegorowitsch aus dem Käfig, der über dem Abgrund hängt, und findet sich auf der richtigen Seite des wie die

99 **Guttapercha:** Milchsaft des malaiischen Guttaperchabaumes (ähnlich wie Kautschuk).

Welt breiten Bettes wieder. So ein wonniger Zustand! Anna Pachomowna geht auf der Decke spazieren, schüttelt das Maximalthermometer und klimpert mit kleinen Glasfläschchen: „Ich habe dir doch gesagt, Grischa, dass du in so einem Zustand nicht fortgehen darfst!" Glücklich lächelnd bestätigt das Grischa wieder mit seinem „ewas änklich" und das philosophische Quecksilber nimmt einen Anlauf und steigt in die neununddreißigste Etage.

***

Die Nachbarkatzen erkundigen sich bei ihren Begegnungen, warum es im Haus nicht mehr nach Baldriantropfen riecht. Weil, ihr unvernünftigen Katzen, die Frau, die den Baldrian aus einem Hang zu Müßiggang, Leere und Affektiertheit verwendet hat, am Kopfende des Bettes ihres kranken Mannes sitzt, mit dem sie lange Jahre verlebt hat und dem sie treu geblieben ist ungeachtet der Versuchungen der Welt und der Angriffe eines frechen Verführers.

Anna Pachomownas *indéfrisables* sind fest und unzerstörbar, aber ihr Gesicht ist weder von Puder noch von einem ziegelfarbenen Muster oder einer unnatürlichen Blutröte befleckt; und es gibt keine lackierten Giftpilze an den Händen der ehrlichen Frau. Den dritten Tag schläft Anna Pachomowna angezogen im Sessel, wenn man dieses leichte Schlummern so bezeichnen kann. Jegor Jegorowitsch hat eine schreckliche Grippe.

Abwechselnd hört man das Klopfen der Hämmer des Ehrwürdigen und der zwei Aufseher. Der Freimaurer geht unter dem stählernen Gewölbe der Schwerter vom Westtor zu dem von hellem Licht erleuchteten Osten. Der Versicherungsagent mit einem durch goldene Stickereien rasend glitzernden Band fragt ihn streng, ob er für den Tod bereit sei. Jegor Jegorowitsch bekennt verlegen, dass er, obwohl er, wie dem Ehrwürdigen wohl bekannt ist, auch versichert ist, nichts dagegen hätte, weiterzuleben, umso mehr, da er plötzlich erkrankt sei, keine Vertretung im Versandbüro hinterlassen habe und nicht einmal das Hauptbüro von Cachette habe anrufen können.

Von der Seite ist ein Lachen zu vernehmen und Lolli Romanowitsch in einer Gymnasiastenjacke und mit Pergamentgesicht zerkratzt mit Eislaufschuhen das Eis des Flusses Kasanka, indem er sorgfältig komplizierte Monogramme zeichnet. „Lieber Tetjochin", sagt er, „zahlt es sich aus, über Kleinigkeiten nachzudenken, wenn es so lustig zugeht?!" Jegor Jegorowitsch wundert sich, weshalb es im Winter so warm ist, und wirft Mantel um Mantel von sich, bis er nur mehr im Hemd bleibt. Er schämt sich, vor den Brüdern eine Rede in so einer Aufmachung zu halten, umso mehr, als es seine erste große Rede in der Loge ist. Und doch betont er, dass politische Fragen die Bearbeitung des rauen Steins behindern und dass die Brüder am Rand des Abgrunds wandeln. „Ich lechze nach Wahrheit!", spricht Jegor Jegorowitsch beinahe unter Tränen und seine Zähne schlagen gegen das Glas Tee mit Zitrone. Das Licht erlischt, der Kranke öffnet die Augen und sieht, wie Anna Pachomowna den Doktor ans Fenster schiebt und ihn auf die Straße wirft. Im Hinausfliegen erkundigt sich der Doktor, ob der Kranke gut zugedeckt ist, und beginnt dann, ihm von draußen frische Luftstöße zuzusenden. „Angenehm", denkt Jegor Jegorowitsch, „doch liege ich hier, obwohl es Zeit für die Arbeit ist; es hat sich bestimmt eine Menge aufgetürmt." Merkwürdig, dass auch Anna Pachomowna ihn nicht zum Anziehen und Kaffeetrinken drängt. Sie schlägt das Fenster zu und kreist auf Zehenspitzen durch das Zimmer, sich bückend, sich setzend, auf die Wand kriechend und an die Decke, sich im Schrankspiegel verdoppelnd. Ihre ununterbrochenen Bewegungen machen Jegor Jegorowitsch schwindlig und füllen seine Augen mit Tränen. Um sie abzuschütteln, schüttelt er den Kopf, doch ihn behindert eine schwere Pelzmütze. Er stöhnt und Anna Pachomowna beugt sich teilnahmsvoll zu ihm und fragt:

„Möchtest du noch trinken, Grischa?"

Eigentlich ist Grischa die Verkleinerungsform von Grigori und nicht von Jegor. Aber Anna Pachomowna nennt ihn immer so und Jegor Jegorowitsch ist es gewohnt und nicht überzeugt, dass es sich gerade jetzt auszahlt, sich mit der Klärung dieses Punktes zu beschäftigen; es gibt um einiges wichtigere Fragen und es ist bedauerlich, dass die Sitzung so plötzlich unterbrochen wurde. Woraufhin genau? Daran kann sich Jegor Jegorowitsch überhaupt nicht erinnern. Das Einzige, dessen er sich klar und deutlich bewusst ist, ist, dass sein Kopf nicht die gewöhnliche, sondern eine kubische Form hat, was den Schmerz und die Schwere erklärt. Eine Reihe solcher Köpfe türmt sich auf beiden Seiten eines Durchgangs auf. Unter ihnen stechen die Köpfe der Brüder Rouselle und Duvergé durch ihre ungewöhnliche Größe und die Originalität der Form hervor: Oben enden sie in richtigen Pyramiden. „Wahrscheinlich sieht meiner genauso aus", vermutet Jegor Jegorowitsch, steigt mit Mühe die Treppe hinauf und fühlt, wie die Füße kalt werden. „Man wird sich irgendwie anpassen müssen!" Doch so weit er auch steigt, er kann nicht größer werden als Bruder Rouselle, der in ritueller Pose dasteht, mit der Hand am Hals. Ein großartiger, widerstandsfähiger Mensch, ein wahrer Freimaurer, wenn auch ein Sonderling! Jegor Jegorowitsch wird von Freude erfasst: Mit solchen Menschen wird die Bruderschaft nicht untergehen! „Nur das verstehen nicht alle. Aber ich, obwohl ich krank, sehr krank bin, weiß, dass dies alles keine Kleinigkeit ist, sondern eine große Sache." Anna Pachomowna bringt ihm einen Schober Heu, eine Kommode und eine Vielzahl an Krawatten, legt alles auf ihn und die Füße werden warm. Dankbar lächelnd setzt Jegor Jegorowitsch das so erfolgreich begonnene Gespräch fort: „Ich betone, dass für den durchschnittlichen, sagen wir, sogar für einen kleinen Menschen wie mich, wie wir, Bruder Rouselle, unsere Bruderschaft die wahre Rettung des Geistes ist, ein großes, großes Glück!" Der Stachelkopf nickt und murmelt: „Aufgepasst! Und so nach und nach. Ich hoffe, man schließt sich an." Läge Jegor Jegorowitsch nicht krank im Bett, wäre er losgestürmt und hätte den bezaubernden, sonderlichen Apotheker umarmt. Das ist es, was „der Tempelbau" bedeutet! „Den Laien in den Bart, Bruder Rouselle, eh?" Bruder Rouselle legt bestimmt eine Nuss in den Mörser, zerstampft sie mit dem Stößel: „Knack!", und leert den Inhalt des Mörsers in Jegor Jegorowitschs Mund, der dies auf keine Art zerkauen, heraushusten oder mit den trockenen Lippen herausnesteln kann und sich bitterlich beklagt. Wieder „Grischa" und wieder Limonade. Bei vollem Bewusstsein spricht Jegor Jegorowitsch erschrocken:

„Komme ich denn nicht zu spät zum Dienst?"

„Welcher Dienst? Leg dich hin."

„Es scheint, dass der Doktor da war?"

„Der Doktor sagte, dass das eine kleine Grippe ist. Bleib noch ein wenig liegen, das geht vorüber."

„Das ist eine Geschichte! Und sind alle fortgegangen?"

„Der Doktor ist fortgegangen. Wer denn noch? Da, miss die Temperatur."

Das kalte Stäbchen wird unter die Achsel gesteckt und Jegor Jegorowitsch schließt wieder die Augen. Und obwohl die Sitzung wieder aufgenommen werden könnte, stört doch der Wirrwarr, umso mehr, als es im Liegen nicht so angenehm ist. Deshalb sinkt Jegor Jegorowitsch eine Zeit lang wie ein Stein auf den Grund eines schwarzen Sees.

***

Wohl drei Wochen wälzte sich Jegor Jegorowitsch im Bett und die erste Krankheitswoche war keine Kleinigkeit. Jedenfalls wurde in den höheren Sphären, die das menschliche Schicksal leiten, die Frage aufgeworfen, ob die Tage des Freimaurers verlängert werden sollten oder ob er zum Ewigen Osten gerufen werden soll. Aber vor dem Areopag[100] der hohen Richter trat ein geheimnisvoller Anwalt auf, erhob die Stimme zum Schutz für den kleinen Mann, der an seinem Lebensabend sowohl Glauben als auch Trost gefunden hatte:

„Er erscheint Ihnen klein und unbedeutend, Ihrer Aufmerksamkeit nicht wert? Ich aber sage Ihnen, dass dieser plumpe und gutmütige Sonderling höher steht als Ihre berühmten Helden, Ihre liebsten Modephilosophen, politischen Führer, Erfinder, wohltönenden Dichter, Boxchampions, Filmschauspieler und Nobelpreisträger für Wissenschaft und Literatur. Wer hat Ihnen gesagt, dass sich die Wahrheit auf die Schultern der Giganten und die Scheitel der genialen Köpfe stützt? Falsch! Sie wird von durchschnittlichen Leuten geschmiedet, den Stiefsöhnen des Verstandes, den Kindern reinen Herzens, die

100 **Areopag:** Rat der antiken Griechen.

fähig sind, das zu verstehen, was kalte Weise nicht finden können, die sich im Einmaleins verirren."

Und als er sah, dass die Richter erstaunt mit den flachen Händen die grauen Bärte glatt streichen, hielt der Anwalt es für den richtigen Moment für entschiedenes Pathos. Den linken Schoß der Toga über die rechte Schulter geworfen und die Hand, in deren Faust etwas gedrückt war, zum Spiegel gestreckt gab er wörtlich Folgendes von sich:

„Oh Richter, ergraut durch die grauen Haare der Ewigkeit! Sie, die Sie die Wirbel der Nebelflecke und das Schimmern der Jahrtausende beobachten, sollten Sie sich gar durch das Trugbild und das zeitweise Blinken des irdischen Verstandes verlocken lassen?! Sollten Sie sich gar in der Wahl zwischen dem Himalaja der künstlichen Tüfteleien und dem Sandkorn des guten Gefühls zerreißen?! Wozu das Gedränge im Ewigen Osten vergrößern, dessen weiche Sessel so weit besetzt sind, dass man bald Klappsessel dazustellen muss? Soll er doch dort bleiben, wo er gebraucht wird und wo er, ohne es selbst zu wissen, alle heilt, mit denen er in Berührung kommt durch den von ihm gefundenen Stein der Weisen. Haben nicht Sie, oh Richter, dem Menschen den Weg zur Vollkommenheit gezeigt, indem Sie den Schlüssel zum Geheimnis der Natur, das nur im brüderlichen Bau verstanden werden kann, auf die Erde geworfen haben? Und so steht ein winziger der Eingeweihten vor Ihrem Gericht, der echte Freimaurer Jegor Jegorowitsch Tetjochin." Der Anwalt spricht den russischen Nachnamen ausgezeichnet, ohne den geringsten Akzent aus. „Wenn Sie grausam sind, so nehmen Sie sein Leben. Wenn Sie weise sind, verlängern Sie es für neue Erfahrungen, aus denen er als Sieger hervorgehen wird!"

Und nachdem er mit der freien Geste eines ehemaligen Rechtsanwalts ein dreieckiges Paket mit Pyramidon[101] in Pulverform auf den Tisch für Beweisstücke geworfen hatte, ließ sich der Verteidiger auf den Anwaltsplatz nieder und begann geschäftig, sich den Schweiß von der Stirn zu wischen, der ihm schon lange in den Nacken lief.

Der Vorsitzende des Gerichts schrieb etwas auf einen Zettel, beugte sich zum Richter zu seiner Linken, flüsterte mit ihm und

101 **Pyramidon:** entzündungshemmendes und fiebersenkendes Mittel.

dieser nickte; dasselbe geschah rechts mit einem neuerlichen zustimmenden Nicken. Das geschah gerade gegen Ende Jegor Jegorowitschs erster Krankheitswoche an einem Sonntagmorgen, als unser Kranker nach dem Erwachen sein abgemagertes Gesicht zu der im Sessel schlummernden Anna Pachomowna wandte und sagte:

„Es scheint, mir geht es jetzt besser. Ich werde wohl Kaffee trinken – zu einem Brötchen. Könntest du mir das Gesicht und die Hände mit einem feuchten Tuch abwischen?“

Der Weg des Freimaurers

Die Erde. Auf der Erde steht eine Hütte, umpflanzt mit Pappeln und Vergissmeinnicht. Aus dem Schornstein steigt der Rauch wie in Tuscheschnörkeln auf. Ein Hündchen mit geknicktem Schwanz und dünnen Beinen bellt gutmütig im Allgemeinen und im Speziellen. Auf der gespannten Leine trocknen an einem mit Holzkluppen festgeklemmten, herrenlosen Taschentuch vergossene Tränen. Eine friedliche Alltagsszene, nicht durch die Anwesenheit auch nur eines Menschen gestört.

Der Nebel erhebt sich zu ihr. Während seines Aufstiegs durchstößt ihn die Sonnenröte mit einem Schein feiner Striche. Das allgemeine Grau bedeckt sich mit einem lasurblauen Anstrich. Es erwachen die Hühner und die Hoffnung. Man fühlt das Nahen von etwas Angenehmem.

Über dem Horizont steht ein heller Fleck: Weiß auf Blau. Es ist auf jeden Fall kein Aeroplan, sondern etwas Sympathischeres. Es nähert sich lautlos. Es ist möglich, dass es ein Engel ist. Er erweist sich als Mensch. Es gibt keinen Grund, es weiter zu verbergen und hinauszuzögern: Der beinahe in die Ewigkeit gefallene Freimaurer Jegor Jegorowitsch Tetjochin kehrt auf die Erde zurück. Das Hündchen hört auf zu bellen und wedelt mit dem Schwänzchen. Die Vergissmeinnichts haben vergessen, dass es noch Winter ist, und blühen mit aller Kraft mit Blüten, die Sonnenblumen ähneln, die Pappeln duften, das Taschentuch wird feucht vor Freudentränen.

Und wieder verlagert sich die Handlung auf die gewöhnlichen Umstände – in den zweiten Stock des Hauses an der Rue de la Convention. Nachdem er sich nicht nur selbstständig gewaschen, sondern auch mit einem neuen Sicherheitsrasiermesser rasiert hat, zieht Jegor Jegorowitsch das erste Mal seit einem Monat den Anzug an, der plötzlich weit geworden ist um die Zentralheizung herum. Der Kaffee wird heute bei Tisch getrunken und nicht im Bett. Die Zeitung wird im Sessel gelesen. Durch eine Stimmenmehrheit wird dem Kabinett Vertrauen ausgedrückt; Eindrücke aus Wien; Debatten im Gemeindeamt; der verhaftete Bankier hat sich als Wohltäter der Menschheit erwiesen; gestatten Sie, durch Ihre Vermittlung zu danken; ein Konzert eines von einer triumphalen Reise durch Uruguay Zurückkehrenden; eine Feier der Leibhusaren; die Herberge der Dreiheiligkeit; Basketball; Taxidermist für Puppen gesucht; das Nachttelefon der Anzeigenabteilung.

„Sollte ich nicht etwas spazieren gehen?"

„Heute ist ein schöner Tag. Aber nicht mehr als zehn Minuten. Ich gehe mit dir."

Sie gehen Arm in Arm wie in Kasan auf der Prolomnaja Straße, als sie die rundliche Anjutotschka war und er mit den gelben Besätzen für Postbeamte wichtigtat.

Zeit – halte an!

Sagen Sie es ihr, soll sie doch anhalten! Wir wollen uns an das Angenehme in unserer Vergangenheit erinnern; wir wollen auch in der Gegenwart wenn schon nicht Begeisterung, so doch wenigstens Entspannung, weil unsere Kräfte angezapft sind und die Gedankenmuskeln geschwächt und unsere Seele müde ist. Es muss Grenzen der Unmenschlichkeit geben – wir sehen sie nicht! Wir verziehen den Mund beim Versuch eines sorglosen Lächelns – aber zu scherzen geht schon nicht mehr: Es kommt eine verzweifelte Grimasse heraus. In einem Anfall von Protest (weil man ja Menschen erwürgt, mit dem Beil erschlägt, Bücher verbrennt, den letzten Trost und Zufluchtsort!) kritzeln wir wie Kinder auf den Rändern der versteckten Bibel turtelnde Tauben, den alten Papa und die alte Mama auf kurzen Beinen, mit einem einsamen Auge, das an das Ohr stößt, mit gespreizten Fingern, einem Regenschirm und dem Kasten einer vorbeifahrenden Straßenbahn. Wir haben längst kapituliert, denken an keinen Kampf mehr – lasst uns nur für einen Moment verschnaufen, Herr Henker!

Die Rue de la Convention erzittert vor Lachen – welch ein Epilog des großen Seelendramas! Jegor Jegorowitsch blickt auf alle und alles mit den Augen eines Kindes, das zum ersten Mal aus dem Kinderwagen klettert. Wenn er jetzt eine Rechnung im Büro hätte unterschreiben müssen, hätte er mit der Handschrift Dickens unterzeichnet: „Ins Leben Zurückgekehrter". Aber noch weiß niemand, dass er keine Rechnungen mehr auszustellen braucht – das wird im weiteren Henri Richard übernehmen. Der Briefträger kramt geschäftig in der Tasche und händigt der Portierin einen Packen Briefe und Zeitungen aus. Als er angenehm ermüdet vom Spaziergang und der Luft nach Hause zurückkehrt, versteht Monsieur Tetékhine nicht sofort den Sinn der trockenen, höflichen Zeilen:

„Das Hauptbüro hat die Ehre, Sie in Kenntnis zu setzen, dass es ab Soundsovielten gezwungen ist, sich von Ihren überaus wertvollen Diensten als Abteilungsleiter loszusagen. *Veuillez agréer ... expression ... distinguées.*[102]"

Die Gründe sind natürlich rein formell, aber verpflichtend: die Überschreitung des vorgeschriebenen Prozentsatzes an Ausländern. *„Mon cher monsieur Tetékhine,* Sie verstehen sicher unseren Verdruss ..." Aber das kommt erst später bei der überflüssigen persönlichen Verständigung. „Und wirklich, erst die Aufgaben zur nationalen Gesundung des Landes in Verbindung mit den Erschwernissen des Charakters des ökonomischen ..." – „Wie das?" Jegor Jegorowitsch, der in Fragen vernünftiger ökonomischer Politik nicht erfahren ist, reibt sich die Stirn. Es ist unter anderem bekannt, dass alle Menschen Brüder sind. Monsieur Richard, der neue Chef des Büros, diktiert Mademoiselle Yvette einen Brief. Seine sichere Stimme gestattet es dem apathischen Buchhalter nicht, sich auf die Ziffern zu konzentrieren. Im Nebenzimmer verschnürt man Pakete mit illustrierten Ausgaben und niemand auf der Welt vermutet, dass sich eine gewisse Ungerechtigkeit ereignet hat, die übrigens das Leben nicht daran hindert, weiterzugehen.

Aber das ist natürlich nur eine kleine Episode und nicht auf sie beziehen sich die Worte über die sich üppig entfaltende Klette der Unmenschlichkeit. Von der ersten Zeile dieser Erzählung an sprechen wir wiederholt nicht über das Kleine, sondern über den Bau der Welt und der Welten. Und wenn sich ein kleines Käferchen als verletzt und gekränkt erweist, dann spiegelt sich ja auch darin die Übereinstimmung von Makrokosmos und Mikrokosmos wider.

---

102 Französische Abschiedsformel in Geschäftsbriefen, wie „mit vorzüglicher Hochachtung".

Die mit Tinte und Farbe verschmierten Fingerchen verüben einen Anschlag auf das neue und grandiose Bild. Lebendige Soldaten stehen wie die Stöckchen, die toten aber liegen wie die Stöckchen. Die Panzer ähneln Schiffen, die Kanonen Klistierschläuchen. Das alles ist so mit Rot übergossen, dass sich sogar auf der Rückseite des Bildes Fingerabdrücke befinden. Der Künstlerjunge gewöhnt sich an, national zu denken. Er träumt davon, ein Feldmarschall zu sein, aber er wird wohl ein guter Deputierter oder Redakteur werden. Heute bereitet man die Zukunft vor, doch man kann sich darin auch irren.

***

Es ist nichts besonders Schlimmes geschehen; jedenfalls geht es anderen um einiges schlechter. Es besteht erstens kein Zweifel daran, dass Jegor Jegorowitsch mit seiner Berufserfahrung und mit seinen Sprachkenntnissen eine neue Arbeit finden wird. Zweitens wird George bald irgendwo Arbeit finden; er ist Ingenieur und das wird eine große Erleichterung sein. Schließlich ist für die Übergangszeit noch etwas auf der Bank verblieben, und dort regelt es sich.

„Und weißt du, was gut ist?“, sagt Jegor Jegorowitsch zu seiner Frau. „Es ist gut, dass wir unser Stückchen Land haben und das Häuschen. Im äußersten Notfall ...“

Aber Anna Pachomowna ist empörter und aufgebrachter als ihr Mann:

„Ich habe nie-mals daran gezweifelt, dass dir dieser dein Richard ein Bein stellen wird. Das habe ich immer erwartet, und, entschuldige, ich war schrecklich erstaunt über eure Freundschaft. Ich bin eine Frau und kenne die Menschen besser als du. Richard ist ein unverschämter, gewissenloser Mensch, von dem man alles erwarten kann.“

Jegor Jegorowitsch ist sich in seiner Seele selbst nicht sicher, ob Henri Richard eine lichte Gestalt ist. Aber dieser Mensch hat auch gute Eigenschaften. So zum Beispiel seine Aufrichtigkeit: Er war vom Freimaurertum enttäuscht, hat sich offen darüber geäußert und ist aus der Loge ausgetreten. Und weshalb sollte man Richard beschuldigen, wenn dasselbe, das mit Jegor Jegorowitsch passiert ist, mit vielen Russen geschehen ist, die wegen des Gesetzes über den Ausländeranteil gekündigt wurden? Und Lolli Romanowitsch sitzt schon lange ohne feste Arbeit da, und da soll es Jegor Jegorowitsch schlechter gehen – schon der Vergleich ist eine Sünde.

Die Tage laufen um die Wette und es ist merkwürdig: Weshalb eilen sie so? Der Kreis von Jegor Jegorowitschs Geschäftsfreunden ist nicht groß und trotzdem muss er ganze Tage mit dem Umherirren verbringen. Es gibt keinen Menschen, der mit ihm nicht mitfühlte und sich nicht bemühte, dies auszudrücken. Selbst im Hauptbüro der Firma versicherte man ihm, dass man nur die Weltwirtschaftskrise abzuwarten brauche, dann würde sich schon ein Platz für Jegor Jegorowitsch finden, wenn nicht in Paris, so in der Provinz. „Warum kehren Sie nicht in die Heimat zurück, Monsieur Tetékhine? Man sagt, dass es dort keine Arbeitslosen gäbe und alle im Wohlstand leben." – „Leider kann ich nicht." – „Aber was sind Sie denn für ein Verbrecher! Man wird Sie amnestieren wie die anderen; das stand in den Zeitungen." Das Gespräch ist unnütz und Jegor Jegorowitsch will nicht weiter lästig fallen ... Freund Rouselle riet ihm dringend, noch zu einer Stelle zu gehen, doch es zeigte sich, dass dort ein Chemiker gebraucht wurde und unbedingt ein französischer Staatsbürger. Jegor Jegorowitsch unterstützt die Straßenbahnunternehmen und fördert das Gedeihen der Métro. Monate später bemüht er sich, wenigstens kurze Strecken zu Fuß zu bezwingen, das ist doch auch gesund. Anna Pachomowna hat inzwischen Madame Jeanette entlassen und offenbart selbst die Wunder der Kochkunst: „Es stellt sich heraus, Grischa, dass der Einkauf der Lebensmittel auf dem Markt sehr, sehr viel günstiger ist als in den Läden. Du kannst dir den Unterschied nicht vorstellen!" Anna Pachomownas Haare dunkeln an den Wurzeln nach: Sie ist noch blond, aber schon bunt und hat nicht zwei, sondern drei Haarfarben: Als dritte Farbe flicht sich ein noch ganz leichtes Grau ein.

Wie seltsam ist die menschliche Persönlichkeit gestaltet! Heute ist sie so freundlich und offen – morgen ist sie misstrauisch und besorgt. „Wie geht es Ihnen, Lieber, was gibt es Neues? Was sagen Sie! Was soll man tun, allen geht es jetzt schlecht, ich, zum Beispiel ..."

Die Persönlichkeit blickt mit ermutigender Zärtlichkeit und spricht scherzhaft: „Ach, ach, wir sterben alle!", und eilig, obwohl betont freundlich schüttelt man einander zum Abschied die Hand.

Aber man darf nicht verallgemeinern. Als Lolli Romanowitsch von Jegor Jegorowitschs Schwierigkeiten erfuhr, riss er den Mund auf und blickte lange auf den guten Tetjochin: „Wenn ich mich nicht irre, ist das schlecht, oder?" – „So weit nichts Besonderes, Lolli Romanowitsch, aber natürlich ... Übrigens verliere ich nicht die Hoffnung." – „Nein?", fragte Lolli Romanowitsch zweifelnd nach, als hätte Jegor Jegorowitsch daran gedacht, den Ärmelkanal in einer Viertelstunde zu durchschwimmen. „Und warum verlieren Sie sie nicht?" Dann deutete er Jegor Jegorowitsch gegenüber an, dass die Sache mit dem Vorratslager der Patentmedizin gut zu laufen schien, sodass man wohl auch eine kleine Arbeit für jemand Neuen finden könnte. Einen Tag später ging er selbst zu Jegor Jegorowitsch und legte die schon im Vorzimmer herausgezogenen zwanzig Francs im Esszimmer auf den Tisch. „Ich habe sehr großes Glück, lieber Tetjochin! Das ist zur Begleichung der ausstehenden Schuld." – „Aber das ist doch nicht notwendig, Lolli Romanowitsch, um Gottes willen, stecken Sie das weg, mein Geld reicht für lange. Aber welchen Erfolg haben Sie erzielt?" –„Ja, die Hoffnungen und die Vorschüsse prasseln nur so nieder, prasseln nur so nieder. Etwas Großes!" Aber die Augen des alten Professors logen unverschämt und nach langem Kampf wurde beschlossen, dass er diese zwanzig Francs einstweilen bei sich aufbewahren und Jegor Jegorowitsch sie im Falle einer Notwendigkeit unverzüglich einfordern sollte. Der Professor ging unzufrieden und besorgt fort; zu Hause steckte er das Geld in seine morsche Kommode, um es nicht zufällig und aus einer Zerstreutheit heraus auszugeben. Er hatte tatsächlich einen seltenen Erfolg: Zum ersten Mal hatte er für seine Schächtelchen um einen Vorschuss von zwanzig Francs gebeten – und man hatte sie ihm gerne gegeben, wobei der Kassierer bei der Aushändigung des Geldes hinzufügte: *„Tenez, mon vieux. Bien sûr, quand on a envie de boire un coup, alors là ....!"*[103]

---

103 **Tenez, mon vieux. Bien sûr, quand on a envie de boire un coup, alors là ...!** (frz.): „Da, mein Alter. Natürlich, wenn man mal Lust hat, was zu trinken, dann ..."

***

Jegor Jegorowitschs Geschäfte gehen jedoch etwas schlecht. Es geht schon auf den Frühling zu, das Geld schmilzt dahin, und es gibt kein Anzeichen von Hoffnung. Ja und wie soll Jegor Jegorowitsch Arbeit finden? An eine Stelle wie die vorige ist wegen der schwierigen Zeiten nicht zu denken. Wenn es wenigstens irgendeine kleine, bescheidenere Arbeit gäbe – aber welche? Die Situation ist ungewohnt und es ist auch keine Arbeit zu finden. Im luxuriösen Arbeitszimmer thront hinter dem Schreibtisch der große Direktor einer Aktiengesellschaft. Die Angestellten und Besucher treten zaghaft ein und vergehen vor Ehrfurcht und Ergebenheit. Dieses Idol ist Jegor Jegorowitsch. Oder etwas geringer: der Helfer des Sekretärs des Seifensiedersyndikats Jegor Tetjochin; ein Gehalt von dreieinhalbtausend und ein dreizehntes Monatsgehalt; natürlich auch Urlaub. Das ist es, was er wollte! Wir werden es einfacher sagen: ein Buchhalter einer russischen Süßwarenanstalt, eintausendzweihundert und so und so viele Kuchen. Durch die enge Gasse eilt ein Taxi; der Chauffeur hat ein äußerst sympathisches Gesicht; hinter einer Ecke springt ein Schulkind hervor, zu spät gebremst – eine Tragödie! Der blasse, vor Kummer heulende Chauffeur wird auf das Kommissariat gebracht. „Name?" – „George Tetékhine." Nein, das gehört nicht in unseren Bereich! Mit bedeutend größerer Überzeugung steht der ehemalige Chauffeur an der Werkbank und schleift einen metallischen Rohling unbekannter Bestimmung. Das Wichtigste ist – schau genau und denk daran, was du willst; das ist sehr bequem. Jegor Jegorowitsch wählt als Thema für seine Betrachtungen die Vervollkommnung der Menschheit – und plötzlich erweist sich der Rohling als zu nichts mehr nütze. Einmal so, zweimal so – und Jegor Jegorowitsch schleudert ihn auf die Straße hinaus. Dann stopft er den Koffer mit allem möglichen Mist voll und läutet beim Eingang. Es öffnet ein Fräulein im *peignoir*[104], noch nicht frisiert. *„Bonjour, madame!* Wunderbare Feinstrümpfe, Eau de Cologne, Seife, notwendige Kleinigkeiten." – „Oh nein, ich danke Ihnen." – „Madame, das sind Fabrikpreise, das finden Sie nirgends!

104 **Peignoir** (frz.): Morgenmantel.

Rouge, Puder, Druckknöpfe, Stecknadeln." – „Danke, ich brauche nichts." – „Gestatten Sie mir nur, Ihnen etwas zu zeigen, Madame, schauen Sie nur, Sie brauchen nichts zu kaufen." – „Ich sage Ihnen, ich brauche nichts, gar nichts!" Eine männliche Stimme aus dem Hintergrund: „Ach, wirf sie doch hochkant hinaus, weiß der Teufel, wie viele sich herumtreiben!" Und der glücklose Kommissionär Jegor Jegorowitsch steht mit in der Tür eingeklemmter Nase da. Zu dieser Zeit kommt vom vierten Stock ein Klavier herunter. Zwei kräftige Arbeiter stützen von unten, ein dritter, schwächerer, älterer, unbeholfen in seinem blauen Kittel, stützt das Klavier irgendwie am Bein. „He, lass es langsam herunter, zum Teufel! Schubs nicht, mit Gefühl!" – Bums, krach, dsinn – er stolpert und lässt das Bein los, stößt sich selbst schmerzhaft – ein Knirschen und Tönen auf der ganzen Treppe. „Dummkopf! Wenn du es nicht kannst, dann tu es nicht! Da hast du die Musik – jetzt zahl sie auch selbst!" Der Blaukittel Jegor Jegorowitsch kratzt sich am Hinterkopf und weiß nicht, was zu tun ist. „Gestatten Sie, Madame, ich trage Ihre Einkäufe. Wünschen Sie, ein Taxi zu rufen? Ergebensten Dank, Madame!" Und für die verdienten zehn Sous trinkt Jegor Jegorowitsch in einem Bistro einen hohen Becher lauen Kaffee mit Milch. Aber was macht zur selben Zeit Anna Pachomowna, die wahrscheinlich ebenfalls ein Tässchen trinken und noch Brot dazu essen will? Mir scheint, Jegor Jegorowitsch, dass Ihre Karriere vorherbestimmt ist: Sie sind hervorragend geschult im Umgang mit Bauwerkzeug, Sie haben den rauen Stein bearbeitet, Sie haben gelernt, kubische Steine dicht aneinander einzupassen, Sie haben die Mauern des salomonischen Tempels hochgezogen. Ihr Platz ist in der Zunft der Maurer. Jegor Jegorowitsch wirft sich seine Jacke über die linke Schulter, wie es die italienischen Arbeiter tun, und schreitet mit den Genossen zur Baustelle. Er hat alle notwendigen Vokabeln des Berufs gelernt: *che te possino ... porca madonna ... mortacci tua ...*[105] Er spuckt durch die Zähne aus und kann vierzehn Stunden in der sengenden Sonne arbeiten. Die Bauarbeit geht mit Hochdruck voran. Der große Prüfer händigt dem guten Bruder eine symbolische Schaufel aus und der ehrwürdige Meister verkündet:

105 Italienische Schimpfwörter.

„Rühmen wir die Arbeit! Sie macht den Menschen besser!"

„Rühmen wir die Arbeit! Selbst die geringste Anstrengung ist ein Beitrag zum Fortschritt der Menschheit!"

„Rühmen wir die Arbeit! Dank ihrer wird der Tag kommen, an dem der Tempel vollendet ist!"

In geringer Entfernung tritt eine Menge uneingeweihter Maurer auf der Stelle, die Erbauer von Wohnhäusern, Schulen und Gefängnissen. „Rühmen wir die Arbeit!", schlägt ihnen Jegor Jegorowitsch vor, trifft aber entschieden auf keine Sympathie. Außerdem tritt ein Draufgänger mit einer halb gerauchten Zigarette hinter dem Ohr vor die Menge und verkündet frech: „Nach Ihrer Meinung rühmen wir die Arbeit dreimal, und nach unserer Meinung soll sie dreimal verflucht sein!" Jegor Jegorowitsch erklärt dem Laien, dass es um die freie und vollkommene Arbeit geht, zu der die menschliche Arbeit unter den Bedingungen der sozialen Gleichheit unbedingt wird, und dass das Symbol der sozialen Gleichheit die Wasserwaage ist. Der Laie ist verhältnismäßig friedlich gestimmt und schlägt deshalb noch nicht auf Jegor Jegorowitsch ein, obwohl er ihn offen verachtet. Es ist nicht schwer zu erraten, dass dieser Laie Lolli Romanowitsch ist, ein Spezialist im Schächtelchenkleben, längst ein Proletarier. „Mein lieber Tetjochin, ich erinnere Sie an die wunderbaren Worte: ‚Im Schweiße deines Angesichts sollst du dein Brot essen, bis du zurückkehrst zum Ackerboden; von ihm bist du ja genommen.' Dafür ergebensten Dank. Was fesselt Sie eigentlich an dieser Perspektive? Weshalb rühmen Sie so eifrig die Arbeit? Sie sind ein klein wenig ein Masochist, lieber Tetjochin. Übrigens ist dieser Zug für viele religiöse Menschen charakteristisch, die zum Beispiel das Kreuz küssen, ein abscheuliches Folter- und Bestrafungswerkzeug." – „Aber sagen Sie, Lolli Romanowitsch, ist die Arbeit nicht die heilige Schuld des Menschen?" – „Sehen Sie, mein Lieber, Schuld ist überhaupt ein negativer Begriff und sie heilig zu nennen ist lästerlich. Sie sind ein Dogmatiker und Unterdrücker der Freiheit, in keiner Weise habe ich etwas Ähnliches von Ihnen erwartet, lieber Tetjochin! Ich habe Sie sogar verdächtigt, ein Freimaurer zu sein." Nun ist Jegor Jegorowitsch endgültig verwirrt. Wie ist das möglich? Leitet uns nicht die

Schuld und Pflicht, wenn wir ein Opfer zum Wohle des Nächsten bringen? „Lieber Tetjochin, urteilen Sie doch selbst. Da haben Sie mir zwanzig Francs gegeben, obwohl nicht Sie mir, sondern ich Ihnen etwas schulde, und zwar um einiges mehr. Da, sagen wir, das wäre ein Wortspiel. Und hier ein zweites: Ich habe versucht, Ihnen die zwanzig Francs zur Begleichung meiner Schuld zurückzugeben. Wenn Sie denken, dass mich ein Pflichtgefühl geleitet hat, dann hört unsere Freundschaft mit diesem Moment für immer auf." Jegor Jegorowitsch ist total aus dem Konzept gebracht und Lolli Romanowitsch springt in einem Anfall von unwiderstehlicher Fröhlichkeit zuerst über ihn und dann über seinen eigenen Kopf: „Lieber Tetjochin, wollen Sie noch zwei Rätsel zu diesem Thema hören? Das ist aus Ihrem intimen Leben, worüber ich nur Vermutungen anstellen kann. Einmal haben Sie einem Schurken zweihundert Francs geschickt, die ihm ein anderer Schurke geschuldet hat, der sie als Schmiergeld genommen hatte. Das war gerade die Erfüllung einer heiligen Pflicht, das heißt eine moralische Unsinnigkeit; Sie haben sozusagen ein wenig geheuchelt. Und in einem anderen Fall haben Sie vorzüglich mit Ihnen ähnlichen, reizenden Weisen zusammengearbeitet und die Kosten für Abführmittel für Ihnen unbekannte Leute bezahlt. Und Sie haben sich umsonst gedemütigt in der Annahme, dass Sie eine moralische Pflicht erfüllten. Beachten Sie, lieber Kantianer, dass dieser geniale Philosoph echt deutsch stumpfsinnig war!" Und nachdem er diese Frechheit ausgesprochen hat, verflüchtigt sich Lolli Romanowitsch.

Müde von den Gedanken und der vergeblichen Arbeitssuche fühlt Jegor Jegorowitsch das Bedürfnis, sich neben ein buckliges altes Weiblein auf eine Bank zu setzen, die in ihrem Beutel herumkramt. Früher einmal waren alle Spaziergänge durch Paris für Jegor Jegorowitsch ein großes Vergnügen gewesen, nachdem er eine Zeit lang auf dem Sessel im Büro gesessen hatte. Er selbst ging munter dahin und betrachtete vergnüglich die fremde Munterkeit. Die Leute gehen ihren Geschäften nach und es ist nur daran zu denken, dass ein jeder sein Leben hat, das sich von den anderen unterscheidet, und jeder Mensch scheint das Zentrum der Welt zu sein! Und auch diese

Bucklige fühlt sich als Zentrum, als ein Wesen, und die ganze Welt ist nur ihre Umgebung. Es ist sehr komisch, aber es ist so. Und aus allen diesen Leben setzt sich ein Ganzes zusammen: die Menschheit. Und wie setzt sie sich zusammen? Sehr einfach: von Herz zu Herz, von Verstand zu Verstand ziehen sich die Fäden. Es scheint sich ein Durcheinander zu bilden, aber in einem bestimmten Moment, zum Beispiel, bei wichtigen Ereignissen, entwirrt sich das Durcheinander von selbst, die Fäden straffen sich und es ergibt sich ein Volk, das in einem einzigen Gedanken lebt und mit einem Herzen. Bemerkenswert!

Das Weiblein zieht aus ihrem Beutel eine Art Kochgeschirr oder Konservenbüchse hervor. Ihre Finger vollführen eine Unzahl an überflüssigen Bewegungen, als ob sie auf einem stummen Klavier spielt; wahrscheinlich ist sie krank. Und ihr Gesicht, grau und fahl, zittert und im Takt zucken die Strähnen grauen Haares, die sich nicht verteilen, sondern als klebrige Locken herabhängen. Jegor Jegorowitsch fühlt riesiges Mitleid für sie und wendet die Augen ab.

Nachdem sie die Konservenbüchse herausgeholt hat, verlässt die Alte die Bank und trippelt zum Tor eines Hauses von staatlichem Aussehen, wo sich bereits eine Schlange von ebensolchen sonderbaren, graugesichtigen, erstaunlich schmutzigen und für Paris ungehörigen Menschen gebildet hat. Jegor Jegorowitsch kann unschwer erraten, dass sich hier die Ausgabe einer öffentlichen Suppenküche befindet. Er hatte sie auch schon früher im Vorbeigehen gesehen, doch hatte er keine Zeit gehabt, sie aufmerksam zu betrachten. „Das ist in Paris gut eingerichtet, dass gerade ein armer Mensch gratis eine warme Mahlzeit erhält.“ – Und er ging mit einem Gefühl der Befriedigung für die Leute und für sich daran vorbei, aß zu Hause eine Suppe, seine eigene, private, aus einem weißen Teller mit Goldrand; nun, er streute nach Geschmack Salz oder Pfeffer hinein und aß kleine Pasteten dazu. Jetzt sind Jegor Jegorowitschs Gefühle auf besondere Art gespannt, natürlich ein wenig krankhaft, und die Gesichter der in der Schlange Stehenden erstaunen ihn zum ersten Mal durch ihre allgemeine Fahlheit und durch eine bescheidene Dumpfheit. Das ist nicht einfach Armut, sondern die äußerste und letzte Armut, auf die der Tod folgt.

Der Tod steht in der Schlange als Vierter. Er wendet das Gesicht zu Jegor Jegorowitsch, blickt an ihm vorbei und durch ihn hindurch und überhaupt – nirgendwohin: Vielleicht hat er früher in die Augen geblickt, taxiert, geliebt oder gehasst, hat sozusagen Umgang gehabt. Jetzt ist vom Vergangenen nichts mehr übrig geblieben. Von seinen farblosen Augen erkaltet das Herz des Freimaurers. Er fühlt, dass er hier fehl am Platz ist – ein satter Mensch in warmem Mantel. Aber er kann nicht fortgehen: Er ist gefesselt. Der Tod kaut mit grauen Lippen, unter der Nase hat er ein schütteres Bärtchen und nach der Kleidung ist er eine Frau. Aber solche Frauen gibt es nicht, solche Menschen darf es nicht geben. Jegor Jegorowitsch wird von Entsetzen erfüllt, seine Lider brennen vor trockenen Tränen – so ergeht es ihm zum ersten Mal im Leben. Der Tod tritt von einem Bein aufs andere, wendet sich ab und verwandelt sich in eine gewöhnliche Frau, äußerst ärmlich gekleidet. Durch diese Unerwartetheit springt Jegor Jegorowitsch auf und ruft mit der Stimme eines Wahnsinnigen, die übrigens niemand hört: „Hilfe!" Er ruft lange und gedehnt, wie Hunde heulen, die sich vor nächtlichen Schatten erschrecken, bis seine Stimme abreißt. So erging es ihm schon einmal, und viele Pariser Häuser wurden durch seine Hand zerstört. Aber damals vermutete er nur – jetzt hat er es schließlich erfahren, weil ihm jetzt das Gespenst der Armut und des Todes näher und vertrauter geworden ist wie jenes Skelett, das auf die schwarze Wand des Hauses der Einweihung gezeichnet ist: „Du wirst selbst einmal so sein." Jetzt ist er bereit, sich in den grauen Bart des Welterbauers zu krallen, der aus Bosheit einen sich drehenden Ball mit unglücklichen Käferchen in die Räume losgelassen hat – *„Das* nennst du die Erhabenheit und Harmonie des Weltalls?" –, und ihm in die lügende Kehle einen Napf der dünnen Brühe zu leeren, die Gemeinschaftssuppe genannt wird, damit er sich an seinem Werk verschlucke, dass er beim erzürnten Menschen um Gnade flehe, auf die Knie fiele und verspreche, unverzüglich alle Lichter zu löschen und die Planeten zu zerstören. Und erst jetzt verstand der Freimaurer Jegor Tetjochin, der Sohn der Witwe und Meister des Reißbretts, mit für seinen einfältigen Kopf ungewöhnlicher Klarheit, dass die königliche Kunst kein Vergnügen für Dickwänste ist und kein leises rituelles Gebet, sondern das Präludium des großen Aufstandes der geistig aufgeklärten Sklaven gegen die verlogenen priesterlichen Wehklagen und die süßliche Wärme, die den Teilnehmern mit dem Kommunionslöffel in den Mund gesteckt wird. Wehe euch, ihr Buchgelehrten und Pharisäer, ihr Heuchler! Nicht den Frieden brachte ich euch, sondern das Schwert! Und dieses kleine Läuschen, das sich im Bart des Welterbauers verfangen hat (weil er die Philosophie nicht kennt, nicht gelernt hat), Jegor Jegorowitsch, ergreift das flammende Schwert vom Thron und es schwingend läuft er über den Boulevard de Port-Royal bis zur Autobushaltestelle. Der Chauffeur bemerkt das Zeichen, bremst den Wagen und der Freimaurer bricht außer Atem auf einem freien Plätzchen zweiter Klasse zusammen.

***

Wenn alles in Ordnung gewesen wäre, dann wäre Jegor Jegorowitschs Mantel nicht nur anständig, sondern auch neu. Aber das ist eine sonderbare Sache: Beginnt der Mensch in Armut zu geraten, dann scheint der Mantel, wie er auch gemacht ist, gebraucht und sitzt schon nicht mehr, wie er zuvor gesessen hat. Es ist so unausweichlich wie unerklärlich, warum wir mit einer anderen Stimme über die Not eines anderen sprechen als über die eigene Not und warum der Gang von der Dicke der Brieftasche abhängt. Und außerdem: Früher, wenn Jegor Jegorowitsch an einer Konditorei vorbeiging, sah er durchs Fenster und überlegte: „Mir scheint, dass Anna Pachomowna solche Torten nicht mag." Jetzt schaut er überhaupt nicht und die Torten sind zu Holz geworden, haben ungewöhnlich dumme Formen bekommen mit so klebrigen Kartoffeln, unangenehm. Und schließlich noch eines: Was immer Jegor Jegorowitsch auch macht, woran auch immer er denkt – in seinem Kopf steckt wie ein Pflock der obligatorische Gedanke Nummer zwei und sticht zeitweise dumpf: Wie geht das? Was wird weiter? Es gibt keine Antwort und es ist nicht zu glauben, dass es keine Antwort gibt. Wie geht das, ohne Antwort?

Und wieder sitzen drei in dem Zimmer, das an Rouselles Apotheke angrenzt. Ein Geruchsbukett: Äther, Terpentin, Menthol, Muskat, Seife, Karbolsäure, *paribus dosis, mixti – detur – signetur*[106], jede Stunde einen Esslöffel. Bruder Rouselle riecht nichts, weil es sein natürlicher Geruch ist. Bruder Duvergé fürchtet sich ein wenig vor dem Schränkchen mit der Aufschrift „Venena"[107]. Bruder Tetékhine geniert sich, zur Sache zu kommen, aber schließlich sagt er:

„Ich bin genötigt, im Voraus mitzuteilen, Brüder ... Nun, jedenfalls möchte ich ... Hier sind gerade fünfhundert – eins, zwei, drei, vier, fünf – fünfhundert."

Geld flößt immer Achtung ein, aber nicht alles kann man verstehen. Bruder Duvergés Herz klopft, weil hier offensichtlich eine neue geschäftliche Unternehmung des russischen Bruders vorliegt, und nebenbei läuft das Geschäft jetzt nicht so gut. Und er spitzt schon den Bleistift, um mit den Berechnungen zu beginnen, auch wenn noch nicht bekannt ist, mit welchen. Der Apotheker ist überzeugt, dass Bruder Tetékhine nicht umsonst die Hundertfrancscheine ausgebreitet hat und dass jetzt etwas Bemerkenswertes beginnt. Jegor Jegorowitsch muss mit den Erklärungen fortfahren:

„Das Traurigste ist, dass das wahrscheinlich das letzte Mal ist. Ich weiß selbst nicht, warum ich so verdrossen bin. Aber ich fürchte sehr, dass ich später kleinmütig sein könnte, so und so gibt es verschiedene Komplikationen. Mit einem Wort: ein Vorschuss für fünf Monate, ohne den vorhergehenden zu zählen. Insgesamt: sechs und dann weiter, wie es sich ergibt. Ich sage einfach: Ich habe keine Hoffnungen mehr."

Das Gesicht ist rot: unbeschreiblich peinlich.

Gestatten Sie zu erklären. Jegor Jegorowitsch ist auf dem Weg zur Bank gelaufen und hat dieses Geld vom Konto behoben, von dem es jetzt mit einer unermesslich größeren, nicht direkt vergleichbaren Geschwindigkeit abfließt als mit jener, mit der es sich früher angehäuft hat. Jegor Jegorowitsch hat sich auch deswegen beeilt, weil

---

106 **Paribus dosis, mixti – detur – signetur** (lat.): Zu gleichen Teilen gemischt – möge es verabreicht und bezeichnet werden.

107 **Venena** (lat.): Gifte.

er kein Held ist, sondern ein einfacher Durchschnittsmensch, der fähig ist, zu erschrecken, dann ist es schon besser, wenn er im Voraus zahlt. Trotzdem wird er noch ein halbes Jahr zur Dreierversammlung der geheimen Verbindung kommen und den vortrefflichen Umgang mit diesen prächtigen Leuten fortsetzen: Bruder Duvergé rechnet in Gedanken: „Eins-zwei-drei-vier-fünf" und wieder: „Eins-zwei-drei ..." Er beginnt zu glauben, dass eine solche Summe, wenn auch mit großer Mühe, so doch zu bewältigen ist, obwohl die Tapeten im Frühherbst gut gehen nach dem milden Oktoberwetter, herrscht jetzt die tote Saison. Mit einem Wort, er versteht weiter nichts, vertraut aber seinen Teilhabern. Im Unterschied zu ihm versteht Bruder Rouselle, der über Bruder Tetékhines schlechte Lage Bescheid weiß, sofort und in seinem kleinen Herzensmörser birst mit einem Knacken eine Nuss. Aber wie soll man das ausdrücken? Und da erinnert er sich, dass der Wein „Saint Raphaël" über beachtliche heilkräftige Eigenschaften verfügt. Er wählt ein Achtellitergläschen aus, das mit Teilstrichen versehen ist. Er schenkt schweigend ein, nimmt sein Glas und sammelt seine Kräfte zu einem langen, wie er es selbst ist, Toast, von dem nach dem Kürzen weniger wichtiger Worte Folgendes übrig bleibt:

„Mon très cher frère Tetékhine et vous tous, mes frères!"[108] *Tous* ist dabei nur Duvergé allein. „Dieser Moment. Der Besitzer der slawischen Seele, ja. Ich bin stolz auf die Freundschaft und fühle weiterzuleben, ja. Ausnehmend glücklich auszudrücken. Genug. Gestatten Sie!"

Wie mit Stahlnadeln setzt er einen Schröpfkopf auf Jegor Jegorowitschs beide Wangen. Bruder Duvergé, der erst aus der klaren und umständlichen Ansprache Rouselles schließlich den ganzen Sinn des Vorgefallenen verstanden hat, ist aufrichtig entzückt von der Geschäftigkeit und Umsicht dieses zweifellos erstklassigen Finanzmannes. „Saint Raphaël" fühlt eine innere Leere und läuft mit aufgeschürzten Rockschößen zum Regal und schickt sein genaues Ebenbild aus. Und weiter ist es einfach irgendwie unangenehm, die Vorgänge im Raum neben Rouselles Apotheke zu beschreiben. Man

108 **Mon très cher frère Tetékhine et vous tous, mes frères!** (frz.): Teuerster Bruder Tetékhine und ihr alle, meine Brüder!

schreit auf Jegor Jegorowitsch ein, steckt ihm das Geld zurück in die Tasche, er protestiert, wirft es wieder heraus und die nachdenklichen Jungfrauen, die sich auf das Grabmal mit der Aufschrift „Banque de France“ stützen, erweisen sich als so zerknittert, dass es nur noch einen Moment brauchte und von ihrer Kleidung bliebe nicht mehr als an der betrübten Dame auf der Rückseite des Scheines. Aber wir lassen nicht zu, dass Jegor Jegorowitsch besiegt wird! Er verteidigt sich erbittert und bittet, ihm nicht dieses letzte Vergnügen und den letzten Trost zu nehmen.

„Ich gab es ohne Mühe und jetzt aus Armut und ich mache das für mich, für mich, nicht aus Pflicht, sondern weil ich es – will! Im Vergleich zu denen mit der Suppe bleibe ich ein Krösus, sodass ...“

Bruder Rouselle erhebt sich entschlossen und geht zum Regal um den dritten „Saint Raphaël“.

„Wenn das so ist“, sagt er, „dann gibt es einen letzten Toast. Auf das Ehrenmitglied unserer Geheimgesellschaft. Darauf trinke ich!“

Jegor Jegorowitsch winkt auch hier ab und protestiert, aber da ist nichts zu machen: Der Toast wird von Bruder Duvergé, der heute zu Ausgelassenheit bereit ist, angenommen und bekräftigt, das heißt von der Stimmenmehrheit.

Plötzlich wird Bruder Rouselle ernst und blass, steht auf und streckt sich so weit in die Höhe zur Decke, dass sich die sitzenden Freimaurer wie die Wohnhäuser im Bezirk um den Eiffelturm vorkommen.

„Mes frères“, dröhnt er von unerreichbaren Höhen herab. „Diese Summe. Fünfundzwanzig mal zwanzig. Oder zwanzig mal fünfundzwanzig, wenn man Chirurg ist. Der Fonds für ärztliche Gratisvisiten, extreme Herausforderungen. Seltene Fälle! Ein Fonds zu Ehren eines Ehrenmitglieds. Der Fonds George Tetékhine!“ Rouselle ließ die Begeisterung nicht vorübergehen, läuft in den Verkaufsraum hinaus, erschlägt seinen Kassierer, reißt aus der Kasse zwei Scheine mit den düsteren Frauen und fügt sie Jegor Jegorowitschs Scheinen hinzu. „Fünf und zwei ist sieben!“

Ein Tag der Heldentaten und Überraschungen, ein Tag unvergesslicher Eindrücke. Der von dem Geschehen ganz niedergeschlagene

Bruder Duvergé zieht in leisem Schrecken einen Bleistift heraus und macht in seinem Büchlein eine Anmerkung, danach sagt er mit völlig ruhiger Stimme und ohne seinen eigenen Ohren zu glauben:

„Sieben und zwei ist neun!“

Der Eiffelturm schwankt, stürzt auf die Tapeziererinstitution und begräbt sie unter seinen Trümmern.

„Ja. Das wusste ich!“ Jegor Jegorowitsch kann nicht mehr und schluchzt wie ein Kälbchen.

Als sich alle ein wenig beruhigt haben, versucht Jegor Jegorowitsch, trunken durch die Gefühle und den heilkräftigen Wein, seinen Freunden noch immer schluchzend zu erklären, dass, wenn eine Bruderschaft der Freimaurer bestehe, es dann heißt, dass sie wirklich existiert und dass sie darin existiert, dass er, Jegor Jegorowitsch, keinen Zweifel daran gestattet, da, wenn die Bruderschaft der Freimaurer nicht existierte, auch die Brüder nicht existierten, die er aus ganzer Seele liebe und hoch schätze. Das, was Jegor Jegorowitsch nicht gelingt, durch Worte auszudrücken, ergänzt er durch Gesten, schlägt sich an die Brust und zeigt mit gestreckter Hand auf eine Flasche mit einer Lösung aus Kaliummangansäure.

„Und wenn ich zugrunde gehe“, erklärt er seinen Hauptgedanken, „dann gehe ich mit großem Vergnügen zugrunde!“

Man entgegnet ihm, dass er nicht zugrunde gehen, sondern im Gegenteil aufleben werde, da es gerade jetzt, da all dies geschehen sei, keinen Sinn ergäbe, zugrunde zu gehen. Bruder Duvergé nickt bekräftigend mit glücklichem Gesicht, bis es in hängendem Zustand zum Stehen kommt. Bruder Rouselle füllt Jegor Jegorowitschs und sein Glas nach, worauf sie beide plötzlich erschlafft über die Schicksale der Welt nachzudenken beginnen und ihre vorherige Redseligkeit verlieren.

Der restliche Teil der Szene stellt sich als nicht interessant dar.

Das Vermächtnis des Meisters

Vom fünften Stock geht ein aufrechter und großer alter Mann, dessen Gesicht jenem Anatole Frances ähnelt, über eine Treppe nach unten. Über seiner rechten Schulter strahlt die Sonne, über seiner linken schimmert die Mondsichel. Die buschigen grauen Brauen ziehen seinen Kopf nach unten, ein starker Wille reißt ihn nach oben zurück. Mit einer Hand hält er sich am Geländer fest, mit der anderen an einem Stock, mit dem er über die Stufen der Treppe klopft. Die grauen Mäuse der Wünsche, die roten Ratten der Leidenschaften und die Hyänen der menschlichen Bosheit schrecken vor diesem Klopfen entsetzt zurück, flüchten hinunter und stürzen sich im Flug die Treppe hinab. Mit den Füßen getretene Schlangen winden sich um seine Beine und beißen sich in kraftloser Bosheit selbst in den Schwanz; ein auf den Hinterpfoten stehender Löwe mit dichter Mähne salutiert militärisch vor dem einherschreitenden Ritter. Unten an der Eingangstür begrüßt und geleitet ihn mit Verbeugungen die Phrygische Sibylle mit einem alten Gesicht und zornigem Wesen, die aber ihm gegenüber schüchtern und ergeben ist und spricht:

„Ist es denn gut für Sie, bei solch einem Wetter hinauszugehen, Monsieur Jacquemaine? Hier ist die Abendpost, Monsieur Jacquemaine!"

Aus dem Inneren des Tempels öffnet sich die Tür in die hastige und lärmende Außenwelt. Der Himmel beweint die Erde, die Feuer der Hölle lodern in roten Buchstaben auf, Eisen klirrt, die Boten des Untergangs posaunen, die Masse der Knechte und Sünder geht vorbei mit gesenktem Kopf in aufgestellten Krägen. Schwer atmend und mit Elefantenbeinen schmerzhaft auftretend gelangt der Alte bis an die Ecke und gibt dem Fährmann Charon ein Zeichen, der dann das Gummiboot heranbringt.

Die Stadt Paris stürmt los, läuft ihm entgegen und blickt von beiden Seiten durch die angelaufenen Fenster des Taxis. Der Geflügelte mit dem weißen Stäbchen, der immer ruhig und konzentriert ist, fühlt jetzt, dass der Tod an ihm vorbeigehuscht ist. Im Fenster eines traurigen Büros springen hässliche, als Geschenk für Verwandte vorbereitete Metallringe herum. In großen Geschäften breiten Verkäufer mit großer Geste Bündel schwarzer Seide vor Damen mit verweinten Augen aus. Seine stinkenden Schöße aufschürzend schreitet ein rasiertes Pfäffchen über eine Pfütze und ein Notar lässt das Geheimschloss eines feuerfesten Schranks zuschnappen. Das Taxi überquert eine Brücke, auf der in einer Einfassung ein Rettungsring hängt. Unter einem Lastwagen wird eine alte Frau herausgezogen, und ein Polizist kratzt mit einem Bleistift in einem Büchlein. Der unerbittliche Zähler dreht ständig um halbe Francs weiter, im Straßenlärm ist das Schlagen der Turmuhr nicht zu hören, Licht und Schatten wechseln einander ab – der Chauffeur hält an einem Hauseingang.

Ein längliches Viereck bedeutet seit jeher die sichtbare Welt: Westen und Osten, Norden und Süden. Das Unerkennbare ist durch den Verstand in die drei Grenzen des strahlenden Deltas eingeschlossen: Die fortlaufenden Lichtstrahlen kehren zurück und bilden eine sich zusammenballende Bewölkung. Hell erleuchtet ist der Osten, zwischen den Säulen des Tempels herrscht das Halbdunkel. Auf das dreifache Klopfen und nach einem Blick durch das Guckloch öffnet der Pförtner die Tür.

Und dann zeigt sich zwischen zwei Leuchtern die hohe und gerade Figur des alten Maurers. Das schmerzende Bein macht einen Schritt, der schwere Arm beugt sich zum Dreieck – und plötzlich erheben sich gegen die gewohnte Ordnung ohne Kommando, nur aus Ehrfurcht und aus unwillkürlichem Entsetzen vor dem Künftigen, dessen Weg geheimnisvoll ist, vierzig Männer, die auf langen Seitenbänken gesessen haben, mit einem Mal in tiefem Schweigen und strecken mit ebensolcher Geste die rechte Hand in die Höhe.

Vom Sonnenuntergang bis zum Osten schreitet der Freimaurer regelmäßigen und eigensinnigen Schrittes und stützt sich auf den über die Fliesen klopfenden Stock. Unter seinen Sohlen wechseln einander schwarze und weiße Quadrate ab – wie die Nacht durch den Tag abgelöst wird, wie das Böse vom Guten besiegt wird im ewigen Kampf des Ormusd[109] gegen Ahriman[110]. Heute trägt Bruder Jacquemaine ein schwarzes Band mit aufgesticktem Silber – die philosophische Trauer des Ritters Kadosh, der ein Jahrhundert und mehr gelebt hat und zum letzten Mal zur Schülerloge gekommen ist. Zum letzten Mal überwindet er unter Anstrengung, aber auch mit unerschütterlicher Hartnäckigkeit die drei bescheidenen Stufen – er, der mit den sieben Stufen der symbolischen Treppe schon bekannt ist, vom *nec plus ultra*[111] der Rampe bis zur die Seele reinigenden Erkenntnis der Gesetze, die die Bewegung der Himmelskörper leiten.

Der schwere Körper sinkt unter menschlichem Stöhnen auf einen Samtsessel. Der Ritter schweigt streng – lange und tief hustet der Mensch und Anatole Frances Gesicht füllt sich mit Blut.

Die Sonne des Ostens warf das Licht ins Tal, und dort auf einer Bank saß in einer Reihe mit anderen von zwei Seiten zusammengepresst und den Hals reckend unser sympathischer und in letzter Zeit so armer Jegor Jegorowitsch, ebenfalls ein Meister, der auch für den Tod bereit sein muss und wohl bereit ist, der aber in seiner Geringfügigkeit ganz und gar kein Ritter und Philosoph ist, sondern einfach ein arbeitsloser Flüchtling, der Mann einer würdigen Frau und der Vater eines eingebürgerten Sohns und der in Zweifel verwickelt ist. Gemeinsam mit allen stand er auf – und gemeinsam mit allen setzte er sich wieder auf die Bank, durch und durch durchdrungen vom Gefühl menschlichen Mitleids, von Angst und Entzücken.

Ist es er, der sich gestattete zu zweifeln? Ist es er, der aus den Trümmern des Lebens das Rattenschnäuzchen hervorstreckte und eine Schmähung auf das Tageslicht dafür quiekte, dass es nicht alle gleich wärmt, obwohl es allen gleich scheint? Ist es er, der mit dem Spielzeugsäbelchen den großen Architekten des Weltalls zum Kampf herausforderte? Jegor Jegorowitsch ist es sehr peinlich, sehr peinlich! Was wird noch mit ihm geschehen, wie wird sich sein Leben wenden – und da ist ein großer Mensch, ein erfahrener Maurer, durch Jahre und Erfahrung weise geworden, gequält von Krankheit, der die

109 **Ormusd** oder Ahura Mazda ist der Schöpfergott des Parsismus.

110 **Ahriman:** Gott der Zerstörung.

111 **Nec plus ultra** (lat.): nicht mehr weiter; nicht darüber hinaus.

Begierde der körperlichen Ruhe besiegt hat und gekommen ist, um an den brüderlichen Bauarbeiten teilzunehmen. Und da – alle Blicke sind zu dem Asketen gerichtet und alle Herzen zu ihm, zu seiner Bereitschaft, hinzutreten vor das Gesicht der Ewigkeit, gerüstet als Ritter und Maurer, als ein Metalle nicht hoch Schätzender, als ein ewig Suchender und ewig Lernender.

Als er den Anfall des Altershustens besiegt hat, sitzt Bruder Jacquemaine aufrecht und streng da, vielleicht hört er den Vortragenden, vielleicht denkt er Eigenes. An seinen Backenknochen heben und senken sich durch Borsten verdeckte Beulen – die einzigen Verräter quälender Schmerzen. Unter den zusammengezogenen Brauen blicken die schwarzen Augen des Alten auf die Reihen der Brüder, gleiten über die Gleichgültigen, machen die wahren und beständigen Diener und Meister der königlichen Kunst ausfindig. Jegor Jegorowitsch sieht den Blick, der auf ihn gewendet ist – und erstarrt mit geschlossenem Mund in Angst vor einer gerechten Verurteilung. Und plötzlich – oder scheint es Jegor Jegorowitsch nur so – wird Bruder Jacquemaines strenges Gesicht mit einem kaum wahrnehmbaren gütigen Lächeln milder. Ist das gar ihm gewidmet? Und eine Samtpfote streichelt Jegor Jegorowitschs Herz und nun ist es ihm so wohl zumute und er ist so erfüllt von Liebe zu allem.

Der Vortragende hat seine Rede beendet und an der Tagesordnung steht der namentliche Aufruf. Auf seinen Aufruf antwortet Bruder Jacquemaine mit einem tonlosen, aber deutlichen *„présent"*[112], andere antworten mal im Bass, mal im Falsett, und Jegor Jegorowitsch wartet, bis er an der Reihe ist, und antwortet mit einer aufgeregten Hast; es scheint ihm, dass sich seine Stimme von denen der anderen durch eine durchdringende Unangebrachtheit unterscheidet. Als die Liste durch ist, ergreift Bruder Jacquemaine das Wort, stößt den Stock ins Holz des Podiums, ohne dass ihm seine Krankheit und die Anstrengung anzusehen sind. Alle Augen sind auf ihn gerichtet – und die Loge erstarrt.

Man wartet auf seine Worte – doch er schweigt. Der Moment seines Schweigens scheint wie eine lange Stunde. Bruder Jacquemaine

112 **Présent** (frz.): anwesend, hier.

kämpft, ohne mit dem Gesicht zu zucken, gegen den Schmerz in den Beinen und im Kreuz und gegen die Aufregung; er will, dass seine Stimme ruhig ist – und Bruder Jacquemaines Stimme ist ruhig:

„Ich bin das letzte Mal hierhergekommen“, spricht Bruder Jacquemaine, „ich bin gekommen, um mich vor der Reise in den Ewigen Osten zu verabschieden. Der hermetische Kreis wird geschlossen, die Kräfte des Freimaurers sind erschöpft.“

Wieder eine lange Pause. Wenn es zuvor still war in der Loge, so ist es jetzt totenstill. Kein Atemzug ist zu hören. Bruder Jacquemaine hat an langen einsamen Abenden zu Hause seine Abschiedsrede an die Brüder vorbereitet, eine kurze, knapp an Worten – aber jedes Wort ist gewichtig, wichtig und notwendig. An diese Rede erinnert er sich Wort für Wort, doch muss er einen Schmerzanfall bekämpfen und einen Krampf in der Kehle. Zu Hause beim Einstudieren hat er seine Rede nicht nur einmal durch Couplets des Kinderliedes unterbrochen und beharrlich gesungen: *„À monsieur Po, à monsieur Li“.* Hier geht das nicht. Die Beulen an den Wangen bewegen sich, der Ritter Kadosh muss die physische Schwäche in sich besiegen. Er spricht weiter:

„Der fortgehende Meister wird durch einen neuen ersetzt, die Arbeit darf nicht unterbrochen werden! Aber von den der Erkenntnis der ewigen Gesetze der Natur geweihten Wegen“, hier funkeln die Augen des Sprechers wie eine Glut, es blitzt der goldene Zahn und seine Hand ist zu den Säulen gestreckt, „darf der neue Meister nicht auf falschen Umwegen der Begeisterung an der profanen Welt abweichen! Nicht dafür wurde das Licht der freimaurerischen Einweihung durch die Jahrhunderte getragen! Nicht dafür ist der große Lehrer Hiram durch die Hände der Laien und Verräter gefallen, ohne ihnen das heilige Wort zu verraten! Der Hiram der Eingeweihten ist kein Marktplatz und kein Wahllokal!“

Im Tempel der Eingeweihten ist die Luft knapp und die Brust des Redners wird durch die Zange der langen Krankheit zusammengepresst, seine Beine wollen den entkräfteten Körper nicht mehr tragen. Die Rede, in der jedes Wort überlegt ist, wird nicht zu Ende gehalten werden. Bruder Jacquemaines fahle Lippen zerreißen den Faden der Rede und flüstern hilflos und unhörbar die nutzlosen Verse:

Arlequin dans sa boutique
Sur les marches du palais ...

Die brüderlichen Hände helfen dem Redner, sich auf den weichen Sessel zu setzen. Der Alte blickt erschrocken auf die Gesichter der Nächsten und sucht das Urteil über sein menschliches Schicksal – ist denn nicht alles zu Ende, setzt man ihn nicht auf den Platz der letzten Ruhe? Aber die Gesichter sind ruhig und voll guter Laune: „Setzen Sie sich, lieber Bruder, Sie haben sich überanstrengt!" Er weist die Hände zurück und lässt die Brauen über die ermatteten Augen sinken!

„*Mon très illustre frère*"[113], spricht der Versicherungsagent mit erregtem Tenor und bemerkt an sich eine ehrliche Gerührtheit in der Stimme. „Ihre Worte waren und werden immer eine Anleitung in unserer Arbeit sein. Aber wir hoffen, lieber Bruder, wir sind überzeugt", er spricht das Wort „überzeugt" mit einer überflüssigen Betonung aus, „dass Sie noch lange persönlich und mit aktivster Anteilnahme an diesen Arbeiten teilhaben werden. Ich bitte alle Brüder, sich mir mit einem dreifachen herzlichen Beifall zu Ehren unseres lieben Bruders Edmond Jacquemaine anzuschließen!"

Die Worte des Versicherungsagenten sind angebracht und vollkommen notwendig: Durch sie wird der heranwehende Tod vertrieben. Das Tragische verwandelt sich durch sie in Alltägliches, das Schicksalhafte in Altersschwäche. Die Angst in den Gesichtern verwandelt sich in eine gütige Stimmung, das Licht des Jenseits wird in eine elektrische Leitung umgeleitet, die Ewigkeit zieht sich in die Ferne zurück und Freiheit, Gleichheit und Brüderlichkeit hängen in der Luft wie die Stoffbahnen bekannter, fest gehaltener Flaggen.

Inmitten der anderen senkt sich Jegor Jegorowitsch schwebend vom Zenit auf den Mosaikboden der Loge herab. Nach dem Aufblitzen des Lichts, das dem Aufflammen von Magnesium gleicht, haben alle Gegenstände ihre vorherigen Umrisse angenommen. In seiner Herzensverwirrtheit bemerkt Jegor Jegorowitsch nicht die unvermutete Unstimmigkeit; mit aller Aufrichtigkeit eines guten Menschen

113 **Mon très illustre frère** (frz.): Mein sehr berühmter Bruder.

und eines ergebenen Bruders wünscht er Bruder Jacquemaine die Rückkehr der Gesundheit. Wenn es dem Schicksal gefällt, dass der beste der Freimaurer diese Welt verlässt, dann schwört Jegor Jegorowitsch unbedingt, seinem großen Vermächtnis zu folgen, wie es ihm geziemt, und natürlich auch Sébastien Duvergé, Jean-Baptiste Rouselle, dem Versicherungsagenten und allen, die seine nicht zu Ende gesprochene, doch in ihrem inneren Gedanken ganz vollkommene Rede gehört haben. An diesem Abend, in diesem Moment hat der geistige Weg Jegor Jegorowitschs für immer Gestalt angenommen, allen seinen Zweifeln ist ein Ende gesetzt. Worum geht es? Um kleine alltägliche Misserfolge? Um das Missverhältnis der Erscheinungen der profanen Welt zu den hohen Idealen der Bruderschaft der Freimauer? Aber es geht doch gerade darum, was außerhalb der Mauern der Bauwerkstatt ist, was auf dem Asphalt der Straßen, in der Menge der Verirrten und derer, die nicht die hohe Einweihung erhalten haben, was im Zeitlichen und Unwesentlichen ist!

Jegor Jegorowitsch tritt niemandem die Ehre und das Glück ab, den kranken alten Mann und weisen Lehrer nach Hause an den Rand von Paris zu begleiten. Edmond Jacquemaine hat alle Größe und restliche Rüstigkeit verloren und stützt sich mit dem ganzen Gewicht auf die Schulter seines russischen Bruders. Die Straßen sehen ohne besondere Neugierde durch das Fenster des Taxis, wie kleine Feuer leuchten die Kugeln der Apotheken, Schilder spiegeln sich im dunklen Wasser der Seine, Unbekannte rühren mit Löffeln in den Eckcafés, der Zähler hält an der vorherigen Ziffer an und die Phrygische Sibylle schüttelt missbilligend den Kopf: Sie hat Monsieur vorhergesagt, dass es schlecht für ihn wäre, abends auszugehen, und noch dazu bei regnerischem Wetter. In dem alten Haus gibt es keinen Lift und der Aufstieg in den fünften Stock wird in Etappen mit langen Erholungen auf jedem Treppenabsatz gemeistert. Jegor Jegorowitsch hat durchaus kein jugendliches Herz (Kasan – Sibirien – Singapur), aber kann man das denn vergleichen! Jegor Jegorowitsch ist es wegen seiner beneidenswerten Gesundheit peinlich und er verlangt entschlossen, dass sich Bruder Jacquemaine mit dem gesamten Gewicht auf ihn stützt. Jegor Jegorowitsch ist ein hervorragender Schauspieler, er diskutiert nicht nur über Nebensächliches, er kann sogar über das Wetter und über die Pförtnerin scherzen, seine Sicht auf die Bequemlichkeit und Unbequemlichkeit der Lifte darlegen (es hat so einen Fall gegeben, bei dem der Lift zwischen den Stockwerken stehen geblieben und nicht weitergefahren ist und man so eine halbe Stunde warten musste – habe die Ehre!), er kannte einen Menschen, der beim Treppensteigen so außer Atem kam und bei dem nach zwei Monaten auf dem Land alles wie weggeblasen war, sodass er dann frei in den fünften Stock hinauflief. Jegor Jegorowitsch lügt wie gedruckt und springt sogar noch auf dem fünften Treppenabsatz wie ein Foxterrier herum. Im Vorzimmer riecht es nach Staub und Tabak, im Arbeitszimmer nach Staub, Tabak und altem Mann. Edmond Jacquemaine lässt sich gestützt auf Jegor Jegorowitsch in den Sessel mit dem Abdruck der Form seines altersschwachen Körpers nieder. Die Kräfte des Alten sind erschöpft, die Augen halb geschlossen, aber die Hand tastet über das Tischchen und ertastet eine ausgerauchte Pfeife. Jegor Jegorowitsch schiebt ihm die Pfeife etwas zu und spricht mit gleichgültiger Stimme, sogar mit einem leichten Gähnen:

„Nun denn, alles in Ordnung, jetzt können wir ein wenig rauchen!"

Er gibt Jacquemaine Feuer, zündet sich selbst eine leichte Zigarette an und reinigt mit dem aromatischen Duft sein einfaches, doch durch tiefes Mitleid verletztes Herz.

***

Kaum geht Jegor Jegorowitsch von dem Kranken hinaus, als sich auf dem Treppenabsatz des fünften Stockes ein Bevollmächtigter vor ihm aufbaut, ihn am Kragen packt und ohne Zeit bezüglich der Stufen und Stockwerke zu verlieren, die Treppenflucht hinunterschleudert: Das ist ein ziemlich gewöhnlicher Trick des Autors, um die Erzählung zu beleben und die Aufmerksamkeit auf das Folgende zu richten.

Es geht darum, dass uns Jegor Jegorowitsch für einige Zeit nichts nützt und sogar stört; in seiner Anwesenheit muss man in einer gekünstelten Sprache sprechen, ihm Gedanken zuschreiben, deren Entwicklung für ihn beschwerlich ist. Manchmal wird die leicht mitgenommene Gestalt Professor Pankratows auf die Bühne gestoßen, des allbekannten Meckerers der Erzählung – aber auch dieser Trick wird ermüdend. Kann man denn wirklich überhaupt nicht ohne Zuschauergestalten auskommen und in einfacher Sprache sprechen? Ein Bauchredner setzt eine Puppe, die Repliken abgibt und durch ihr komisches Aussehen die Aufmerksamkeit des Publikums vor der wahren Quelle der Laute ablenkt, vom Bauch des Bauchredners, auf einen Sessel mitten auf die Bühne. Die Puppe ähnelt plump und unverbindlich einem Menschen; sie spricht mit einer Fistelstimme, die es in der Natur so nicht gibt – als ob der Trick davon gewönne. So wurde auch von Jegor Jegorowitsch gefordert, in der Rolle eines Verkünders der Weisheit der Jahrhunderte aufzutreten, wofür er eindeutig ungeeignet ist. Aus diesem Anlass wird er zur Seite geschleudert und für eine bestimmte Zeit eine von den Autoren besungene Grammofonplatte aufgelegt.

Sie halten sich natürlich für vernünftiger als den ehemaligen Kasaner Postbeamten. Die Argumente Ihres Verstandes begründen sich auf eine genügende Anzahl an Erfahrungen – wozu brauchen Sie eine symbolische Kinderklapper? Sie werden in vollkommener Übereinstimmung mit den von Ihnen erdachten Gesetzen der Biologie geboren, leben nach allen Gesetzen des Existenzkampfes, bauen die Gesellschaft auf Klassengrundlagen auf und versuchen, sie in eine kommunistische umzugestalten (oder im Gegenteil, dagegen anzukämpfen). Sie studieren das „Wie“ und bemühen sich nicht um das nutzlose „Warum“. Im äußersten Fall nehmen Sie Gott in Dienst und beauftragen ihn, für kaum verständliche und praktisch unnütze Fragen zuständig zu sein. Damit Gott nicht im Weg steht, können Sie ihn in den Gotteswinkel stellen oder ihn mit der Ausarbeitung eines Moralkodex beauftragen: „Auge um Auge, Zahn um Zahn“, „Liebe deinen Nächsten wie dich selbst“ usw., Hauptsache, klar und kategorisch – von heute bis in alle Ewigkeit. Nachdem Sie so die Unverbrüchlichkeit Ihrer Moraldogmen festgestellt haben, versuchen Sie, durch ebenso fehlerlose Wahrheiten auch die Erscheinungen der sichtbaren Welt zu formulieren, obwohl das etwas schwieriger ist. Der ganze Reiz liegt darin, dass Sie auf den Wegen des Verstandes schreiten, bei Tageslicht, sich keinen mystischen Neigungen hingeben und nicht gegen den Wind spucken.

Und plötzlich taucht so ein Jegor Jegorowitsch auf, mit einer rot oder blau eingefassten Schürze, auf geraden Beinen, die Fußspitzen nach außen gerichtet. Nachdem er sich vom Fall aus dem fünften Stock in Ordnung gebracht hat, klopft er sich den Staub vom Ärmel und vom Hosenbein ab, richtet sich die Krawatte und verkündet mit schüchternem Hüsteln, dass er Ihnen die größte Hochachtung entgegenbringt, aber nicht zeigen kann, dass es weder im Bereich der Moral noch auf dem Gebiet des positiven Wissens eine endgültige Wahrheit gibt und dass ihm dies in Paris in der Rue Puteaux oder in der Rue Cadet offenbart wurde, wobei dies auch keine Wahrheit sei, sondern nur eine Offenbarung, das heißt eine Arbeitshypothese.

Sie wehren verärgert ab und schicken ihn in den Gotteswinkel oder in die Kanzlei des von Ihnen angestellten Gott; aber es zeigt sich, dass er seinen eigenen Tempel hat und seinen eigenen Großen Erbauer des Weltalls, der weder nach Weihrauch riecht noch von einer Jungfrau geboren wurde, der keine despotische Macht besitzt und keinen Anschlag auf die Freiheit Ihrer Schlussfolgerungen verübt. Er ist einfach ein alter Freund vieler Generationen von Philosophen, die in den Ewigen Osten gegangen sind, aber ein prachtvolles Erbe hinterlassen haben. Im Verhältnis zu ihm verfügt Jegor Jegorowitsch über alle Rechte eines Wilden, der seine Idole für das kleinste Vergehen zerschlägt. Sie nehmen noch an, dass Hermes, der dreimal Größte, sich unter so eine unseriöse Gesellschaft mischen kann, aber Sie denken nicht, dass Aristoteles, Plato, Kant, Berdjajew und Sie selbst zurückstehen können. Jegor Jegorowitsch besteht nicht darauf, da Sie kaum mit ihm bekannt sind. Überhaupt zeigt er eine empörende Toleranz und Sie als Laien kennend ist er bereit, Ihnen die Welt als freie und gesittete Menschen zu eröffnen, wenn Sie nur einverstanden sind, zeitweise in den Mutterschoß zurückzukehren, von allem, was Sie bisher angeblich entdeckt haben, abzusehen und die Suche von Neuem zu beginnen.

Sie lehnen ab, Jegor Jegorowitsch beharrt nicht darauf und ein jeder schreitet weiter seines Wegs: Sie – auf dem der Erfahrung, er – auf dem der königlichen Kunst, die übrigens auch profane Errungenschaften nicht ausschließt.

Auf diesem Weg beeilt sich Jegor Jegorowitsch vor allem, die Métro zu benutzen, weil es schon spät ist und man eine Umsteigegelegenheit verpassen könnte. Eine Fahrkarte kostet siebzig Centimes, während sie früher einen Franc fünfzehn gekostet hat; das heißt nicht, dass sich der Mensch verändert hat, indem er von einem erstklassigen zu einem zweitklassigen geworden ist; das heißt nur, dass sich sein Preis auf der menschlichen Börse verändert hat. Jegor Jegorowitsch beachtet nicht die Stationen – seine Gedanken sind völlig mit dem in der Loge Geschehenen beschäftigt. Wenn der alte Mann, der den Schmerz und die Schwäche überwunden hat, kommt, um einen seiner letzten Abende im Kreise jener zu verbringen, die er Brüder nennt, wenn er mit den Worten seines Vermächtnisses zu ihnen kommt, heißt das, dass die Bruderschaft kein Vergnügen von kleinen Bourgeoises ist, von Versicherungsagenten, Apothekern, Tapezierern, Rechtsanwälten und Deputierten. Dieser alte Lehrer sagte: „Der neue Meister soll sich nicht ablenken lassen durch nichtige Tagesereignisse und nicht ... noch etwas in der Art und nicht dafür ist der große Baumeister Hiram ..." Das ist natürlich bemerkenswert! Aber es ist nicht jedem zugänglich. Er, Bruder Jacquemaine, ist für jede Heldentat geeignet – er hat eine derartige Geisteskraft! Aber wir sind kleine Leute, wir dürfen nicht streng urteilen. Und trotzdem ist es peinlich, sehr peinlich, sich auf den Daunenbetten des Einmaleins auszuruhen und die Hoffnung auf die Kammerwahlen zu setzen. Mit Flicken auf dem Ellbogen schafft man keinen neuen Menschen! Und irgendjemand muss doch eher an das Große denken als an den heutigen Tag.

Es bedeutet nichts, dass Jegor Jegorowitsch, versunken in die Verwirrung seiner Gedanken, seine Station versäumt und gezwungen ist, einen Teil seines Weges zu Fuß zurückzulegen. Es hat geregnet und ein Spaziergang vor dem Schlaf ist sogar angenehm. Ein bemerkenswerter Tag ist zu Ende gegangen, der nicht allein dem Freimaurer Tetjochin lange im Gedächtnis bleiben wird.

Die Heldentat

Es ist unangenehm, wenn zwei Radfahrer in voller Fahrt zusammenstoßen, es ist schlechter, wenn das zwei Taxis tun, und es ist ganz schrecklich mit zwei Lastwägen. Aber auch Zusammenstöße von Menschen sind nicht immer erfreulich.

Hätte Jegor Jegorowitsch Henri Richard früher bemerkt, er hätte die Straßenseite gewechselt; aber der Zusammenstoß erfolgte Nase auf Nase und Richard, immer freundlich, schloss Jegor Jegorowitsch beinahe in freundschaftliche Umarmungen ein.

„Ich bin so froh, Sie zu sehen, Monsieur Tetékhine. Ich denke sehr oft an Sie! Ich hoffe, dass Sie gesund und wohlbehalten sind."

Jegor Jegorowitsch ist gesund, seine Frau ebenfalls. Eine Arbeit hat sich noch nicht gefunden, aber es zahlt sich nicht aus, darüber zu reden. Leider hat er es etwas eilig und kann mit ihm nicht in ein Café gehen.

Aber ist es denn möglich, dass sich keine zehn Minuten für einen alten Freund finden, der ihm unbedingt vorschlägt, sich an einem guten amerikanischen Grog zu erwärmen – das Wetter ist so schrecklich. Er ist nicht böse wegen der Absage des alten Mitarbeiters, der sonst denken könnte, dass Monsieur Tetékhine ihn nicht leiden kann.

Jegor Jegorowitsch ist nicht geeignet für schlechte Beziehungen und entschlossene Handlungen. Das Einzige, worauf er besteht, ist das Vertauschen des Grogs durch eine Tasse schwarzen Kaffees. Das Tischchen im Winkel eines leeren Cafés erscheint ihm klebrig, der Kaffee ekelig lauwarm und die eigene Zunge schwerfällig. Nein, er hat nichts persönlich gegen Richard: Jeder Mensch handelt aus seiner Sicht.

Aber es ist offensichtlich, dass Henri Richard Grund zu denken hat, dass nicht alle seine früheren Freunde oder nach alter Terminologie Brüder so tolerant und so gerecht sind. Ja, er wurde durch die Bruderschaft enttäuscht und hielt es für seine Pflicht als ehrlicher Mensch, ihre Reihen zu verlassen. Hätte er denn besser handeln können und unter den Leuten bleiben, die sich ihm gegenüber misstrauisch verhielten und über ihn seine Ehre beschmutzende Gerüchte verbreiteten? Ja, ja, er ist ausgezeichnet über alles informiert, unter anderem auch über die verachtenswerte Denunziation dieses Schurken, des Herausgebers dieses stümperhaften und gemeinen Boulevardblättchens! Ihn erstaunt nur, er ist wahr-haf-tig darüber erstaunt, dass den schändlichen Verleumdungen dieser Person irgendein Gewicht beigemessen wird!

Jegor Jegorowitsch fühlt sich tief unglücklich: Warum hat er einem Gespräch mit Henri Richard zugestimmt? Er hätte höflich und bestimmt die hartnäckige Einladung ablehnen sollen. In diesem Café herrscht eine stickige und säuerliche Luft, keine Ventilation, und hinter einer Trennwand dringen betrunkene Stimmen hervor; überhaupt sind das sehr abstoßende Umstände.

„Sie kennen mich, mein lieber Freund, Monsieur Tetékhine!", und Richard schlägt sich nicht schmerzhaft, aber tragisch auf die Brust. „Sie wissen, dass ich zu keinem Verrat fähig bin, und noch dazu wegen Geld! Ich möchte sagen, dass ich mir das natürlich niemals erlaubt hätte, umso mehr, als für ein paar lächerliche hundert Francs oder so ..."

Henri Richard schleudert entrüstet ein Löffelchen fort, das zu Boden fällt und durch seinen Klang beweist, dass es nicht silbern ist. Trotzdem muss er sich hinunterbeugen und es voll Ekel aufheben.

„Das Schlimmste ist", fährt Richard fort, „dass ich seither keine Zeit gefunden habe, meine kleine Schuld der Logenkasse gegenüber zu begleichen; gut, dass ich mich daran erinnere – das mache ich sofort übermorgen. Und es scheint, dass ich auch Ihnen zweihundert Francs schulde, das mache ich dann gleichzeitig ..."

Jegor Jegorowitsch sucht mit dem Blick seinen Hut und sagt:

„Das ist nicht wichtig, aber ich fürchte, mich zu verspäten ..."

Nein, Richard kann ihn jetzt nicht gehen lassen, solange er seine Erklärungen zu dieser ganzen lächerlichen, aber natürlich sehr abstoßenden Geschichte nicht zu Ende angehört hat. Er braucht sich nicht zu rechtfertigen, aber er hat nicht die Absicht, etwas zu verbergen. Dokumente ... das heißt, was sind das denn für Dokumente! Das ist einfach ein gedrucktes „Bulletin"! Sie wurden ihm von seinem Büroschreibtisch gestohlen. Es war freilich leichtfertig, sie dort zu lassen; aber er konnte sie nicht zu Hause lassen, wo man nicht einmal wusste, dass er der Bruderschaft angehörte. Dieser Schuft, der in seiner Abwesenheit geschäftlich im Büro auftauchte, stahl das „Bulletin" und veröffentlichte die Namen. Darauf besaß er die Frechheit, ihm, Henri Richard, vorzuschlagen, irgendwelche skandalösen Privatbriefe aufzutreiben und ihm dafür beinahe einen Berg voll Gold zu versprechen. Er wurde mit diesen Händen da zur Tür hi-naus-ge-wor-fen!

Jegor Jegorowitsch blickt verzagt auf diese Hände von Richard. Richard hat ziemlich schöne Hände und sogar die Nägel sind gut poliert. Jegor Jegorowitsch weiß, dass irgendeine kleine Boulevardzeitung die Namen von Freimaurern veröffentlicht und er weiß sogar, dass Richard dessen verdächtigt wird; aber man versucht, über solche Dinge in der Loge nicht zu sprechen, solange die Sache nicht von kompetenten Personen untersucht worden ist. Er weiß auch über eine anonyme Denunziation oder etwas in der Art Bescheid. Früher wollte es Jegor Jegorowitsch irgendwie nicht glauben, dass Richard zu einer so großen Gemeinheit fähig ist, umso mehr einer riskanten. Nun, mit dem Blick auf die Hände, die den Schuft fortgeschleudert haben, zöge es Jegor Jegorowitsch vor, schnell aus dem Café an die frische Luft zu gehen. Deshalb legt er eine Münze auf die Untertasse, nimmt entschlossen seinen Hut, ist jedoch unschlüssig darin, wie er fortgehen könnte, ohne nach Möglichkeit Richard die Hand zu geben. Das ist sehr schwer und verlangt Mut, den, so scheint es, Jegor Jegorowitsch nicht in ausreichendem Maße besitzt. Sich leicht vom Sofa erhebend blickt Jegor Jegorowitsch auf die Uhr und versucht, einen Schritt zu machen. Ihn hält Richards merkwürdige Erklärung zurück, der seine Unentschlossenheit bemerkt hat:

„Monsieur Tetékhine, wenn ich es gerade Ihnen sage, dann nur deshalb, weil ausgerechnet Sie, Monsieur Tetékhine, ein wahres Opfer dieser ganzen Geschichte waren."

Jegor Jegorowitsch lässt sich unschlüssig auf seinen Platz sinken.

„Ja, Sie", fährt Richard fort. „Als ich auf Urlaub war, erlaubten Sie sich, sich mit dem Herausgeber von *Marianas Vergnügungen* nicht zu einigen, und überzeugten das Hauptbüro davon, vom Vertrieb seiner Zeitschrift abzusehen."

„Das war ein pornografisches Blättchen!"

„Leicht möglich. Solche Blättchen vertreiben wir nicht wenige. Monsieur Tetékhine, ich verdächtige Sie natürlich in keiner Weise – wie sagt man? – interessierter Vorlieben, obwohl ich nicht ganz verstehe, warum Sie gerade auf dieses Blättchen Ihre besondere Aufmerksamkeit gerichtet haben. Das aber lieferte auf jeden Fall dem Ihnen bekannten Schuft einen Vorwand, einen Feldzug gegen Sie zu beginnen und dann auch gegen mich."

„Sie reden Unsinn, Richard!"

„Die heilige Wahrheit, Monsieur Tetékhine! Und ich füge hinzu, dass Sie durch die Intrigen dieses Lumpen entlassen wurden, gerade als Freimaurer und als Mensch, auf den man sich nicht sehr verlassen darf. Ich hatte es Ihnen angekündigt."

Das ganze Unglück liegt darin, dass Jegor Jegorowitsch seinen Hut genommen hat. Jetzt muss er mit geschlossenen Augen sitzen bleiben und hören, wie Richard, nachdem er von den Intrigen gegen seinen lieben Chef erfahren hatte, sich erbittert für die Interessen seines Chefs im Hauptbüro einsetzte, wie er selbst aus einem Gefühl der Solidarität heraus den Dienst in diesem Betrieb aufgeben wollte, wo man Leute nicht zu schätzen verstand, und wie er nur deshalb blieb, um den Schuft zu entlarven und um Jegor Jegorowitschs Rückkehr in den Dienst zu erreichen. Er hatte das bisher noch nicht erreicht, teilweise abgelenkt durch seine persönlichen Unannehmlichkeiten, denn wie konnte er sich für einen anderen einsetzen, wenn seine eigene Ehre durch jemanden in Frage gestellt wird – aber einige Schritte hat er schon unternommen und kann auf einen Erfolg hoffen. Jedenfalls hat er beschlossen, den Buchhalter aus dem Büro zu entlassen, der ganz faul geworden ist und zu nichts taugt; sollen sie den Buchhalter in ein anderes Büro versetzen. Was den Ausländeranteil betrifft, so ist das blanker Unsinn und ein reiner Vorwand! Monsieur Tetékhine könnte problemlos ins Büro zurückkehren, einstweilen in der Funktion eines Buchhalters und dann als Leiter, und er, Richard, wäre froh, wie früher sein Helfer zu sein. Ja, ja! Obwohl er aus der Bruderschaft ausgetreten ist, kann Henri Richard ein Bruder und Freund bleiben; seine Gefühle sind dem alten Kollegen gut bekannt. Was die anderen „Brüder“ betrifft, so werden sie von der Falschheit der Denunziation überzeugt sein, wenn sie die ganze und unbedingt die ganze Wahrheit aus dem Munde des russischen Bruders erfahren, den alle so verehren. Er, Henri Richard, verachtet die Verleumdung und fürchtet sich vor niemandem. Er steht darüber. Natürlich wollte er nicht, dass sich eine gemeine Verleumdung auch unter den Laien verbreitet und ihre Schatten auch auf seinen guten Namen wirft. Das kann zum Beispiel auch dem Hauptbüro zu Ohren kommen und seiner Karriere schaden und übrigens auch seinen Bemühungen für Jegor Jegorowitschs Rückkehr in den Dienst. Daher stimmen ihre Interessen überein. Er war selbst Freimaurer und weiß, dass ein Freimaurer gute Verbindungen hat; und siegen sie heute, so nehmen morgen andere ihre Plätze ein. Aber es geht nicht allein um persönliche Interessen; das Wichtigste ist, er sucht die Wahrheit!

Richards Stimme ist voll Aufrichtigkeit. Richards Stimme zittert gar vor Erregung. Richard hält die Stimme nicht zurück, umso mehr, als hier niemand ist und hinter dem Verschlag fröhliche Besucher lärmen. Ja ist denn nicht alles egal? Soll doch die ganze Welt wissen, dass Henri Richard ehrlich ist und seine Ehre gegen wen auch immer verteidigen kann. Was den Buchhalter betrifft, so hat dieser genug angespart und wurde frech. Das Hauptbüro hat Monsieur Tetékhines Arbeit immer geschätzt ... Er sagt nicht, dass dies alles leicht und einfach ist, aber man kann es regeln, daran ist nicht zu zweifeln.

Jegor Jegorowitsch sitzt da, ohne den Blick zu heben. Über seinen Körper kriechen raue Raupen und klebrige Schnecken. Von der halben Tasse Kaffee ist ihm etwas übel. Jetzt weiß er zuverlässig, wie das alles geschehen ist; es scheint, dass er etwas naiv war, aber das ist nicht wichtig. Aber Anna Pachomowna ist um einiges spitzfindiger – obwohl sie früher Richard nicht nur glaubte, sondern sogar übermäßig freundlich zu ihm war. Aber recht hat sie und nicht Jegor Jegorowitsch. Und trotzdem – was soll er jetzt tun und wie kann er fortgehen? Jedenfalls kann er sich jetzt nicht mehr per Handschlag verabschieden, das geht auf keinen Fall!

„Und, was sagen Sie dazu?“, fragt Henri Richard ganz ruhig und mit geschäftlicher Stimme. „Denken Sie nicht, dass ich Ihnen einen Vertrag anbiete – ich bin nicht so einer und Sie sind nicht so einer. Aber, lieber Monsieur Tetékhine, muss es nicht eine gegenseitige Hilfe bei Leuten unseres Kreises geben?“

Jegor Jegorowitsch öffnet die Augen, steht auf, setzt den Hut auf, nimmt den Stock und weiß nicht, ob er sich vor dem Hinausgehen wenigstens höflich verbeugen soll. Bei aller Sanftmut beginnt er, vor Empörung zu zittern. Nein, er verbeugt sich nicht!

Wahrscheinlich hat dies Henri Richard erraten, da er plötzlich den Ton ändert und dem Fortgehenden eine giftige Bemerkung nachwirft:

„Verrechnen Sie sich nur nicht, *mon cher monsieur,* wie Sie sich bei *Marianas Vergnügungen* verrechnet haben!“

Zum ersten Mal im Leben schlägt der würdige Jegor Jegorowitsch einem Menschen mit dem Stock auf den Kopf. Er schlägt ihn mit Entsetzen und Verzweiflung, ohne die Kraft zu haben, sich zurückzuhalten, und wahrscheinlich im Wissen, dass er bald selbst zertreten auf der Erde liegen wird und vielleicht erschlagen. Er schlägt nochmals und nochmals, auf den Scheitel, auf die Ohren, auf die Schultern, auf die Finger, mit denen sich der Mensch verteidigen will. Er versteht nicht, warum jener nicht schreit, nicht um Hilfe ruft, sich nicht verteidigt, nicht selbst angreift. Alles findet in vollkommenem Schweigen statt – einzig Jegor Jegorowitschs Stockschläge sind zu hören.

Genauso plötzlich hält er inne und schaut. Auf Richards Gesicht sind der reine Schreck und Erstaunen; es scheint, dass er nicht einmal Schmerzen spürt. Richard ist ganz krumm vor Schreck, drückt sich in die Sofalehne und folgt dem Stockende nur mit dem Blick. Auch Jegor Jegorowitsch, der sich, wenn überhaupt, etwas anderes erwartet hat, ist erstaunt. In langsamem Rückwärtsgang geht er zur Tür und kehrt plötzlich in einem neuen Anfall von nunmehr echtem Zorn zurück. Besonders ärgert es ihn, dass Richard sich als erbärmlicher Feigling erweist – das heißt, dass auch seine, Jegor Jegorowitschs Entschlossenheit keine Heldentat ist! Als er für dieses Mal den Stock erhebt, sucht er lange nach einer Stelle, auf die er schmerzhafter schlagen kann. Jetzt könnte er einen Menschen umbringen, dieser sanfte Freimaurer. Offensichtlich sieht dies auch Richard, der seinen Kopf unter die Tischfläche gebeugt hat, doch sich nicht entschließen kann zu schreien.

Dann packt Jegor Jegorowitsch die halb ausgetrunkene Kaffeetasse und leert sie über den zerzausten Kopf des Mannes. Dann kehrt er ihm den Rücken zu und verlässt mit sicheren Schritten das ekelhafte Café, dessen Tür von selbst zufällt.

***

Eine Reihe von Kapiteln, die sich bis auf die Titel verkürzen. Jegor Jegorowitschs schlaflose Nächte. Überall erscheinen ihm Ungeheuer, gegen die er einen tödlichen Kampf führt. Ein für allemal hochgezogene Augenbrauen, erstarrt vor Erstaunen. Die Analyse der eigenen Handlungen, insbesondere – ist die direkte Handlung dort anwendbar, wo der Weg der Überzeugung nicht bis zu Ende erlebt wird? Die Prüfung des Stockes, der ganz und gar nicht unter seiner Verwendung gelitten hat. Eine allgemeine Frage: Bin das etwa ich? Wenn ja – ist das ein verborgenes, aber angenehmes Gefühl der Befriedigung. Schwanken bei der Frage, ob es sich auszahlt, Anna Pachomowna in die Sache einzuweihen. Annäherung aus der Ferne und äußerste Verworrenheit der Darstellung. Die Unumgänglichkeit, einige dunkle Stellen zu erklären, und gerade fragt Anna Pachomowna:

„Wenn dir schon dieser dein Richard zweihundert Francs schuldet, warum hat er sie dir nicht gegeben? Für uns ist jetzt jede Kopeke Gold wert!“

Der Versuch, Anna Pachomownas Aufmerksamkeit auf das Wesentliche zu lenken. Die kleinmütige Reue darüber, seine Zunge nicht im Zaum gehalten zu haben. Die sich herausstellende Notwendigkeit, das wenn auch umsonst Begonnene zu Ende zu sprechen. Die Erklärung jüngster politischer Ereignisse in Verbindung mit einem in Flammen aufgegangenen Autobus. Die Bestimmung des Marktwertes von freimaurerischen Geheimnissen (in äußerst populärer Darstellung). Anna Pachomownas richtige Replik: „Dieser Mensch ist fähig, seine eigene Mutter zu verkaufen." Ein Umweg zum abschließenden Moment: die Rolle des Stocks in den lebendigen Tagesereignissen. Anna Pachomowna äußert ihre Unfähigkeit, sich Jegor Jegorowitsch in der Kleidung des heiligen Georgs vorzustellen, der den Drachen zertritt. Eine etwas kränkende Vermutung:

„Vielleicht hat er dich geschlagen? Dieser Mensch ist zu jeder Schandtat fähig!"

Ein plötzliches Aufblitzen völligen Verstehens vonseiten Anna Pachomownas. Man muss sagen, dass Frauen sehr oft durch die Richtigkeit ihrer psychologischen Vermutungen verblüffen. Gerade so verstand Anna Pachomowna auch diesen Richard: frech in Worten und feig in Taten. Es zahlt sich nicht aus, sich daran zu erinnern, aber sie hatte einmal Gelegenheit, sich davon zu überzeugen: Ein Schurke erhielt das Seinige. Sie erinnert sich nicht genau, doch es scheint, dass sie ihm ebenfalls einige Ohrfeigen gab; jedenfalls sagte sie alles, was sie über ihn immer gedacht hatte. Sie gehört nicht zu jener Kategorie von Frauen, mit denen man sich frei unterhalten kann. Sie trägt keine Badeanzüge, die am Körper nicht sichtbar sind, und cremt sich an den Stränden nicht mit allem möglichen Dreck ein, um gebräunt zu erscheinen. Welch ein Glück, dass es ihr rechtzeitig gelungen ist, George, diesen unerfahrenen Jungen, den man versucht hat zu verderben, von dort wegzubringen!

Jegor Jegorowitsch bleibt nur, zustimmend zu nicken: Natürlich ist diese Gesellschaft für George unpassend. Ein Mensch, der fähig ist, mit den Geheimnissen einer Gesellschaft zu handeln – so eine Persönlichkeit bringt die Menschheit in Verruf. Und wie ist alles logisch und klar: Zwei Schurken teilten etwas nicht und einer verschickte eine anonyme Anzeige gegen den anderen und der verriet sich selbst. Welche Schamlosigkeit und welch ein Schmutz! Nein, Jegor Jegorowitsch bereut nichts: Er konnte nicht anders handeln.

„Und beachte", fügte Anna Pachomowna von sich aus hinzu, „dass diese Person mit allen möglichen Liebenswürdigkeiten nachdrücklich zu mir gekrochen ist in der Annahme, dass ich nichts bemerke.

Das ist einfach ein halb nacktes Weibchen mit einem unverschämten Gesicht. Nur ihr Männer könnt so blind sein!"

Erregt durch die Erinnerungen schließt sich Anna Pachomowna im Schlafzimmer ein und nimmt erstmals nach langer Enthaltsamkeit Zuflucht zur narkotischen Wirkung der Baldriantropfen.

Eine Zeit lang entwickeln sich die Gedanken der beiden Gatten wieder in Form von Titeln. Die geistige Einsamkeit eines Freimaurers. Anna Pachomownas Reminiszenzen. Die männliche und die weibliche Säule. Der Stock als Waffe der Gerechtigkeit. Was ist Heldentum? Die Rolle des Zufalls in unserem Leben. Die Feinheit des Geruchssinns der Nachbarkatzen. Und trotzdem – was soll weiter geschehen? Die Zeit heilt alle Wunden. Gibt es vollkommenes gegenseitiges Verstehen?

Die letzte Frage erfährt eine unerwartete Klärung. Nach etwa zehn Minuten kommt Anna Pachomowna verwandelt und mit verweinten Augen aus dem Schlafzimmer heraus. In ihrem Gang ist etwas Graziöses und in höherem Sinne Weibliches. Vor allem küsst sie schweigend die kleine Glatze des in Gedanken versunken dasitzenden Jegor Jegorowitsch und sagt erst dann:

„Grischa, ich verstehe alles, alles sehr gut. Vielleicht war ich etwas leichtfertig, aber etwas Unrechtes habe ich nicht ... ich habe nichts Schlechtes getan."

Und bevor Jegor Jegorowitsch den Mund weit aufreißen kann, fügt sie hinzu:

„Ich habe immer gewusst, dass du mich liebst und mutig für die Verteidigung der Ehre der Frau und deines Weibes eintrittst!"

Die letzten Worte vermischen sich mit glücklichem Schluchzen.

Hinter der Tempelmauer

Es zeigt sich, dass George lange kein Junge mehr ist, sondern ein ganz ernsthafter Ingenieur, der große Hoffnungen erweckt und mit seinen Kenntnissen in Frankreich gebraucht wird. Es ist sogar möglich, dass Frankreich George zur Anwendung seines Wissens in die Kolonien beruft. Monsieur George spricht geringschätzig darüber, doch mit dem Gefühl eines Menschen, der bereit ist, seiner Pflicht nachzukommen. Anna Pachomowna ist eine echte Mutter, sie passt sich völlig Georges Ton an und denkt darüber wie über ganz natürliche Dinge, und nur ein so oberflächlicher Mensch wie Jegor Jegorowitsch ist darüber erstaunt. Das heißt, er ist natürlich bereit, sich über so ein Ereignis zu freuen, doch irgendwie ist er nicht vollkommen davon überzeugt, dass George wirklich von Frankreich gebraucht wird. Ihn selbst zum Beispiel braucht Frankreich endgültig nicht, gerade im Gegenteil: Es hat ganz und gar kein Bedürfnis. Anna Pachomowna kann sich leicht vorstellen, dass George dort irgendetwas bauen oder sogar in einer leitenden Funktion sein wird, obwohl es in den Kolonien viele Schwarze und Stechmücken gibt.

„Aber George, musst du dann nicht einen Tropenhelm kaufen? Ich habe gehört, dass es ohne Helm ganz unmöglich ist."

Bei Anna Pachomowna selbst tauchten in letzter Zeit immer mehr Sorgen auf, die früher nicht da waren. Vor allem eine große Anzahl aller möglichen Reparaturen; auf irgendeine Weise begann alles schnell zu verschleißen und sich abzunützen, besonders die Wäsche. Dafür musste sich Anna Pachomowna erinnern, dass sie sich in ihrer Jugend, also vor vergleichsweise gar nicht so langer Zeit, selbst die gesamte Kleidung nähen konnte, natürlich mit einfachem Schnitt, einen Rock und eine Jacke, am schwierigsten ist der Kragen, aber man kann einen Kragen aus Organza annähen oder ein Halstüchlein aus demselben Stoff wie die Jacke. Zweimal in der Woche Markt, täglich kochen und zweimal Geschirr abwaschen – das Unangenehmste. Unglaublich schnell begann sich überall der Staub anzusammeln, sogar in solchen Flocken und Teilchen, dass Jeanne d'Arc und Dostojewski außer Atem kommen und einander anniesen. Das Wichtigste ist eine äußerst strenge und in allem erzwungene Ökonomie. Mit Jegor Jegorowitsch hat sie ausgerechnet, dass sie noch ein halbes Jahr ohne besondere Entbehrungen leben könnten, aber von allen Launen absehen müssten und unter der Bedingung, dass George bald wenigstens irgendein Einkommen findet. Und dann? Und dann kommt offensichtlich bitterste Not, sogar Elend. Wenn man sogar das Grundstück verkaufen muss ...

Und genau da begann der Streit. Anna Pachomowna bestand auf den Verkauf, obwohl es nicht leicht wäre, einen Käufer zu finden; trotzdem würde man noch eine Zeit lang durchhalten können, bis Jegor Jegorowitsch irgendwie Arbeit gefunden hätte. Jegor Jegorowitsch, der in allem nachgiebig ist, konnte nur in diesem Punkt auf keinen Fall zustimmen. Gerade in seinem Grundstück und im Haus ist die Rettung – für den schlimmsten Fall, verstehst du, wenn du schon ganz am Boden bist und stirbst. Irgendwie ist das Haus abzudichten, damit man auch im Winter darin wohnen kann. Nein, alles ist möglich, aber das Häuschen bleibt erhalten! Man kann ein Gärtchen anlegen, mit Kraut, Zwiebeln, Tomaten, Salat. „Das ist völliger Unsinn, Grischa, weil man sich davon niemals ernähren kann. Und wenn du dort hinziehst, dann wirst du in Paris niemals eine Arbeit finden. Jedenfalls will ich keine Kühe melken." – „Es wird keine Kühe geben, woran ich denke, sind Kaninchen ..." – „Iss selbst dieses Zeug! Und warum denkst du, dass du hier keine Arbeit finden wirst?" – „Aber was, das ist doch nur für den Fall, weil es doch ungewiss ist ..."

Anna Pachomowna ist keine alte Frau und wünscht nicht, sich gänzlich der letzten kulturellen Lebensbedingungen zu berauben. Da ist es noch leichter, sofort in eine Zweizimmerwohnung umzuziehen ... Anna Pachomowna weint sogar allein zu Hause und erinnert sich der Zeiten, als sie in Kasan ein junges unerfahrenes Mädchen war und vom Glück träumte, das sie natürlich nicht gefunden hat. Und so muss sie zweimal am Tag Teller waschen. George ist ein guter Junge und bedauert seine Mutter, aber Jegor Jegorowitsch ist es völlig egal, ihm sind nur seine Freimaurerfreunde wichtig. Diesem Menschen hat sie ihr ganzes Leben gegeben, ist ihm treu gewesen, hat sich Tausender Möglichkeiten enthalten und stolz alles zurückgewiesen, was sich ihr zu Füßen geworfen hat. Und so ist ihr ganzes Leben zerstört und man will sie zwingen, Kühe und Kaninchen zu melken!

„Wenn du eine Stelle in den Kolonien bekommst, dann gehe ich mit dir, George."

George antwortet einfach:

„Oui, Maman."

Und wirklich, George wird seinen eigenen Haushalt gründen müssen. Das ist günstiger und weit solider. George ist vernünftig, praktisch und er ist nach russischer Rechnung circa hundertfünfundsechzig Jahre alt. In der Schule erlaubte sich George einige Leichtfertigkeiten, nun hat er einen Kreis seriöser und nützlicher Bekanntschaften. George braucht Frankreich. Frankreich braucht George.

Das Einzige, was Anna Pachomowna eigentlich beunruhigt, ist der Tropenhelm. Gibt es Tropenhelme für Damen? Anna Pachomowna reitet mit einem Tropenhelm, der in rosa Gaze gehüllt ist, auf einem Kamel. Die Schwarzen laufen in Furcht auseinander. Anna Pachomowna rastet unter einer Palme, auf der Bananen und Datteln wachsen. Die in Gedanken versunkene Anna Pachomowna wird von einer Giraffe angefallen, doch sie wird von einem Stammeshäuptling gerettet, einem sehr reichen indischen Maharadscha; er tötet die Giraffe und besprengt die ohnmächtige Anna Pachomowna mit Eau de Cologne. „Ach, wer ist das?" Als Belohnung für die Rettung bittet der Maharadscha Anna Pachomowna, für einen Moment den Tropenhelm abzunehmen – und das Gold der Haare fällt auf ihre Schultern. Zu Hause in ihrem Wigwam (die dortige Form der Garçonnière) liegt Anna Pachomowna auf dem Fell der erlegten Giraffe, das heißt eines Panthers, und träumt ein wenig vom Maharadscha, der zu dieser Zeit wie der Wind durch die Wüste galoppiert und vergeblich versucht, die plötzlich in ihm aufflammende Leidenschaft zur weißen Frau zu besiegen. Aber der Arme muss sich beruhigen: Anna reichen ihre europäischen Abenteuer! Mit zusammengebissenen Zähnen vergießt die arme Frau Tränen in den Tropenhelm.

Wie scheint das alles märchenhaft und weit weg von der Realität! Inzwischen taucht gerade in der Kanzlei des Kolonialministeriums ein wohltätiger Beamter die Feder ins Tintenfass – und die Welt der Illusionen verwandelt sich jeden Augenblick in Wirklichkeit.

***

Lolli Romanowitsch Pankratow führt einen Bleistift über einen Kartonfetzen. Es ist interessant, dass er rein gar nichts zu tun hat: Schon lange hat er keine Bestellungen mehr für Schächtelchen und Etikettenkleben, alle Bestellungen ergehen an Personen mit französischer Nationalität und das ist normal so. Auf das Kartonstück schreibt Lolli Romanowitsch mit großer und ungefüger Schrift das Wort „normal", unterstreicht es, fügt zwei Ausrufezeichen dazu und denkt weiter.

Es ist normal, dass in Frankreich die Franzosen das vorherrschende Recht auf Ernährung haben, in Deutschland die Deutschen und überhaupt die dort Geborenen der entsprechenden Länder. Es ist normal, dass bei Arbeitslosigkeit das zugewanderte Element darunter zu leiden hat. Lolli Romanowitsch ist ein zugewandertes Element. Und deshalb merkt Lolli Romanowitsch mit dem Bleistiftstummel unter dem Wort „normal" zur Erinnerung die Worte „Zugewandertes Element" an. Beide Worte in großen Buchstaben, ohne das harte Zeichen am Wortende, weil die russische Intelligenz ungefähr in den neunziger Jahren des letzten Jahrhunderts aufgehört hat, es zu verwenden. Das Bewusstsein darum erwies sich als riesige Befriedigung, als das harte Zeichen schließlich in der neuen Rechtschreibung vernichtet wurde: Die persönliche Initiative war auch hier der Gesetzgebung vorausgeeilt.

Aber in den neunziger Jahren des vorigen Jahrhunderts hatte man sich den Gedanken noch nicht genug angeeignet, dass das Vorrecht des Nahrungsgebrauchs den Menschen der im jeweiligen Land vorherrschenden Nationalität zufällt, sondern man nahm einfach an, dass es gerechterweise dem Hungrigen zukommt; auf dieser Basis waren die Soziallehren über die Verteilung des Reichtums, über das

Verhältnis von Arbeit und Kapital, die Theorie des Mehrwerts und so weiter gewachsen. Passend dazu ist auf dem Karton die schriftliche Darstellung „usw.", „usf.", „u. Ä." zu vermerken. Einfach ohne jeden Schnörkel. Schnörkel machen Beamte, Professoren – niemals. Vor der bescheidenen Abkürzung „Prof." ergänzt der Besitzer des oben erwähnten Namens mit allen Buchstaben und nicht ohne Verbitterung „ehemaliger". Und noch einmal vor jedem Absatz: „ehemaliger, ehemaliger, ehemaliger", wobei schon die Funktionen seines Nervensystems zu leiden beginnen. Darauf füllt sich der Rest des Kartons mit einer großen, plakativen Unterschrift, mit der Bemühung um Geradheit und Leserlichkeit der Buchstaben:

EHEMALIGER ORDINARPROFESSOR FÜR BIOLOGIE
DER UNIVERSITÄT VON KASAN
LOLLIUS PANKRATUS

Vom starken Andrücken mit dem Bleistift fühlt Lolli Romanowitsch eine große Müdigkeit. Es ist interessant, dass er schon seit zwei Tagen nichts gegessen hat und er durch diese Gewohnheit keine besonderen Leiden verspürt. Er hat auch schon lange, seit fast einer Woche, nicht mehr geraucht, wodurch sich auch die äußerst große Schwäche erklärt. Der der Nahrung entwöhnte Körper stirbt weit langsamer als allgemein angenommen und weniger qualvoll, als Sie sich vorstellen können. Es ist zum Beispiel die Widerstandsfähigkeit einiger Pflanzen erstaunlich. Die Erde ist ganz ausgetrocknet, aber die Pflanze hält sich und scheint sogar frisch und wohlbehalten zu sein. Freilich ernährt sie sich hauptsächlich von Luft. In letzter Zeit ernährt sich auch Lolli Romanowitsch hauptsächlich von Luft. Es ist schwer zu sterben. Deshalb sind Todesfälle aus purem Hunger verhältnismäßig selten. Wenn man ihnen nach und nach Nahrung vorenthält, schrumpfen Kaulquappen zusammen, als ob sie zu ihrer Ursprungsform zurückkehren. Der ehemalige Professor der Kasaner Universität Lollius Pankratus befindet sich in einer ausweglosen Lage. Eigentlich ist es die Annäherung an das Ende. Auf dem Rest des Kartons schreibt er „Ende" dazu und wiederholt es in verschiedenen verkleinernden und anderen Varianten: „Endchen", „Endlein", „Verenden", *„finis coronat opus"*[114].

Die Figur des alten Professors, die mit frei herabfallenden grauen Haaren geschmückt ist, wäre um einiges ehrenwerter gewesen, wenn er seine Arbeit sogar unter den erdrückendsten Lebensbedingungen fortgesetzt hätte. Er hätte zum Beispiel in Ermangelung von Tinte seine Arbeit mit dem Bleistiftstummel auf den Kartonfetzen zu Ende führen können. Schließlich unterschreibt er auf dem letzten Fetzen mit seinem Familiennamen ... Die Arbeit ist vollbracht, die mir Sünder von Gott vermacht worden ist ... Der Gelehrte lehnt sich im Sessel zurück, der Kopf senkt sich langsam auf die Brust und er gibt den Geist auf. Betrübt (oder erfreut) verkauft die Besitzerin des Zimmers einem Trödler die armseligen Habseligkeiten des Verstorbenen, der seit Monaten nichts für die Wohnung bezahlt hat. Nach zehn Jahren kommt ein Handschriftensammler in den Antiquitätenladen und seine Aufmerksamkeit fällt auf ein merkwürdiges Bündel. Schon nach den ersten Seiten errät er, dass ein geniales, noch nirgends publiziertes Werk vor ihm liegt, das in einer unbekannten Sprache geschrieben ist. Der Bouquinist sieht die Begeisterung in seinen Augen und verlangt einen unerhörten Preis – zehn Francs. Sie handeln einen ganzen Monat und schließlich erwirbt der Handschriftensammler die ganze Lebensarbeit des Professors um sechs Francs und fünfzig Centimes (hier gibt es ein feines Symbol: den Preis eines bescheidenen Essens mit *prix fixe*). Zum Abschluss erscheint die französische Übersetzung der ausgezeichneten biologischen Arbeit im Druck, die von dem vergessenen Kasaner Gelehrten geschrieben worden ist, der in einer Pariser Mansarde Hungers gestorben ist. Den Namen hat man natürlich verwechselt, in einer Fußnote ist angemerkt, dass die Stadt Kasan in Sibirien liegt, am linken Ufer des Dnepr, von Tschechoslowaken bewohnt war und vor der Gründung *par les bolcheviks*[115] geschleift worden war. Über die geniale Arbeit spricht die Presse von ganz Europa und der Name des Professors gelangt ins Buch, dessen Buchrücken mit Löwenzahn

114 **Finis coronat opus** (lat.): Das Ende krönt das Werk.
115 **Par les bolcheviks** (frz.): durch die Bolschewiken.

bedeckt ist. Der Autor dieses berührenden Unsinns packt das Bändchen mit dem Löwenzahn und schleudert es in den faulen Rachen des alten Gesindels Europa, das eine Maschine für Kartonzuschnitt erfunden hat, den Reisepass, das Parlament, die Nationalität und die Mehrwerttheorie. Mit etwas größerer Zurückhaltung im Ausdruck könnte man den Professor zum Helden einer lieben Erzählung oder eines Tonfilms machen.

Aber Lolli Romanowitsch hatte seit dem Tag des Abzugs der Tschechoslowaken aus der Stadt Kasan keine Zeit gefunden, zur unterbrochenen wissenschaftlichen Arbeit zurückzukehren und dadurch seine Biografie verdorben. Sei es, dass er sich fürchtete, sei es einfach eine unerklärliche Nachlässigkeit; ein anderer Mensch einer angeseheneren Nation hätte sich das niemals erlaubt. Die Minuten liefen, die Tage vergingen, die Jahre schleppten sich dahin, der Körper alterte, der Geist wurde schwächer – und schon klopft jemand an die Tür.

Ohne sich umzudrehen, sagt Lolli Romanowitsch:

„Herein."

Und nach dem leichten Hüsteln, das den Begrüßungsworten vorangeht, errät er, dass der einzig mögliche Gast ihn besuchen gekommen ist – der liebe Tetjochin.

***

Eine ungehörige Frage eines Freimaurers:

„Haben Sie heute gespeist, Lolli Romanowitsch?"

„Sehen Sie, lieber Tetjochin, es speisen nur Herrschaften, Kinder und Flüchtlinge aus den westlichen Gouvernements. Sie interessiert wahrscheinlich, ob ich schon gegessen habe? Jedenfalls habe ich noch nicht geraucht."

Jegor Jegorowitsch legt schweigend das geöffnete Zigarettenetui auf den Tisch und versinkt in Gedanken. Beide rauchen. Lolli Romanowitsch sitzt auf der Stelle, Jegor Jegorowitsch versinkt im Nebel, schwankt und in Lolli Romanowitschs Augen beginnt er, sitzend durch das Zimmer zu schweben. Den Professor schmerzt das Licht vom Fenster, das langsam schaukelt, und er träfe gerne Maßnahmen, doch er kann vor Zittern an Händen und Beinen nicht aufstehen. Die angerauchte Zigarette fällt zu Boden und springt lustig, die im Rauch schimmernde ferne Figur des lieben Tetjochins schöpft aus einem Bach Wasser und klopft mit einem kalten Gegenstand wie ein Trommelwirbel über die Zähne des Professors, der schließlich von seiner kleinen Reise zurückkehrt.

„Sie sollten sich für ein Momentchen hinlegen und dann gehen wir essen, weil ich noch nichts gefrühstückt habe. Ich öffne das Fenster, dann wird ihnen leichter werden; und die Luft ist heute wunderbar, ganz frühlingshaft."

Und wirklich – im Hof ist Frühling. Diese Eigenschaft der Natur, auf nichts ihre Aufmerksamkeit zu lenken und ihre Linie zu verfolgen, ist erstaunlich. Es könnte scheinen: Was sollen hier Knospen, Blättchen, das Kitzeln in der Nase von lebendigen Schwallen an Sauerstoff? Die Zeitungen sind dieselben und auch die blutigen Tierkörper in den Metzgerläden, die Radikalen befühlen ihre Aktentaschen, die Theosophen tuten aus Negerkehlen und in dichtem Strom fließt durch die Kloaken das Produkt menschlicher Bemühungen – was hat der Frühling damit zu tun? Und trotzdem dringt der Frühling aus den Feldern in die stinkende Stadt und hält sich etwa auf der Ebene des dritten Stocks auf. Beim Hineinschauen durch das Fenster niest er vom Rauch und eilt weiter; ihn treibt die Neugier in die Stadt und die natürliche Fröhlichkeit, obwohl es einfacher und normaler wäre, in der Erde herumzuschwirren und grüne Blättchen zu entfalten.

Auf den Ellbogen gestützt sagt der Professor:

„Bis zur Bewundernswürdigkeit steht Ihnen die Rolle des wohltätigen Engels. Jetzt könnte ich wohl die Zigarette ohne weitere theatrale Effekte zu Ende rauchen."

„Rauchen wir später zu Ende, nach dem Essen. Ist es wohl gut, wenn Sie hinausgehen? Ich kann auch etwas bringen."

Sie entschließen sich, trotzdem hinauszugehen. Das kleine Fuhrmannsrestaurant ist bei allen Unansehnlichkeiten bekannt für die Hochwertigkeit der Lebensmittel und seine Billigkeit. Das Gespräch beginnt Jegor Jegorowitsch nach dem zweiten Gang, das heißt nach dem gekochten Gemüse. Es steht noch ein Fleischgericht bevor.

„Ich bin nicht einfach so zu Ihnen gekommen, Lolli Romanowitsch. Ich habe in meinem Kopf Pläne über Pläne. Es gibt eine Vielzahl an Neuigkeiten aus dem Privatleben. Übrigens komme ich vom Begräbnis eines großen Menschen, aber das nur nebenbei."

Der Professor kaut eifrig und trinkt den säuerlichen Wein mit Wasser dazu. Die Gegenwart wird dadurch erträglich; die Zukunft stellt sich als nicht wichtig dar. Dem Professor wackelt ein Zahn und die Zähne werden überhaupt unbrauchbar. Im Alter ist das normal und unvermeidlich. Jegor Jegorowitsch setzt fort:

„Die Ereignisse sind solche, dass mein Sohn George – er ist doch Franzose, ein französischer Ingenieur – eine Stelle in Marokko erhalten hat. Das ist einfach wunderbar! Bestellen wir Entrecôte? Ich denke, mit Bratkartoffeln, davon geben sie viel. Und lassen Sie uns anstoßen."

Sie stoßen an. Lolli Romanowitsch, der das Gemüse mit dem schmerzhaften Zahn fertig gegessen hat, wirft seinem Gesprächspartner einen freundlichen und ein wenig erstaunten Blick zu: Woher kommt dieser Sonderling Tetjochin? Und übrigens ist er ein großartiger Mensch. Und mit unerwarteter Gier leert er sein Glas und kneift sogar die Augen zusammen.

„Er hat die Arbeit in Marokko erhalten, und das unter nicht schlechten Bedingungen. Was er dann dort schaffen wird, kann ich Ihnen nicht sagen; er wird wohl was können, wenn er mal beauftragt ist. Und ich habe mit Anna Pachomowna darüber gesprochen, ob sie nicht auch mit George nach Marokko gehen soll. Sie wird ihm den Haushalt führen, er ist ja noch sehr jung. Er ist jetzt selbstständig. George ist kein schlechter Junge und er ist sehr vernünftig; irgendwie können sie das, sie sind so praktisch, einfach bemerkenswert. Er ist sogar bedeutend geworden, immerhin hat er eine Stelle und ein Gehalt, das ist angenehm für ihn. Er holt seine Mutter zu sich, nun, ich kann da natürlich nichts tun, kann keine Arbeit finden und würde zurückbleiben."

Es ist schmerzhafter, das Fleisch zu kauen als das Gemüse, aber im Fleisch fühlt man die Kraft. Erst bei diesem Gericht ahnt Lolli Romanowitsch, dass er hungrig war und wohl noch hungrig ist, sogar mehr als zuvor. Er macht sich energisch ans Brot und hört nun aufmerksam zu.

„Das genau sage ich ja. Anna Pachomowna fährt mit George fort und wird bis zu einem gewissen Grad versorgt sein; dort ist das Leben billiger. Und wir beide also würden versuchen, uns auf dem Land auf einen dauernden Aufenthalt einzurichten. So ist mein Plan."

Lolli Romanowitsch versucht, das Brot langsamer zu essen, weil es das letzte Stück ist. In Kasan verbrachte er den Sommer auf dem Land, am Ufer der Wolga. In jener Zeit arbeitete er viel und gab zwei Bücher heraus; auf dem Land schrieb er hauptsächlich und arbeitete im Winter an den Vorlesungen.

„Wir würden dort zu wohnen beginnen, den Garten zu bebauen und vielleicht Hühner oder Kaninchen zu halten. Sagen Sie, Lolli Romanowitsch, ist es wahr, dass sich die Kaninchen so schnell vermehren?"

„Bei den Säugetieren zeichnen sich vor allem die Mäuse durch ihre Fruchtbarkeit aus."

„Und die Kaninchen noch mehr? Nun, Mäuse brauchen wir nicht. Und da werden in Frankreich außerdem noch Tauben gezüchtet."

„Aber hatten Sie nicht Säugetiere in Betracht gezogen?"

„Ja, ich denke, Lolli Romanowitsch, wenn zum Beispiel das Haus gedämmt ist, dann kann man die Hälfte des Grundstücks als Garten bebauen und, sagen wir, einen Hühner- oder Kaninchenstall errichten und wir werden uns so irgendwie von der eigenen Arbeit ernähren. Gut wäre es, einen Teil zu verkaufen, weil Steuern, Wasser, Dünger und alle Gebühren zu zahlen sind. Ich hoffe trotzdem, irgendeine kleine Arbeit in Paris zu finden, wenigstens zeitweise, in der Buchhaltung oder so. Man kann auch Kaninchenfell verkaufen. Was denken Sie? Essen wir trotzdem noch etwas Süßes? Oder nur Käse?"

Zum Käse braucht man Brot. Käse ist eine besondere Speise, er normiert die Ergiebigkeit des Essens und ist gleich notwendig für den Überessenen wie für den Hungrigen. Nach dem Käse scheint sogar eine französische Zigarette aromatisch.

Jegor Jegorowitschs Plan ist ernst und Lolli Romanowitsch hört geduldig zu. Es zeigt sich, dass der liebe Tetjochin sich für fähig hält, eine Heizung ins Häuschen einzubauen, obwohl er nicht davon überzeugt ist, dass die Wände die Wärme gut halten können. Aber was soll man schon machen? Unter den Brücken schlafen, wo es noch kälter ist? Was denken Sie – und das kann kommen! Und die Franzosen leben auch ohne Heizung, verbrennen eine Handvoll Kohle im Kamin – und nichts ist dabei; nun, die Finger schwellen an. Die Ersparnisse Jegor Jegorowitschs reichen kaum zum Erwerb des Wirtschaftsinventars, für einen Hühnerstall dort oder einen Taubenschlag, aber sie reichen keinesfalls für ein arbeitsloses Leben in Paris. Und welche Heizung hat der Professor in seinem Zimmer? Eine Zigarettenheizung! Nein, dieses Leben muss man ganz und gar umgestalten. Was sagt Lolli Romanowitsch dazu?

Der Professor für Biologie hat keine bestimmte Meinung über die besten Lebensbedingungen für solche Organismen wie ihn selbst und den lieben Tetjochin. Und übrigens: Inwieweit betrifft es ihn?

„Ich sage Ihnen doch, dass wir gemeinsam auf dem Land leben werden, zu zweit. Das heißt Sie und ich – verstehen Sie? Und wir werden einen gemeinsamen Haushalt führen; was den Garten betrifft, werde ich, sagen wir, umgraben, sähen, alles Mögliche pflanzen, dann werde ich mich mit den Kaninchen, den Tauben und dem Übrigen beschäftigen. Und Sie, Lolli Romanowitsch, sind hauptsächlich für die wissenschaftlichen Instruktionen zuständig; Bodenanalyse, um zu wissen, was man hinstreuen muss, der Kampf gegen Schädlinge, die Verbesserung der Pflanzensorten und arten, wer weiß, was sonst noch notwendig ist. Ich bin ein landwirtschaftlicher Amateur, vereinfacht gesagt, ein Laie; ich weiß, was eine Rübe ist, aber welcher Klasse sie angehört, das weiß Gott!"

„Wenn Sie das System von Linné meinen, dann natürlich der fünfzehnten, der Tetradynamia. Das ist sehr einfach: sechs Staubfäden, wovon zwei länger als die anderen sind, und ein Staubfaden, der nicht mit dem Stempel verwachsen ist."

„Da, sehen Sie! Und ich sähe sie breitwürfig, wie es sich gehört."

„Ich muss Ihnen jedoch ankündigen, dass das System von Linné als veraltet gilt."

„Das ist kein Unglück, Lolli Romanowitsch, wir machen das schon irgendwie. Und vielleicht würden Sie sich auf dem Land mit Ihren wissenschaftlichen Arbeiten beschäftigen, dort ist die Luft gut."

„Das ist etwas schwer ohne Laboratorium. Und ich habe kein Papier."

„Papier besorgen wir. Und was das Laboratorium betrifft, das weiß ich nicht. Ich habe hauptsächlich landwirtschaftliches und Zimmermannswerkzeug. Nun, nicht sofort, wir werden dort weitersehen. Schreiben Sie einfach so, Sie kennen doch das alles!"

„Sie wollen sagen, lieber Tetjochin, dass Sie mich zu sich nehmen?"

„Genau das, ich lade Sie ein, mit mir zusammenzuleben, alles halbehalbe, Sie und ich. Wir werden sozusagen die Natur kennenlernen."

Lolli Romanowitsch blickt auf die Käserinde, auf das leere Glas und auf den Kragenknopf des lieben Tetjochin, der gutmütig über der Knolle der Krawatte blinkt. Jegor Jegorowitschs Pläne erscheinen ihm nicht logisch genug begründet, besonders was die Arbeitsteilung betrifft, aber ihm fällt auch keine würdige Replik ein. Ein merkwürdiges Fehlen von Schlagfertigkeit! Womöglich die Folgen einer großen, sehr großen Müdigkeit. Über einen einfachen Erfolg kann man sich sowohl ärgern als auch weinen; sowohl das eine wie auch das andere ist demütigend. Es ist aber auch eine einfache und ehrliche Antwort möglich, nämlich:

„Ich muss sagen, dass dies nicht in meine Pläne passte, wenn ich denn Pläne hätte. Übrigens, in letzter Zeit hat mich der Gedanke an das natürliche Verschwinden beschäftigt, wenn auch des schrittweisen, anders gesagt, an den physischen Tod, obwohl das nicht immer abhängt vom gegebenen ... gegebenen Subjekt, das heißt vom Träger der Wünsche. Ich hoffe, Sie verstehen mich?"

Der frühere Jegor Jegorowitsch hätte abgewunken und hätte ihn mit Vorwürfen überhäuft – wie kann man sich anders über solche Sachen unterhalten! Aber der jetzige Jegor Jegorowitsch war gerade auf dem Begräbnis eines großen Menschen, eines wahren Freimaurers, des Bruders Edmond Jacquemaine, der in den Ewigen Osten gegangen ist. Es waren viele Leute dort: Es zeigten sich irgendwelche Verwandte des Entschlafenen dort und es kamen knapp die Hälfte der Logenbrüder. Es gab eine Rede des Versicherungsagenten, eine echte, freimaurerische, richtige und versöhnliche Rede. Der Tod existiert natürlich, aber zugleich scheint es ihn nicht zu geben. Der Meister, der in den Osten gegangen ist, wird von einem neuen Meister abgelöst und so weiter. Er ist sehr betrübt und es tut ihm sehr leid um Bruder Jacquemaine. Auf dem Friedhof war es kalt ohne Hut, aber es roch nach Frühling. Jegor Jegorowitsch antwortet ruhig auf die Worte seines Landsmannes, des Kasaner Professors Pankratow:

„Ich verstehe, Lolli Romanowitsch. Aber das kann man auch hier und dort, das ist egal. Ich bin auch nicht mehr jung und nicht sehr glücklich. Lassen Sie uns doch noch ein wenig auf der Welt zusammenleben, wie alte Freunde, nicht? Dann wäre ich sehr glücklich, aber allein, Lolli Romanowitsch, wäre ich irgendwie vereinsamt, nicht wahr?"

Jegor Jegorowitsch kannte seine angeborene Sentimentalität und endete eilig mit einem angemessenen Scherz:

„Das Junggesellenleben, Lolli Romanowitsch, hat seine Reize, und übrigens, ich musste bisher nicht ... Nun denn, das heißt, einstweilen sind wir uns vermutlich einig, und so in einem Monat, denke ich, packen wir endgültig zusammen und fahren los; übrigens wird es auch wärmer. Nicht wahr?"

Lolli Romanowitsch entgegnete nichts und protestierte auch damals nicht, als sie seinen Koffer packten und ihn von Kasan fortbrachten; in den vergangenen sechzehn Jahren war er nicht selbstständiger geworden.

***

Über den Bahnsteig des Bahnhofs ziehen ein Koffer, ein Koffer, noch ein Koffer, ein Köfferchen, ein Köfferchen, ein kleiner Karton, ein Tennisschläger in schraubenhaften Umarmungen und die Familie Tetjochin. Die Abreisenden, Anna Pachomowna und der Ingenieur George, werden von einer großen Menge verabschiedet; in ihr bemerken wir den über die bevorstehende Trennung betrübten Jegor Jegorowitsch; die Übrigen – sind die Leser, die sich für immer von der ehrenwerten russischen Frau und ihrem französischen Sohn trennen.

Anna Pachomowna hatte „Anna Karenina" gelesen und wartete deshalb immer, wenn sie sich in einen Waggon setzte, aufgeregt, ob am Fenster nicht ein sich zu den Rädern beugender, schmutziger und hässlicher Kerl in Schirmmütze vorbeiginge, worauf Anna bevorstünde, sich an der nächsten Station unter den Zug zu werfen. Der Kerl ging nicht vorbei und der Zug setzte sich in Bewegung und ließ das Haupt der kleinen, aber wunderbaren Familie auf dem Bahnsteig zurück.

Das Weitere erfolgte außerhalb Jegor Jegorowitschs Gesichtsfeld. Die Räder klopften an die Stöße der Schienen, bis der Zug in eine Hafenstadt kam. Die Einschiffung auf den Dampfer vollzog sich in völliger Ordnung und ohne Hektik, die Schiffsschraube sprang an, die Mittelmeerwellen schäumten – und schon ist das afrikanische Ufer zu sehen. Der Stilus, der das Bild einer vorbildlichen Frau hervorgerufen hat, legt und schraubt sich selbst zusammen.

Nach der Verabschiedung von Frau und Sohn verwendete Jegor Jegorowitsch eine gewisse Zeit auf den Gedanken darüber, wie seltsam dies alles war: Sie waren da und sind fortgefahren. Natürlich, im Vergleich zu Singapur ist Marokko nur einen Katzensprung entfernt. Dann beschäftigte Jegor Jegorowitsch ein einfacher, doch nicht uninteressanter Gedanke darüber, dass die einen Leute vom Norden in den Süden fahren und die anderen vom Süden in den Norden, und alles ist kompliziert und anstrengend – und es scheint doch so einfach: Wenn sie die Bedürfnisse, die sie zu reisen zwingen, austauschten, so könnten alle an ihren Orten bleiben. Doch als er sich tiefer in diese Frage hineindachte, überzeugte sich Jegor Jegorowitsch davon, dass dies nicht immer möglich war und dass das Durcheinander vor der Reise ihn aus der Bahn geworfen hatte und ihn daran hinderte, seine Gedanken auf wirklich wichtige Fragen zu konzentrieren. Nachdem er während einer kurzen Woche die Wohnung und die persönlichen Möbel endgültig liquidiert hat, bewegt auch er sich auf einen neuen Wohnsitz zu, ja und es ist Zeit, da die Mittel zu Ende gehen und zwei Einsame zu ernähren sind. Es ist gut, wenn sich Kaninchen wirklich so schnell vermehren, dass du eines isst – und ein neues geboren wird.

Zu Hause in der Rue de la Convention herrscht Unordnung und eine hallende Leere; die Fenster sind entblößt, es gibt keine Deckchen mehr, Fjodor Dostojewski ist nach Afrika geflüchtet mit seiner berühmten Jungfrau. Den Staubsauger kann man verkaufen, der Bücherschrank fährt aufs Land, aber „Mitjas Liebe" hat Anna Pachomowna in einem Umschlag mitgenommen: ihr Lieblingsbuch.

Jegor Jegorowitsch packt das Moiréband, die Schürze, die Handschuhe und die geheimen Broschüren, von denen sich nicht wenig angesammelt haben, in ein besonderes Paket. Eines behält er zum Lesen zurück – ein dickes Bändchen über die eingeweihten Gesellschaften der antiken und mittelalterlichen Welt. Das ist immerhin sehr interessant!

Vor Jegor Jegorowitsch erscheint eine malerische Figur eines Opferpriesters mit den Attributen der Göttin Anubis. Jegor Jegorowitschs Körper schmilzt – die Seele bleibt zurück und der Opferpriester verwandelt sich in eine Göttin von außergewöhnlicher Schönheit. „Woher kommst du und was willst du?", fragt die Göttin die Seele Jegor Jegorowitschs, der vom Bahnhof kommend ein wenig das Büchlein lesen wollte, bevor er sich mit dem weiteren Packen der Sachen beschäftigt. Und plötzlich antwortet die Seele: „Ich gehe, um deine Schönheit von der Ferne zu betrachten; meine Hände begrüßen deinen Namen der Wahrheit; ich komme aus einem Land, wo keine Akazien wachsen und kein Sontbaum, wo es keine grünen Blätter gibt. Und ich würde gerne ins Behältnis der großen Geheimnisse eindringen." Dann öffnet Anubis die Tür und führt Jegor Jegorowitschs Seele durch lange Gänge ins Haus von Osiris. Dort sind alle Wände mit Geheimnissen behangen, der Boden ist mit ihnen vollgestellt, sodass man leicht über eine verschlossene Truhe stolpern kann oder über Fußbänkchen. In einer der Truhen erkennt Jegor Jegorowitsch sein bescheidenes Geschirr (das bessere ist nach Afrika gereist, um den Grundstein für Georges Haushalt zu legen) und daneben seinen Koffer mit der Wäsche und dem Sommeranzug im akkuraten Futteral; über das alles muss man schreiten, bis Jegor Jegorowitsch mit seinem Mystagogen an der Tür mit den zwei Säulen anhält. Er weiß, dass das die zwei Antlitze der Wahrheit sind, zwei Wahrheiten, zwischen denen der schwache Mensch schwankt und sich hin und her bewegt. Zwischen ihnen ist eine Tür, die mit zwei Haken verschlossen ist. „Weißt du denn, welchen Namen diese Tür hat?“ – „Ihr Name ist: die Entdeckerin des göttlichen Lichts.“ – „Und wie heißen die zwei Haken?“ – „Der eine ist der Meister der Wahrheit, der andere ist der Meister der Kraft, so sind ihre Namen.“ – „Tritt ein und du erfährst das Wesen der Dinge.“

Jegor Jegorowitsch geht ins Schlafzimmer und sieht auf dem Doppelbett eine einfache Decke, die ihm die verreiste Gattin hinterlassen hat. In seiner Seele herrscht ein Gefühl von Mönchsleben. Die Laden der Kommode sind herausgezogen und irgendetwas muss man noch herausnehmen und für den Transport aufs Land einpacken. Das Bett muss wegen seiner Sperrigkeit und Nutzlosigkeit verkauft werden. Überhaupt gibt es noch viele Scherereien. Und wie sonderbar ist es, dass viele der Dinge, die in Jegor Jegorowitschs Leben und in dem seiner Gattin eine bedeutende Rolle gespielt haben, jetzt ihre Wichtigkeit verloren haben und nicht mehr benötigt werden, darunter auch der Spiegelschrank und die hohe elektrische Lampe mit dem eleganten gelben Röckchen und der weiche Hocker, auf dem man sich wie ein Angeklagter, der dem Hochmut diente, vorkam, wenn man auf ihm saß.

Auf das neue Leben bereitet sich Jegor Jegorowitsch unerschrocken und sogar im Glanz der Hoffnung vor. Irgendwie muss man leben; nun denn, versuchen wir, so zu leben, und dort werden wir weitersehen. Es sitzen noch ganz andere auf der Erde, die noch rühmen – ihre Gurken und ihren Dill. Und die Luft ist immer rein. Natürlich werden die Treffen mit den Logenbrüdern seltener und es ist besonders schade, dass man nicht in Rouselles Apotheke vorbeischauen kann. Dieser großartige Mensch hat Jegor Jegorowitsch einen ganzen Spankorb mit allen notwendigen Medikamenten gebracht und in jedem kleinen Paket, auf jedem Schächtelchen, sogar auch auf den Fläschchen ist eine Beschriftung, die in ein Dreieck eingeschlossen ist. Das ist eine nette Seele! Und Bruder Duvergé hat sich erkundigt, ob Bruder Tetékhine nicht die Wände seines Vorstadtschlosses mit *lavables*[116] Tapeten bekleben will, was dem lieben Bruder praktisch keinen Centime kosten wird. Welch ein ruhmvoller Mensch und nach außen – ein Pfennigfuchser und Geschäftemacher. Als der Versicherungsagent erfuhr, dass Jegor Jegorowitsch seine Zahlungen für die Lebensversicherung nicht mehr leisten kann, zeigte er ihm, wie man – wohl mit einem bedeutenden Verlust – einen einmaligen Ertrag aus der früheren Genauigkeit erzielen kann, sodass Jegor Jegorowitsch etwas angewiesen wurde und diese Summe dadurch nun für den Notfall gesichert ist. Überhaupt richtet sich alles verhältnismäßig günstig ein und die Gesundheit hält sich. Dreiundfünfzig Jahre ist noch kein Alter. Lolli Romanowitsch ist schon knapp siebzig und das Wichtigste, er ist schwächlich. Dieses Alter, da hast du keine Worte!

Nach einem Blick auf die Zerstörung des Haushalts hockt sich Jegor Jegorowitsch vor den Koffer und beginnt eifrig, zu einem Knäuel zusammengewickelte Socken in die verbliebenen freien Stellen zu stopfen; dann macht er aus einer Schublade eine zweite Etage, wohin er vor allem den aus dem Futteral genommenen Sommeranzug legt, dann die Hosen aus Schantungseide und andere Reste des verstrichenen glücklichen Lebens.

---

116 **Lavable** (frz.): abwaschbar.

Vitriolum[117]

Visita interiora Terrae
Rectificando invenies Occultum Lapidem
Veram Medicinam[118]

Die vor uns liegende Geschichte über einen Freimaurer stellt den Versuch des Autors dar, zu zeigen, wie ein einfacher Mensch die Idee des Baus des salomonischen Tempels richtig empfinden und annehmen kann. Der ehemalige Postbeamte Jegor Tetjochin bearbeitete den rauen Stein, gab ihm eine kubische Form, passte seinen Stein an ähnliche Steine der Brüder Jean-Baptiste Rouselle und Sébastien Duvergé an und legte mit ihm den Grundstein für den Tempel einer aufgeklärten Menschheit. Gleichzeitig wird in derselben Geschichte der Welt eines Freimaurers die profane Welt in Gestalt der komischen Anna Pachomowna, ihres uninteressanten Sohnes und des besonders verdorbenen jungen Mannes Henri Richard gegenübergestellt. Für den Bau der Erzählung führte der Autor die malerische Figur des alten Freimaurers Edmond Jacquemaine ein (irrational in der Erkenntnis) und das unglückliche Schicksal des Professors für Biologie Pankratow (vom Typ des Rationalisten). Die Geschichte selbst ist mit dem Ton einer gutmütigen Scherzhaftigkeit versehen, der erhabene Gedanken nicht ausschließt, sondern sogar nicht wenige freimaurerische Geheimnisse enthüllt, was wahre Entrüstung in interessierten Kreisen auslösen muss.

Als ein gewisses Hindernis gegenüber der Profanation der Geheimnisse der freimaurerischen Bruderschaft stellt sich die strittige Haltung zur Nichtexistenz einer endgültigen Wahrheit dar, die dem freimaurerischen Adogmatismus zugrunde liegt. So kann sich zum Beispiel der Held der Erzählung, Jegor Jegorowitsch, natürlich nicht mit großer Hochachtung gegenüber den Errungenschaften der Wissenschaft verhalten, er hat aber eine eigene Meinung. Im Ergötzen

117 **Vitriolum:** Trivialname für kristallwasserhaltige Sulfate.

118 **Visita interiora Terrae / Rectificando invenies Occultum Lapidem / Veram Medicinam** (lat.): Besuche das Innere der Erde / Und durch die Reinigung entdeckst du den Geheimen Stein / die Wahre Medizin.

am Teppich der Frühlingsblumen (Tulpen, Hyazinthen, Osterglocken, Narzissen, Veilchen, Stiefmütterchen, Goldlack ...) und im Wunsch, dabei dem Professor ein Vergnügen zu bereiten, fragt er den Gelehrten in ehrerbietigem Ton:

„Lolli Romanowitsch, Sie wissen doch alles. Weshalb blühen und duften die Blumen verschieden?"

„Offensichtlich, um unterschiedliche Insekten anzuziehen, die für die Bestäubung notwendig sind."

Eine ergänzende Frage (im selben Ton der Unschuld, doch mit einer sich im Schnurrbart verfangenden Pfiffigkeit):

„So. Und nicht einfach – wegen der Schönheit?"

„Die Schönheit ist ein relativer Begriff, den wir uns erdacht haben."

Jegor Jegorowitsch verstummt und stellt sich traurig. Wenn wir jedoch die Schönheit erdacht haben, weshalb hätten wir für sie keine andere Erklärung erdacht? Weil es Blumen unterschiedlicher Färbung, unterschiedlicher Form und von unterschiedlichem Duft gibt, damit es ihnen ebenso angenehm ist, wie es Jegor Jegorowitsch angenehm ist, sich an ihnen zu erfreuen; sie fühlen auch unterschiedlich und atmen und lieben und genießen das Leben. Und ein Sonderling ist der Mensch, der das nicht sieht. So ein Mensch ist ein armer Teufel!

„Was ist das Naturgesetz, Lolli Romanowitsch?"

„Ich würde sagen, dass dies eine bedingte Schlussfolgerung aus der großen Reihe an Erfahrungen und Beobachtungen ist."

„Und wenn man sich geirrt hat?"

Lolli Romanowitsch sitzt auf einer Eisscholle und hackt ein Stück ab:

„Das heißt, dass man sich geirrt hat und man die Erfahrungen fortsetzen muss."

Der Professor weiß alles, Jegor Jegorowitsch weiß nicht einmal ein Hundertstel davon. Eine ganz leichte Luftbewegung rührt an einem ausgeschnittenen Blatt einer Akazie, die vom Freimaurer gepflanzt und hochgezogen worden ist. Im aufgetretenen Schweigen zieht sich Jegor Jegorowitsch auf das neulich Geschehene zurück, als ein anderer Mensch, auch ein alter Mann, aber auf eine andere Art gelehrt, ihm das Geheimnis des Sinns des grünen Zweigs auf dem Grab des Meisters Hiram erklärte:

„Dieser Zweig, lieber Bruder, ist ein Symbol für die Vererblichkeit der Lebensenergie, die selbst der Tod nicht zerstören kann."

Und so ist der alte Gelehrte gestorben, und seine Reden sind im Rauschen des wunderbaren Baumes geblieben.

Wir führen diese Gespräche als Beispiel für die Kunstgriffe an, denen sich der Autor zur Illustration der Leitideen der Erzählung bedient: die Gegenüberstellung des profanen Denkens mit der eingeweihten Erkenntnis der Dinge.

Als die Dämmerung dem Blütenteppich die Leuchtkraft seiner Farben nimmt, sagt Jegor Jegorowitsch wonnig gähnend:

„Nun, ich werde wohl gehen und eine Lampe anzünden. Wir essen ein wenig, ich lege mich auf die Seite und Sie werden wohl noch etwas lesen; ich möchte morgen die Kompostmiete umsetzen."

Und während der Freimaurer friedlich schläft, vollzieht sich nebenan das große Sakrament. Die über den Tag erwärmte Feuchtigkeit der Erde löst die Salze der Säuren. Eine kleine, feine weiße Wurzel saugt sich verschluckend die Muttermilch und sendet sie über Kanäle nach oben. Durch den Druck birst die Knospe, es glättet und breitet sich ein zerknittertes, seidiges Tüchlein aus, und das Schnurrbärtchen macht sich schön und putzt sich mit allem Möglichen heraus. Ein herangeflogener Nachtfalter trinkt Nektar und verstreut gelben Blütenstaub auf den gierigen Stempel. Die Schönheit ist zum Sterben verurteilt, nachdem sie dabei das Leben mit neuer Schönheit versehen hat. Auf der Erde, über der Erde, unter der Erde eilen, fliegen und wühlen die Kinder der Natur hin und her, umgeben von ihrer Besorgtheit, durch sie erschaffen und sie erschaffend; *Natura naturans – Natura naturata*[119]. Vor ihrer Liebe sind die Eiche und die duftende Ähre gleichwertig, und es gibt für sie nichts Geringfügiges, das von ihrer Aufmerksamkeit unbeachtet bleibt, wie es nichts Totes gibt, in dem im Moment des Todes kein neues Leben entstünde.

„Woher kommen alle Dinge?"

---

119 **Natura naturans – Natura naturata** (lat.): die schaffende Natur – die geschaffene Natur.

„Aus der einen und alleinigen Natur."
„Wie viele Gebiete gibt es in ihr?"
„Es gibt vier Hauptgebiete: Trockenheit, Feuchtigkeit, Hitze und Kälte, die vier einfachsten Eigenschaften, von denen alle Dinge stammen."
„Gib mir die Idee der Natur."
„Sie ist unsichtbar, obwohl sie sichtbar wirkt, denn sie ist ein fliegender Geist, der in den Körpern existiert und sie mit dem Weltengeist belebt, der in der Freimaurerlehre durch das edle Emblem des flammenden Sterns verkörpert wird."
„Was ist die Natur?"
„Der göttliche Hauch, das zentrale Weltenfeuer, das alles belebt, was existiert."
Der große Alchemist beugte sich über einen Kolben aus grünem Glas, er hatte vom Feuer rau gewordene Finger, die Kleidung war durch Säuren hart gesotten, er war mit Fell und grauen Haaren bewachsen. Ohne sichtbaren Nutzen stürzten neuntausend Erfahrungen zusammen, und ebenso viele stehen davor, den Weisen zu betrügen, den Besitzer des geheimen Wortes Vitriolum.
„Suche das Erdinnere auf – und auf dem Wege der Reinigung wirst du den Geheimen Stein der wahren Medizin finden."
Der mit Moos bewachsene Alchemist bückte sich und legte Brennholz in die Flamme des Ofens nach. Kein einziger Muskel zuckte auf seinem faltigen Gesicht, als der Kolben mit einem Knall zerbarst. Der beunruhigte Jegor Jegorowitsch hätte sich auf die andere Seite gelegt, doch als er das Gackern der Hühner hörte, die den Morgen ahnten, öffnete er die Augen und zwang sich aufzustehen.
Mit dem Leben in der Natur auf dem billigen, kleinen Stück Land (Und die Welt ist so groß! Und es gibt auf ihr so viele Wunder!) geht ohne jede weitere Ereignisse die vor uns liegende Erzählung über den Freimaurer zu Ende. Mit dem sonderbaren Professor lebt er in völligem Frieden, obwohl sie unterschiedliche Charaktere haben. Ehrlich gesagt, Lolli Romanowitschs Tage sind gezählt, aber es ist nicht zu beschreiben, wie das vor sich geht; der betrübte Autor verzichtet auf die Beschreibung. Als erstes Gemüse reift ein Radieschen (*Raphanus*

sativus minor, aus der Familie der Kreuzblütler). Saftig, angemessen bitter, ohne einen Wurmstich, machte es Jegor Jegorowitsch eine große Freude.

„Essen Sie ein Radieschen, Lolli Romanowitsch, es erfrischt und regt den Appetit an. Sie müssen gesund werden."

Beim Frühstück sprachen sie über ein neues Verfahren zur Besäung der Wüste unter Zuhilfenahme von Flugzeugen und auch über Kaffeeplantagen. Außerdem noch über den Kampf gegen Heuschrecken. Lolli Romanowitsch ist ein Theoretiker, Jegor Jegorowitsch aber nimmt sich vor, sich mit der praktischen Wirtschaft zu beschäftigen: Er gräbt um, sät, jätet und so weiter. Übrigens gibt es um Paris keine Heuschrecken. Außerdem gab der Professor folgende nützliche Anweisung:

„Beachten Sie, lieber Tetjochin, dass die Verwendung von Traktoren in der Landwirtschaft eine bedeutende Einsparung an Arbeitskräften ermöglicht."

„Ach was, Lolli Romanowitsch, wir haben da keine besonderen Anforderungen. Obwohl es natürlich sehr interessant ist."

Als erste Rose erblühte „Miss Ellen Willmott", eine rosa Schönheit. Das Rotkehlchen führte seine drei Jungen aus und machte sich daran, ihnen die Sommerarbeit zu zeigen. Zuerst saßen die Gauner wie Adler mit Federhauben da, dann gewöhnten sie sich und schließlich konnte man mit ihnen nicht mehr Schritt halten. Sogar der Professor sah stundenlang zu und lächelte. Dann blühten die Sommerblumen. Darauf blühten die Herbstblumen auf. Es war Samenernte. Man grub die Kartoffeln aus (Jegor Jegorowitsch grub und der Professor legte eine kurze Geschichte des Vordringens der Kartoffel in Europa dar und warum man sie nicht Wurzelfrucht nennen darf). Leider regnete es darauf, und das schon im September. Das Häuschen erwies sich auch bei schlechtem Wetter als bewohnbar.

Und einmal an einem Dienstag im Oktober hat sich Jegor Jegorowitsch besonders gründlich gewaschen, die Hände mit Bimsstein abgerieben, sich rasiert und sich angezogen. Die Haut wird von der Landarbeit ganz grob, Jegor Jegorowitschs Herz ist aber keinen Schwielen Untertan. Vor dem kleinen Spiegel wird das Halstuch zur

Masche gebunden. Wir blicken durch einen Schlitz: Was zieht er da aus einer geheimen Truhe heraus, so eine Schürze aus Wildleder, was ist das für ein Band aus fließender Seide, wofür braucht ein Gärtner weiße Handschuhe? Voll geheimer Freude und offensichtlicher Verlegenheit verabschiedet sich Jegor Jegorowitsch vom Professor und fährt nach Paris:

„Ich komme heute spät mit dem Nachtzug, Lolli Romanowitsch, essen Sie ohne mich zu Abend und gehen Sie schlafen!"

Und er geht wie ein Bräutigam mit schwingendem Stock fort.

Der Waggon dritter Klasse klopft eilig und munter dahin, alle Reisegefährten sind Diener und Gesinde, jeder denkt sich das Seine, die Straßen von Paris sind jetzt fröhlich und freundlich, obwohl die Luft nach dem Landleben etwas unrein ist – und zur vereinbarten Stunde wird Jegor Jegorowitsch quasi zum General und mit ihm sind andere Generäle und alles ist so schön, und alle sind so froh, einander wiederzusehen nach der langen Sommerpause, Bruder Rouselle schüttelt mit seiner Deichselgabel die Hand, Bruder Duvergé klebt Freundlichkeitstapeten, der Versicherungsagent ist ganz in fettigem Glanz und – ein überaus netter und freundlicher Mensch! – alle sind vom Sommer so geräuchert und aufs Neue gereinigt, dass wirklich ein neues Leben beginnt, die Tür ist verschlossen, die Kerzen gezogen und ein wonniges Echo in Jegor Jegorowitschs Herzen antwortet auf das Klopfen des bekannten Hammers:

„Bist du es wirklich: ein Freimaurer?"

„Als solcher erkennen mich meine Brüder an!"

Die profane Welt ist durch eine schwere Tür abgeschnitten, es wacht der Pförtner beim Eingang mit dem Schwert, das niemanden tötet, und wir, die wir nicht eingeweiht sind in die königliche Kunst, haben keine und werden keine Möglichkeit haben zu erfahren, was innerhalb der Mauern der Werkstatt vor sich geht.

Mit dieser kurzen Beschreibung endet die vorliegende Erzählung über einen Freimaurer.

Inhalt

ISBN 978-3-902712-05-9

Natalie Fischer
Jederzeit

Ist Wien eine Gummizelle? Gibt es da gestiefelte Wellen? Beißen dort Wolkenhunde? Wie viel hat eine beschwipste Tram getrunken? Ja, und die Schwalben? Fensterfremd?
Langsam gleiten Verse aus der russischen Heimat und landen in Wien, am Bodensee oder einer anderen, einer unbestimmten Landschaft.
Natalie Fischer lässt kräftige Bilder in ihren Gedichten entstehen. Geschult an der Übersetzung von Klassikern von Goethe bis Bachmann findet sie ihren eigenen Stil in zwei Sprachen, in Deutsch und Russisch. Und beschreibt nicht nur ihre Sicht auf Wien. Leise spricht sie zu einem Du. Deutet es gefühlvoll an.

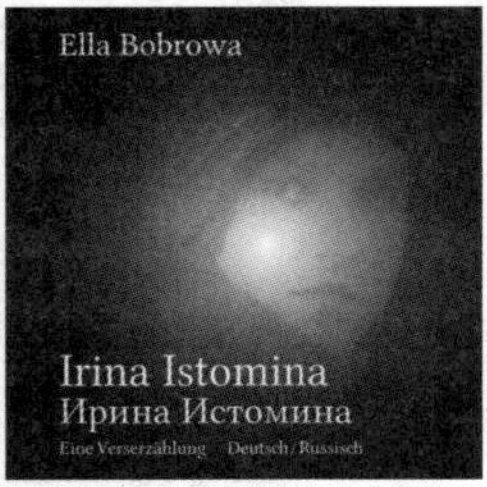

ISBN 978-3-902712-07-3

Ella Bobrowa
Irina Istomina

Formal streng an die russischen Klassiker angelehnt erzählt Ella Bobrowa die Geschichte einer jungen Frau, die versucht, sich zwischen Stalins Repressionen und dem Zweiten Weltkrieg einen Weg durchs Leben zu bahnen.
Als ihr Vater verhaftet und deportiert wird, ändert sich auch für Irina Istomina das Leben grundlegend.
Sie findet durch List eine Arbeitsstelle – trotz der Repressalien des Stalinregimes und der Stigmatisierung wegen der Verhaftung. Während des Krieges flüchtet sie nach Deutschland und beginnt, die zwei Diktaturen miteinander zu vergleichen.